KB136806

날개 달린
황녀님

날개 달린 황녀님 I

박신애 장편 소설

초판 1쇄 찍은 날 § 2015년 2월 6일
초판 2쇄 펴낸 날 § 2015년 9월 23일

지은이 § 박신애
펴낸이 § 서경석

편집부장 § 권태완
편집책임 § 박은정
편집 § 김현미

펴낸곳 § 도서출판 청어람
등록번호 § 제387-1999-000006호
등록일자 § 1999. 5. 31
어람번호 § 제8-0036호

주소 § 경기도 부천시 원미구 부일로 483번길 40 서경B/D 3F (우) 420-822
전화 § 032-656-4452 팩스 § 032-656-4453
http://www.chungeoram.com
E-mail § chungeorambook@daum.net

ISBN 979-11-04-90066-2 04810
ISBN 979-11-04-90065-5 (세트)

날개 달린 황녀님
Winged princess

I

박신애 지음

도서출판 청어람

목 차

프롤로그

그 어느 때보다 환하고 신비로운 보름달이 뜬 날이었다.

천장 전체가 투명한 크리스털이라는 독특한 구조를 가진 커다란 방은 그 구조 덕분에 환한 보름달 빛을 방 안 가득 받아들일 수 있었다. 덕분에 방 한가운데 놓여 있는 커다란 둥근 물체도 보름달 빛을 흠뻑 받고 있었다.

얼핏 평범한 베이지색 고무공처럼도 보이는 그 물체는 크기 하나만은 범상치 않았다. 대충 지름만 1m가 넘어 보였으니까.

한데 그 범상치 않게 큰 공이 놓인 곳은 뭔가 의아하게 꾸며진 원형의 단이었다. 두터운 털가죽이 아래에 깔리고 주변에는 수많은 화려 무쌍한 쿠션이 배치되어 있는 아늑한 모습이라니. 킹사이즈 침대 크기만 한 그 단은 어째 유아용 고급 특대형 놀이터라고 해도 손색이 없어 보였다.

커다란 공이 한가운데 떠억하니 버티고 있는 유아용 놀이터라니, 혹시 저 대형 공이 아이 장난감인가?

한데.

까드득~!

공인 줄 알았던 커다란 물체에서 갑자기 소리가 났다.

빠직~!

주위가 아주 조용했던 터라 그 소리는 방 안 전체에 울려 퍼졌다. 그러자 그 소리에 단 근처에서 시커먼 그림자가 벌떡 일어나는 거였다.

그림자는 잽싸게 단 근처로 다가오더니 조심스레 공 주변에 무슨 일이 있는 건 아닌지 둘러보기 시작했다.

하지만 단 주변을 한 바퀴 빙 돌아도 무언가 변한 모습은 전혀 없었고, 커다란 물체도 언제 무슨 소리를 냈냐는 듯 조용했다. 그림자는 단 주변을 한 바퀴 더 돌아봤음에도 별 이상이 없자 고개를 갸웃하고는 다시금 제자리로 돌아갔다. 아까 자신이 잘못 들은 거라 여긴 모양이었다.

그러나.

빠지지직~!

얼마 지나지 않아 좀 더 뚜렷한 소리가 조용한 방 안을 울렸다. 그러고 나서 다시 조용해졌지만, 소리를 듣고 또다시 자리에서 일어난 그림자는 이번에는 자리로 돌아가는 대신 단 근처에 서서 크고 둥근 물체를 계속 지켜봤다. 그러자 잠시 후.

빠직, 빠지직~!

둥근 물체는 계속 시침 떼고 있지 못하겠던지 다시 한 번 더 뚜렷한 소리를 내는 거였다. 자신이 잘못 들은 게 아니라는 걸 확인시켜 주는 그 소리에 그림자는 천천히 뒤로 물러나더니 조심스레 방문을 열고 밖으로 나갔다. 그리곤 얼마지 않아 갑자기 바깥에서 분주한 움직임들이 느껴지기 시작했다.

홀로 방에 남게 된 커다란 둥근 물체도 바깥의 분주한 움직임에 호응이라도 하듯 다시금 소리를 냈다.

빠직, 빠직, 빠지직~!

이번에는 어째 소리만 낸 게 아니라 둥근 물체가 약간 흔들린 것 같기도 했다.

제 1 화

탄생

얼마 지나지 않아 아까 그림자가 나갔던 방문이 다시 열리더니 이번에는 대여섯 명이 안으로 들어왔다.

그들은 조용한 방 안의 공기를 흐트러뜨리기라도 할까 두려운 듯 조심스럽게 움직였다.

다른 사람들은 문과 벽 가까이에 붙어 마치 벽이라도 된 양 가만히 서 있었고, 단 두 사람만이 단 가까이로 다가섰다.

한 사람은 180은 충분히 넘는 장대한 키에 건장한 체격을 가진 남성이었다.

얼굴에는 그림자가 져서 외모를 확인하긴 어려웠지만, 목덜미에서 단정하게 잘린 그의 머리는 달빛을 받아 은은한 청색 빛을 띠고 있었다.

이런 걸 바로 남청색이라고 하는 거겠지?

단에 바싹 붙어 가운데에 놓인 엄청 커다란 공을 살펴보는 남청색 머리 남자의 뒤를 따라온 이는 앞선 사람보다 약간 작지만 늘씬한 체격이라 입고 있는 반듯한 정장이 참 잘 어울렸다.

그 둘은 가까운 사이였던지 뒤따라온 밝은 갈색 머리 남성이 평이한 어조로 가벼운 질책을 던졌다.

물론 작은 목소리로 말이다.

"필립, 뭐하는 거냐? 달빛이 가려지면 안 돼."

그 말에 필립이라 불린 남자는 얼른 한 걸음 뒤로 물러서며 뒤에 있던 이에게 말을 건넸다.

"나이젤, 분명 알이 깨지는 소리가 나기 시작했다는데 어째 금이 보이지 않는 거지? 그냥 그대로인 거 같잖아?"

"소리가 나기 시작했다고 금방 알이 쩍쩍 갈라지겠냐? 아마 안에서부터 깨지기 시작할 테니 조금만 더 기다려 봐. 소리가 나기 시작했다니 얼마 안 있어 보일 거다."

"금이 생기기만 하면 금방 깨지겠지?"

"글쎄다… 제법 시간이 걸릴 테니 느긋하게 기다리라고 하던데?"

나이젤의 말에 필립이 기겁한 표정으로 그를 돌아봤다.

"뭐어? 설마… 하루 종일 걸리는 건 아니겠지?"

덕분에 필립의 얼굴이 달빛 아래 드러났다. 굵고 살짝 각진 턱 선에 뚜렷하고 시원시원하게 생긴 이목구비가 조화를 이루고 있는 것이, 조각미남… 까지는 아니지만 '제법 잘생겼다' 소리는 들을 정도의 외모였다.

하지만 그의 은보랏빛 눈동자는 정말 인상적이었다.

무언가 신비한 느낌이기도 했고, 함부로 범접할 수 없는 냉엄한 기운을 품고 있는 것 같기도 했다. 그 순간,

빠그직, 빠직, 빠직, 빠지지직~

이 방에 들어온 후 처음 들리는 소리에 두 남자의 고개가 반사적으로 알이 있는 곳을 향했다

그리고,

빠직, 뿌직, 뽀직~

짧은 숨 고르기 이후 곧바로 다음(?) 소리가 이어졌다.

거기다 알이 눈에 확연히 보일 정도로 부르르 떨리는 것이, 곧 본격적인 알 깨기가 진행될 거라고 예고하는 듯했다.

과연,

뽀그자악~ 퍼억!

시원한 한 방(?) 소리와 함께 알 하단 부분에서 하얗고 오동통한 짧은 다리 하나가 알을 뚫고 쑥 빠져나왔다.

그 모습에 본 두 남자의 얼굴이 환해졌다.

"오오, 발이 나왔어. 나이젤, 발이야! 이게 내 아이의 발이라고!"

환희에 찬 필립은 감격을 이기지 못하고 나이젤의 팔을 붙들고 흔들어댔다. 그렇게 밖으로 나온 아이의 한쪽 발은 잠시 늘어져 있다가 곧 앙증맞은 발가락들을 꼬물거리기 시작했다.

"아이고, 예뻐라. 나이젤, 이 녀석이 아무래도 제 엄마를 닮은 거 같아."

그 모습을 감동에 찬 표정으로 지켜보던 필립이 확신에 찬

목소리로 말하자 나이젤이 헛웃음을 흘렸다.

"발가락이 닮았다는 것도 아니고, 넌 발만 보고도 애 얼굴이 어떻게 생겼는지 알 수 있냐?"

"훗훗훗, 날 한눈에 반하게 만들 수 있는 건 애 엄마밖에 없거든. 그런데 발이 저렇게 예뻐 보인다는 건 나머지도 제 엄마를 쏘옥 빼닮았다는 거지."

"헐."

잠시 발가락만 꼼질꼼질하던 아기의 발은 힘이 생겼는지 얼마 후 뒤꿈치로 바닥을 탁탁 내려치기 시작했다.

"후후후, 우리 아가, 힘도 좋지."

"팔불출 나셨군."

나이젤이 놀리는 걸 아는지 모르는지 필립은 감동이 철철 넘치는 표정으로 알을 지켜보느라 바빴다.

아이의 발뿐만이 아니라 알 전체가 다시 앞뒤로 흔들거리기 시작하는 게, 아이가 안에서 다시 용을 쓰는 모양이었다.

한데 알의 흔들거림이 점점 커지는 것이 까딱 잘못하다가는 뒤로 넘어갈 것 같았다.

"어어? 나이젤, 저거 그냥 둬도 되는 거야? 잘못하면 넘어지겠는데?"

그 모습이 걱정스러웠는지 필립이 나이젤을 돌아보며 물었지만, 나이젤도 어찌할 바를 모르는 건 마찬가지였다.

"그, 글쎄? 절대 건드리지 말라고 하던데⋯⋯."

"뭐야? 그럼 뒤로 넘어져도, 데구루루 굴러가도 가만둬야 한다는 거냐?"

당장 뭐라도 해주고 싶어 안절부절못하는 필립에 비해 나이젤은 그나마 조금은 침착해 보였다.

"일단은 좀 진정해라. 네가 그렇게 불안해해서 어쩌자는 거냐?"

한데 앞뒤로 크게 흔들리던 알은 결국 데굴 하고 뒤로 넘어갔다.

"헛! 아가!"

그 모습에 필립이 반사적으로 알을 향해 손을 뻗자 나이젤이 막아섰다.

"건드리면 안 된다니까."

"그러다가 잘못되면?"

한 치의 물러섬이 없던 둘의 다툼은 다시금 들려오는 알 깨지는 소리에 즉시 중단됐다.

빠그지이익~ 퍽!

송판이 부서지는 듯한 소리와 함께 알 속에 있던 나머지 다리 한쪽도 밖으로 튀어나왔다.

알이 뒤로 넘어가 있는 상태라 두 발이 바닥에 닿지 못하고 허공에서 달랑거리자 나이젤이 쿡 하고 웃음을 터뜨렸다.

"귀, 귀엽네."

나이젤의 말에 방금 전 싸운 건 다 잊었는지 필립도 흐뭇한 미소를 흘렸다.

"누구 자식인데!"

그들의 시선을 받으며 한동안 바동거리던 통통하고 짧은 두 다리가 어느 순간 멈칫하더니 밑으로 축 늘어졌다.

"지쳤나 본데?"

"에구, 우리 아기, 얼른 나와야 이 아빠가 안아줄 텐데……."

"참내……."

정말 안타깝다는 기색이 줄줄 흘러내리는 필립의 얼굴을 바라본 나이젤이 고개를 절레절레 저었다. 아이는 많이 지쳤는지 한참 동안이나 움직일 생각을 하지 않았다. 내친김에 푹 쉬기라도 할 모양인지 다시 움직인 건 반시간이 훌쩍 지났을 때였다. 알 밖으로 나온 두 발의 발가락이 꼼지락거리더니 얼마 지나지 않아 다시금 버둥버둥 움직이기 시작했다.

"아, 움직인다."

그 기척에 잠시 근처의 의자에 앉아 있던 두 남자가 얼른 다가왔다.

버둥버둥, 바동바동.

흔들흔들. 빠직, 빠직.

다른 부위(?)가 알을 깨고 나오는 건 더더욱 어려웠는지 아이가 한참이나 바동댔지만 알은 영 깨질 생각을 안 했다. 대신 좌우로 많이 흔들리다 옆으로 데굴 반 바퀴 굴러 버렸다.

근처에 있던 쿠션에 걸려 반 바퀴만 구르고 멈췄지만 문제는 발의 방향으로 볼 때 아이가 엎어진 형태라는 것이었다.

"헉, 아가!"

그렇지 않아도 갑갑할 아이가 엎어져 있으니 얼마나 더 힘들겠는가? 과연 아이의 두 발이 전에 비해 더욱더 격렬하게(?) 버둥거리자 필립은 더 이상 참지 못하고 손을 뻗었다.

"안 돼!"

그러나 손을 대기 전에 나이젤이 막아서자 필립의 얼굴이 험악해졌다.

"비켜!"

"절대로 도와주면 안 된다고 했단 말이다!"

"누가 알을 깨겠대? 그냥 돌려만 놓을 거란 말이야! 넌 저걸 보고도 그냥 놔둬야 한다고 생각해?"

정색을 하는 것으로도 모자라 사나운 기세를 풍겨내는 모습에 벽인 양 조용히 서 있던 사람들마저 움찔할 정도였다.

여차하면 필립이 나이젤을 한 대 칠 듯 보였던 바로 그때, 천만다행히 다시금 알 깨지는 소리가 들려왔다.

빠지직~ 빠각~ 빠각~ 파가각!

두 사람이 황급히 알 쪽으로 시선을 돌리니 엎어져 있던 알이 뒤뚱거리며 힘겹게 세워지고 있었다. 하나 기껏 제대로 세워지자마자 균형을 못 잡고 또다시 발라당 넘어가 버렸다.

엎어져서 얼마나 필사적으로 발버둥 쳤는지 아이의 통통하고 뽀얀 허벅지에는 알의 깨진 부분에 수없이 긁힌 자국이 붉게 그려져 있었다. 하지만 두 남자에게는 그 안타까운 모습보다 더 중요한 다른 것(?)이 먼저 눈에 들어왔으니…….

"흠, 흠, 딸이군."

"어딜 보는 거야, 이 자식? 당장 눈 안 돌려?"

필립의 분노에 찬 일갈은 진즉에 몸을 돌리고 있던 나이젤에게 떨어졌다.

"흠, 흠, 일부러 보려고 한 게 아닌 거 알지?"

"일부러 그랬으면 넌 벌써 내 손에 죽었어!"

알 깨지는 소리는 알의 하단 부분이 깨지는 소리였던 것이다.

"어쨌든… 뭐, 공주님의 탄생을 축하한다."

나이젤의 진심 어린 축하에 필립의 입가가 헤벌쭉 벌어졌다.

하단 부분이 거의 깨지고 나자 알 까기(?)가 좀 수월해진 모양이었다.

빠가각, 빠각, 빠각, 빠가가가가각!

뒤로 넘어진 상황에서 경쾌한 소리가 연이어 들리더니.

퍼억!

다시금 시원한 한 방(?) 소리와 함께 알의 중단 부분에서 오동통한 짧은 팔이 알을 뚫고 튀어나왔다.

꽉 쥔 주먹은 밖으로 빠져나오더니 살그머니 풀리며 앙증맞은 손가락들이 꼬무락거렸다. 그 모습이 얼마나 귀여웠던지 필립은 이제는 완전히 넋을 잃은 채 바라보고 있었다.

"침 떨어질라."

나이젤의 농담 섞인 핀잔도 안 들릴 정도로 말이다.

잠시 허공에서 손가락을 꼬물거리던 팔은 다리처럼 빠져나온 상태로 버둥대는 대신 다시 알 속으로 들어가더니 자신이 뚫고 나온 구멍을 조심씩 조금씩 넓히기 시작했다.

빠각, 빠각, 빠가가각!

밝은 보름달은 어느새 모습을 감추고 동쪽 하늘이 희끄무레해질 무렵, 드디어 알의 상단 부분이 세로로 길게 쩌억 벌어지며 안에 있던 아이의 모습이 드러났다.

"아아……!"

필립은 기다리고 기다리던 아이의 얼굴을 보자마자 콧등

이 시큰해지며 눈물이 나올 것만 같았다.

저 자그마한 소녀가 바로 자신의 딸이었다.

자신과 사랑하는 아내와의 딸.

당장에라도 남은 알껍데기를 직접 벗겨내 주고 싶어 손이 근질거리는 걸 참는 게 정말 힘들었다. 아마 그의 인생 중 가장 큰 인내심이 동원되고 있는 순간이 바로 지금이 아닐까?

아이는 갑자기 빛에 노출되어 그런지 인상을 찡그리며 두 눈을 꼬옥 감고 있었다. 그러길 한참, 조심스레 찬찬히 뜨기 시작하는데, 그와 함께 두 눈의 초점이 잡혀가더니 필립과 눈을 정면으로 마주쳤다.

그 순간 필립은 심장이 멈추는 줄 알았다. 너무나 감격스러워 숨 쉬는 것조차 잊어버릴 지경이었다.

아마 잠시 후 아이가 움직이지 않았다면, 필립은 평생이라도 그 상태로 굳어 있었을 것이다.

아이는 세로로 길게 난 알의 틈새로 빠져나오려고 했다.

꼬물꼬물, 꼼지락꼼지락.

"그래, 잘한다. 어서, 어서⋯⋯."

필립은 아이의 움직임에서 한시도 눈을 떼지 않으며 두 주먹을 불끈 쥐고 응원했다.

아버지의 응원에 힘입어 아이의 두 팔이 먼저 밖으로 나왔고, 그 뒤를 이어 잔뜩 찌푸린 자그마한 얼굴이 불쑥 튀어나왔다. 땀인지 알 속의 액체인지 모를 진득한 물기에 흠뻑 젖어 있었지만, 아버지를 닮은 남청색 머리카락은 뚜렷하게 알아볼 수 있었다. 두 팔과 얼굴에 이어 어깨까지 밖으로 나오자 그 뒤는 수월했다. 한데 아이의 몸통이 완전히 밖으로 나오자마자 균형을 잃고 그대로 앞으로 고꾸라지는 것이었다.

"아가!"

다행히 지켜보고 있던 필립이 늦지 않게 손을 뻗어 받아낸 덕에 아이가 바닥에 코를 박는 불상사는 일어나지 않았다.

"괜찮니?"

조심조심 아이를 바로 앉혀준 필립은 딸의 뺨을 부드럽게 닦아주며 아이 모르게 목을 가다듬었다. 아주 중요한 순간이기에 최대한 멋진 목소리를 내려고 한 것이었다.

이 첫 순간에 건넬 다정하고(?) 상냥한(?) 인사말을 선택하기 위해 자신이 얼마나 머리를 쥐어뜯으며 고민을 했던가?

한데 떨리는 가슴을 부여잡으며 막 입술을 떼려는 바로 그 순간,

"커윽, 커윽, 커웨에엑!"

아이가 오만상을 하며 캑캑거리더니 시커멓고 끈적끈적한 액체를 토해냈다.

"컥!"

그러고 나서 후련한 표정으로 심호흡을 몇 번 하더니 스르르 눈을 감으며 옆으로 쓰러져 잠이 들고 말았다. 자신과의 첫 인사를 그렇게 고대하고 고대하던 아버지가 어떤 표정으로 굳어 있는지 전혀 모른 채 말이다.

제 2 화

악몽의 하루!

문득 정신이 들었지만 눈을 뜨기가 싫었다.

요 며칠 주구장창 이어지는 심한 열대야로 제대로 잠을 못 자 짜증이 극에 달했었는데, 지난밤은 무슨 행운인지 푸욱 잘 수가 있었다.

이런 호사를 누려보는 것이 얼마나 오랜만인지. 그래서 조금이라도 더 오래 누려보고자 나는 눈을 뜨지 않은 채로 몸을 뒤집어 이불 속으로 더욱 파고들려 했다.

한데 그 순간,

"으갸갸갸!"

비명 소리가 절로 흘러나올 정도로 찌인~ 하고 짜릿한 통증이 마치 태풍처럼 온 신경을 강타하는 것이었다.

'아그그그~ 왜 이러지? 어제 갑자기 마라톤이라도 뛰었나?'

통증도 통증이지만, 내 몸이 갑자기 천근만근이 된 것처럼 무거워 손 하나 까딱하는 것도 너무 힘들었다.

덕분에 이를 악물고 끙끙거려 겨우 몸을 한 번 뒤집고 나니 진이 다 빠졌다.

너무나 엉망인 몸의 상태에 황당해진 난 베개에 얼굴을 묻은 채 숨을 고르며 어제의 기억을 더듬어가기 시작했다.

'그러니까 분명히 어제……'

오랜만에 친구들과 약속이 있던 날이었다.

그것도 내일부터 쉴 수 있는 금요일!

해서 난 일찍 퇴근하려고 점심시간도 절반으로 줄여가며 일을 했더랬다.

그런데 평소 뺀질뺀질하고 큰소리만 탕탕 치던 후배 녀석이 대형 사고를 쳐버린 것이었다. 그것도 하필 퇴근 시간 직전에.

아, 진짜 죽일 놈이었다. 문제를 일으킬 거면 주말 지나고 나서 일으키든가.

퇴근 한 시간 전, 슬슬 나가려고 눈치를 보면서 일을 마무리하고 있는데 거래처에서 전화가 왔다.

후배 녀석이 담당하고 있던 기획서를 언제 보낼 거냐고 확인하는 전화였다.

당황해서 후배 녀석을 찾으니 어디로 사라졌는지 보이질 않고 핸드폰도 꺼져 있는 것이 아닌가. 주변 동료에게 물으니 안 보인 지 한 시간 정도 되었단다.

얼른 후배 녀석 자리로 가서 기획서를 찾아보자 기가 막히게도 절반 겨우 넘는 분량만 성의 없이 작성되어 있는 거였다.

그걸 확인하는 순간 머리가 새하얗게 비고 정수리 꼭대기까지 열이 치솟는 것이 만약 이때 눈앞에 그 후배가 있었다면 피 튀는 상황이 벌어졌을 거다.

'아, 진짜 개념을 물에 말아먹은 놈 같으니라고…….'

지금 다시 생각해 봐도 이가 빠득빠득 갈린다.

그 후 난리도 그런 난리가 없었다.

거래처 담당자에게 급히 연락해 싹싹 빌어가며 시간을 벌고, 금요일 칼퇴근을 기대하고 있던 팀원들을 붙들고 애원해 기획서 작성에 투입시켰다.

친구들과의 약속은 당연히 캔슬됐고 말이다.

그렇다고 금요일에 야근까지 시킬 수는 없는 노릇이라 8시쯤에 팀원들을 모두 퇴근시키고 나 혼자 붙들고 용쓰다 보니 금세 9시가 넘어가 버렸다.

한숨 돌릴 겸 무심코 시간을 확인하고 나니 모두 다 퇴근한 텅 빈 사무실에 혼자 기획서를 붙들고 있는 꼴이 인식되면서 갑자기 서러워졌다.

지금 내가 뭐하고 있나 싶어 우울해지며 일하기가 싫어지는 것이다. 당장 모든 걸 다 내팽개치고 나가고 싶어 엉덩이가 들썩거렸다.

하지만 그러나 버뜨!

바닥에서 찰랑대는 통장 잔고와 5천만 원도 안 되는 퇴직금, 완납하려면 아직 한참 남은 연금 보험, 곧 전세 계약 기간이 끝나는 원룸 등등을 떠올리니 차마 엉덩이를 뗄 수가 없었다.

아아~ 서러운 현실이여!

그래도 회사에서 밤샐 마음까진 없어 전철 막차 시간을 체크하며 일하고 있었는데, 아뿔싸…….

잠깐 딴 일에 정신이 팔린 사이 전철 막차 시간을 놓치고 말았던 것이다. 많이도 아니고 따악 5~10분 정도였는데 말이다.

어쩔 수 없이 택시를 타려고 했지만, 그것도 쉬운 일이 아니었다.

금요일 밤이라 빈 택시는 찾아보기 힘들었고, 한 시간 넘게 길에서 발만 동동 구르다 겨우겨우 빈 택시를 발견할 수 있었지만 할증이 붙는 시간이라 무지막지하게 비싼 요금을 내야만 했다.

여름이라 그나마 나았지, 겨울이었다면 거기다 감기몸살까지 겹쳤을지도 모른다.

그렇게 해서 새벽 세 시가 다 되어 집에 도착한 난 씻지도 못한 채 그대로 침대에 몸을 던지면서 부디 악몽 같은 불운이 여기서 멈추길 진심으로 빌었다.

하지만 진짜 악몽은 그때부터 시작이었다.

꿈에서 난 굉장히 좁은 공간에 갇혀 있었다. 너무 좁아서 팔과 다리를 펴기는커녕, 몸을 뒤척이는 것도 불가능했다.

거기다 마치 굉장히 진득한 액체 속에 몸이 담겨 있는 것 같은 느낌까지…….

꿈은 현실을 반영한다는데 내가 이 정도로 주변에서 압박을 느꼈나 싶기도 하고, 또 다른 한편으로는 이게 새로운 가위눌림인가 싶기도 해서 무섭기도 했다.

하지만 이곳에서 벗어나고 싶어도 어떻게 된 게 눈에 보이는 것이 아무것도 없는 거다. 오로지 깜깜한 암흑뿐.

덕분에 나는 내가 눈을 떴는지 계속 감고 있는지조차 헷갈릴 지경이었다.

거기다 어떤 소리나 기척도 느껴지지 않으니 더욱더 무서워졌다.

좁고 깜깜한 공간에 나 혼자만 덩그러니 갇혀 있는 기분은, 그것도 아무것도 모른 채로 기약도 없이 그러고 있는 건 정말 끔찍했다.

그런데 엎친 데 덮친 격으로 시간이 지나자 공간이 사방에서 서서히 좁혀오기 시작하는 거였다.

그렇지 않아도 좁은 공간이었는데 더욱 좁아지자 몸을 완전히 웅크리게 된 것도 모자라 나중에는 숨 쉬기도 힘들 정도의 압박까지 받게 되었다.

그런데도 잠에서 깨어나질 못했다. 진즉부터 꿈에서 깨기 위해 혀를 깨물고 팔을 꼬집어봤지만 소용이 없었다.

그쯤 되자 이제는 정말 죽든지 미치든지 할 것만 같은 두려움이 몰려와 나는 무작정 죽자 살자 몸부림치기 시작했다.

몸을 뒤틀고 팔다리로 공간을 밀어 차고…….

침착하게 상황을 생각하고 자시고 할 정신도 없었다.

그렇게 꿈속에서 공포에 눌려 얼마나 몸부림을 쳤을까?

필사적인 몸부림에도 꿈쩍도 안 하는 공간 때문에 절망까지 더해져 비명이라도 지르고 싶은 순간,

퍼억!

공간이 뚫렸다.

비록 커다란 구멍이 아닌, 단지 왼쪽 발 하나가 밖으로 빠져나간 정도의 작은 구멍이었지만 그건 이 깜깜한 절망 속에서 한줄기 희망의 빛이었다.

죽을 줄 알았는데……. 질식해서 죽거나 미쳐서 죽거나 정말 마지막인 줄 알았던 그 순간 희망이 보이자 온몸에 전율이 흘렀다.

그 순간 느낀 전율은 뭐라고 표현하기 어려운 감동이었다. 이건 겪어보지 않은 사람이라면 절대 모를 거다.

그 후 나는 전보다 더 열심히 발광(?)했다. 드디어 살 수 있다는 희망에 없던 힘도 팍팍 솟구치는 것 같았다.

물론 나를 가두고 있던 공간은 일부분이 뚫렸음에도 여전히 굳건해서 몸부림치는 것도 쉬운 일은 아니었지만, 나는 죽을힘에 젖 먹던 힘까지 다 동원하여 몸부림쳤다.

얼마나 애를 썼는지 오른쪽 다리마저 공간을 뚫고 나갔을 때에는 지쳐서 기절할 것 같았다.

꿈속에서 그런다는 게 웃기지만 난 정말 지쳐서 잠깐 잠이 들었던 것 같기도 했다.

그래도 그렇게 갖은 애를 쓴 것이 헛짓은 아니었는지 그 후에는 팔도 바깥으로 내보낼 수 있었고, 마지막에는 나를

억압하고 있던 공간을 세로로 크게 쪼갤 수 있었다.

'드디어!'

공간이 위에서 아래로 쭈욱 갈라져 벌어지자 그 틈 사이로 빛이 쏟아져 들어왔다.

오랫동안 어두운 공간에 있었던 터라 처음에는 빛에 눈이 부시다 못해 아파 뜰 수가 없었지만, 잠시 눈을 감고 기다리고 있자니 서서히 적응되기 시작했다.

눈을 감은 상태였음에도 불구하고 다시 보게 된 빛은 눈물이 나올 만큼 반가웠다.

거기서 조금 더 기다렸다 조심스레 눈을 뜨니 서서히 잡혀가는 초점에 제일 먼저 보이는, 내 앞에 드리워진 커다랗고 시커먼 그림자에 나는 순간 심장이 튀어나올 정도로 깜짝 놀랐다.

'으헉! 뭐, 뭡니?'

다행히 나이를 헛먹진 않았는지, 나는 어린애처럼 꽥! 하고 기함을 하는 대신 애써 벌렁이는 심장을 다독이며 그림자를 조심스레 살피기 시작했다.

커다란 그림자는 웬 덩치 좋은 남정네였다. 그것도 깊은 눈매에 커다랗고 오똑한 코가 제일 먼저 눈에 들어오는 서양 남정네.

10점 만점을 기준으로 보자면 6점이나 7점, 후하게 인심 쓴다면 7.5점 정도를 줄 수 있을 정도로 괜찮은 외모를 가진 그 남자는 뭐가 그리 좋은지 눈을 반짝반짝 빛내며 나를 바라보고 있었다.

하지만 남자의 외모나 분위기는 둘째 치고 나는 당최 상황을 이해하지 못해 어리벙벙할 뿐이었다.

'으으응? 갑자기 왜 외국인이 등장하는 거지?'

어둡고 좁은 공간에 갇혀 압사당할 뻔하다 구사일생으로 겨우겨우 탈출하는가 싶었더니, 그 앞에 기다리고 있는 건 웬 서양 남정네.

내가 꼭 이상한 나라에 빠진 앨리스라도 된 기분이었다.

'그나마 앨리스는 같은 문화권으로 빠졌지. 나는 동양인인데 왜 서양으로 빠진 거냐?'

얼떨떨한 기분에 처지도 잊고 남자만 빤히 바라보고 있던 내 정신을 일깨워 준 건 찬 공기였다.

그동안 공간을 빠져나오기 위해 용을 쓰느라 진땀을 잔뜩 흘렸던 몸에 찬 공기가 닿자 소름이 오싹 돋으며 정신이 번쩍 들었던 것이다.

그러고 나서야 깨달은 건데, 난 내가 뚫어놓은(?) 탈출구를 눈앞에 두고도 갑자기 나타난 남정네 때문에 놀라 탈출하는 것도 잊고 있었다.

'아, 이런, 이런… 내가 지금 뭐하는 거야?'

그제야 황급히 제정신을 차린 나는 몸을 움직이려 하다 다시금 멈칫거렸다.

문득 갑자기 나타난 이 남자가 혹시나 나를 여기다 가둬 둔 인간이 아닌가 하는 생각이 들었던 것이다.

비록 분위기가 이상한 건 아니었지만, 어디 악당이 이마에다가 '나 악당!'이라고 써 붙이고 다니던가.

게다가 이 공간을 벗어나자마자 기다리고 있었다는 듯 만
난 인간이니 말이다.

하지만 난 곧 고개를 내저었다.

난생처음 본, 그것도 외국인이 뜬금없이 왜 나를 잡아다
가둔단 말인가.

게다가 남자는 처음 나와 눈이 마주쳤을 때부터 호의가 가
득한 눈빛으로 날 바라보고 있었다.

날 왜 그런 시선으로 바라보는지는 모르겠지만, 그런 시선
을 주는 사람을 악당이라고는 생각하고 싶지 않았다.

그래서 슬그머니 움직이기 시작했더니만, 다행히 남자는
내가 공간을 빠져나올 때까지도 가만히 지켜보기만 했다.

그렇다고 완전히 무시할 수도 없어 계속 남자를 신경 쓰면
서 움직였더니, 아뿔싸, 공간을 빠져나오자마자 발을 헛디디
고 말았다.

그렇지 않아도 많이 지친 몸이라 기민하게 대처하지 못하
고 그대로 땅에 코를 박게 생긴 찰나, 계속 지켜보고만 있던
남자가 황급히 손을 뻗어 날 붙들어주는 게 아닌가.

"@#%!"

남자의 손길은 굉장히 조심스럽고 부드러웠다.

'역시~ 좋은 사람이었어!'

그럼 완전히 마음을 놓아도 되겠다 싶어 어깨의 긴장을 푸
는데……

"@#$%*&?"

'엥? 뭐라는 거?'

역시, 생긴 것도 외국인이더니만 언어도 외국어다. 문제는 그 언어가 영어도 아니라는 것.

'도대체 여기가 어디기에⋯⋯.'

속으로 난감함을 느끼며 나는 그나마 조금이라도 할 수 있는 건 영어밖에 없었기에 혹시 영어를 할 줄 아느냐고 물어보려 했다.

'에에⋯ 그, 그러니까⋯ Can You Speak⋯⋯.'

한데 막 서툰 영어로 질문을 하려는 순간, 갑자기 뭐가 목에 턱 걸리는 것이었다.

목 한가운데를 탁 막은 이물질은 답답한 건 둘째 치고 숨조차 쉬지 못하게 기도를 꽉꽉 틀어막았다.

그러니 질문이고 뭐고 일단 숨부터 쉬게 막힌 걸 뚫어야 했다.

"커윽, 커윽, 커웨에엑!"

얼마나 목구멍에 착 달라붙었던지 쉽게 떨어지려 하질 않았다.

덕분에 힘껏 용을 쓰다 보니 나도 모르게 듣기 거북한 소리가 흘러나왔지만 지금 그게 문제가 아니었다.

용을 쓰는데도 이놈이 안 튀어나와 정말 숨 막혀 죽을 지경이었던 것이다.

마지막이라는 심정으로 남아 있는 힘을 바닥까지 박박 긁어서 목구멍을 쥐어짰다.

"컥!"

천만다행히도 효과가 있어 마침내 목구멍을 꽉 막고 있던 것이 밖으로 튀어나왔다.

과연 색도 시커먼 것이 양도 큼지막(?)했다.

저런 게 목을 막고 있었으니 당연히 답답할 수밖에.

시커먼 가래(?)를 뱉어내자 기도가 뻥 뚫리며 폐 속으로 청량한 공기가 한가득 들어찼다.

'후하!'

그렇게 속이 시원해지자 급작스럽게 몸이 노곤해지며 졸음이 쏟아지기 시작했다.

얼마나 수마가 강력한지 정신을 차리려고 해도 눈꺼풀이 저절로 내려갔다.

'아, 누군지도 모르는 사람 앞에서 자면 안 되는데…….'

그러나 그건 내 마음뿐, 몸은 피곤함에 그대로 넘어가 버렸다.

즉, 남자 앞에서 그대로 까무룩 정신을 잃어버린 것이다.

'맞아, 그랬지? 하이고, 정말 진짜 악몽 중의 악몽이었지. 처녀귀신이 나오는 악몽도 이것보다는 덜 무서울 거야.'

지난밤의 악몽을 생각하니 지금도 등골이 오싹했다. 그나마 악몽의 후반부(?)에서 그 끔찍한 공간을 탈출했기에 망정이었지, 탈출하지 못했으면 어떻게 되었을지는… 떠올리는 것조차 싫다.

'근데 그… 마지막에 나온 그 남자는 뭐래? 뭐, 제법 잘생겨서 눈요기는 잘했다만… 나도 모르는 내 취향이 그런 타입이었던가?'

특히나 날 따스하게 바라보는 눈길이 제법 기분 좋았다.

하지만 뭐, 꿈속의 남자를 만날 일은 없을 테니 그림의 떡, 아니, 한여름 밤의 꿈일 뿐이겠지만 말이다.

지금은 얼른 정신 차리고 현실에 남아 있는 일거리를 생각해야 할 때다.

'으에, 일하기 싫어어……. 그렇지 않아도 컨디션도 완전 꽝인데…….'

지금 온몸이 천근만근인 것과 강력한 근육통은 아무래도 어젯밤 악몽의 후유증인 것 같다.

그 악몽에서 벗어나려 엄청 난리부르스를 쳐댔으니 현실의 몸도 같이 용을 썼을 것 아닌가.

'아, 정말… 어젠 술도 안 마셨는데 이게 무슨 난리람. 역시 그 후배 놈이 원인인가?'

내가 어쩌다 그런 놈을 만나 이 고생을 하나~ 속으로 푸념을 하며 나는 집에 있는 상비약 목록을 떠올렸다.

'어디 보자… 집에 근육통 약이 있었던가?

생각 같아선 오늘 하루 정도는 푸욱 쉬었으면 좋겠지만, 할 일이 쌓여 있는 상황에서는 꿈같은 이야기였다.

나는 아쉬움을 뒤로하고 꾸물꾸물 움직여 이불 밖으로 고개를 내밀었다.

다시금 근육통이 온몸을 강타하고, 천근만근 무거운 몸이 쉽게 움직여 주지 않았지만 어제의 악몽만큼은 아니었다.

그리하여 힘겹게 자리에서 일어나 앉은 나는 눈앞에 보이는 광경에 얼떨떨해졌다.

'어라? 어라라?'

분명 내 방의 침대에 쓰러져 자고 일어난 것 같은데 눈앞에 펼쳐진 광경은 내 방의 모습이 아니었던 것이다.

'뭐지? 뭐가 어떻게 된 거야?'

온몸에서 진하게 느껴지는 근육통을 생각하면 현실인 것 같긴 한데 꿈속 같은 광경은 이게 현실이라는 걸 믿을 수 없게 만들고 있었다.

일단 넓었다. 그것도 아주 어마어마하게.

'헐, 뭐냐… 여긴? 여기서 축구해도 되겠다.'

과장이 아니라, 내가 있는 곳과 반대편 벽 사이의 공간이 워낙 넓어 어른 축구장은 좀 불가능해도 어린이 축구장은 충분히 들어설 수 있을 듯했다.

게다가 방뿐만이 아니라 벽에 나 있는 창문도 테라스 문이라 해도 될 정도로 컸고, 시선을 아래로 내리다 발견한 내가 올라앉아 있는 침대는 몇 번이나 데구르르 굴러도 안 떨어질 정도로 넓었다.

껌뻑껌뻑.

'허… 거참……'

몇 번이나 눈을 깜빡거리고 비벼도 봤지만, 꿈속 같은 모습은 변할 생각을 안 했다.

나는 결국 길게 한숨을 내쉬며 꾸물꾸물 이불 안으로 기어들어갔다.

'아무래도… 잠이 덜 깬 모양이야. 어쩐지 머리가 계속 띵하더라니. 그냥 한숨 더 자야겠어.'

한데 이게 웬걸?

아까까지만 해도 베개에 머리를 대면 금방 잘 듯했는데, 막상 베개에 머리를 대니 몸은 노곤하게 늘어져도 이상하게 정신은 점점 더 또렷해지는 거였다.

그래도 몸 상태로 보아 눈을 감고 있으면 곧 잠들 수 있을 것 같아 이불을 머리끝까지 덮으며 다시 잠들기를 기다렸지만, 어째 한참이 지나도 기다리는 잠은 안 오고 외려 정신만 더 말똥말똥해졌다.

이불 속에서 계속 버텨봤지만, 끝까지 잠이 오질 않아 결국 난 잠들기를 포기하고 이불을 걷었다.

그러면서 한편으로는 내가 이불 속에서 눈을 감고 있었던 사이에 모든 것이 제자리로 돌아와 있기를 바랐지만…….

눈앞에 보이는 넓디넓은 방의 모습에 나는 한숨을 푸욱 내쉬었다.

'하아… 이게 뭐냐……. 여전히 이상한 나라의 앨리스?'

이해할 수 없는 상황에 머리가 복잡했지만, 그렇다고 잠도 안 오는데 계속 누워 있을 수는 없어 나는 다시금 길게 한숨을 내쉬고 꾸물꾸물 몸을 일으켜 앉았다.

'도대체 이게 어떻게 된 거람?'

그나마 끔찍한 상황이 아니라는 것만으로 위안을 삼아야 하나?

하기야 주변 풍경만 따지자면 악몽 때보다, 아니, 솔직히 말해 현실의 내 환경보다 훨씬, 훠어어얼~ 씬 좋았다.

일단 침대부터 장난이 아니었으니 말이다.

사이즈도 사이즈지만 침대 네 귀퉁이에는 번듯한 굵은 기둥이 떠억하니 버티고 서서 천개를 받치고 있었다.

'헐, 내 평생 기둥 침대에 다 누워보고…….'

그것도 그냥 기둥이 아니다.

은빛으로 번쩍번쩍 빛나는 매끄러운 외관에는 고풍스러운 조각까지 되어 있었다.

한데 침대의 천개 안쪽에는 파란색의 새, 금색의 별, 은색의 초승달, 초록색의 나뭇잎 등등 수많은 모형이 가느다란 은색 실에 매달려 달랑거리고 있는 거다.

어찌 보면 모빌 같기도 하고, 그냥 단순한 장식 같기도 한데.

'뭐, 뭐냐, 이 상큼 발랄한 유아틱 분위기는?'

우아, 고급, 고풍스러운 침대 기둥과는 정말 안 어울렸다.

침대 머리는 우아, 고급, 고풍스러운 기둥과 잘 어울리고 있는데 말이다.

어디에서도 보기 힘든 조합에 벙쩌 멍하니 바라보고 있는데 옆에서 인기척이 느껴짐과 동시에 말소리가 들려왔다.

"@#$%^&*~"

'뭐시기?'

언제 어디서 나타난 건지 모를 웬 30대 중반으로 보이는 여성이 침대 곁에 무릎을 굽히고 앉은 채 다정하게 웃으며 날 바라보고 있었다.

'하, 하, 하… 이거야 원…….'

내가 아무래도 은연중에 서양 세계에 대한 동경을 가지고 있었나 보다.

어제 나온 남자도 서양인처럼 생겼더니만, 지금 나타난 이 여성도 뚜렷한 이목구비에 회색과 초록색이 섞인 눈동자를 하고 있는 것이 전형적인 서양 여성이었다.

단정하게 틀어 올린 머리도 짙은 색이긴 했지만 분명 검은 머리가 아닌 갈색 머리다.

게다가 더 날 당혹스럽게 만든 건 그녀의 차림새.

그녀는 마치 근대 유럽시대를 코스프레한 듯 밝은 파란색의 우아한 드레스를 입고 있었던 것이다.

'거참, 난 최근에 동양풍 스타일을 선호하고 있었는데?'

내 선호도가 무시된 상황에(?) 나도 모르게 살짝 인상을 찌푸리고 그녀를 바라보자 그녀는 외려 더 진한 미소를 지으며 다시금 입을 열었다.

"@#$%^&*~"

'하아~ 영어도 못하는 나한테 뭘 바라?'

내 꿈인데도 못 알아듣는 외국어 남발까지.

이제는 이게 정말 꿈이 맞는 건지 헷갈리기까지 했다.

하지만 그녀는 나의 반응에도 아랑곳하지 않고 자기 할 말이 끝나자 나에게 조심스레 커다란 하얀 천을 내미는 것이었다.

'이걸 뭐 어쩌라고요?'

영문을 알 수 없는 행동에 잠자코 바라보고만 있자 그녀는 내 하반신을 덮고 있던 연분홍빛 시트를 조심스레 걷어내더니 자기가 내민 하얀 천으로 날 두르고는 그대로 들어 올리는 것이다.

'어, 어? 이봐요? 나 무거운데?'

순간적으로 내 몸무게가 떠올라 기겁했지만, 그녀는 얼마나 힘이 센지 가뿐하게 날 안은 상태로 침대를 벗어났다.

보통 체격의 여성이 가뿐하게 들기에는 내 몸무게가 좀, 아니, 완전히 불가능했기에 나는 순간 그녀가 사람이 아닌가 의심했을 정도였다.

하지만 곧 나는 어디까지 가나 보자, 란 심정이 되어 그냥 입을 다물고 몸에서 힘을 뺐다.

'나 원, 살다 보니 별 이상한 꿈도 다 보겠네.'

그사이 저 멀리 있는 문이 열리더니 뭔가를 손에 든 여성이 네 명이나 들어왔다.

그녀들도 지금 날 들고 있는 여성과 비슷한 디자인의 드레스를 입고 있었는데, 날 들고 있는 여성의 옷에 비해 좀 더 수수하고 짙은 색을 띠고 있다.

'그래, 그래, 이제는 부하들의 등장이냐? 아주 골고루 다 하는구나.'

그녀들이 가지고 온 건 세면도구였다.

하얀 도자기로 된 세숫대야와 물이 담긴 커다란 병, 수건 등등을 근처 탁자에 내려놓고 분주히 준비했다.

그사이 갈색 머리 여성은 등받이가 없는 푹신한 의자에 날 조심스레 앉히고는 한 여성이 건네주는 하얀 천을 받아 들었다.

"*&^%#$@@#$%^"

물론 이번에도 나에게 건네는 말을 못 알아들었지만 대충 그녀가 뭐라 했는지는 알 것 같았다.

왜냐하면 그녀가 말을 끝내자마자 그 천을 조심스레 내 얼굴에 가져다 대었던 것이다.

따뜻한 물로 천을 적셨던지 천의 부드러운 감촉과 따스함이 느껴져 기분 좋은 한숨이 절로 흘러나왔다.

꼭 얼굴에 스팀 타올 마사지 서비스를 받는 기분이었던 것이다.

'하아아~'

하지만 문득 떠오른 생각에 나는 정신이 번쩍 드는 기분이었다.

'따뜻해? 꿈인데? 꿈인데 따뜻함을 느낄 수 있단 말이야?'

그러고 보니 처음 내가 여기서 깨어났을 때도 엄청난 근육통 때문에 끙끙 앓아야 했다.

'꿈에서 통증에다 온감까지 느낄 수 있다고? 이거… 꿈 맞아?'

설사 꿈을 꾸고 있었다 해도 솔직히 아까의 근육통이라면 꿈에서 깨고도 남았을 거다.

'근데 이게 꿈이 아니면 뭔데?'

내가 그렇게 고민하는 사이 얼굴을 다 닦았는지 갈색 머리의 여성이 천을 바꾸더니 조심스럽게 내 손을 들어 올렸다.

그녀의 손길에 무의식적으로 그녀가 든 내 손으로 시선을 옮기는 순간,

"으응?"

나는 믿을 수 없는 광경에 두 눈을 몇 번이나 끔뻑거렸다.

갈색 머리의 여성이 내 손을 닦아주는 줄 알았건만, 그녀의 손 안에 있는 건 포동포동한 어린 아기의 손이 아닌가.

'내 손이 아니었나?'

의아함에 고개를 갸웃거리며 어린 아기의 포동포동한 손의 주인을 찾았더니 어째 시선이 점점 내 쪽으로 온다.

'으이이잉? 이게 내 거였어?'

믿기 어려웠지만 안 믿을 수가 없었다.

분명 갈색 머리 여성이 닦아주고 있는 손은 어린 아기의 손인데 그와 동시에 내 손에 닦이고 있다는 느낌이 드는 것이었다.

한번 확인해 보려고 손가락을 움직이자 갈색 머리 여성의 손안에 있는 자그마한 손이 꼼질거린다.

"허얼!"

내 입에서 신음 같은 소리가 흘러나오자 손을 세심하게 닦아가던 손길이 멈칫했다.

그 틈에 나는 갈색 머리 여성의 손에서 내(?) 손을 빼내 눈앞으로 가지고 왔다.

'지, 진짜 내 손?'

"@#$%^?"

갈색 머리 여성이 조심스러우면서도 의아한 목소리로 뭐라 말을 건넸지만 무시했다. 어차피 알아듣지도 못했으니 말이다.

대신 난 아래로 늘어뜨리고 있던 다른 쪽 팔도 눈앞으로 들어 올렸다.

그 손 또한 자그마하고 포동포동했다.

"헐렉스……."

양손에 힘을 주자 앙증맞은 손가락들이 꼼지락거린다. 그와 함께 은은하게 팔에서 느껴지는 근육통.

내친김에 자그마한 두 손을 맞붙이자 내 뇌에 양손이 맞붙었다는 감촉이 분명하게 전달된다.

아무래도 이게 내 손이 맞는 것 같다.

'역시… 꿈이었군.'

내가 어린 아기가 된 꿈을 꾸고 있는 모양이다.

고개를 드니 걱정스럽고 조심스러운 시선으로 나를 지켜보고 있는 갈색 머리 여성이 보인다.

"@#$%^&*."

하기야 꿈이니까 어린 아기가 되어 한 번도 본 적 없는 낯선 방에서 전혀 알아들을 수 없는 말을 하는 처음 보는 서양 여성들에게 둘러싸여 있을 수 있는 거겠지.

통증과 온감까지 뚜렷하게 느끼는 꿈이라니… 앞으로는 꿈인지 현실인지 확인하기 위해 뺨을 꼬집지는 못할 것 같다.

하여간에 그렇게 깔끔하게 정리된 건 좋은데 왠지 머리가 뜨끈뜨끈하다.

솔직히 아까부터 머리가 지끈거리기는 했는데, 이게 꿈이냐 현실이냐를 놓고 계속 고민을 했더니 머리에 과부하가 걸린 모양이다.

어제의 악몽, 아니, 이 꿈 전의 악몽 때문에 컨디션도 안 좋은 상태였는데 거기에 머리까지 과열되자 몸 상태가 더더욱 나빠진 것 같다.

'아아, 꿈이고 뭐고 그냥 다시 침대에 좀 드러누웠으면 좋겠어.'

그런데 나는 발도 닿지 않은 높은(?) 의자에 앉아 있고, 주변은 말도 통하지 않는 처음 보는 서양 여성들만 둘러싸고 있으니… 다시 침대로 가려면 어떻게 해야 할지 모르겠다.

'이럴 줄 알았으면 아까 잠이 안 오더라도 그냥 계속 드러누워 있을걸……'

한데 때마침 내 얼굴과 손을 닦아주던 갈색 머리 여성이 나와 눈높이를 맞춰오더니 걱정스러운 표정으로 손을 뻗어 내 얼굴과 목에 조심스레 대본다.

상태가 안 좋아 보이니 열이라도 있는지 확인하려는 것 같았다.

'바로 이거야.'

갈색 머리 여성의 태도에 나는 괜히 기운 없는 표정을 지으며 몸을 휘청거렸다.

"@#$%~!"

당연하겠지만 갈색 머리 여성이 놀라서 나를 부축해 왔고, 그걸 기회로 삼아 나는 눈까지 감으며 갈색 머리 여성의 품에 기대 버렸다.

그러자 과연 갈색 머리 여성이 다급히 날 안아 올려 이동하기 시작했다.

'성공~!'

그걸 느끼며 속으로 회심의 미소를 짓던 나는 나도 모르는
사이 까무룩 잠들어 버렸다.

제 3 화

충격적인 하루!

껌뻑껌뻑.

너무 오래 잤나 보다.

머리가 멍한데다 지끈지끈거리고, 눈이 부어서 잘 떠지지 않는데다 온몸이 힘없이 축축 늘어지는 건 너무 자서 잠에 취했을 때 나타나는 증상이다.

'아, 진짜… 적당히 자고 일어날걸.'

늦잠은 달콤한 거지만 그것도 정도를 넘기면 오히려 몸의 컨디션을 망가뜨리게 된다.

때늦은 후회와 함께 왜 또 이랬을까 하고 스스로에 대해 한탄하며 나는 비척비척 무거운 몸을 일으켰다.

몸을 움직임에 따라 둔중한 근육통까지 느껴지는 걸 보니 어제 좀 무리한 모양이다.

크게 하품을 하며 가벼운 상체 스트레칭으로 굳은 어깨와 목 근육을 풀자 멍했던 정신이 조금은 또렷해졌다.

그 상태로 자연스레 고개를 든 나는 드넓은 방 안의 광경에 굳어버렸다.

"뭐, 뭐냐?"

우아한 아치 모양의 커다란 창, 바닥에 깔린 두껍고 포근해 보이는 카펫, 중간중간에 배치된 럭셔리한 가구들, 거기다 더해 크고 멋들어진 침대까지.

이 모든 게 다 어디서 본 모양새다.

그걸 깨닫자마자 나는 얼른 내 두 손을 들어 올렸다.

꼼질꼼질.

과연 내 예상이 맞는다는 듯 앙증맞은 두 손이 눈앞에서 꼼지락거렸다.

"헐……."

그리고 마무리로는 기다렸다는 듯 조심스러운 인기척을 내며 다가온 갈색 머리의 서양 여성.

"&^%#$@~"

그녀는 무척 조심스럽고 걱정스러운 표정으로 날 바라보고 있었다.

왠지 부담스러운 그녀의 시선을 피해 아래로 눈을 돌린 나는 한숨만 푹푹 내쉬었다.

'대체… 이게 어떻게 된 걸까나…….'

꿈이 아니라면 내가 미친 건가 하는 생각도 들었지만 곧 고개를 저었다.

아무리 내 정신이 맛이 갔다 하더라도 최소한 내가 알고 있는 현실 세계여야 하지 않겠는가.

환영을 보는 것도 아니고, 처음 보는 방과 처음 듣는 언어를 쓰는, 처음 보는 서양 사람들 속에 앉아 있으니 나 홀로 딴 세상에 뚝 떨어졌다고 하는 게 맞는 거 같다.

게다가 주먹을 쥐었다 펴고, 손뼉도 쳐보고, 내 팔뚝을 만져본 결과 아무래도 이 자그마한 꼬맹이의 육체가 지금의 내 육체인 것 같고.

'그러니까⋯ 결국 결론은 '자고 일어나니 딴 세상의 어린이가 되어 있었다'인가? 참내, 이 무슨 판타지도 아니고⋯⋯.'

기가 막혀 길게 한숨을 내쉬며 천장으로 시선을 돌렸더니 형형색색의 반짝이는 모빌들이 나를 반기고 있었다.

"헐⋯⋯."

의미 없는 헛웃음을 흘린 나는 곧 눈을 꼭 감았다가 다시 떴다.

뭐가 어떻게 된 건지 하나도 모르는 주제에 파악하려 해봤자 좋지 않은 성능의 머리만 아프니 일단은 아무 생각 않고 지켜보기로 했다.

당장 내가 어떻게 될 위험한 상황에 놓인 것도 아니고 어쩌면 여기서 놀다(?) 다시 자고 일어나면 내 자취집에 돌아와 있을지도 모르는 일이니까.

거기다 보아하니 나는 엄청 부잣집에 있는 거 같으니 고생

할 것 같지도 않고 말이다.

아니, 어쩌면 평생 꿈도 못 꿀 호사를 누려볼지 모르니 럭키라고 해야 할지도?

'오오~ 그건 좋네. 뭐, 이렇게 된 거 잠시 부잣집 꼬맹이 노릇 한다 셈치자고.'

그렇게 마음을 정리하고 나자 혼란스러웠던 머리가 진정된 느낌이다.

내친김에 찌뿌드드한 몸도 풀어보고자 날 덮고 있던 시트를 꾸물꾸물 걷어내던 나는 보이는 광경에 얼어붙었다.

시트를 걷어내자 제일 먼저 보인 건 오동통하고 앙증맞은 두 다리였다.

손이 앙증맞으니 다리도 앙증맞은 건 당연한 거고, 그건 예상한 일이기에 충격이 크지 않았다.

날 얼어붙게 한 건 내 차림새.

겉에는 뽀송뽀송한 감촉의 민소매 원피스 스타일의 옷을 입고 있었다. 아무래도 어린아이용 잠옷인 것 같은데 그거야 어쨌든 그렇다 치고,

문제는 그 밑에 있는 그, 거시기, 바로 그거였다.

'이게… 그건 겨? 허, 허, 허… 그러니까… 이게 기저귀 맞지?'

내 나이가 몇인데 이 나이에 기저귀라니…….

기저귀를 차고 있다 함은, 실례를 여기다 해야 한다는 소리가 아니던가? 작은 일은 물론 큰일까지.

'미쳤냐?'

내 응가가 묻은 기저귀를 차고 있을지도 모른다는 생각을 하자 머리카락이 쭈뼛하고 섰다.

아무리 될 대로 되라는 심정으로 있는다 해도 이건 아니었다.

기가 막히고 코가 막히는 심정에 나는 갈색 머리 여성을 째려보며 단호하게 입을 열었다.

"그……!"

꼬르르륵!

그런데 이게 웬일?

내가 뭐라 한마디 하기도 전에 내 배가 나보다 앞서 한소리 터뜨리는 것이었다.

얼마나 소리가 컸는지 막 흥분해서 입을 열려던 내가 멈칫하고 갈색 머리 여성의 눈이 놀라서 똥그래질 정도였다.

'이런 된장…….'

덕분에 머리끝까지 치솟았던 열은 피시식 하고 꺼져 버렸고, 나는 소태 씹은 기분으로 인상을 구기며 입을 다물 수밖에 없었다.

갈색 머리 여성은 내 태도에 진한 미소와 함께 고개를 숙여 보이고는 조심스레 자리를 떴고 말이다.

'아우우, 쪽팔려~'

갈색 머리 여성의 모습이 사라지자마자 나는 몰려오는 창피함에 온몸을 비틀어댔다.

그러다 양손에 고개를 묻으며 몸을 숙이는데 갑자기 몸이 앞으로 쏠리며 힘없이 그대로 넘어지고 말았다.

"어푸푸푸푸!"

침대 위였기에 아프지는 않았지만 스스로에 대한 한심함이 더 커져 기분이 엄청나게 가라앉았다.

'이게 뭐냐. 기저귀까지 차고 쪽은 있는 대로 팔아댄 것도 모자라 이제는 몸도 못 가눠? 아무리 애가 됐어도 그렇지…….'

속으로 투덜거리며 몸을 일으키려는데, 순간 등 쪽에서 뭔가 허연 것이 스윽 양옆으로 떨어져 내리는 거다.

'으응?'

얼핏 숄 같은 모양새라 갈색 머리 여성이 내가 모르는 사이 나한테 걸쳐 놓았나 보다고 여긴 나는 몸을 바로 세워 앉자마자 흘러내린 숄(?)을 다시 추스르기 위하여 잡아당겼다.

'흐음, 독특한 디자인이네.'

얇고 가볍게 만들어진 스타일만 봐왔던 터라 제법 두툼한 숄의 모습이 신기했다.

게다가 이건 소재도 독특하게 천 종류가 아니라 말랑말랑한 가죽이었고, 겉에는 멋을 위함인지 내 손바닥 길이만 한 하얀 깃털을 촘촘하게 붙여놓았다.

숄이라기보다는 두께나 내가 확인하기 어려운 크기로 보아 이불 같았다.

'으음? 그런데 아무리 멋 때문이라고 해도 이불에 깃털을 붙여놓나? 안에다 넣으면 몰라도…….'

게다가 깃털도 보들보들한 것이 아니라 뻣뻣해서 보기엔 예쁠지 몰라도 피부에 닿는 감촉은 안 좋았다.

하지만 하얀 깃털 이불(?)을 조몰락거리고 있다 보니 깃털 아래 가죽에서 기분 좋은 온기가 느껴진다. 아마도 그래서 이게 내 이불로 선택된 모양이다.

그런데 아까부터 등줄기에 묘한 느낌이 들었다. 그러니까 등 부위는 등 부위인 것 같은데 등이 아닌 먼(?) 부위에서 뭔가 약한 우리~ 한 감각이 느껴지는 요상한 상황이랄까?

표현하기도 어려운 요상한 상황에 깃털 이불을 조몰락거리며 거기서 느껴지는 묘한 감각에 온 신경을 집중하고 있는데⋯⋯.

"*&^%#$@."

"꽉~!"

갈색 머리 여성이야 나름 조심한 거겠지만, 갑자기 들린 그녀의 목소리에 깜짝 놀란 나는 나도 모르게 조몰락거리고 있던 이불의 깃털을 확 잡아당겼다.

한데 당황스럽게도 그와 함께 마치 누군가가 머리카락을 한 움큼 쥐고 확 잡아당긴 듯한 통증이 나를 강타하는 것이다.

얼마나 찌릿했던지 눈물이 찔끔 나올 정도였다.

"&^%$#@~!"

내 모습에 덩달아 놀란 갈색 머리 여성이 얼른 나를 향해 손을 뻗었다.

그런데 그녀는 엉뚱하게도 내가 아니라 내 손에 꽉 쥐어진 깃털 이불(?)을 감싸 쥐고는 거기다 대고 호호 입김을 불어주는 게 아닌가?

'이 언니가 지금 뭐하는 거래?'

한데 황당한 일은 거기서 끝이 아니었다.

분명 그녀의 입김은 깃털 이불을 향하고 있었건만, 어째 내 등 언저리 저 끝자락에서 따뜻한 바람의 감촉이 흐릿하게 느껴지는 거다.

'이, 이게 대체……'

이해 못할 상황에 멍하니 갈색 머리의 여성만 바라보고 있자 그녀는 내가 진정된 걸로 오해한 모양이다.

안도한 표정으로 방긋 웃어 보이며 깃털 이불은 침대 위에 내려놓고 대신 날 조심스레 안아 들었다.

"&^%$#@~!"

뭐라 뭐라 말을 건네며 그녀가 날 데리고 간 곳은 햇빛이 잘 드는 창가의 티 테이블이었다.

그곳에는 이미 다른 여인들이 와서 테이블 위에 몇 가지 간소한 음식을 차려놓고 있었다. 아마 아까 내 배에서 울리는 우렁찬 소리에 부랴부랴 준비한 모양이다.

테이블 근처에는 '유아용'이라고 써 붙인 듯한 의자도 준비되어 있었고, 나는 당연하겠지만 그 의자에 앉혀졌다.

거기다 의자에 달린 벨트가 채워지고 목에는 냅킨까지 둘러졌다.

완전 어린애 취급에 기가 막히기도 했지만 방금 전 있는 쪽은 다 팔아놓은 상황에 이제 와 뭔 자존심을 세우겠는가?

그래, 그냥 댁들 맘대로 하쇼란 심정으로 의자에 늘어져 있었다.

덕분에 곧이어 내 앞으로 내밀어진 앙증맞은 스푼의 모습에도 가벼운 한숨만 내쉬며 순순히 입을 열 준비를 했다.

'일단, 먹고 보자.'

꼬르르륵~

기다렸다는 듯 다시 한 번 배가 우렁차게 소리치는 바람에 나는 더더욱 자존심을 포기했다.

"아~"

다른 말은 못 알아들었지만 이 말만은 알아들었다.

그래서 입술 가까이 다가온 숟가락을 덥석 물어 숟가락에 담긴 스프인지 죽인지를 입에 넣었는데… 되게 맛없었다.

아무래도 어린이용 음식이라 그런가 보다.

보통 유아용 이유식은 거의 양념을 안 한 저자극성, 저염식이 아니던가 말이다.

여기도 그건 마찬가지였던지, 걸쭉한 질감과는 반대로 맛은 되게 밍밍했다.

'배만 안 고팠다면 절대 안 먹었을 거다.'

속으로 투덜대면서도 나는 다시 한 번 들이밀어진 스프를 얌전히 받아먹었다.

'으에… 맛없어.'

이미 면이 팔릴 대로 팔린 상황이라 나는 예의 차릴 마음도 없어 속마음 그대로 불퉁거리는 표정을 지어 보였다.

그러자 갈색 머리 여성이 내 눈치를 슬쩍 보더니 이번에는 스프 대신 옆에 있던 빵을 집어 드는 것이었다.

되게 맛깔스럽게 잘 구워진 빵을 조금 뜯어내자 달콤한 버터향이 화악 퍼지며 '한번 잡숴봐' 하고 유혹하는 것 같다.

'호오?'

제법 그럴듯한 모습과 냄새에 내가 눈을 빛내며 바라보자 갈색 머리 여성이 빙그레 웃으며 빵을 내밀었고, 나는 기꺼이 양손을 뻗었다.

빵은 구운 지 얼마 안 되었는지 손에 받아 드니 따끈따끈한 온기가 느껴지는데다 아까보다 훨씬 진한 버터 냄새가 코를 자극했다.

한입 먹으니 입안에서 부드럽게 녹는 것이 단맛이 약간 덜한 카스텔라 맛이다.

'이건 좀 먹을 만하네.'

스프보다는 흡족한 맛에 양 볼에 빵빵하게 욱여넣고 우물거리며 먹고 있자 잠시 후 수프를 잔뜩 뜬 숟가락이 다가온다.

'맛없다니까.'

그에 홱 고개를 돌리며 빵만 우물거리자 곧바로 다른 숟가락이 다가왔다.

거기에 담긴 건 노란 고체 덩어리(?).

이건 뭔가 싶어 순순히 입을 벌려 받아먹자 갖가지 야채를 썰어 넣어 만든 달걀말이 맛이 느껴졌다.

'흠, 스크램블드에그인가?'

이것도 간이 거의 들어 있지 않았지만 난 달걀 프라이에는 소금을 안 넣는지라 이건 괜찮았다. 게다가 다른 것에 비해 씹는 기분을 낼 수 있어서 마음에도 들었고 말이다.

해서 빵 한입, 스크램블드에그 한입씩 먹다 보니 손에 있던 어른 주먹만 한 빵 조각을 다 먹었을즈음에는 얼추 배가 찼다.

맛있는 음식이라면 배가 빠방할 정도로 먹었겠지만, 이건 그 정도는 아니었기에 다시 다가오는 숟가락을 보고는 고개를 절레절레 저어 보였다.

그러자 숟가락은 즉시 물러났고, 대신 하얀 머그잔이 다가와 조심스레 입가에 대어졌다.

약간 노르스름한 색의 불투명한 액체가 들어 있는데, 살짝 맛을 보니 달지는 않지만 진한 우유 맛이 나는 고구마 라떼였다.

'오~ 괜찮은데?'

마침 목도 마른 참이었고 따끈따끈한 온기도 꽤 마음에 들어 나는 갈색 머리 여성이 대주는 대로 꼴깍꼴깍 다 마셨다.

고구마 라떼는 작은 머그컵 정도에 담길 양이었건만, 그걸 다 마시니 허기만 대충 면했다고 생각한 배가 제법 뽈록해졌다.

아무래도 몸이 어려지다 보니 위장까지 작아진 모양이다.

그렇게 갈색 머리 여성이 먹여주는 고구마 라떼를 마지막으로 식사를 끝내고 부른 배를 통통 두드리고 있는데, 눈앞의 탁자를 치운 갈색 머리 여성이 냅킨으로 입가를 깨끗하게 닦아주고는 날 번쩍 들어 품에 안더니 또 다른 방으로 데리고 갔다.

거긴 그동안 내가 있던 넓다란 방과 바로 연결된 옆방이었는데, 아이 놀이방으로 만들어진 공간이었다.

테니스 경기를 해도 충분할 것 같은 넓은 방은 바닥 전체에 폭신한 베이지색 카펫이 깔려 있었고, 그 위에는 다양한 색깔의 쿠션과 각양각색의 봉제인형, 형형색색의 블록에 공들까지 놓여 있었다. 마치 어디 대형 유치원의 실내 놀이터라도 온 듯한 기분이었다.

'헐… 여기도 사이즈가 장난 아닌데?'

갈색 머리 여성은 그곳에 도착하자 나를 조심스레 폭신한 카펫 위에 내려놓고는 뒤로 물러났다.

아무래도 여기 가지고 놀 게 많으니 가서 마음대로 놀라는 의미인 것 같은데, 그러나 나는 그보다 먼저 급한 게 있었기에 주변은 한번 쓰윽 둘러본 걸로 만족하고는 자리에 앉은 채로 손가락을 움직였다.

꼬물꼬물, 꼬무우울.

갈색 머리 여성이 날 바닥에 내려놓자마자 제일 먼저 느낀 건 엉덩이 쪽의 거치적거리는 불쾌함이었다.

그와 함께 그동안 깜빡 잊고 있던 아주 중요한 사실.

'기저귀!'

어떻게 그걸 까맣게 있고 있었는지, 몸이 얼라가 되더니만 지능도 얼라가 되어버린 모양이다.

'이대로 멍청하게 있다간 계속 이렇게 기저귀를 차고 살아야 할지 몰라. 그건 절대로 안 되지. 암, 암.'

그런 생각으로 얼른 이 창피한 물건을 벗어버리고자 치마를 홀렁 걷었더니만, 이럴 수가… 기저귀를 고정시키고 있는 게 찍찍이가 아닌 거다.

대신 양쪽 골반 뼈 위치에 자리하고 있는 건 아주 앙증맞은(?) 매듭.

'뭐셔… 여긴 찍찍이도 없는 겨? 왜 찍찍이가 아닌겨?'

척 보기에도 꽈악 조여 있다는 걸 알 수 있는 자태에 나는 난감한 한숨이 흘러나왔다.

'아오, 정말 누가 입힌 거야?'

역시나 보기에도 쉽게 풀 수 없을 것 같더라니, 아무리 잡아당겨도 내 손가락만 아플 뿐 매듭은 꼼짝도 안 했다.

그렇다고 말도 통하지 않는 저 여인네들에게 풀어달라고 할 수도 없고, 설사 풀어달라고 한다 해도 저들이 들어주지 않을 테니 천생 내가 해야 했다.

"끙… 끙… 끙… 끙……."

자꾸만 헛손질을 하게 되었지만 그래도 포기하지 않고 오른쪽, 왼쪽 번갈아가며 씨름하다 보니 손가락은 새빨갛게 되고 앓는 소리가 절로 흘러나왔다.

처음에는 절대 기저귀를 찰 수 없다는 자존심으로 시작한 거였는데, 이제는 풀릴 것 같은데 풀리지 않는 매듭과 씨름하다 보니 무슨 일이 있어도 꼭 풀고야 말리라는 오기가 생겨 버렸다.

만약 이번에도 안 되면 이로 물어뜯어 버리겠다는 결심을 하고 있는 찰나, 끝까지 꼿꼿하게 버틸 것 같던 매듭이 풀어졌다.

비록 오른쪽 매듭 하나뿐이었지만, 그것만으로도 기저귀의 본체(?)가 드러났기에 기저귀를 빼내는 데는 충분했다.

'드디어!'

드디어 이 기저귀와 이별이라는 생각에 나는 손가락이 아픈 것도 잊고 희희낙락하며 기저귀의 윗부분을 두 손으로 꼭 쥐고 힘껏 잡아당겼다.

그런데 이놈의 기저귀가 아까 매듭이랑 짝짜꿍이라도 맺었는지 도통 빠질 생각을 안 하는 거다.

'으그그극!'

온 힘을 다해 끙끙대며 당겨도 요지부동.

'아우 쒸, 이건 또 왜 이리 안 빠져? 어디 본드에라도 붙여 놨… 아… 이런……'

그 순간 나는 내 이마를 한 대 치고 싶었다.

멍청하게도 내가 미처 생각지 못한 게 있었는데, 지금 나는 기저귀를 내 엉덩이 밑에 깔고 앉아 있는 상태였다.

엉덩이를 들고 기저귀를 빼내면 몰라도 엉덩이로 깔고 앉은 상태로 빼내려 하니 쉬울 리가 있나.

기저귀를 힘껏 잡아당기고 있는 상황에 그걸 깨닫다니, 오늘따라 내 머리가 왜 이렇게 둔한지 모르겠다.

그런데 다시 위치를 바꿔서 기저귀를 빼내려는 찰나, 그동안 용쓴 게 그래도 효과가 있었는지 기저귀가 움직이기 시작하는 거다.

'오옷? 나온다, 나온다!'

덕분에 난 자세를 바꿀 생각은 저 멀리 보내 버리고 그대로 기저귀를 좀 더 강하게 잡아당겼다.

그와 함께 힘을 더하기 위해 본능적으로 상체를 뒤로 더 젖혔고, 엉덩이가 기저귀를 누르는 무게를 조금이라도 줄이고자 좌우로 씰룩거리기 시작했다.

흔들흔들, 까딱까딱.

과연 이 자세는 효과가 있어 움찔움찔 움직이던 기저귀가 조금씩 조금씩 빠져나오기 시작했다.

그에 탄력 받은 내가 더욱더 용을 쓰며 상체를 젖히자,

발라당~!

자연스럽게 뒤로 넘어가 버렸다.

"#$%^~!"

"#$%^~!"

날 약간 떨어진 곳에서 지켜보던 여인들이 당황하는 기색이 느껴졌지만 상관없었다.

그보다는 지금 내 손에 들린 기저귀가 더 중요했다.

"앗싸!"

드디어 빼낼 수 있었다.

아, 정말 이가 바득바득 갈릴 정도로 열 받고, 창피하고, 어이없는 악몽의 물건이었다.

이제는 더 이상 보게 되지 않길 바라며 휙 던져 버렸는데, 이 시키가 멀리 날아가지도 않고 바로 내 옆에 철퍼덕 떨어지는 게 아닌가?

'아쭈? 이거 봐라?'

그래서 그 녀석을 다시 집어 들어 더욱더 힘껏 던지려는데, 날 여기로 데리고 온 갈색 머리 여성이 아닌 뉴 페이스의 여성이 조심스레 다가오더니 나보다도 먼저 그 기저귀를 잡아 옆으로 치우고는 새 기저귀를 꺼내 드는 것이었다.

'이, 이봐! 이게 무슨 짓이야?'

기저귀를 새로 갈아주려는 폼에 나는 다급히 버둥거리면

서 자리에서 일어나려 했다.

이러면 내가 그 고생을 해서 기저귀를 **빼낸** 보람이 없지 않은가 말이다.

한데 내가 채 몸을 뒤집기도 전에 그 여성이 덥석 내 발목을 붙잡아 바로 눕히는 거였다.

"#$%^!"

상냥하게 웃어 보이며 뭐라 뭐라 하는 폼이 나를 달래서 얌전히 있게 만들려고 하는 것 같은데, 되게 아니꼬웠다.

'네 눈에는 내가 애로 보이지? 나한테는 네가 더 어려 보인다!'

해서 나는 오만상을 하며 그녀에게 잡히지 않은 발을 들어 내 발목을 잡고 있는 손을 떼어내려 몸부림을 쳤다.

후에 생각해 보면, 나보다 대여섯 살은 어린 여자 앞에서 밑을 보일락 말락 한 채(?) 버둥대는 게 기저귀를 차고 있는 것보다 훨씬 더 창피한 일이었지만, 그때는 그런 건 생각도 못했다.

"#$%^, #$%^~!"

내가 심하게 버둥거리자 이제는 그 아가씨가 당황해했다. 그러면서도 어떻게든 날 진정시키려 했지만 나는 계속 버둥대기만 했다.

[놔! 이거 안 놔? 놓으라니까!]

이곳에 와서는 처음으로 **꽥꽥** 소리까지 치자 날 진정시키려 하던 그 모래색 머리 여성이 깜짝 놀랐는지 내 발목을 놓치고 말았다.

그 틈에 나는 잽싸게 몸을 뒤집고는 자리에 일어나 앉았다.

내가 너무 씩씩대자 모래색 머리 여성이 어찌할 바를 몰라 하면서도 함부로 다가오려 하지 않아 나는 약간의 여유를 가질 수 있었다.

하지만 그렇다고 경계를 늦출 수는 없는 일이라 나는 계속 모래색 머리 여성을 노려보며 다른 한 손으로는 허리에 간신히 매달려 있는 천을 대강 모아 쥐었다.

이 천이 자꾸 흘러내려 거치적거렸던 것이다.

이대로 대치를 하면서 어떻게 할지 생각을 좀 해보려고 했는데, 아뿔싸, 새로운 태클은 내가 전혀 예상치 못한 곳에서 들어왔다.

"으갸!"

모래색 머리 여성을 경계하느라 미처 신경 쓰지 못하고 있던 또 다른 여성이 등 뒤에서 날 잡아 들어 올린 것이었다.

'이런 젠장할!'

뒤에서 날 들어 올린 여성 때문에 내가 허공에서 발만 버둥거리자 이때다 싶었는지 모래색 머리 여성이 기저귀를 들고 나에게 다가왔다.

뭐라 뭐라 열심히 달래려는 말을 건넸지만 내 귀에 들릴 리 만무했다.

그저 모래색 머리 여성을 가능한 한 매섭게 노려보며 두 손으로 천을 꼬옥 움켜쥐고 있을 뿐.

전에는 정색하면 무섭다는 소리를 들을 정도였건만, 지금은 내 찌릿한 시선에도 불구하고 모래색 머리 여성은 배실배실 웃으며 다가와 허리에 둘린 천을 잡은 내 손을 떼어내려 했다.

"자, 자, @!#$^%&~?"

다른 말은 이해 못해도 맨 앞의 말은 이해할 수 있었다.

'내가 어려 보인다고 진짜 어린앤 줄 아냐? 그렇게 달랜다고 넘어갈 거 같아?'

내가 싫다고 버티는데도 이렇게 강제적으로 나오면서 입으로는 달래려고 하는 행태에 더욱더 열이 뻗쳐 이번에는 아까보다 더욱더 강력한 발버둥을 선보이려 했다.

한데 아뿔싸!

내 짜리몽땅하고 통통한 다리에 힘이 안 들어가는 것이었다.

'설마… 아까 고거 좀 버둥거렸다고 벌써 지친 거야?'

그렇지 않아도 덩치에서 밀리는데 발버둥까지 치지 못하게 되다니, 이러다간 다시 기저귀를 차게 될 거라는 위기감이 엄습하는 가운데 모래색 머리의 여성이 내 허리춤을 향해 손을 뻗어왔다.

"@!#$^%&?"

다시 한 번 더 뭐라 하면서 찐하게 웃는 얼굴이 정말 얄미웠다.

그러나 힘 빠진 다리는 말을 듣지 않았고, 그사이 그녀의 손이 내가 꽉 쥐고 있던 천을 뺏어갔다.

안 빼앗기려고 버텨봤지만 힘 차이가 너무 컸다.

게다가 이렇게 허공에 뜬 상태로는 운신도 자유롭지 못하니 이제 꼼짝 없이 당하게 생겼다 싶은 바로 그때, 허리춤에 매달린 천의 남은 한쪽 매듭마저 풀려고 고개를 숙인 여인의 모래빛 머리가 눈에 들어왔다.

스튜어디스처럼 깔끔하게 모아 뒤에서 틀어 올린 바로 그 머리가 '나 여기 있소' 하는 것처럼 코앞에 들이밀어져 있자, 나는 두 번 생각할 것도 없이 반사적으로 손을 내밀었다.

즉, 눈앞의 모래색 머리를 두 손으로 잔뜩 움켜쥐고 잡아당겼던 것.

"꺅~!"

"헉~!"

내 급습은 효과가 좋았다.

모래색 머리 여성은 즉시 손에 들고 있던 기저귀를 떨어뜨렸고, 날 허공에 들고 있던 여성도 얼른 나를 내려놓았으니 말이다.

"#@#$~!"

"#@#$~!"

내가 바닥에 앉게 되자 내 손에 쥐어진 머리카락의 주인도 내 높이를 따라 아래로 내려왔다.

내 손을 억지로라도 떨쳐 내지 못하는 거 보니 역시 이들은 고용인이었던 모양이다.

뭐, 대충 눈치는 채고 있었지만 말이다.

그러니 머리카락을 잡힌 사람은 내 높이에 맞춰 딸려 오는 것 외에는 아무것도 하지 못했고, 대신 날 허공에 들고 있던 여성이 얼른 날 내려놓고 옆으로 다가와 내 손을 떼어내려 했다.

"#@#$~!"

덕분에 난 날 허공에 들었다 놓은 새로운 인물의 얼굴을 제대로 볼 수 있었다.

모래색 머리의 여성보다 한두 살 더 어려 보였는데, 짙은 붉은 머리에 새파란 눈동자를 가지고 있었다.

살짝 그을린 얼굴에 주근깨가 가득해 평소라면 활달한 인상이라며 호감을 가졌을지도 모르지만, 지금의 나에게는 얄미워 보일 뿐이었다.

모래색 머리카락에서 내 손가락을 하나하나 조심스레 떼어내는 붉은 머리의 아가씨를 실눈으로 째려보고 있던 나는 그녀가 마지막 손가락을 떼어내자마자 그녀의 손을 덥석 붙잡아 입으로 가져갔다.

"악!"

모래색 머리 여성보다 좀 더 강한 비명 소리가 터져 나왔다.

그도 그럴 것이, 아무리 어린아이가 되었다 해도 이는 제대로 가지고 있었던 것이다.

그녀의 비명에 잔뜩 흐트러진 머리를 겨우 들어 올리던 모래색 머리 여성이 사색이 되어 내 입에서 손을 빼내려 했다.

내 턱을 가볍게 붙잡고 나에게 물린 손을 반대편으로 잡아당겨 보기도 하고 내 목과 옆구리를 간질여 보기도 했지만 그건 오히려 내 화만 돋울 뿐이었다.

'애들이 진짜!'

모래색 머리 여성의 손길을 있는 힘껏 쳐내며 몸을 뒤틀고 턱에 힘을 더 주자 두 여성의 얼굴이 더욱더 울상이 되어 어찌할 줄을 몰라 했다.

그런데 그때, 갑자기 모래색 머리 여성이 얼른 내 눈앞으로 자리를 옮겨 오더니 두 손을 모아 싹싹 빌기 시작하는 거였다.

"@#$^%&(*&^%#$@~!"

말은 못 알아들어도 그녀의 음성에 다급함과 간절함이 가득 들어 있다는 건 알 수 있었다.

아마 그녀는 다급하니 애원이라도 해봤을 뿐 설마 어린애가 자신의 애원을 듣고 이성을 차리거나 설득될 거라고는 생각지 못했을 것이다.

그러나 모래색 머리 여성의 모습에 내 머리끝까지 치솟았던 분노가 마치 찬물이라도 끼얹어진 듯 착 가라앉아 버렸다.

한국에서 살아온 나로서는 누군가에게 무릎을 꿇는다는 건 명절에 어른들께 절을 할 때나 보던 것,

아무리 얄밉긴 해도 무릎 꿇고 비는 모습은 과히 보기 좋지 않았던 것이다.

그것도 내가 벌인 일로 인해서 그런 거라면 더더욱.

'아아, 진짜… 이러니까 꼭 내가 못된 애 같잖아?'

난 괜한 짜증스러움에 속으로 투덜거리며 붉은 머리 여성의 손을 입에서 뱉어냈다.

그러고는 '흥!' 하는 콧바람과 함께 심히 못마땅하다는 표정으로 엉덩이를 움찔거려 뒤로 물러났다. 그녀들을 경계할 겸 째려보는 것 또한 잊지 않았고 말이다.

그 때문인지 그녀들은 나에게 함부로 다가올 생각은 못하

고 조심스레 내 눈치만 살피고 있었다.

완전히 기가 죽은 아가씨들의 모습에 나는 짜증이 슬며시 풀리는 걸 느꼈다.

'뭐, 좋은 방법은 아니지만 가끔 말이 안 통할 때는 한번 크게 난리를 쳐줄 필요도 있긴 해.'

마지막이 좀… 많이 에러이긴 했지만 그녀들에게서 흡족한 반응을 이끌어낸 것에 만족하며 나는 그녀들을 향한 경계의 눈초리를 누그러뜨렸다.

그런데 그때, 여유가 생겨서 그런지 커다란 유리창 밖의 하늘이 눈에 들어왔다.

'헐, 벌써 시간이……'

아까는 환한 대낮의 빛이 들어오고 있었는데 지금은 약간 어둑해져 있는 것이 곧 있으면 노을이 보일 것 같았다.

노을이 지면 저녁이 될 테고, 그 후에는 어두운 밤이 올 거다.

'밤이라……. 신데렐라 이야기처럼 밤 12시가 되면 현실로 돌아간다거나 그럴까?'

차라리 그랬으면 좋겠다.

여기서 몇 시간 있지도 않은 것 같은데 벌써 많이 피곤하다.

부잣집 딸내미로 호사를 누릴 줄 알았건만, 호사는커녕 이래저래 난감하거나 맘에 안 드는 일만 잔뜩이었다.

'아, 혹시… 깨어났을 때 '월요일 아침입니다!' 하는 건 아니겠지? 그러면 그야말로 진정한 악몽인데.'

그렇게 창밖의 하늘을 바라보며 생각에 잠겨 있는 사이, 아까 거리를 좀 벌려놨던 두 여성이 슬그머니 다가오는 기척이 느껴졌다.

'이거, 이거 혹시 2차전?'

번뜩 든 생각에 다시 날카로워진 눈초리를 그녀들에게 향하려는 찰나,

'헛, 하필이면……'

정말 타이밍 나쁘게도 때마침 화장실이 가고 싶어진 것이다.

생각해 보면 잠에서 깨어난 이후 한 번도 가지 않았으니 한 번 정도는 가줘야 하는 게 맞기는 했지만, 그게 왜 하필이면 지금인 건지.

거기다 문제는 또 있었다.

보통은 약간의 여유를 두고 슬슬 신호가 오기 시작하는데, 이번에는 화장실 신호가 오자마자 곧바로 급하다는 신호가 뒤따랐던 것이었다.

'우쒸, 애라서 용량(?)이 적은감? 그러면 신호라도 일찍 보내줄 것이지.'

하기사, 그러는 것도 좋지는 않았겠다.

진즉 신호를 느꼈다면 저 여성들과의 1차전 결과가 지금과는 반대가 되었을지도 모르니까.

하여간 '급해요, 급해요' 하는 신호를 다시금 캐치한 나는 얼른 그녀들을 향해 손을 뻗으며 소리쳤다.

[화장실!]

난 여기 지리를 모르니 당연히 얼른 화장실로 데려가 달라는 의미였건만, 기가 막히게도 내 외침에 그녀들은 다가오던 자세 그대로 멈칫하더니 고개를 갸웃거리다가 뒤로 슬금슬

금 물러나는 것이 아닌가.

이 무슨 터무니없는 시추에이션?

[야! 화장실 급하다니까!]

그녀들의 행동에 어이없어 할 겨를도 없이 급하다는 신호에 나는 발까지 구르며 다시 바락바락 소리쳤지만 그녀들은 다시금 움찔하더니 더욱더 멀어질 뿐이다.

[야이~!]

그 모습에 열이 머리끝까지 치솟아올라 사나운 X을 마구 쏟아내려는 찰나, 딱딱하게 굳은 채 긴장하고 있는 그녀들의 모습이 눈에 들어와 나를 멈칫하게 만들었다.

그리고 그 틈에 집을 나갔던(?) 이성이 살짝 되돌아와서는 내가 계속 한국말로 소리치고 있다고 넌지시 알려주는 것이었다.

한국말로 계속 빽빽 소리를 질러댔으니 당연히 알아듣지 못하는 그녀들은 단순히 자신들이 가까이 다가갔다고 내가 화를 내는 거라고 여겼을 테지.

[이런 된장~]

이런 문제가 기다리고 있을 거라고는 꿈에도 생각 못했다.

이제 몸에서는 '급해요'가 아닌 '빨리빨리, 제발 빨리!'로 신호가 바뀌었다.

그에 다급히 머리를 쥐어짜던 나는 간신히 만국의 공통어를 떠올렸다. 다리를 오므려 딱 붙이고 무지 급하다는 표정을 지어 보인 것.

[쉬야~! 피피~! 소피~!]

과연 만국의 공통어는 효과가 탁월했다.

내 모습을 본 두 여성이 튕겨나듯 자리에서 벌떡 일어나 나를 향해 달려왔던 것이다.

그 와중 붉은 머리 여성은 모래색 머리 여성의 손짓과 한마디에 방향을 돌려 냅다 밖으로 뛰쳐나갔고, 모래색 머리 여성은 아까 옆으로 치워놓은 기저귀를 챙겨 나에게 뛰어왔다.

[빨리, 빨리이~!]

그러고는 기저귀를 펼쳐서 바닥에 깔고 그 위에 나를 앉히더니 내 허리에 아슬아슬하게 매달려 있는 천을 끌러 완전히 벗겼다.

그사이 밖으로 뛰어나갔던 붉은 머리 여성이 뭔가를 들고 헐레벌떡 뛰어들어 왔다.

물건이 제법 커서 약간 힘겨워하는 기색이었지만 용케 넘어지거나 떨어뜨리지 않고 우리에게 다가온 그녀는 얼른 그걸 바닥에 내려놨다.

짙은 검붉은 색의 윤기가 반드르르 흘러 '나 고급'이라고 써 붙인 듯한 그 물건은 유아용 용변기.

어쩜 이렇게 친구네 네 살짜리 딸내미가 사용하던 것과 비스무리하게 생겼는지 그 생김새에 감탄이 나올 정도였고, 그래서 더 반가웠다.

그 고급 유아용 용변기를 바닥에 내려놓자마자 대기하고 있던 모래색 머리 여성은 황급히 날 안아 올렸다.

한데 아뿔싸!

조금만 더 견디면 되는데, 그 잠깐의 사이를 못 견디고 그만… 터져 버렸다.

주르르륵.

한번 터지자 기다렸다는 듯이 와르르 쏟아지는데 내가 감당을 못할 정도였다. 모래색 머리 여성이 미리 아래에 기저귀를 깔아놓은 것이 정말 탁월한 선택이었을 정도로.

하지만 그따위 선택은 내 알 바 아니었다.

난 지금 마지막의 마지막에 와서 터져 버린 이 사태로 인해 머리가 공황 상태에 빠졌으니까.

"이… 이… 이이이이익!"

연유도 모른 채 여기에 와서 이 나이에 기저귀를 찬 것도 모자라 이런 사태까지 겪어야 하다니잇! 그것도 나보다 어린 애들 앞에서!

하늘이 무너지고 땅이 꺼지는 기분이었다.

'그러기에 척하면 착 하고 알아챘어야 할 거 아니야!'

그러나 외침은 밖으로 터져 나오지 않았다.

대신 너무하고 뭐하고를 다 잊어버린 나에게 팔뚝을 깨물린 모래색 머리 여성의 입에서 숨죽인 비명이 흘러나왔다.

"아흑~!"

"@#$^%&(*&^%#$@!"

모래색 머리 여성의 비명에 정신 차린 건 붉은 머리 여성이었다.

기겁한 표정으로 어찌할 바를 모르고 우왕좌왕하던 붉은 머리 여성은 황급히 내 앞으로 달려오더니 아까 모래색 머리 여성이 한 것처럼 무릎을 꿇고 싹싹 빌기 시작한 것이었다.

그 모습을 보고 내가 다시 이성을 되찾았으면 좋았으련만, 그렇게 되기 전에 새로운 변수가 나타났다.

"@#$%^&*(*&^%$#@?"

웬 남정네가 등장했던 것.

'뭐냐, 이 시키는?'

남들에게 보이고 싶지 않은 상황, 거기에 스스로도 멘붕 상태였으니 갑자기 등장한 남자가 반가울 리 없었다.

남자의 등장에 움찔 놀란 내가 턱에서 힘을 빼자 그 틈에 모래색 머리 여성이 잽싸게 나에게서 빠져나와 뒤로 샤샤샥 빠졌고, 대신 남자가 나에게 다가오더니 다짜고짜 날 안아 올려 눈을 맞췄다.

"@#$%^&*(*&^%$#@?"

다른 때 같으면 눈앞에 있는 그의 신비하고 아름다운 은보랏빛 눈동자에 감탄이라도 했을 텐데, 그때의 나는 눈에 뵈는 게 없었다.

'이게 뭔 짓이여?'

올 거면 상황이 정리되고 나서 오든가. 하여간 최악의 타이밍에 나타나 꼴도 안 좋은 날 들어 올린 남자가 곱게 보일 리 없었다.

게다가 때마침 그 언놈(?)께서는 내 앞에 기꺼이 모든 처분을 당해주겠다는 듯 얼굴까지 들이밀고 계시는 것이 아닌가.

그 성의를 무시할 수는 없는 법.

나는 그 성의가 갸륵하다는 마음에서 생긋 웃어주고는 양손을 내밀었다.

그걸 어떻게 생각한 건지 남자는 같이 환하게 웃어주며 자신의 얼굴을 내 얼굴 가까이 가져다 대기에 나는 양손으로 남자의 얼굴을 잡자마자 내 고개 각도를 잘 맞춰 틀고는 그의 코를 있는 힘껏 꽈아아아아악 깨물어줬다.

　'이 짜쓱아아!'

제 4 화

아빠와의 저녁

"쿡… 쿡쿡……."

무심코 웃음을 흘리던 필립은 자신을 향한 따가운 시선을 느끼고는 고개를 들었다.

그러자 대략 12개월 전후로 보이는 자그마한 여자아이가 볼이 통통 부운 채로 자신을 노려보고 있는 모습이 보였다.

"쿡!"

그 시선에 다시금 웃음을 흘리자 여자아이가 못마땅하다는 듯 인상을 찡그렸다.

그런데도 자신의 눈에는 엄청 귀엽게만 보이는 거다.

"저런, 저런. 너무 그렇게 인상 쓰면 주름 생긴다?"

마음과는 다르게 살짝 놀리는 투로 말을 건네자 여자아

기가 '뭔 소리를 하는 거야?' 하는 표정으로 눈썹을 꿈틀 거렸다.

'크읔, 저 귀여운 모습 좀 보라지.'

아이의 외모는 자신과 똑같은 남청색 머리와 은보랏빛 눈동자만 제외하면 아내를 쏙 빼닮았다.

아마 자신의 아내가 어렸을 때 바로 이 모습을 하고 있지 않았을까?

그래서 더 예쁘고 사랑스러웠다.

나이젤이 알면 콩깍지가 씌어도 단단히 씌었다고 혀를 찼을지도 모르지만 아무렴 어떤가?

아이에게 코가 깨물렸어도 그는 그저 좋아 허허 웃음만 나왔다.

"큭… 큼……."

다시금 연상되는 아까의 장면에 웃음이 나왔지만, 여자아이의 째림에 얼른 웃음을 수습했다.

'이거이거, 날 이렇게까지 꼼짝 못하게 하는 것까지 제 엄마와 똑같은데?'

아이의 친모에 관한 한 애처가인 필립은 입맛을 쩝 다셨다.

그때, 필립이 아이와 있는 공간에 시종장이 들어섰다.

"식사를 들이겠습니다."

필립의 고갯짓에 그가 옆으로 비켜섰고, 그 사이로 쟁반을 든 남성들이 조심스레 들어왔다.

그들이 필립과 아이의 앞에 있는 탁자에 음식을 차리는 때에 맞춰 갈색 머리를 가진 아이의 유모가 들어와 필립에게 고개를 숙여 보이고는 아이의 옆에 섰다.

유모가 아이의 턱에 냅킨을 매어주는 걸 보면서 필립이 막 숟가락을 잡으려는 찰나, 아이와 있는 테라스에 한 사람이 더 등장했다.

"늦었습니다. 안녕하십니까, 귀여운 공주님?"

약간 마른 체격에 밝은 갈색 머리의 남성.

필립과 함께 아이의 탄생 순간을 지켜본 나이젤이었다.

나이젤의 인사에 필립은 가볍게 손을 들어 보였지만, 아이는 말똥말똥한 표정으로 빤히 바라보고만 있었다.

그런 아이의 표정에 나이젤이 쿡쿡 웃으며 필립을 바라봤다.

"이야, 어쩜 이렇게 보면 볼수록 제 어머니를 쏘옥 빼닮았을까? 지금 이 표정은 완전 똑같아."

"내가 진즉에 말했잖아."

헤벌쭉한 표정으로 당연하다는 듯 고개를 끄덕이는 친우의 모습에 나이젤이 혀를 끌끌 찼다.

"쯧쯧, 벌써부터 그렇게 팔불출 기질을 보이면 나중에는 어쩌려고?"

나이젤이 반농담조로 말을 던지며 필립의 옆자리이자 아이의 맞은편에 자리를 잡고 앉자 그의 앞에도 음식이 놓였고, 곧 필립을 선두로 식사가 시작되었다.

가볍게 스튜를 맛본 뒤 빵을 하나 집어 들어 버터를 바르던 나이젤은 아이가 식사는 잘하는지 염려가 되어 슬쩍 시선을 던졌다.

한데 아이는 갈색 머리 여성이 떠먹여 주는 스프를 한 번 맛보더니 불퉁한 표정으로 입을 꾸욱 다무는 것이 아닌가?

'으음? 왜 그러지?'

혹시 아이가 못 먹는 음식을 준비한 건 아닌지 슬쩍 걱정이 되어 지켜보고 있는데, 어째 아이는 자신의 유모가 먹여 주려는 음식을 외면하는 와중에 필립이 먹고 있는 스튜를 뚫어지게 바라보고 있는 거다.

'호오?'

왠지 재미있는 장면이 생길 것 같아 빵을 입으로 가져가면서도 계속 아이를 주시하고 있는데, 팔불출인 필립 또한 딸의 시선을 느낀 듯 아이에게 눈길을 돌렸다.

"음?"

아버지라 핏줄의 당김에 자신을 바라보는 건가 싶었지만, 아쉽게도 아이의 눈길이 정확하게 향한 곳은 필립의 앞에 있는 스튜 그릇이었다.

아이는 필립이 자신을 바라보자 마치 기다렸다는 듯 필립과 그의 앞에 놓인 스튜 그릇을 번갈아 바라보며 눈을 반짝였다.

"아기씨?"

아이의 유모가 아이를 조심스레 부르며 다른 음식이 든 유아용 숟가락을 입술에 가져다 댔지만 아이는 요지부동.

입을 꼬옥 다문 채로 스튜 그릇만 뚫어져라 바라보는 폼에 필립이 혹시나 싶어 자신의 숟가락으로 스튜를 약간 떠서 아이의 입가로 가져다주자 과연, 아이가 기다렸다는 듯 냉큼 입을 벌렸다.

예법에 어긋나도 한참이나 어긋나는 행동이었지만 이 자리에 있는 어느 누구도 그것을 지적하지 않았다.

오히려 자신들의 놀란 기색으로 인해 필립의 심기를 거스를까 숨죽이며 지켜보기만 할 뿐.

그사이 필립은 마치 먹이를 받아먹으려 입을 쩌억 벌린 아기 새 같은 딸의 모습이 너무 귀여워 어쩔 줄 몰라 하고 있었다.

'그럼 난 아비 새인가?'

필립은 문득 떠오르는 생각에 피식 웃으며 다시금 아이를 바라봤다.

어른용 숟가락이라 끄트머리만 살짝 입에 넣어 스튜를 맛본 아이는 마음에 든 듯 입맛을 쩝쩝 다시며 더욱 강력한 시선으로 다시 자신을 바라봤다.

"맛있니?"

대답을 기대하고 물어본 게 아니었는데, 놀랍게도 아이가 필립의 질문을 알아듣기라도 한 듯 크게 방긋 웃어주는 것이었다.

태어나 처음으로 보여준 아이의 미소는 필립의 심장에 감동의 직격탄을 날렸다.

"나, 나이젤……."

"음?"

또 다른 빵에 버터를 잔뜩 발라 우걱우걱 씹으며 계속 부녀의 모습을 지켜보고 있던 나이젤이 즉각 대답했다.

"나… 왠지 우리 딸 시집 못 보낼 거 같다."

무척 진지한 필립의 말에 나이젤이 픽 코웃음을 쳤다.

"네 녀석이 공주님 발을 보고 제 모친과 닮았다고 했을 때부터 그럴 줄 짐작했다."

"어떤 놈이든 내 딸한테 침 흘리기만 해봐라. 아아, 그래. 미안하다."

필립이 먼 미래 언제 나타날지도 모르는 사윗감을 향해 살기를 흘리느라 아이에게 스튜 떠먹이는 걸 깜빡하자, 아이가 인상을 쓰며 뭐하고 있느냐는 듯 조막만 한 손으로 탁자를 탕탕 내려쳤다.

그에 얼른 제정신을 차린 필립이 스튜를 떠서 아이에게 내밀었다.

아이의 유모가 본인이 하겠다는 뜻을 비쳤지만 필립은 손을 저어 거부하고 아예 아이를 자신의 무릎에 앉힌 후 유모에게서 유아용 숟가락까지 건네받았다.

"어련하시겠냐."

그 모습에 헛웃음을 흘리며 고개를 저어 보이던 나이젤은 문득 자신을 빤히 바라보는 아이의 시선에 움찔 놀랐다.

"으응? 왜, 왜 그러실까?"

나이젤의 말을 알아듣기라도 했는지 아이는 기다렸다는 듯 손을 뻗었다.

아이의 손이 가리키는 건 나이젤의 손에 들린 빵.

아이의 시선을 따라 자신이 들고 있던 빵을 바라본 나이젤은 난감한 표정을 지었다.

스튜야 좋은 재료가 듬뿍 들어간 데다 향신료는 살짝만 곁들여 약간 싱거운 정도라 아이가 국물(?) 정도는 먹어도 괜찮겠지만 이 빵은 아니었다.

밀과 귀리를 섞어 반죽한데다 건포도, 말린 무화과, 땅콩, 호두, 아몬드 등등 견과류까지 잔뜩 넣어 구워낸 빵이라 아이가 먹기에는 버거울 것이고, 맛도 아이 입맛에 안 맞을 게 뻔했던 것이다.

그런 이유로 나이젤이 빵을 건네지 못하고 머뭇거리자 아이의 유모가 얼른 눈치 빠르게 유아용 빵을 아이에게 내밀었다.

하지만 아이는 유모는 본체만체하고 끝까지 나이젤에게 향한 손을 거두지 않는 것이었다.

"거참, 누구 딸 아니랄까 봐 고집도 똑같냐."

그에 어쩔 수 없음을 느낀 나이젤이 툴툴거리면서도 빵의 딱딱한 겉 부분은 모조리 뜯어내고 견과류도 없는, 그나마 아이가 먹을 수 있을 만한 부드러운 부분만 골라내어 건넸다.

그런데 이 꼬맹이가 무슨 심보인지, 나이젤이 건넨 부분은 마다하고 아이가 먹기 어려울까 봐 골라낸 견과류가 잔뜩 들어 있는 부분을 손짓하여 가리키는 것이었다.

그것도 자기 화났다는 걸 어필하려는 듯 인상까지 써가면서 말이다.

"이, 이거 먹여도 되냐?"

어째 원하는 걸 주지 않으면 물러서지 않을 듯한 아이의 태세에 나이젤은 난감해하며 필립을 돌아봤다.

견과류 있는 부분을 잘못 먹다가 목에 걸리기라도 하면 어쩐단 말인가.

"아기씨, 이거 드세요. 이게 맛있어요."

유모가 일부러 빵을 반으로 잘라 달콤한 버터 향을 맡을 수 있게 아이 앞에 들이대며 유혹했지만 아이는 끝끝내 시선을 돌리지 않았다.

아니, 이제는 얼른 달라는 듯 탁자를 탁탁 두드려 대기까지 했다.

그러자 필립이 쿨한 태도로 허락했다.

"한번 줘봐. 먹어보고 맛없으면 뱉어내겠지."

친부가 그리 말하는데 제삼자가 뭐라 말하리오.

'잘못해서 견과류가 목에 걸려도 내 책임 아니다.'

무책임한 말을 속으로 중얼거리며 나이젤이 견과류가 들어 있는 빵의 속 부분을—아무리 그래도 차마 딱딱한 겉 부분은 줄 수가 없어서—건네자 아이가 좋아하며 받아 들었다.

그리고 별 탈 없이 오독오독 잘 씹어 먹는 모습에 왠지 허탈감을 느끼는 나이젤이었다.

아무리 무책임한 마음으로 넘겨주긴 했지만, 그렇다고 완전히 걱정을 떨쳐 버린 건 아니었던 것이다.

'괜히 걱정했잖아? 저렇게 잘만 먹는데… 잠깐, 그러고 보니 태어난 지 만 하루도 안 된 아이잖아? 소화는 시킬 수 있는 건가?'

비록 혼혈이라고 해도 아이라면 소화력이 뛰어나지는 않

을 텐데 하는 걱정이 다시금 들었지만, 너무나 잘 먹는 모습에 그냥 걱정을 떨쳐 버렸다.

'혹시 모르니 나가면서 유아용 소화제나 종류별로 준비해 놓으라고 해야겠군.'

아이의 입맛에 맞췄을 게 분명한 달콤한 버터 향이 풍기는 부드러운 빵을 마다하고 시커먼 빵을 먹다니 취향도 참 특이하다 싶었다.

아이는 빵을 먹다가 제 아버지를 툭툭 쳐 스튜를 받아먹기도 하고, 그가 따로 챙겨주는 베이컨 야채볶음도 잘 받아먹었다.

자신의 식사는 거의 잊은 채 딸내미 식사를 챙기기 바쁜 필립은 자신이 건네준 음식을 잘 받아먹는 딸이 그렇게 예쁠 수가 없었다.

"아이고, 우리 딸, 잘 먹네. 아사, 맛있니?"

너무 잘 먹으니 추임새 넣듯 계속 맛있냐고 물어본 건데, 그동안은 배시시 웃어 보여 감격을 주던 아이가 이번에는 고개까지 끄덕끄덕하는 것이었다. 마치 '맛있어요'라고 대답하듯 말이다.

"정말 맛있어?"

내심 설마 하면서도 놀란 필립이 다시 한 번 아이의 눈을 똑바로 바라보며 묻자 아이가 필립의 눈을 마주 바라보며 고개를 분명하게 끄덕거렸다. 그러고는 빵을 입에 넣다 말고 조그마한 입술을 벌렸다.

"마시쪄."

놀란 필립이 나이젤을 향해 '너도 들었냐?'라고 묻는 시선을 보내자 여전히 친우의 팔불출 행각을 구경하고 있던 나이젤 또한 당황한 표정으로 고개를 끄덕였다.

물론 곧바로 '설마 잘못 들은 거겠지'란 생각이 들어 부정했지만 말이다.

"옹알이… 아니냐?"

'그런데… 옹알이를 태어나자마자 하는 거던가? 물론 애가 갓 태어난 것치고는 크긴 하지만…….'

나이젤의 추측에 필립이 그를 째려보다가 다시 아이에게로 시선을 돌렸다.

"자, 우리 아사, 다시 한 번 말해보렴. 맛.있.지?"

아이가 따라 하기 쉽게 한 자 한 자 끊어 또박또박 발음해주는 필립의 센스 있는 행동에 나이젤은 실소가 나올 것 같았지만, 그보다는 정말 아이가 그 말을 따라 하는지 궁금했기에 웃음을 참고 조용히 지켜봤다.

그랬더니 과연,

"마.시.쪄."

아이가 따라 했다.

"아이구, 우리 예쁜 아사. 나이젤, 역시 우리 딸은 천재였어!"

필립은 이제 참을 수 없다는 듯 아이를 품에 꽈악 껴안고 얼굴을 비비적거렸다.

그 탓에 아이가 괴롭다는 듯 오만상을 하며 버둥댔지만, 감격에 찬 팔불출 아버지는 그 모습이 보이지 않는 모양이었다.

결국 참다못한 아이가 아버지의 귀를 꽈악 물고 늘어져서야 팔불출 아버지는 제정신을 차리고 팔의 힘을 풀었다.

　'어이구, 저러다 버릇되면 어쩌려고. 아까도 코를 깨물렸다면서…….'

　그러면서도 나이젤은 필립의 귀는 살펴볼 생각도 않고 식사를 재개했다.

　어차피 그의 피부는 질기기가 오우거 가죽 못지않은 터라 아이가 있는 힘껏 깨물어봤자 자국만 살짝 나는 게 다일 거다.

　기실 아까 아이에게 꽈악 물렸다는 코는 지금 자국조차 남아 있질 않았다.

　아이의 유모가 기겁하고 다가왔지만 필립 또한 별것 아니라고 여기는지 하하 웃으며 그녀를 물러나게 하고는 아이를 얼렀다.

　"아이고, 우리 딸~ 아빠가 미안하다. 많이 힘들었니? 그래도 아빠를 미워하면 안 된단다."

　그의 팔불출 짓을 지켜보고 있던 나이젤은 순간 떠오른 생각에 입을 열었다.

　"그런데 필립, 넌 아이에게 첫 번째로 시키는 말이 '맛있어' 냐? 나 같으면 '아빠' 먼저 해보라고 할 것 같은데."

　미처 생각지 못한 일을 나이젤에게 지적당한 필립은 그대로 굳어버렸다.

　'아아~ 세상에 이런 날벼락 같은 일이 있나.'

갑자기 눈앞에 나타난 괘씸한 남정네의 코를 깨물었더니만 웃기게도 남자보다 주변 사람들이 더 난리였다.

얼마나 기함을 하던지, 꼭 내가 인기 아이돌에게 그의 팬들 앞에서 달걀 테러라도 한 것 같은 분위기라 나도 모르게 주눅이 들어 턱에서 힘을 뺐을 정도였다.

그 틈을 타서 갈색 머리 여성이 얼른 나를 안아 들고 그 남자에게서 멀어졌다.

갈색 머리 여성의 품에 안겨 가는 동안 뜨거웠던 머리의 열기가 조금이나마 식어 이성이 돌아오자 그와 함께 참담함이 내 머리를 가득 채웠다.

'아오오~ 내가 지금까지 뭘 한겨…….'

이건 단순히 '쥐구멍이 있으면 들어가고 싶어' 정도가 아니라 '접시 물이라도 있다면 콰악 코 박고 죽고 싶어'의 레벨이었다.

그런 나를 배려했는지 따뜻한 느낌에 정신을 차리고 보니 갈색 머리 여성이 나를 따뜻한 물속에 내려놓고 있는 게 아닌가.

그것도 접시 물 정도가 아닌 커다란 사기로 만든 대야에 가득 찬 물속이었다.

바라던 대로 물이 생겼으니 코를 박든 머리를 박든 해야 할 텐데, 사람 마음이란 게 참 간사하게도 뜨뜻한 물속에 앉아 있으니 참담했던 기분이 사르르~ 풀리면서 죽고 싶다는 마음이 슬그머니 사라지는 거였다.

거기에 갈색 머리 여성이 부드러운 천으로 어깨와 팔을 닦아주기 시작했을 때는 기분이 좋아질 정도였다.

이런 건 한국에서는 머니를 어느 정도 투자해야만 받을 수 있는 호사였으니 말이다.

'여기에 마사지까지 받으면 금상첨화일 텐데……'

그러나 그렇게 기분이 노글노글한 건 갈색 머리 여성의 손이 내 다리 사이로 들어오려 하기 직전까지였다.

"캑!"

'이 아가씨가 어딜!'

커다란 대야에 등을 기대다시피 늘어져 있던 내가 벌떡 상체를 일으키며 다리를 오므리자 갈색 머리 여성이 즉시 행동을 멈추더니 조심스레 손길을 뒤로 물렸다.

아무리 훌륭한 서비스라 해도 정도가 있는 법.

그래도 갈색 머리 여성이 눈치가 빨라 다행이었다.

덕분에 나는 아까 같은 큰 해프닝 없이 쉽게 천을 넘겨받아 나머지(?)는 내가 씻을 수 있었다.

생각 같아서는 씻는 모습도 보여주고 싶지 않았지만, 갈색 머리 여성이 애 혼자 씻게 두고 나갈 리가 없었기에 등 돌리고 씻는 걸로 만족해야 했다.

물로 씻고 일어서니 기다리고 있던 갈색 머리 여성이 커다란 타올로 꼼꼼하게 물기를 닦아주고 새 옷과 함께 기저귀를 가져왔지만, 내 매서운(?) 반응에 기저귀는 얌전히 물렸다.

그렇게 옷까지 다 입고 나자 한숨 돌린 느낌이었다.

이건 뭐 첫 단추부터 난코스 언덕이더니, 끝까지 우여곡절의 고난 길이다.

'아오~ 호사고 뭐고 이제는 다 필요 없어. 월요일 아침이라도 좋으니 그냥 집에 돌아갔으면 좋겠다.'

갈색 머리 여성이 나를 다시금 안아 들기에 간절하게 그리 생각을 하며 나는 그녀의 어깨에 얼굴을 묻었다. 따뜻한 물로 목욕을 끝내고 옷까지 갈아입었더니 슬슬 졸리기 시작했던 것이다.

이대로 그냥 따뜻한 아랫목에 누워 등을 지지며 한숨 푸욱 잘 수 있다면 정말 최고의 호사일 텐데, 역시나 그런 호사는 나와 정말 인연이 없는 모양이다.

달칵 하고 가볍게 문 열리는 소리에 슬쩍 정신이 깨어났는데, 그 뒤 내 몸에 화악 덮쳐온 것은 약간 서늘하고 상쾌한 기운의 외부 공기였다.

'응?'

다른 때라면 상쾌한 공기를 기분 좋게 느꼈겠지만, 한창 졸고 있는데 찬 공기를 쏘이니 잠이 완전히 깨며 짜증이 솟았다.

'이건 또 뭐여~'

그러나 내가 이에 대해 뭔가 항의의 제스처를 취하기도 전에 기다렸다는 듯 내 몸이 유아용의 작고 폭신한 의자에 앉혀지는 것이었다.

'아, 진짜~ 이제는 그냥 자면 안 되냐? 이쯤에서 하루를 마감하자고오~!'

그러나 여기서 어디 내 뜻대로 순탄하게 이루어지던 일이 있었던가?

나는 반쯤 체념한 상태로 한숨을 내쉬며 자연스레 새로운 공간을 둘러봤다.

어느 방과 통해 있는진 모르겠지만 하여간 넓은 테라스였다.

테라스 아래로는 굉장히 넓은 정원이 자리해 있었고, 그 너머에는 끝이 안 보이는 숲이 펼쳐져 있는 걸 보니 여긴 아무래도 산속, 혹은 숲 속에 세워진 부잣집 별장 비슷한 곳인 모양이다.

그 넓은 테라스에는 우아한 디자인의 원목 탁자와 편안해 보이는 의자가 놓여 있었는데, 그중 바로 내 옆자리에는 이미 어떤 남정네가 자리를 잡고 앉아 계셨다.

아마도 내 눈앞에 있는 저 남자가 여기 주인이고, 날 그 옆에 앉힌 걸 보니 나와 관련이 있는 사람인 모양이다.

하지만 비록 그렇다 하더라도 졸린 날 강제로 끌고 와 앉혀놓게 한 남자가 곱게 보일 리 없었다.

'그러고 보니 이 남자, 아까 나한테 코 물린 그 남자 같은데?

아까는 제정신이 아니었던 터라 남자의 외모가 정확하게 기억나지는 않았지만, 그의 짙은 머리색과 아름다운 은보랏빛 눈동자는 기억했다.

눈동자 색이 너무 예뻐서 그 와중에도 잠깐이지만 감탄까지 했던 것이다.

지금 제대로 다시 봐도 확실히 예뻤다. '보석 같은 눈동자'란 바로 저런 눈을 가리키는 말일 거다.

'가만있자, 보라색 보석이… 자수정이지? 그런데 자수정은 저 색보다 짙은데… 연한 자수정? 으음, 그것과는 좀 다른

거 같고……'

머리색도 지금 보니 은은한 푸른빛이 도는 검은색이다.

'오호라… 저런 걸 바로 다크블루라고 하는 거였지? 전에 저거보다 약간 더 밝은 다크블루 색으로 염색하고 싶었는 데… 한국말로 남청색이라고 하던가?'

마음에 안 드는 남자가 어째 예쁜 색은 다 가지고 있는 거에 괜히 배알이 꼴렸다.

'쳇쳇, 나도 컬러렌즈 끼고 염색하면 저 정도의 색은 가질… 수 있을라나? 저거 컬러렌즈 낀다고 나올 수 있는 색이 아닌 거 같은데……'

괜히 반은 부러워 속으로 투덜대고 있는데, 문득 웃음소리가 들려왔다.

"쿡… 쿡쿡……"

시선을 돌리니 그 남자가 혼자서 웃고 있는 게 아닌가?

'뭐시여, 이 남자? 사람 억지로 데려다 놓고는 왜 자기 혼자 웃고 그런대?'

나는 기분 안 좋은데 남자는 기분이 좋아 보이니 괜히 배알이 꼴려 난 대놓고 남자를 째려봤다.

그러자 그 시선을 알아챘던지 딴 곳을 보고 있던 남자의 고개가 내 쪽으로 돌려지는 것이었다.

그에 괜히 속으로 찔려서 시선을 피하려 하는데.

"쿡!"

남자가 날 바라보며 또다시 웃음을 흘리는 것이었다.

'아, 진짜 뭐야?'

그렇지 않아도 안 좋은 기분이 더더욱 나빠져 오만상을 하고 있었더니만, 남자가 배실배실 웃으며 입을 열었다.

"@#$%^&*()(*&^%#$~"

'도대체 먼 소리여?'

정말 외국말은 짜증난다.

온 세상 사람들이 다 공평하게 한국말만 사용한다면 얼마나 좋을까.

그럼 학교 다닐 때도 영어니 제2외국어니 하며 머리를 쥐어뜯는 일도 없을 텐데.

한데 내가 오만상을 쓰든 말든 날 바라보는 남자의 눈빛은 꽤나 따스했다. 지금까지 날 돌봐준 갈색 머리 여성보다도 더욱더.

아무래도 이 남자는 내가 엄청 예쁜 모양이었다.

뭐어, 나도 다른 건 몰라도 이 남자가 나와 눈을 똑바로 마주하고 시선을 나눈다는 것 하나는 확실히 마음에 들었다.

여기에 있는 동안 만난 다른 여성들은 날 고이고이 모셔주는 건 좋은데 항상 고개를 숙이거나 눈을 내리깔고 있어 시선을 마주치는 기회가 적었다.

갈색 머리 여성이나 좀 시선을 마주쳐 줄까? 그 외에는 마주쳤다 해도 시선을 내리깔거나 슬그머니 피하기 일쑤라 기분을 저조하게 만들었다.

말이 안 통하는 상황에서 사람들이 그렇게 시선마저 비껴가니 은근히 왕따를 당하는 느낌까지 들었던 것이다.

그러던 와중 시선을 똑바로 마주 보는 사람을 만나자 은근

반가운 마음까지 들었다.

뭐, 안 좋은 감정도 아직은 많이 남아 있지만······.

그때 다시 한 번 날 보던 남정네가 쿡 하고 웃기에 째려봐 줬더니 내가 기분 나빠한다는 걸 알아챘는지 남자가 슬그머니 웃음을 거뒀다.

거기에 호감도 1% 더 상승.

'흐음, 친하게 지내도 좋을 듯? 어차피 나랑 가까운 사람인 것 같으니까. 그런데 도대체 나랑 뭔 사이인 거지?'

그제야 남자의 정체가 궁금해지는 찰나, 또 다른 남자가 나타났다.

"@#$^%&~"

차이나식 칼라 재킷을 단정하게 입은, 희끗희끗한 회색 머리를 가진 나이 지긋한 아저씨였다.

그는 자신을 빤히 바라보는 나에게 가볍게 고개를 숙여 보이더니 한쪽으로 물러났고, 대신 몇몇 젊은 남자가 들어와 음식을 나르기 시작했다.

나이 지긋한 아저씨는 저 사람들이 들어온다고 알린 모양이다.

그들이 앞에 있는 탁자에 음식을 차려놓는 걸 구경하는데, 어느새 다가온 건지 내 옆에 선 갈색 머리 여성이 턱에다 냅킨을 매어줬다.

방금 전까지만 해도 그닥 배가 고픈 건 없었는데, 눈앞에 맛있어 보이는 음식들이 보이자 나도 모르게 허기가 느껴지며 입안에 침이 고였다.

한데 남자와 내 앞 말고 내 건너편의 빈자리에도 천이 깔리고 스푼, 포크 등이 준비되는 거다.

'으음? 누구 또 올 사람이 있는 건가?'

이런 내 의문을 풀어주기라도 하는 듯 때맞춰 새로운 남자가 등장했다.

낮은 목소리로 조용조용 말을 주고받던 다른 사람들과는 확연히 구별되는 밝고 힘 있는 음성으로 자신의 도착을 알리면서 말이다.

"@#$%^*&. @!#$^%&*?"

먼저 내 옆에 앉아 있는 남자에게 살짝 고개를 숙여 보인 그는 나에게도 빙긋 웃어 보이며 뭐라 뭐라 말을 건네는 것이었다.

남청색 머리 남자는 그에 응답하듯 손을 가볍게 들어 보였지만, 나는 뭔가 제스처를 취하기도 뭣해 그냥 그를 가만히 쳐다보기만 했다.

다행히 내가 어린아이의 모습이라 무례라고 생각지 않았던지 남자는 기분 좋은 표정 그대로 남청색 머리의 남자와 말을 주고받기 시작했다.

그 모습에 나는 속으로 살짝 안도하며 새로 등장한 남자를 찬찬히 살펴보기 시작했다.

그는 밝은 갈색 머리에 단정한 외모를 가지고 있어 얼핏 유약해 보이는 인상이었지만, 살짝 치켜 올라간 눈초리나 완고해 보이는 입매를 보니 만만한 성격은 아닌 것 같다.

'왠지… 자기를 얕보는 상대를 나중에 거하게 뒤통수 쳐줄 타입?

이 밝은 갈색 머리 남자도 남청색 머리 남자처럼 나와 눈을 똑바로 마주쳐 주는 덕분에 그의 눈동자도 볼 수 있었는데, 조금 아쉽게도 평범한 파란색과 녹색이 섞인 눈동자였다.

'눈동자만 좀 더 예쁜 색이었다면 외모 지수가 훨씬 더 올라갔을 텐데 아깝네. 뭐, 지금도 크게 나쁜 건 아니지만.'

확실히 눈동자 색이 흔한 색이라는 것뿐이지 그의 눈은 생기로 반짝이면서도 깊은 느낌을 주고 있어 꽤 매력적이었다.

밝은 갈색 머리 남자가 남청색 머리 남자와 같은 테이블에 앉아 편안한 분위기로 대화를 나누는 걸 보니 아무래도 둘은 친구인 모양이었다.

제일 늦게 온 밝은 갈색 머리 남자의 앞에까지 음식이 다 차려지자, 남청색 머리의 남자가 스푼을 드는 것으로 식사가 시작되었다.

내 옆에 있던 갈색 머리 여성이 내 앞에 놓인 수프를 가득 떠서 내 입으로 가져다주자, 나는 우울한 기분으로 입을 열었다.

맛있는 냄새를 폴폴 풍기는 음식들은 모두 두 남자 것이었고, 내 앞에 놓인 건 아까 낮에 먹었던 맛없는 바로 그 스프였던 것이다.

물론, 아까 낮에 스프를 먹던 내 인상이 별로 안 좋았는지 다른 스프가 나왔지만 이 스프나 전 스프나 맛없는 건 똑같았다.

'으휴~ 후추라도 좀 뿌려주지……'

그러니 내가 얌전히 스프를 받아먹으면서도 남청색 머리 남자 앞에 놓인 스튜에 눈길이 가는 건 당연했다.

그 스튜는 척 보기에도 안에 이것저것 색색의 굵직굵직한 건더기가 가득 들어 있어 엄청 먹음직스럽게 보이는 것은 물론이거니와, 후추를 비롯한 이름 모를 향신료 향이 어우러진 맛있는 냄새가 내가 앉아 있는 자리까지 솔솔 풍겨왔던 것이다.

역시 식사라 하면 간이 잘 배인 덩어리를 우적우적 씹어먹어야 제맛 아니겠는가.

밍밍한데다 입에 넣자마자 물 흐르듯 꿀떡 넘어가는 수프를 한 입 먹자니 더욱더 건더기가 잔뜩 들어 있는 스튜가 먹고 싶었다.

'한입만 달라고 해볼까? 말은 안 통하지만 손짓으로 하면 좀 주지 않으려나? 아까 보니 나한테 다정하게 대하던데.'

그렇게 내가 애가 타서 그에게 막 보디랭귀지로 말을 걸려는 찰나, 내 시선이 너무나 열렬했던지 남청색 머리의 남자가 먼저 알아차리고 시선을 돌렸다.

그의 시선이 내 시선을 따라 자신의 앞에 놓인 스튜 그릇을 향하다 그게 맞는지 다시금 내 눈을 보는 모습에 나는 내가 따로 뭐라 손짓하지 않아도 잘하면 스튜를 얻어먹을 수 있겠다 싶었다.

그래서 갈색 머리 여성이 다시금 크림 감자 수프를 입에 대줬는데도 입을 앙다문 채 스튜만 바라보고 있자, 과연 남청색 머리의 남자가 내가 원하는 걸 알아챘는지 머뭇거리면서도 기꺼이 자신의 스튜를 조금 떠서 내 쪽으로 내밀어주는 것이었다.

'아아~ 역시, 그대는 좋은 사람이었구려~'

아까까지만 해도 그를 못마땅하게 생각하고 있었던 건 이미 내 머릿속에서 지워져 있었다.

먹는 거 앞에서는 그런 사소한 감정 따위야 바람 앞의 티끌과도 같은 거였다.

그의 숟가락은 어른용이라 내가 한입에 삼키기는 어려웠지만, 끝부분만 먹는다면야 어려울 건 없었다.

게다가 그 숟가락의 끝에는 내가 그렇게 고대하던 큼지막한 버섯도 하나 척하니 얹어져 있었다.

'굿, 굿! 역시 음식은 씹어줘야 제 맛이지.'

기특하게도 이 스튜는 간도 적당하게 맞춰져 있어 맛도 끝내줬다.

"!@#$%^?"

그때에 맞춰 날 지켜보던 남청색 머리 남자가 뭐라 말을 건넸다.

뭔 말인지는 몰라도 말끝을 올리는 게 질문을 하는 것 같았다.

그럼 이 상황에 질문할 건? 당연히 '맛있냐?' 겠지.

그에 난 기꺼이 크게 방긋 웃어줬다.

좋은 사람이 물어보는데 대답은 못해줄망정 반응은 보여

쥐야 하는 거 아닌가.

　게다가 자고로 식사를 챙겨주는 사람에게는 잘 보여야 하
는 법이다.

　그래야 뭔가 하나라도 더 얻어먹을 수 있으니까.

　남청색 머리 남자는 내 미소에 놀란 듯 눈을 휘둥그레 뜨
더니 무척 감격하는 것이었다.

　'과연 웃어주길 잘했지.'

　한데 그렇게 감격한 건 좋은데 그 뒤에 밝은 갈색 머리 남
자와 대화를 하느라 나에게 다시 스튜를 챙겨줄 생각을 안
하는 거다.

　'이런, 이런, 잘 나가다 왜 또…….'

　너그러운 마음으로 잠시 기다려 줄까도 싶었지만, 마음에
든 음식을 만난 위장이 빨랑빨랑 먹어달라고 재촉하기에 어
쩔 수가 없었다.

　그에 남청색 머리 남자를 바라보며 탁자를 두드리자 남자
가 날 바라보고는 '아~' 하는 표정을 지어 보이더니 다시금
스튜를 떠서 먹여주었다.

　'오옷~!'

　이번에는 정말 운 좋게도 스푼에 고기가 올라와 있었다.

　'역시 고기가 최고여~'

　행복한 기분으로 고기를 씹어 삼키고 다시 눈을 반짝이며
남청색 머리 남자를 바라보자 그 또한 좋아서 어쩔 줄 모르
는 표정으로 날 보더니 갑자기 냉큼 날 들어 올려 자신의 무
릎에 앉히는 것이었다.

그러고는 곧바로 스튜를 듬뿍 떠서 입으로 가져다주기에 나는 얌전히 그의 품에 안겨 냉큼 입을 벌렸다.

불순한 의도도 아니고 스튜를 좀 더 잘 챙겨주려는 건데 거부할 이유가 없었다. 게다가 갈색 머리 여성에게서 유아용 숟가락까지 챙겨서 먹기 좋게 떠먹여 주는 정성도 더욱 마음에 들었고.

그런데 그의 무릎에 앉아 있자니 바로 옆에서 밝은 갈색 머리 남자가 먹고 있는 빵이 눈에 들어오는 것이었다.

내 몫으로 있는 보들보들해 보이는 빵과는 달리 어두운 색의 커다란 통 식빵처럼 생겼는데, 그가 한 손으로 쭈우욱 뜯어내자 그 사이사이 잔뜩 들어가 있는 견과류가 보였다.

'오옷, 저것은 흑미 호두 식빵(?)이 아닌가? 아니면 호밀 아몬드 식빵?'

이름이야 어쨌든 저런 게 바로 내가 좋아하는 빵이었다. 담백하고 뭔가 오독오독 씹히는 빵.

당연히 그것도 먹어봐야 했기에 그 빵을 뚫어져라 쳐다보자, 빵을 큼지막하게 뜯어내 버터를 바르고 있던 밝은 갈색 머리 남자가 내 시선을 느꼈는지 얼굴을 들다가 깜짝 놀란 표정을 지었다. 아무래도 내 시선이 좀 많이 열렬했던 모양이다.

한데 이 남자는 남청색 머리 남자보다는 눈치가 좀 떨어지는지 내 열렬한 시선을 받고도 영문을 모르겠는지 우물쭈물거리기만 하는 거다.

결국 답답한 내가 손을 뻗어 빵을 가리키기까지 했건만,

이 남자는 그래도 얼른 줄 생각은 안 하고 난감한 표정으로 머뭇거리기만 했다.

'그 빵이 그리 좋냐? 나한테 주기도 아까울 만큼?'

뭐, 그건 아닌 것 같다. 탁자 위의 커다란 바구니에는 같은 빵이 한가득 들어 있었으니까. 그건 남자 둘이 아니라 다섯이 먹고도 남을 양이다.

한데 남자가 머뭇거리고 있는 사이, 그 남자 대신 옆을 지키고 있던 갈색 머리 여성이 카스텔라 빵을 뜯어서 나에게 건네주는 거다.

'뭐냐, 난 이거나 먹으라는 거야? 난 이거보다 저게 좋다니까.'

이 정도 되니 저 빵을 꼭 먹고야 말겠다는 오기가 피어올랐다.

그래서 카스텔라 빵을 무시하며 계속 그 귀리 건포도 식빵을 향해 열렬한 시선을 보내자, 결국 내 고집에 넘어간 건지 밝은 갈색 머리 남자가 한숨을 내쉬며 빵을 건네줬다.

한데 주려면 그냥 다 줄 것이지 기가 막히게도 가장 맛있고 바삭바삭한 겉 부분과 내가 좋아하는 견과류는 모조리 골라내고 부드러운 속 부분만 뜯어주는 것이 아닌가.

'이 아저씨가 정말~!'

그걸 거부했더니만 갈색 머리 여성이 카스텔라 빵을 다시 쥐어주려 하고 남자도 내가 좋아하는 부분을 안 주고 버티는 것이, 아무래도 이 갈색 머리 남매(?)는 견과류 먹다 위험한 지경에 처한 애들이라도 본 모양이다.

그래도 내가 끝까지 카스테라 빵을 무시하며 마지막에는 탁자까지 두드려 대자 이번에도 결국 밝은 갈색 머리 남자가 백기를 내걸었다.

나를 무릎에 앉히고 있던 남청색 머리 남자와 몇 마디 나눈 갈색 머리 남자가 드디어 내가 좋아하는 견과류가 잔뜩 들어간 부분을 뜯어서 나에게 건넨 것이었다.

그럼에도 불구하고 겉 부분은 도저히 못 주겠던지 다 뜯어내긴 했지만 견과류라도 사수한 게 어디인가 싶어서, 게다가 더 이상 버텼다가는 음식이 다 식어버리겠기에 나도 그 부분은 양보하기로 했다.

하지만 이 아저씨 눈치도 없더니만 센스도 없었다.

'치사하게, 자기는 버터를 잔뜩 발라 먹으면서 나는 버터도 안 바르고 그냥 주냐?'

물론, 가끔은 담백한 맛 그대로 즐기기는 하지만 대부분은 내 취향에 맞는 잼이나 버터를 바르고 치즈를 올려 살짝 데워 먹는 걸 엄청 좋아했다.

그러니 맨 빵을 그대로 받아 든 나는 조금은 떨떠름한 기분이었다.

다행히도 버터는 남청색 머리 남자 앞에도 있었기에 직접 버터를 바르려고 했는데, 내가 버터나이프에 손을 가져다 대자마자 남청색 머리 남자가 대신 버터를 듬뿍 떠서 발라 줬다.

'오옷~! 역시, 이 사람은 좋은 사람이라니까!'

과연, 버터가 듬뿍 발린 빵은 맛있었다. 거기다 오도독오도독 씹히는 견과류도 끝내줬고 말이다. 호밀 빵이라 약간 거친 느낌이지만 그게 더 좋았다.

'역시 빵은 이래야 제맛이지.'

빵 먹다 목이 텁텁해질즈음 날 안고 있는 남청색 머리 남자를 톡톡 치자 기다렸다는 듯 스튜를 먹여준다.

역시 남청색 머리 남자는 갈색 머리 남자와는 비할 수 없이 뛰어난 센스쟁이였다.

그리고 그즈음 되자 갈색 머리 여성이 다진 야채볶음을 챙겨줬고, 남청색 머리 남자가 그것도 먹여줬는데 삶은 브로콜리에 약간 간을 한 맛이라 그것도 좋았다.

이래 봬도 툭하면 다이어트를 하던 인생이라 데친 브로콜리와 양배추, 양상치, 피망, 파프리카 등등은 친숙했던 것이다.

거기다 제일 좋았던 건 잘 구워진 베이컨이 들어 있었다는 것.

비록 야채들처럼 잘게 썰려 있었지만, 베이컨 맛은 분명하게 느낄 수 있었다.

'고기다, 고기!'

이쯤 되자 음식 잘 챙겨주는 남청색 머리 남자가 제일 좋아 보이는 건 당연지사.

음식을 잘 챙겨주던 남자가 중간중간 뭐라 뭐라 건네는 말에 씨익 웃으며 눈치껏 고개를 끄덕여 주는 서비스 정도야 기꺼이 해줄 수 있었다.

내가 반응을 해주자 남자는 그게 반가웠는지 계속 말을 건

넸는데, 그의 말끝에 어떤 단어 하나가 자주 반복해서 나오는 것이었다.

아무래도 눈치상 그게 맛있다는 뜻 같았다.

그래서 나는 타이밍을 봐서 그 단어를 입에 올려봤다.

[마시쩌.]

한데 말해놓고 보니 익숙지 않은 발음이라 그런지 스스로 봐도 되게 어색했다.

게다가 내 말에 두 남자가 놀란 표정으로 시선을 교환하며 뭐라 뭐라 말하기까지 하는 거다.

'에… 많이 어색했나? 최대한 비슷하게 말하려고 했는데. 한 번만 더 말해주면 잘 따라 할 수 있을 텐데……'

이런 내 내심을 알아채기라도 한 듯 남청색 머리 남자가 나에게 다시 말을 건넸다.

거기다 더해 마지막에는 그 단어를 또박또박 발음해 주기까지 하는 거다.

"@#$%^&(*&^%$#@#$%^&* 맛.있.지?"

'오, 대충 엇비슷하게 발음했네.'

그와 함께 기대에 찬 눈빛으로 날 바라보는 거 보니 다시 한 번 따라 해보라는 뜻 같아 나는 기꺼이 입을 열어 말했다.

이번에는 더더욱 비스무리하게 말할 수 있을 듯했고 말이다.

[마.시.쩌.]

과연 내가 따라 하자 남청색 머리 남자가 너무나 좋아했다.

그러나 좋아해 주는 건 좋은데, 나를 꽉 껴안고 얼굴을 비비적거리는 건 짜증 났다.

물론 나도 귀여운 아이를 보면 안아주고 비비적거리고 싶기에 남청색 머리 남자가 좋아서 그러는 건 이해할 수 있었다.

하지만 그것도 어느 정도지, 숨도 쉬기 어려울 정도로 쥐어짜는 건 날 숨 막혀 죽게 하겠다는 소리와 뭐가 다른가 말이다.

내가 있는 힘껏 버둥거려도 남청색 머리 남자의 힘이 얼마나 센지 꼼짝도 안 했다.

'이 사람이 미쳤나? 미친 사람이 힘이 세다고 하더니만……'

먹은 게 다 소화될 정도로 버둥대도 효과가 없고 숨이 막혀 넘어갈 것 같아 나는 최후의 수단을 써버렸다.

내 눈 앞에서 왔다 갔다 하는 커다란 귀를 잡고 꽈악 물어버린 것이었다.

'제발 정신 좀 차려라!'

과연, 그 방법은 효과가 탁월해 남자가 금방 정신을 차리고 팔에서 힘을 풀었는데, 그가 얼마나 세게 끌어안고 있었는지 그의 힘이 풀리자마자 온몸에서 짜리리릿 하는 전기가 통하는 것이었다.

왜, 그, 피가 통하지 않다가 갑자기 통하게 될 때 생기는 그 짜릿한 감각 말이다.

진짜 조금만 더 있었다간 폐가 짜부러졌을지도 모른다.

'날 죽이려고 한 거 맞지?' 하는 시선으로 남자를 째려보자 남자가 무지 미안한 표정으로 뭐라 뭐라 말해왔지만 하나도 안 들렸다.

'당신을 좋은 사람이라고 생각했던 거 다 취소야! 역시 댁은 맘에 안 들어!'

아무래도 먹는 것보다는 목숨이 더 중요한 게 아니겠는가.

제 5 화

자신을 알라!

한참 달게 자고 있는데 갑자기 눈앞에 밝은 빛이 화악 쏟아져 들어왔다.

　"우웅~"

　당연히 일어나기 싫었던 나는 베개에 얼굴을 묻으며 버릇대로 시간을 확인하기 위해 핸드폰을 찾으려고 주변을 더듬거렸다.

　한데 아무리 손을 휘저어도 손에 걸리는 게 없는 거다.

　'아오~ 어디 있는 거야?'

　결국 손만 휘저어 핸드폰을 찾다찾다 못 찾은 나는 속으로 투덜대며 어쩔 수 없이 베개에서 머리를 들고 눈을 떴다.

　그러자 제일 먼저 보이는 건 꽃향기가 솔솔 풍기는 앙증맞은 연분홍색 베개.

'응?'

분명 내 베개는 붉은색 체크무늬의 큰 베개인데, 뜬금없이 이게 어디서 나타난 건가 싶었다.

그런데 그 순간,

"@#$%^&*?"

낮고 조곤조곤한 목소리에 고개를 돌리니 어디서 많이 본 여성이 내 옆에서 나와 눈을 맞추고 있다.

순간 이분이 왜 내 방에 있는 건가 의아해하던 나는 서서 히 떠오르기 시작한 기억에 얼른 고개를 위로 들어 올렸다. 그러자 보이는 건 형형색색의 모빌들.

'헐~ 나 아직도 여기 있네?'

그렇다는 건 지각을 걱정할 염려가 없다는 뜻이기에 나는 씨익 웃으면서 다시 고개를 베개 속으로 파묻었다.

갈색 머리 여성이 당혹스러운 음성으로 뭐라 뭐라 말을 건 네는 걸 귓등으로 흘려들으며 말이다.

다시 잘 생각으로 이불 속에서 꼼지락거리는데, 여전히 이 곳에 있다는 걸 깨달아서 그런가? 슬그머니 어제 잠들기 전 에 있었던 일이 하나둘 떠올랐다.

'그러니까… 어제 밥 잘 먹다가 그 까만 머리 남자 때문에 질식사할 뻔했더랬지.'

아직 그 남자의 정체를 정확하게 모르지만, 대충 이 몸의 혈족이 아닐까 싶다.

이제야 깨달은 건데, 그 남청색 머리 남자는 내가 압사당해 죽을 뻔했던 그 좁은 공간에서 빠져나오자마자 처음 봤던 바로 그 남자가 분명했다.

그때도 따뜻한 호의가 가득한 눈빛으로 날 바라봤었는데, 어제도 나에게 뚜렷한 호감을 보이며 다정했으니 말이다. 물론, 마지막에는 호감이 지나쳐 죽을 뻔하기도 했지만…….

게다가 날 조심스럽게 대하는 다른 사람들과는 달리 그는 자신이 원하는 대로 편하게 대했다. 안고 싶으면 안고, 비비고(?) 싶으면 비비고(?).

모든 사람이 그걸 당연시 여기는 분위기인데다, 지금까지 그 외에 나를 그렇게 편하게 대하며 동시에 예뻐하는 오라를 노골적으로 폴폴 풍기는 사람이 없는 걸 보면, 아무래도 그가 이 몸의 '아버지'가 아닐까 싶다.

'뭐, 가끔 에러적인 면이 있기는 하지만 저런 아버지가 있다는 건 행운이지.'

자녀가 부모에게 바라는 것 중 제일 우선순위란 아무래도 자신에 대한 사랑을 표현해 주는 게 아니겠는가.

한국에 계시는 분과 슬그머니 비교가 되며 왠지 씁쓸해진 나는 얼른 고개를 저어 생각을 털어버리고 어제의 기억에 집중했다.

어제 그 남자 때문에 질식사할 뻔한 뒤 난 당연히 남자의 품에서 빠져나오려고 했다.

한데 그 남자가 날 만류하고, 곧이어 후식으로 푸딩이 나왔기에 나는 그냥 다시 남자의 품에 얌전히 안겨 있었다.

남자도 그 뒤로는 날 조심스레 대했기에 불편한 점도 없었고 말이다.

그 상태로 후식으로 나온 푸딩을 몇 번 받아먹으며 식탁에 앉은 남정네들끼리 도란도란 이야기하는 걸 보고 있던 것까지는 기억하겠는데, 그 뒤로는 깜깜인 걸 보니 그즈음에 잠이 들었나 보다.

'하긴, 푸딩 먹을 때 엄청 졸리기는 했지.'

남자의 품은 넓고 따뜻해서 안겨 있기에 나쁘지 않았다.

뭐, 근육이 너무 딴딴했다는 걸 제외하면 말이다.

그의 상체에 등과 머리를 기대고 편히 앉아 있다 보니, 잠시 뒤 두근두근하는 남자의 심장 소리가 들려왔다.

안정적이고 규칙적인 그 소리는 듣고 있는 사람을 느슨히 풀어지게 만들었는데, 아마 거기에 이끌려 꾸벅꾸벅 졸다가 그대로 잠이 들었던 모양이다.

'그리고 지금 여기서 다시 깨어났지. 거참……'

내가 옆으로 웅크리고 있던 몸을 바로 하며 슬며시 감고 있던 눈을 뜨자 여전히 반짝거리는 모빌들이 제일 먼저 눈에 들어왔다.

그 모습에 나는 나도 모르게 한숨을 내쉬었다.

내심 자고 일어나면 자그마한 원룸의 내 싱글 침대 위에서 눈을 뜰지도 모른다고 생각했는데, 여기서 다시 깨어난 걸 보니 어째 금방 현실 세계로 돌아갈 것 같지 않다.

'누가 왜 여기로 데려왔는지는 둘째 치고 최소한 언제 돌아갈 수 있는지만이라도 알았으면 좋겠는데. 그래야 맘이라도 편하게 있지. 이거야 시험 앞두고 책을 잃어버린 기분

이라…….'

찜찜함에 절로 인상이 써진다.

3일 연속 무단결근이면 해고에다 퇴직금도 깎인다던데, 그렇게 되면 내 입장에서는 정말 억울한 일이 아닌가 말이다.

'아아, 무단결근으로 해고되면 이래저래 문제가 많던데, 뭐였더라?'

설명회 때 잘 들어둘 걸 후회하며 며칠 안에 돌아가야 안전한지 따져 보고 있는데, 뭔가 기척이 느껴진다 싶더니 볼에 축축하게 젖은 천이 닿았다.

"응?"

의아함에 고개를 돌리니 갈색 머리 여성이 젖은 천을 들고 배시시 웃어 보이는 게 아닌가.

내가 안 일어나려고 하니까 수를 쓴 모양이다.

"@#$%^&*~"

그녀는 내가 확실하게 깼다는 걸 확인하고는 상체를 일으켜 주더니 다시 아까의 그 젖은 천으로 내 얼굴과 손을 꼼꼼하게 닦아주기 시작했다.

"쳇."

자고로 어린애는 마음껏 자고, 마음껏 놀고, 마음껏 먹어야 튼튼하게 자라는 법인데 말이다.

어차피 잠은 다 깼기에 나는 부루퉁한 표정을 지으면서도 얌전히 자리에 앉아 있었다.

갈색 머리 여성은 내 얼굴과 손을 다 닦고 나자 날 조심스레 들어 올려 어제 식사를 한 그 티 테이블로 데리고 갔다.

'쳇.'

그에 맞춰 그럴듯한 냄새를 풍기는 음식들이 테이블에 차려졌지만, 난 솔직히 음식에 대한 기대는 안 했다. 단지 출출했기에 대충 억지로 배만 채울 생각이었지.

'아아… 밥 먹고 싶어어… 갓 지은 따끈따끈한 쌀밥을 김에 싸서 먹으면 정말 맛있는데, 거기에 돼지고기 넣어서 보글보글 끓인 김치찌개랑 크흑흑……'

단 이틀 정도 못 먹었을 뿐인데 벌써부터 쌀밥이 너무 그리웠다. 한데 눈앞에 차려진 메뉴에 나는 쌀밥에 대한 그리움을 잠시 접어 넣을 수 있었다.

"호오~"

차려진 음식들이 어제와는 딴판이었던 것이다. 아무래도 어제저녁 내가 두 남자가 먹던 음식을 반 어거지로 얻어먹은 덕분인 듯했다. 게다가 가장 놀라웠던 건 제일 먼저 들이밀어진 곡식 죽이었다.

'오옷~ 여기에도 쌀이 있었단 말이야?'

보기엔 비슷하게 보여서 혹시나 했는데, 한입 먹어보니 진짜 한국에서 맛본 야채죽이다.

그걸 먹고 나니 왠지 속이 편하고 든든한 느낌인 게 역시 한국 사람한테는 쌀이 최고인 거 같다.

거기에 카스텔라 빵 대신 나온 두툼한 스콘 안에는 옥수수와 건포도가 잔뜩 들어가 있었고, 고구마 샐러드 안에는 색색의 야채 건더기가 잔뜩 들어가 있었다.

'바로 이 맛이야!'

역시 사람은 자기가 좋아하는 걸 먹고 살아야 하는 거다.

내가 어제와는 달리 덥석덥석 잘 받아먹자 갈색 머리 여성도 기분이 좋았던 모양인지 음식을 하나하나 먹여주며 조곤조곤 말을 계속 건넸다.

뭐, 나도 제법 만족스러운 식사로 기분이 좋아져 그녀의 말에 기꺼이 귀를 기울여 줬고 말이다.

그렇게 집중해서 듣다 보니 뭔가 자주 들리는 단어 같은 게 귀에 쏙 들어왔다.

"아기씨, @#$^%&?"

"아기씨~ *&^%#$@!#$%~"

"아기씨⋯⋯."

식사를 끝낸 날 달랑 들어 어제 갔던 놀이방에 데려다 주고 다시 뭐라 말을 거는 갈색 머리 여성을 똑바로 바라보며 입을 열었다.

"아기쉬이?"

아, 그런데 발음이 좀 샌 것 같다.

어쨌든 귀엽게 고개까지 갸웃거리며 말하자 갈색 머리 여성이 환히 웃으며 맞다는 듯 고개를 끄덕이더니만, 내 손을 잡아 날 가리키게 하더니 다시금 또박또박 발음해 줬다.

"아.기.씨!"

'아하, 내가 아기씨였군.'

그녀의 말에 나는 알았다는 듯 고개를 끄덕이며 입속으로 아기씨라는 단어를 다시금 중얼거렸다. 그 뒤에 그녀가 뭐라 뭐라 설명을 덧붙이는 것 같았지만 그건 못 알아들으니 패스.

내 이름을 알았으니 그다음은 그녀의 이름을 알 차례.

나는 실례인 줄은 알지만 딱히 다른 방법이 없었기에 손으로 그녀를 가리키며 고개를 갸웃거렸다.

그러자 그녀는 금세 내가 원하는 걸 알아채고는 자신을 가리키며 또박또박 천천히 입을 열었다.

"유.모."

음, 발음이 어려워 혀가 좀 꼬일 것 같다.

"유… 머?"

잠시 혀와 입 주위 근육 운동을 한 다음 최대한 비슷하게 발음하려 했는데, 내가 들어도 영 아닌 것 같다.

과연 갈색 머리 여성이 고개를 가로저어 보이더니 다시금 또박또박 발음해 줬다.

"유.모."

"유.머."

이번에는 그래도 엇비슷하게 발음한 것 같은데 유모 씨는 그래도 마음에 안 드는지 다시금 발음해 줬다.

"유.모."

"우우~ 머어~"

그런데 너무 혀를 꼬려다 보니 오히려 발음이 처음보다 엉망이 되어버렸다.

유모 씨는 자신이 너무 강요했나 싶었는지 풀썩 웃으며 고개를 끄덕였다.

"@#$ 아기씨, @#$ 유모 &^%$#@~"

'음, 일단 나는 아기씨고, 자기는 유모라는 거겠지? 뭐, 아

님 말고.'

내가 대충 알았다는 듯 고개를 끄덕여 주는데, 놀이방 한쪽 구석에 어제 봤던 그 아가씨들이 대기하고 있는 게 보였다.

나와 눈이 마주치자 황급히 고개를 숙이는 게 어제 어지간히 놀란 모양이었다.

저렇게 안쓰러운 반응을 해주니 왠지 이름을 물어봐 줘야 할 거 같아 나는 갈색 머리, 아니, 유모의 옷자락을 잡아당기며 모래색 머리 아가씨를 손으로 가리켰다.

그랬더니 유모는 이번에도 금방 내 뜻을 알아채고는 고개를 끄덕이며 말해줬다.

"아아～ 아.방.카. @#$^%."

아, 다행히 이번에는 발음이 쉬웠다.

"아망카?"

내 말에 맞다는 듯 유모가 활짝 웃으며 고개를 끄덕여 줬다. 왠지 모래색 머리 여성의 어깨가 축 처진 것 같았지만 착각이겠지.

"음음, 아망카."

다시 한 번 그녀의 이름을 중얼거린 뒤 그 옆에 있는 빨간 머리 아가씨를 가리키자 유모가 즉시 말해줬다.

"조.앤. @#$^%."

"저엔～"

"@#$%^&*～"

유모가 크게 고개를 끄덕이며 말하는 걸 보니 맞았다든가 잘했다든가 둘 중 하나일 것 같다.

그에 나도 씨익 웃어줬다.

유모는 눈치가 빠른 것도 그렇고 웃는 것도 참 마음에 드는 여성이었다.

'제법 능력도 있어 보이고, 괜찮은 여성이야. 그러니 여기 관리자급으로 고용된 거겠지.'

그녀의 도움으로 내 이름과 주변 아가씨들 이름도 대충 익힌 나는 드디어 본격적으로 움직이려고 마음먹었다.

아무래도 한동안은 여기서 머물러야 할 것 같은데 그동안 계속 남에게 들려(?) 다닐 수는 없으니 걸음마 연습을 해야겠다 싶었던 것이다.

'이 나이에 진짜 여러 가지 해보는구만.'

아침을 잘 먹어 그런지 몸을 제대로 가누지도 못하던 어제와는 달리 온몸에 힘이 넘쳐흐르는 것이, 오늘은 왠지 뭐든 할 수 있을 것만 같았다.

'우선은 일어나는 것부터.'

나는 손을 휘저어 주변에 가까이 붙어 있는 세 아가씨를 조금씩 뒤로 물리고는 심호흡을 한 뒤 비장한 표정으로 두 손을 바닥에 짚었다.

이 몸으로 일어서기는 처음 시도하는 것이라 두 다리만으로는 일어날 자신이 없었던 것이다.

현재 나는 엉덩이를 바닥에 붙이고 털썩 주저앉아 있는 상태. 거기서 두 손을 바닥에 붙였으니 이제 다리를 구부려 두 발을 땅에 대고 엉덩이를 들어 올릴 차례였다.

과연 힘이 넘친다 싶더니 두 발을 땅에 대고 오리걸음 포즈를 취했는데 두 팔이 거뜬하게 버텨줬다.

이제는 바닥에서 손을 떼고 상체를 세운 다음 다리를 펴기만 하면 되는데, 거기가 고비였다.

손을 떼어내면 뒤로 넘어가든가 앞으로 고꾸라질 것 같아서 도저히 손을 뗄 수가 없었던 것이다.

억지로라도 손을 떼어내려고 하니 몸이 겁을 먹었는지 팔다리가 후들후들 떨리기까지 했다.

'에거거, 균형 잡는 게 이렇게 힘들 줄이야.'

한 손을 떼었다 붙였다 하길 한참, 겨우 한 팔로만 짚고 있는 건 가능해졌는데, 그 한 팔만은 도저히 못 떼겠는 거다.

"유머~"

그래서 바닥에서 뗀 손을 휘저으며 유모를 부르자 그녀가 즉시 다가와서 손을 잡아줬다.

유모의 손을 잡고서야 나는 안정적으로 두 손을 모두 땅에서 떼어내고 상체를 세울 수 있었다.

편법을 쓰긴 했지만, 어쨌든 이제 다리를 펴는 것만 남은 상태.

'힘이여 솟아라~!'

에너지가 넘쳐나는 컨디션이었음에도 불구하고 처음 시도하는 것이라 그런지 도통 쉽지가 않았다.

"끄으으응!"

유모의 손을 잡고 힘을 주는데, 너무 줬는지 나도 모르게 입에서 용쓰는 소리가 흘러나왔다.

하지만 그렇게 힘을 준 보람이 있어서 두 다리가 드디어 천천히 펴지기 시작했다.

"아기씨, !@#$%^~!"

"*&^%#$~ 아기씨!"

주변에 있던 두 아가씨가 두 손을 쥐고 뭐라 뭐라 하는데, 폼을 보니 응원해 주는 것 같다.

"끄읏~! 후아, 후아!"

그 응원에 힘입어 드디어 다리를 다 펴자 저절로 심호흡이 흘러나왔다.

이건 꼭 보름 동안 변비로 고생하다 드디어 큰일을 해결한 느낌이었다. 그것도 피 안 보고.

아는 사람만 아는 그 커다란 해방감과 성취감을 느끼며 다리를 펴고 똑바로 서니 약간 후들거리기는 했지만 버틸 만한 게, 역시 오늘은 힘이 넘치는 날인 것 같았다.

일어난 김에 발도 떼어보니 마음먹은 대로까지는 아니지만 비틀거리면서도 어찌어찌 발이 들렸다.

'으음, 이것도 쉽지는 않겠어.'

하지만 첫 시도인데도 이 정도이니 잘하면 오늘 안에 걸음마까지 뗄 수도 있을 것 같았다.

유모의 손을 잡고 첫발을 뗐을 때는 비틀거리기는 했지만, 그걸 시작으로 대충 열 걸음 정도 걸어가자 나름 요령이 생겼다. 이 몸이야 처음일지 몰라도 이 정신은 벌써 두 번째였으니 말이다.

그래서 자신 있게 유모의 손을 놓고 한 걸음 뗐는데, 그러자마자 나는 그대로 앞으로 고꾸라질 것처럼 크게 비틀거렸다.

"흐잇~!"

"꺅, 아기씨!"

유모와 함께 옆에서 날 지켜보고 있던 모래색 머리의 아방카가 놀라서 얼른 내 팔을 잡아줬기에 다행히 넘어지지는 않았다.

거기서 끝났으면 좋았을 텐데, 나도 무척 놀랐던 터라 아방카에게 잡힌 팔에 무심코 힘을 꽉 줘버린 게 문제였다.

너무 힘을 줬는지 앞으로 고꾸라질 뻔한 내 몸이 빙글 반회전을 하더니, 거기다 더해 상체가 뒤로 휘익 기울어지며 넘어가려고 하는 것이었다.

"으헥~!"

본능적으로 넘어지지 않기 위해 발을 힘차게 뒤로 내딛는 순간,

"꾸엑~!"

나는 비명을 터뜨리며 결국 뒤로 넘어지고 말았다.

"아기씨~(×3)"

유모와 아방카, 조앤이 놀라서 득달같이 다가와 손을 뻗었지만, 지금 상태로는 그 손길들이 짜증스럽기만 해 나는 오만상을 하며 그 손들을 뿌리쳤다.

"아고고!"

뒤로 넘어졌다고 해도 단순히 엉덩방아를 찧은 것뿐이고, 그것도 바닥에는 매트라고 불러도 손색없을 정도로 두껍고 폭신한 카펫이 깔려 있어 약간 우리하기만 할 뿐 아프진 않았다.

문제는 등 쪽이었다. 등과 연결된 무언가가 너무 아파서

등을 땅에 대고 뒹굴기라도 하고 싶을 정도였다.

이건 발가락을 문틀에 강하게 찧었을 때와 같은 급의 통증이었으니 말이다.

"끄응, 끄응."

나도 모르게 신음을 흘리며 등 뒤로 손을 뻗어 아픈 부분을 어루만지려고 하는데, 손이 짧아서 닿질 않았다.

그런데 그때 뭔가 따스한 손길이 통증이 이는 그 부분을 부드럽게 감싸는 것이었다.

의아함에 고개를 들자 유모가 내 손에 허연 무언가를 조심스레 쥐어줬다.

그것은 이곳에 와 있는 내내 내가 걸친 채 끌고 다닌 깃털 가죽 담요였는데, 깃털 가죽 담요의 끄트머리 부분에는 아주 앙증맞은 신발 자국 하나가 떡하니 찍혀 있었다.

'이걸 왜?'라는 시선으로 유모를 바라보니, 내 손에 깃털 가죽 담요 끄트머리를 쥐어주고 같이 그걸 잡고 있던 유모가 담요에 대고 호오 하고 따뜻한 입김을 불어주는 것이다.

그 모습을 보고 깨달은 건데, 어제도 이와 비슷한 일이 있었다.

내가 이 담요에 붙어 있는 깃털을 뽑았는데, 그와 함께 이상하게도 등쪽 저 멀리에서 통증이 느껴졌고, 그 통증에 내가 끙끙거리자 유모가 담요에 대고 입김을 불어줬던…….

'그때 이것에 대해 알아보려고 했는데 정신이 없어서 그동안 잊고 있었네.'

지금이라도 깨달았으니 다행이다.

유모가 호호 입김을 불어준 덕인지 잠시 후 통증이 차츰차츰 가라앉았고, 그제야 나는 편히 숨을 내쉬며 통증 때문에 잔뜩 웅크리고 있던 등을 똑바로 펴고 앉을 수 있었다.

통증이 거의 사라지고 이제는 약간 우리한 느낌만 남게 되자 나는 그때부터 깃털 가죽 담요를 조심스레 탐색해 나가기 시작했다.

어제도 잠깐 살펴봤지만 도톰하고 말랑말랑한 가죽의 겉에는 하얗고 빳빳한 깃털이 빼곡하게 붙어 있었는데, 그 깃털은 확실히 오리털이나 닭털에 비해 훨씬 크고 강해 보였다.

하나 뽑아보고 싶었지만 그랬다간 또 통증을 느낄까 무서워서 건드리지는 못했다.

조물조물 만지니 손에서 따뜻한 가죽의 감촉이 느껴지는데, 그와 동시에 등보다 좀 더 먼 쪽에서 우리한 감각이 느껴지는 거였다.

그 요상한 감각에 집중하던 나는 내가 생각해도 좀 터무니없는 한 가지 가설을 떠올리고는 담요를 조심스레 잡아당겨 보았다.

다시 생각해 봐도 많이 허황된 가설이었지만, 어차피 내가 이곳에 이러고 있는 것 자체가 상식 밖의 일이 아니던가.

그런고로 머리에 떠오른 가설을 무시하지 못한 내 행동은 조심스럽기만 했다.

그러자 과연, 얼마 당기지 않았는데 깃털 가죽 담요가 팽팽해지더니만 등 쪽 날개뼈 있는 곳이 팽팽히 당겨지는 게 느껴졌다.

'헐……'

뭔가 묘한 기분에 내가 담요를 당긴 쪽 반대편으로 고개를 돌리자 그곳에도 내가 들고 있는 것과 똑같이 생긴 또 한 장의 깃털 가죽 담요가 바닥에 놓여 있었다.

그것도 주워서 조몰락거리니 과연 아까와는 다른 쪽의 날개뼈 부분 저 멀리에서 우리한 감각이 느껴졌다.

'거참……'

싱숭생숭한 기분에 두 손에 들린 깃털 가죽 담요를 조몰락거리고 있을 때였다.

"아기씨?"

날 부르는 목소리에 고개를 드니 유모가 온화한 미소를 띤 채 날 바라보고 있었다.

그런 그녀에게 의문 어린 시선을 보내자 그녀는 뭐라 대답하는 대신 양손을 내 겨드랑이 사이에 끼워 날 일으키더니 조심스레 몸을 돌려세우는 것이었다.

유모의 인도에 따라 얌전히 몸을 돌렸더니 거기에는 첫돌은 된 듯 보이는 웬 자그마한 아이가 날 빤히 바라보고 있는 게 아닌가?

[으응? 넌 누구냐?]

나도 모르게 한국말로 묻자 눈앞의 아이가 분홍빛 자그마한 입술을 벌려 뭐라 뭐라 한다.

[뭐?]

동시에 말해서 그런지, 아니면 쟤 목소리가 작아서 그런지 못 들었다. 그래서 다시 묻자 그 애도 동시에 입을 벙긋거리는 거다.

두 번이나 동시에 입을 여는 해프닝에 내가 나도 모르게 픽 웃자, 이 꼬맹이도 나랑 똑같이 어이없다는 듯 픽 웃었다.

그쯤 되자 뭔가 묘하게 느껴지는 위화감에 슬그머니 눈동자를 아래로 내리니, 황당하게도 눈앞에 서 있는 꼬맹이의 양손에 아주 익숙한 깃털 가죽 담요가 들려 있는 게 아닌가?

슬그머니 오른손을 흔드니 눈앞의 꼬맹이가 깃털 가죽 담요를 꼭 쥔 왼손을 슬그머니 흔든다.

'하.하.하! 아, 진짜 쪽팔려. 나 진짜 왜 이러니.'

어쩨 어제부터 계속해서 쪽이 팔리고 있다. 쪽의 대가로 돈을 받았다면 아마 큰돈을 벌었을지도.

좀 전에 뭔가 부산스러운 움직임이 느껴졌지만, 아가씨들이 뭘 하든 별 관심이 없었기에 그냥 무시하고 있었더니만 뒤통수를 한 대 제대로 얻어맞은 느낌이다.

그녀들이 설마 내 뒤에 거울을 가져다 놨을 줄이야.

한 걸음 뒤로 물러나 보니 나보다 훨씬 큰 길쭉한 타원형의 거울이 확실히 보였다.

우아한 물결무늬 조각이 새겨진 두터운 원목 거울 테도 있었건만, 그것도 알아차리지 못하고 거울 속의 나한테 말을 걸다니……. 창피하기도 했지만, 한편으로는 웃기기도 했다.

'푸흐흐흐~ 아~ 정말. 하다하다 이제는 별…….'

내가 어린애의 몸이 되었다는 걸 알고는 있었는데, 확실하게 인지하지는 못하고 있었나 보다.

내친김에 나는 눈을 들어 정면을 주시했다. 어차피 쪽까지 팔면서 거울을 보게 된 거, 내가 어떤 모습일지 제대로 보고 싶었던 것이다.

그러고 보니, 어려진 내 모습을 보는 건 지금이 처음이었다.

'뭐, 여기에 며칠이나 있을 줄도 몰랐으니······.'

일단 진짜 작고 어렸다. 손발을 봤을 때 대충 짐작은 했지만 직접 확인하게 되니 새삼 다시 놀랄 정도였다.

1m도 안 되는 조그마한 키에 젖살이 붙어 오동통한 뺨, 그 주변에 앙증맞게 자리한 반듯한 이목구비는 객관적으로 봐도 제법 많이 귀여웠다.

거기에 머리카락이 검은색이라는 게 정말 마음에 들었다. 정확하게는 짙은 남청색이었지만, 어쨌든 검은색에 가까웠으니까.

커다란 창을 통해 들어오는 빛을 받아 푸르스름한 기를 보이는 머리는 벌써부터 숱이 풍성한 것이 이다음에 숱이 적어 고민할 일은 없을 것 같았다.

눈은 놀랍게도 신비하고 예쁜 은보랏빛이었다.

그 눈을 확인하자 나는 어제 본 나와 같은 색의 눈을 가진 그 남자가 이 몸의 아버지일 거라는 추측에 확신을 더할 수 있었다.

'과연~ 그럴 줄 알았다니까. 내 생각이 맞았어.'

익숙한 검은 눈동자가 아니라는 건 좀 아쉽긴 하지만 그래도 내가 감탄했던 색의 눈동자를 가지게 된 건 기분 좋았다.

게다가 속눈썹이 무지하게 길었다.

'앗싸, 땡잡았스~'

나이스 옵션은 또 있었다.

얇은 쌍꺼풀을 가진 커다란 눈에다 애기 주제에 벌써부터 오뚝하게 선 콧대!

예전 같으면 돈을 들여야 얻을 수 있는 옵션들을 떡하니 가지고 있는 걸 보니 웃음이 절로 나왔다.

"ㅁㅎㅎㅎ."

피부도 어린애라서 그런지 엄청 매끈매끈 뽀송뽀송했다.

'과연, 아기 피부.'

외모를 확인하다 보니 어느새 나는 나도 모르게 거울에 바짝 달라붙어 이모조모 살펴보고 있었는데, 그동안 뒤에서 가만히 지켜보던 유모가 다가오더니 내 등 뒤에서 깃털 가죽 담요를 양옆으로 펼쳐 줬다.

'허, 거참……'

혹시나 했는데 유모가 옆으로 활짝 펼쳐 주니 확실히 알겠다.

그건 한 쌍의 날개였다. 한쪽의 길이가 내 키만큼이나 기~ 다란. 새하얀 깃털에 감싸인 날개를 보자니 제일 먼저 드는 생각은 이거였다.

'이거… 때 타기 쉽겠다. 지저분해지면 어떻게 빨지?'

신기하게도 내 등에 달린 날개를 두 눈으로 보는데도 덤덤한 심정이었다.

홀로 낯선 곳에 떨어져 어린애가 된 것만으로도 받을 쇼크를 다 받은 느낌이라, 거기에 날개 하나가 더 추가된다고 해도 '옵션이 하나 더 붙었네?' 하는 정도의 느낌이랄까?

나도 내 정신력이 이렇게 강할 줄은 몰랐다.

'아, 설마… 나중에 날기 연습을 해야 하는 건 아니겠지?'

갑자기 떠오른 걱정에 새로 발견한 옵션을 찬찬히 살펴보는데, 어째 날개라고 달린 게 삶은 시금치처럼 추욱 처진 꼴이 영 미덥지가 않았다. 오죽했으면 내가 담요라고 착각하고 있었을까.

'애가 아직 어려서 그런가? 왜 이리 힘이 없대? 헉… 혹시… 얘가 불량인 거 아니야?'

유모가 손을 놓자마자 다시금 추욱 처지는 꼴이 '아무래도 으음……'이란 말이 절로 나오게 만들었다.

그래도 뭐 외모는 마음에 들었으니 설사 불량 옵션이 하나 딸렸다 해도 요거 정도는 감수하기로 했다.

그날 저녁, 기대도 안 했는데 이 몸의 아버지가 찾아왔다.

또 만날 줄은 몰랐기에 조금 놀랐지만, 가만 생각해 보니 그가 친부라면 날 만나러 오는 게 당연한 거였다.

'이거참… 내 입장에선 완전 타인인데 말이지.'

헤벌쭉 웃으며 다가와 나를 번쩍 안아 드는 모습을 보자니 남이라 여기고 있는 내가 은근히 미안해질 정도였다.

'아이고, 그러고 보니……'

내가 어떻게 이 상황에 처했는지는 모르겠지만, 이 상황만 본다면 나도 엄연한 피해자였다.

하지만 저 사람은 아무것도 모른 채 진짜 딸 대신 날 데리고 저리 좋아하고 있는 게 아닌가 말이다.

그렇다고 지금 내가 '난 당신 딸이 아니고 다른 사람이오' 라고 말할 수도 없는 노릇.

'아씨~ 이봐요, 진짜 미안한데……'

미안하긴 미안한데 나도 이게 어찌 돌아가는 상황인지 모르니 뭘 어떻게 할 수 있겠는가.

그냥… 웃지요.

미안함을 가득 담아 배시시 웃어줬더니 그의 얼굴이 더욱더 활짝 펴졌다.

"아사~"

그는 어제 내가 귀를 깨물기까지 한 덕분인지 이번에는 조심스레 안은 채 뺨을 비벼왔다.

'근데… 아사?'

"아사?"

그를 바라보며 고개를 갸웃거리자 그가 기특하다는 눈빛으로 빙그레 웃으며 고개를 끄덕이더니 내 손을 잡고 날 가리키며 다시 한 번 말해줬다.

"아.사.하.힐. @!#$%^ 아.사."

그러니까… 내 이름이 아사 머시기인데 줄여서 아사라고 한다는 건가?

'이런, 아버지 맞아? 이름이 틀렸잖아.'

나는 한심하다는 시선을 노골적으로 보내면서 친절하게 날 가리키며 말해줬다.

"아기씨!"

그러고는 내친김에 내 옆을 지키고 있는 유모도 소개해 줬다.

"유모."

잘못 알고 있다가 나중에 실수하면 안 되니까.

'내가 정말 친딸이었으면 얼마나 서운했겠어?'

내 딴에는 그를 생각해 가르쳐 준 건데, 나의 뜻 깊은 충고가 담긴 소개를 들은 그는 눈썹을 꿈틀거리는가 싶더니 그대로 웃음을 터뜨리는 것이었다.

"큭, 크크크큭~"

어깨까지 들썩이며 웃어대는 바람에 그의 품에 안겨 있던 나까지 흔들려 정신이 없을 지경이었다.

한데 정신이 없는 것도 없는 거지만, 기껏 생각해 준 것에 대한 반응이 웃음이라니!

덕분에 방금 전까지 가지고 있던 미안함이 싹 다 날아가 버렸다.

'아, 진짜… 잘 나가다 꼭 한 번씩 삐끗한다니까!'

이런 남자의 밑에서 자랐으면 애가 이상해졌을지도.

아주 눈물까지 흘려대며 웃어대던 그는 한참 후에야 웃다 지쳤는지 숨을 고르면서 겨우 웃음을 멈췄다.

하지만 그것도 잠시, 다시금 품에 안긴 날 보더니 쿡쿡대기 시작하는 것이었다.

그에 더 웃으면 그냥 유모에게 안겨 가든 내 발로 가든 그를 버리고 갈 결심을 하며 째려봤더니 그가 겨우겨우 진정하기 시작했다.

하지만 여전히 얼굴 한가득 웃음을 담은 채 나를 지그시 바라보더니 이번에는 진지한 어조로 입을 열었다.

"아.사."

그에 아니라는 의미로 인상을 찡그리자 유모가 황급히 고개를 끄덕여 보이는 거다.

'음? '아사'가 맞다고? 내 이름 '아기씨'가 아니었어?'

남자는 내친김이라 생각했는지 다시금 입을 열었다.

"아사하힐 에르구 레 하레즈 아카제브."

당연히 난 무슨 소리인지 못 알아들었고, 그 뒤에 그가 더 뭐라 뭐라 중얼거린 것도 못 알아들었다.

그런데 그 말이 놀라운 말인지 유모의 눈이 살짝 커지는 거다. 물론 그건 잠시였고 금방 평소의 부드럽게 웃는 표정으로 돌아왔지만 나는 분명히 봤다.

'뭐라고 했는데 그래?'

유모의 반응에 궁금증이 생기긴 했지만 곧 나는 그런 게 있는가 보다 하고 넘겨 버렸다.

어차피 말이 통하지 않으니 설명을 해줘도 알아들을 수 없으니까. 내가 이때 한 말의 진정한 의미를 깨닫게 된 건 한참 후의 일이었다.

남자는 그렇게 혼자 중얼거리다 갑자기 기대에 찬 눈빛으로 날 바라보더니 손가락으로 자신을 가리키며 입을 열었다.

"아.빠."

"아… 바?"

왠지 따라 해주길 열렬히 바라는 그의 시선에 내키지는 않았지만 따라 해주자 남자가 다시금 환하게 웃었다.

"@#$%@#$ 아.빠."

'음… 발음이 좀 틀렸군.'

"아.파."

"#$% 아사~ &*&^%#$@"

이번에도 발음이 틀린 것 같은데, 그래도 좋은지 남자가 나를 품에 안고 비비적거렸다. 그것도 무지 오랫동안 말이다.

'아우~ 적당히 좀 하지이~ 이럴 줄 알았으면 괜히 말해줬어.'

내가 짜증을 내든 말든 혼자 좋아서 비비적거리던 남자가 정신 차린 건 어제도 같이 저녁을 먹었던 밝은 갈색 머리 남자가 오고 나서였다.

그때도 그는 나를 품에서 내려놓으려 하지 않았기에 난 저녁을 그의 품에서 먹은 것뿐만이 아니라 잠들 때까지도 그의 품에 안겨 있어야 했다.

'아, 진짜… 딸바보도 정도껏이라야지, 이러다 나 골병 나겠다.'

제 6 화

자기합리화?

'어디 보자. 그러니까 여기 온 지가⋯⋯.'

잠에서 깨어나 머리 위에서 달랑거리는 모빌을 바라보며 가만히 헤아려 보니 여기 온 지 얼추 일주일은 넘은 것 같다.

'음, 아무래도 내가 여기 오랫동안 있을 것 같단 말이지.'

길어야 이삼 일 정도 있으면 돌아갈 줄 알았는데 말이다.

한데 아직도 여기 있는 걸 보니 이러다 계속 안 돌아가고 있는 건 아닌지 모르겠다.

애초에 내가 원해서 온 게 아니니 맘대로 갈 수도 없는 상황.

그래서 그냥 될 대로 되라는 심정으로 편히 있으려 했지만, 이렇게 되면 아무래도 앞으로에 대해 생각을 좀 해야 할 것 같다.

'으으윽, 그렇다면… 우선 이곳 언어를 익혀야 하잖아?'

아무래도 제일 큰 장벽이 언어이니 그래야겠지만 그게 제일 싫었다.

'학교 다닐 때도 영어는 겨우 평균 점수였는데, 이제 와서 제2외국어를 익혀야 하다니…….'

한숨부터 나왔지만 어쩔 수 없었다. 그게 가장 기본이니까.

일단 말이 통해야 내 주변에 대해서 묻고 듣고 할 게 아니겠는가?

그렇지 않아도 요 며칠 지내는 동안 내 주변에 대해서 궁금증이 좀 많이 생겼다.

제일 먼저 내가 아버지라고 거의 확실시하고 있는 그 남자부터 해서. 90% 정도 확실한 거 같은데, 그래도 100% 확인을 받아야 마음이 놓일 것 같았다.

게다가 엄청 부자로 보이는 그의 정체와 지금까지 코빼기도 안 보이는 어머니를 비롯한 다른 식구들에 대해서도.

또한 내가 어떤 입장에 있기에 이 커다란 저택에 혼자 있는 건지—고용인은 빼고—등등…….

'설마… 막장 드라마의 단골 소재로 나오는 아주 복잡다단한 가정사를 가지고 있는 건 아니겠지? 그건 좀 싫은데.'

앞으로의 일을 생각하다 보니 아무래도 이래저래 심경이 복잡해 약간 우울해지는데 어째 주변 분위기는 나와 정반대였다.

'으음?'

다른 날과 마찬가지로 유모에 의해 세안을 하고 아침을 먹기 위해 티 테이블에 앉았는데, 주변에서 요상한 오라가 마구마구 풍기고 있는 거였다.

'뭐야?'

의아함에 주변을 둘러봤더니만, 이제는 안면이 익은 아가씨들이 단체로 싱글벙글거리며 뭔가에 대한 기대감으로 눈을 빛내고 있었다.

'뭐야, 이 아가씨들이 왜 이래?'

설마 오늘 근무 끝나고 단체로 미팅이라도 있는 건가 싶었지만, 이 아가씨들이 눈을 빛내며 바라보는 건 나였다.

"아기씨, @#$%#$. 폐하 @!#$%^@#$% #$&&#$$%%~"

왜들 이러나 싶어 유모가 챙겨주는 빵을 뜯어먹으며 주변 아가씨들을 하나하나 둘러보는데, 그중 빨간 머리 아가씨가 나와 눈이 마주치더니만 아예 대놓고 생글생글 웃으며 말을 건네 왔다.

이 빨간 머리 아가씨, 그러니까 조앤은 무지 낙천적이었다.

첫 만남 때의 거시기 한 사건으로 인하여 이틀 정도는 날 무서워하더니만, 그 뒤론 별일 없이 평탄하게 지내자 금세 싱글싱글 웃으며 편하게 다가오는 거였다.

그리하여 지금은 유모 다음으로 나와 눈을 마주치는 사람이 되어 있었고, 그 때문인지 놀이방에서만 대기하고 있던 아가씨가 어느 순간 아침부터 내 곁에 붙어 있게 되었다.

지금도 다른 아가씨들은 뒤로 물러서 있는 것에 반해 이 아가씨는 옆으로 다가와 말을 건네고 있었다.

아직 말을 알아듣지도 못한다는 걸 뻔히 알면서도 신이 나서 길게 말을 늘어놓는 모습이 꼭 귀여운 강아지 같았다.

'그나저나 '폐하'? 그 아저씨가 또 뭘 어쨌다는 거지?'

그녀가 늘어놓는 말 속에서 익숙한 단어를 캐치한 나는 고개를 갸웃거렸다.

그동안 따로 언어를 익히지는 않았지만 그래도 알게 된 건 있었다.

일단 나만 보면 계속 부르라고 종용하는 아버지 덕분에 익힌 아버지란 의미의 '아빠', 날 돌봐주는 유모나 아방카, 조앤 등의 이름,

그리고 아버지만큼은 아니지만 자주 찾아와 얼굴을 익힌 밝은 갈색 머리 남자가 '나이젤 아저씨' 라는 것.

내 이름은 '아샤' 지만 유모를 비롯한 날 돌봐주는 사람들은 나를 '아기씨' 라고 부른다는 것 등등.

방금 조앤이 언급한 '폐하' 라는 단어는 주변 사람들이 아버지를 부르는 호칭이라는 것도 알게 되었다. 물론 아직 그게 어떤 의미인지는 모르지만 말이다.

어쨌든 조앤이 아버지를 언급하고 다른 사람들이 날 보며 실실 웃어대는 걸 보니 아버지가 나를 위해 뭔가 대단한 걸 준비한 모양이었다.

'근데 갑자기 웬 서프라이즈 선물이래? 오늘 뭔 날인감? 아니면 어제 일 때문에?'

어제 일이라고 해도 별일이 있었던 건 아닌데 말이다. 뭐어, 아버지 입장에서는 엄청 미안하긴 했을 것 같긴 하다.

그러니까… 정확히 말하자면, 일의 발단은 그제였다.

내가 이곳에서 깨어난 뒤 항상 저녁을 같이하던 아버지가 그저께는 저택에 오지 못해 처음으로 혼자 저녁을 먹게 되었다.

뭐, 이 나이에 혼자 식사를 하는 것 정도야 대수로울 것도 없고, 사람이 살다 보면 그럴 수도 있다는 걸 잘 알고 있기에 난 괜찮았는데 아버지는 되게 미안했던가 보다.

어제저녁은 다른 때보다 조금 더 일찍 와서는 되게 미안해하는데, 그게 가슴 뭉클하기도 하고 친딸이 받아야 할 걸 내가 빼앗는 느낌이라 외려 내가 미안하기도 하고 그랬다.

해서 아버지가 먼저 팔을 벌리지도 않았는데 내가 먼저 팔을 벌려 그에게 안긴 후 그의 목을 껴안은 채 등을 토닥토닥해 줬더랬다.

말을 못하니 행동으로라도 괜찮다는 표현을 해주고 싶었던 건데, 그게 또 아버지를 엄청 감동 먹게 한 모양이다.

평소 조심해서 부비부비를 하던 사람이 자기 힘을 잊어버리고 나를 힘껏 꽈아악 껴안고 비벼댈 정도로 말이다.

그때의 갈비뼈가 죄이는 기분이란… 숨이 막히는 건 둘째 치고 진짜 갈비뼈에 금 가는 줄 알았다.

다행히 그전에 내가 잽싸게 기절한 척해서 그 사단까지 나지는 않았지만, 대신 내 가슴에 검푸른 테두리가 생겼다. 멍이 든 것이다.

어린애의 피부는 연약해서 조금만 잘못 쥐어도 멍이 드는데 그걸 쥐어짜듯 껴안았으니 안 생기는 게 이상한 거다.

뭐, 그 뒤로는 진짜 내가 기절한 줄 알고 아버지는 기겁해

난리치고, 나이젤 아저씨에다 의사로 보이시는 분들까지 헐레벌떡 달려오고…….

생각보다 소동이 커지는 바람에 오히려 내가 놀라서 금세 벌떡 일어났을 정도였다.

'아, 쫌!' 하고 화를 버럭 내며 일어났을 때 다들 딱 굳어서 날 바라보던 모습이란…….

너무 웃긴 모습들에 난 화내던 것도 잊고 그냥 대놓고 웃어 버렸고, 덕분에 훈훈하게 난리통을 마무리 지을 수 있었다.

'뭐, 어제 일 때문에 아마 한동안 나를 안으려고 하지 못할 테지? 쯧쯧, 가끔 보면 차라리 내가 지금 아버지 딸로 있는 게 나은 거 같다니까. 그렇게 에러를 일으킨 게 벌써 몇 번째야? 만약 정말 아무것도 모르는 꼬맹이였으면 아버진 진즉에 딸내미에게 기피 대상이 되었을걸?'

조금은 자기합리화에 맞춰진 생각이긴 하지만 사실이 그렇지 않은가?

그 아버지는 딸내미에게 미움 받으면 꽤나 의기소침해할 딸바보로 보이니 말이다.

그렇게 마지막은 아버지를 걱정하며 아침을 먹고 나니 과연 아가씨들이 눈을 빛내며 나를 어디론가 데리고 갔다.

티를 안 내고 있던 유모까지 아가씨들처럼 기대 어린 표정으로 따라오는 걸 보니 웃음이 나올 정도였다.

'아니, 도대체 뭘 준비했기에 그래?'

라고 생각하며 아가씨들이 활짝 열어준 문 안으로 들어간 나는 입구에서 딱 굳어버렸다.

'헐……'

정말 준비를 어마어마하게 했다.

100평쯤 되어 보이는 널따란 방에는 사면의 벽 전체에 책장이나 장식장처럼 몇 층이나 되는 칸이 붙어 있었는데, 그 모든 칸에는 수없이 많은 인형이 빼곡하게 놓여 있는 것이었다.

놀이방에 있는 것도 엄청 많다 생각했건만, 거기에 있는 건 여기에 있는 것과 비교도 안 됐다.

'여긴 무슨 대형 장난감 매장 창고냐?'

그나마 방이 환해서 다행이었다. 만약 조금 어두운 곳이었다면 감탄보다는 공포스러울 것 같았으니까.

'에휴~ 결국 서프라이즈 선물이 이거였군.'

부자 아버지라 그런지, 통이 커도 어마어마하게 컸다.

뒤에서 내 반응을 지켜보던 아가씨들은 내가 입구에 딱 서서 도통 움직일 생각을 않고 가만히 보고만 있자 자기들이 안달이 나는가 보다.

결국 기다리다 못한 조앤이 슬그머니 다가와 뭐라 뭐라 말을 건네며 간절한 눈빛으로 날 바라보는데, 부디 내가 들어가서 환호하며 좋아하거나 마음에 드는 인형이라도 골라주길 바라는 것 같았다.

하기야 기껏 선물을 마련해 줬는데 별 반응이 없으면 준비한 사람들이 서운하겠다 싶어 나는 순순히 안으로 걸음을 내디뎠다.

내 평생에 이렇게 많은 인형을 두고 감상하기는 처음이고, 또 인형의 종류가 이렇게 많은지도 처음 알았다.

그러나 나는 인형을 그다지 좋아하는 편이 아니라서 솔직히 시큰둥했다. 뭐, 인형을 좋아해도 이런 대단위의 물량 공세라면 질릴 것 같다.

'어렸을 때는 옷 갈아입히는 인형 엄청 좋아했는데…….아직도 이름 기억해. 미미였지?'

바비인형보다 훨씬 예뻤던 걸로 기억이 된다. 옷은 좀…아니었지만.

시큰둥한 기분이면서도 인형들을 구경하다 보니 옛 추억이 떠올라 나도 모르게 피식피식 웃던 중 문득 보이는 인형의 모습에 발걸음을 딱 멈췄다.

"아기씨, @@#$%?"

옆에서 졸졸 따라오고 있던 조앤이 내가 처음으로 반응을 보이자 반색하며 냉큼 내가 바라본 인형을 꺼내 나에게 가져다주었다.

한데 난 그걸 받아 들고서는 등 뒤로 휘익 던져 버렸다.

"에비!"

그러고는 싫다는 기색을 팍팍 드러내며 손을 휘휘 내저었다. 아가씨들 눈이 휘둥그레지든 말든 그 인형을 시작으로 나는 사방을 휘휘 둘러보며 그와 비슷한 인형을 모조리 골라내기 시작했다.

내가 손가락으로 가리키면 옆에서 쫓아오던 아가씨들은 떨떠름한 표정으로 그 인형들을 꺼내줬고, 그럼 난 즉시 바닥에다 던져 버렸다.

내가 엄청 싫어하는 인형이 딱 하나 있었는데, 그게 바로 피에로 인형이었다.

설마 여기에도 피에로 인형이 있을 줄이야.

'으아~ 진짜 싫어!'

어렸을 때 한밤중에 본 공포영화 덕에 피에로 인형이라면 아직도 질색팔색을 했다.

이제는 그 영화에 대한 건 다 잊어버렸지만, 묘지 안 돌로 만든 관 속에 누워 있던 피에로 인형의 모습은 아직도 기억이 났다. 그때 엄청 무서워했던 것도.

그래서 지금도 몸서리까지 치며 이 공간에 있는 피에로 인형은 물론, 그 비슷하게 생긴 건 모조리 다 골라내고 있는데, 좀 황당한 광경이 눈에 들어왔다.

사이즈가 크면 아래쪽에, 작으면 위쪽에 놓여 있는 배열 형태에서 홀로 벗어나 큰 덩치로 한가운데 떡억하니 자리하고 있는 인형이라니.

'호오?'

대충 봐도 내 키와 비슷할 정도의 크기였는데 내 눈높이에 자리하고 있었다. 그것도 칸막이를 두 개나 치워 일부러 널찍한 공간을 만들면서까지 말이다.

거기다 붉은색의 커다란 쿠션까지 깔아줬다.

그런 특별 취급을 해주고 있으니 내가 호기심이 안 생길 리가 없었다.

인형은 겉보기에는 그다지 특별해 보이지는 않았다. 단지 크기만 클 뿐 그냥 봉제 곰 인형이었다.

복슬복슬해 보이는 금빛 털과 내 주먹만 한 새파란 눈동자가 정말 예쁘다는 것과, 미소가 인형 주제에 참 상냥해 보인다는 거 외에는 별다를 게 없었다.

한데 한창 피에로 인형들을 골라내 바닥에 패대기치던 내가 그 곰 인형에게 시선을 고정시키자 그동안 안타까워하는 정도였던 아가씨들이 기겁하며 경직하는 것이다.

'으음?'

물론 내가 그녀들에게 시선을 돌리자 안 그런 척했지만, 내가 곰 인형에게 다가가자 불안한 시선을 서로 교환하느라 바빴다.

그 와중에 변죽 좋은 조앤과 유모가 와서 뭐라 뭐라 말을 건네거나 다른 인형을 들고 와 내 흥미를 딴 데로 돌리려고 애썼지만, 안타깝게도 난 애가 아니었다.

그녀들의 시도를 단호히 뿌리치며 곰 인형 앞에 선 내가 척 손가락으로 가리키자 아가씨들이 기겁하며 헛바람을 들이켰다.

그러면서도 서로 눈치만 볼 뿐 어느 누구도 지금까지처럼 곰 인형을 가져다 줄 생각을 안 하는 거다.

'흐음, 이것 봐라?'

도대체 이 곰 인형이 뭐기에 앉혀놓은 것부터 특별 대우인데다 내가 어찌할까 안절부절못하는지 모르겠다.

그리고 그렇게들 반응해 주니 더욱더 호기심이 생겼고.

사람들이 내려주려 하지 않으니 내가 직접 움직이기로 했다. 다행히 그 인형이 내 눈높이의 칸에 있던 터라 충분히 손이 닿았던 것이다.

"으헉헉~ 아, 아기씨이~"

곰 인형이 크기가 큰 만큼 제법 묵직해 양손으로 곰 인형의 한쪽 다리를 잡고 끌어내리자 주변에서 난리가 났다.

그래도 차마 날 막지는 못하겠는지 안절부절못하는 사이, 내 손에 이끌려 칸막이에서 내려온 곰 인형은 당연하게도 그대로 바닥으로 추락했다.

꽈당~!

"헉!"

"으헉~!"

"윽!"

그와 함께 사방에서 헛바람 들이켜는 소리도 같이 들리니 되게 재밌었다.

'아, 나도 은근히 사악한 거 같아.'

그러면서 나는 바닥에 떨어진 곰 인형을 만족스럽게 내려다보며 잡아 일으키려고 했다.

한데 인형이 꽤 무거웠다.

단순한 봉제인형이라면 아무리 나보다 크다 해도 내가 못 들을 리 없을 텐데, 안에 뭔가 묵직한 물건이라도 들어 있는 느낌이었다.

그러고 보니 아까 바닥으로 추락할 때의 소리도 봉제인형답지(?) 않았고, 손에 감기는 털의 촉감도 이상했다.

보기에는 상당히 보드라워 보였는데, 손으로 만지니 냉기가 도는 게 살짝 금속 느낌이 났다.

진짜 금속이 섞인 건지 그냥 실 모양이 이런 건지 궁금해서

털을 좀 뽑아보려고 약간 틀어줘었더니만, 다시 한 번 아가씨들이 헛바람을 들이켜더니 급기야 유모가 만류하고 나섰다.

"아기씨이~ @#$%^#$%~~ 네에?"

여전히 미소를 짓고 있었지만 얼굴에 난감함이 가득했다.

'흐으음? 이거, 혹시 비싼 건가?'

수없이 많은 인형을 대령할 수 있을 정도로 부자인 아버지가 특별히 구해 온 인형이라면 얼마나 비쌀까? 그것도 내가 함부로 대하자 주변 사람들이 기겁할 정도라면 말이다.

다시 한 번 곰 인형을 바라보는데, 문득 곰 인형의 금빛 털에 시선이 갔다.

완전한 금빛이면서도 금속 질감이 나는 털.

'이거… 혹시 진짜 금?'

예전에 얼핏 듣고 기가 막혀한 적이 있는데, 세계적으로 유명한 봉제 곰 인형인 테디 베어 중에서도 가장 비싼 인형은 그 가격이 몇 억이란다.

'그 인형의 털은 금으로 직접 짰고 눈은 진짜 보석으로 만들어놨다고 했지, 아마?'

내 주먹보다도 더 큰 새파랗게 반짝이는 눈동자를 보고 있으려니 설마 하면서도 혹시나 하는 생각이 들었다.

손가락으로 콕 찔러보니 단단하긴 단단했는데, 그렇다고 단단한 게 보석만 있는 게 아니잖은가.

옆을 보니 조앤은 아예 허옇게 질려 있었다. 그런 그녀에게 한번 생긋 웃어준 나는 주위를 두리번거리다 마침 근처에서 좋은 걸 발견했다.

수많은 가지각색의 인형이 모여 있던 터라 개중에는 미니어처 타입의 인형들도 섞여 있었는데, 때마침 내가 까치발을 하면 손에 닿는 칸에도 몇몇 개가 보였던 것이다.

끙끙대며 손에 닿는 것 하나를 꺼내 들어보니 묵직한 것이 세라믹이거나 돌 재질인 것 같다.

"으흐흐흐."

"아, 아기씨? @#$%^?"

불안한 시선으로 날 바라보는 아가씨들을 향해 한 번 더 웃어준 나는 곰 인형의 눈동자를 바라봤다.

둘이 부딪쳐서 눈동자가 안 깨지면 보석이고 깨지면 유리라 생각하고 손에 든 미니어처 인형을 번쩍 들었더니…….

"꺄아아악! 아기씨!"

조앤이 비명을 지르며 곰 인형 위에 엎어지는 것이었다. 마치 괴한에게서 어린아이를 보호하려는 양 말이다.

그래놓고는 날 힐끔 보더니만 얼굴이 파리해져 벌떡 일어나 어찌할 바를 몰라 안절부절못하는 것이다.

그 모습을 보고 있자니 웃기기도 했지만 한편으로는 내가 죄 없는 아이를 괴롭히는 한량이라도 된 기분이 들어 나는 피식피식 웃으며 뒤로 물러났다.

뭐, 어차피 내가 직접 확인 안 해도 조앤의 행동을 보니 확실해졌지만 말이다.

'저 눈… 진짜 보석이었구만?'

테디 베어의 그 자그마한 눈동자도 억 소리 나더만, 그럼 저건 얼마짜리일지 감도 안 잡혔다.

그런데 문득 이런 생각이 들었다.

'지금은 내가 이런 꼬맹이니까 인형 따월 주지만… 한 15년 정도 후라면……?'

그 순간 눈앞에 인형 대신 비까번쩍한 백들과 구두들이 주르르 놓여 있는 환각이 보이는 듯했다.

'아무래도… 이 아저씨, 애 교육은 제대로 못 시키겠는데? 진짜 내가 딸로 있는 게 다행이라니까.'

최대한 빨리 언어를 익혀서 내가 돌아가기 전까지는 딸을 제대로 대하는 법을 가르쳐 줘야겠다.

하지만 한편으로는 기분이 좋았다.

이런 어마어마한 선물을 받아본 적은 처음이었다.

그것도 그냥 대충 돈으로 때운 게 아니라, 완전 딸바보 아버지가 정성을 다해 챙겨준 것 말이다.

이분의 진짜 딸이 누군지 모르겠지만, 조금… 많이 부러웠다.

'뭐, 내가 돌아가기 전까지는 내가 딸내미니까 그때까진 딸바보 아버지의 딸내미 기분을 만끽해 볼까나?'

외국어 공부는 싫었지만 말이다. 으에~

그렇게 본격적으로 정체를 모르는 부자 극성 팔불출 아버지의 두 살짜리—한국 나이로. 뭐, 이것도 추측이지만— 딸로 살기 시작한 지 몇 달 지난 어느 날 아침이었다.

어차피 출근이나 등교하는 일도 없고, 아침마다 가족끼리 오붓한 식사 시간을 갖는 것도 아니었기에 나의 기상 시간은 대충 오전 9~10시쯤이었다. 그러니까, 유모가 그즈음에 깨우러 왔다.

그런데 그날은 왠지 평소보다 조금 이른 시간인 것 같은데 옆에서 인기척이 느껴졌다. 얼마나 뚫어져라 날 바라보는지 시선만으로 날 깨울 정도였다.

'뭐야? 오늘 무슨 날인가? 그렇게 뚫어져라 쳐다볼 거면 차라리 그냥 깨우지.'

왠지 평소의 유모답지 않은 태도에 나는 속으로 투덜거리며 무거운 눈꺼풀을 들어 올렸다.

그런데 내 침대가에 앉아 나를 뚫어져라 쳐다보고 있는 건 익숙한 얼굴의 유모가 아니라 처음 보는 처자였다.

깜빡깜빡.

의아함에 내가 눈만 깜빡거리고 있는데도 불구하고 눈앞의 아가씨는 눈 하나 깜짝하지 않고 계속 날 쳐다보고만 있었다.

날 일으키려는 기색은 없었지만, 너무 노골적인 시선에 다시 잘 수도 없어 결국 난 억지로 꾸물꾸물 자리에서 일어났다.

날 그렇게 억지로 깨운 그 아가씨는 대충 20대 중반으로 보였는데 예쁜 하늘색 눈동자에 연한 금발을 길게 늘어뜨리고 있었다.

갸름한 턱선, 큰 눈에 오똑한 코, 도톰한 입술을 하나하나 뜯어보고 있자니 왠지 기분이 나빠졌다.

'진짜 예쁘네. 체엣, 부모를 잘 만났나?'

그런데 더 기분 나쁜 건 어떤 행동이나 말도 없이 가만히 앉아서 계속 나만 빤히 쳐다본다는 점이었다.

이곳에 와서 이 처자 같은 사람은 또 처음이었다.

게다가 그 시선이라는 게 어떻게 보면 꼭 물건을 감정하는 듯한 시선이라 더욱 내 감정을 자극했다.

그런 여자에게 먼저 누구냐고 묻는 게 왠지 자존심을 굽히는 것 같아 나도 여자처럼 아무 말 없이 빤히 바라보기만 했다. 그러한 묘한 대치가 유모가 올 때까지 계속되었다.

"어머, 하레츠 님, 아기씨."

유모의 태도를 보아하니 뜬금없이 나타난 이 아가씨와 아는 사이인가 보다.

'가만, 앞의 어머는 감탄사고 뒤에는 날 불렀으니 그렇다면 하레츠? 히래츠? 하여간 그게 이 여자의 호칭인가 본데?'

요즘 나는 사람들이 나에게 건네는 말을 가만히 해석해 보는 버릇이 생겨났다.

이곳에 온 지 이제 몇 달.

주변 사람들의 도움을 받아 본격적으로 언어를 익히고 있는 덕에 이제는 일상생활에서 자주 사용하는 말 정도는 얼추 알아들을 수 있었던 것이다.

한데 이 하레츠인지 뭔지 하는 여자는 유모를 보고도 별 반응이 없었다.

그럼에도 불구하고 유모는 여전히 환하게 웃으며 살갑게 말을 건넸다.

"하레츠 님, 아기씨와 인사는 나누셨나요?"

"뭐……."

그나마 이번에는 반응을 보였지만, 그것도 건조한 어조 한

음과 보일 듯 말 듯 고개를 까딱거리는 정도였다.

'아기씨'와 '인사'라는 단어에 대충 뭔 말인지 알아들은 나는 무뚝뚝하기는 하지만 긍정의 반응을 보이는 여성의 태도에 기가 막혀 입을 떡 벌렸다.

'댁이 언제?'

그런데 기가 막힌 건 그게 다가 아니었다.

나의 심정은 모르는 유모가 이번엔 날 바라보며 말을 건넸다.

"아기씨~ 어머니를 뵈어서 정말 기쁘시죠?"

'음? '어머니'? 어디서 들어봤는데 어디서 들어봤더라?'

그 단어는 분명히 전에 익혔던 거였다.

그래서 끙끙대며 기억을 더듬던 나는 겨우 단어의 의미를 떠올리고는 놀라움을 금치 못했다.

"어… 머니?"

'어머니라면 내 친모?'

그동안 코빼기도 안 비치던 친모가 바로 이 여성이었단 말인가?

유모의 소개에 나는 새삼스러움과 함께 어이없음을 느끼며 여성과 눈을 똑바로 마주쳤다.

유모의 말에도 여전히 무표정한 얼굴로 날 바라보고 있는 그녀를 보자니 내가 제대로 이해한 게 맞는지 순간 헷갈렸다.

"진짜… 어머니?"

내 의문에 유모가 풋 하고 웃더니 크게 고개를 끄덕였다.

"네에, 이분이 아가씨의 어머니 되시는 하레츠 님이십니다."

'헐⋯⋯.'

유모의 소개에 나는 새삼스레 내 친모라는 여성을 바라보았다. 아니, 뭐. 나와는 별 상관없는 거지만, 어머니란 사람이 정말 오랜만에―아니면 처음―딸내미를 보는 건데 이처럼 무덤덤한 모습을 보이는 게 의아했다.

'하기야 유모한테도 무덤덤한 태도인 걸 보니 원래 성격이 저런지도.'

처음에만 놀랐지만, 곧 나는 어깨를 으쓱이고 기분을 털어 버렸다.

세상에는 여러 성격의 어머니가 있다는 걸 잘 알고 있는데다, 딸바보 아버지마저 아직은 타인처럼 느껴지는 나였기에 친모가 어떤 태도를 보이든 나에게 피해만 없다면 상관없었던 것이다.

'만약 진짜 친딸이었으면 상처받았겠지. 그런 면에선 내가 딸로 있는 게 다행인지도.'

속으로 고개를 주억거리며 나는 시선을 돌려 유모를 바라봤다.

'어머니'라는 분과 안면은 익혔으니 이제 오늘의 내 일상을 진행하자는 의미였다.

한데 유모는 내 텔레파시를 못 받았는지 배시시 웃기만 할 뿐 어떤 움직임도 보이지 않는 거다.

평소 눈치 빠르게 행동하던 유모 씨가 오늘은 왜 이러나 싶어 인상을 찌푸리는데 때마침 또 다른, 그렇지만 굉장히 익숙한 목소리가 불쑥 들려왔다.

"오오~ 사랑스러운 내 딸 아사~"

평소 저녁에만, 그것도 넓은 응접실 같은 데서만 모습을 보이던 사람이 이렇게 이른 아침 침실에 나타나니 나는 눈을 둥그렇게 뜰 수밖에 없었다.

'역시 오늘 무슨 날이었어.'

나는 아버지를 만날 때면 늘 그렇듯 그의 품에 안겨 부비부비를 당하며 속으로 중얼거렸다.

만족스러울 만큼 신 나게 부비부비를 하던 아버지는 나를 품에 안고 내 어머니란 사람을 돌아봤다.

"하레츠, 우리 딸을 본 소감이 어때? 예쁘지? 귀엽지? 사랑스럽지?"

들어본 단어들 같은데 말이 너무 빨라 확신을 못하겠다.

그나저나 그 '하레츠'라는 단어가 호칭인 줄 알았는데, 아버지도 그 단어를 사용해 어머니를 부르는 걸 보니 호칭이 아니라 이름인가 보다.

'근데 유모가 아버지랑 나는 호칭으로 부르던데 왜 어머니는 이름으로 부르는 거지?'

내가 새로운 의문에 고개를 갸웃하고 있는데 어머니가 갑자기 자리에서 일어났다.

자연스레 그녀에게 시선을 보냈던 나는 막 몸을 돌리는 그녀의 뒷모습을 보고는 나도 모르게 눈을 휘둥그레 떴다. 그녀의 등에는 커다란 한 쌍의 날개가 존재하고 있었던 것이다.

그녀의 어깨에서 발목즈음까지 내려오는, 크고 당당하게

펼쳐진 은회색빛 날개는 아름답기까지 했다.

그동안 나를 제외한 내 주위의 사람들은 아무도 날개를 가지고 있지 않아 내심 의아해하고 있었는데—하다못해 극성맞은 아버지조차 날개가 없기에 혹시 난 돌연변이가 아닐까 하는 추측까지 했더랬다—이제야 내 날개를 어디서 물려받았는지 알 수 있었다.

'어머니 쪽 유전자였냐? 그런데 왜 내 날개는 아직도 삶은 시금치 같은 거지? 게다가 색도 좀 다르고.'

어머니의 날개 색이 비록 흰색에 가깝긴 했지만 내 날개 색과는 확연하게 차이가 났다.

날개 색이 다른 것도, 날개에 힘이 없는 것도 어른과 아이의 차이인 것일까?

내 날개는 아직도 축 늘어진 채 질질 끌려 다니고 있어 매일 저녁마다 시꺼메진 날개를 유모가 빨아(?)주고 있는 실정이었다.

그런 내 것과는 달리 어머니의 날개는 고고하게 바짝 세워져 있는 것이, 허공에 둥둥 떠 있는 것처럼 보였다.

'등 근육이 장난 아니게 강한 건가? 이거, 등 근육 강화 운동이라도 해야 하는 거 아냐?'

"하레츠, @#$^%*&(? @#$)(*&^%$#@~"

등살 빼는 운동법은 몇 개 아는데 그게 등 근육 강화에 도움이 되는가 고민하는 사이 날 품에 안고 있던 아버지가 얼른 어머니의 뒤를 따라가며 뭐라 뭐라 말을 건넸다.

나한테 말을 건넬 때와는 달리 원어민 스피킹 속도인데다 문장도 길어서 뭐라고 하는지 하나도 못 알아들었다.

한데 어머니는 아버지의 말도 듣는 둥 마는 둥 하며 계속 걸음을 옮기는 거다.

'우와~ 아버지한테도 저러는 거야? 헐, 저런 태도로 아버지랑 어떻게 사귀려?'

그런 어머니가 응접실에 도착하자 걸음을 멈추더니 갑자기 몸을 홱 돌려 아버지에게 척척 다가왔다.

'으잉?'

의아한 건 나를 안고 있는 아버지도 마찬가지였던지 어머니를 향해 뭐라 말을 건넸지만, 여전히 대꾸도 없이 다가온 그녀는 다짜고짜로 품에 안긴 나를 빼앗듯 데리고 가는 거다.

그렇다고 품에 안은 건 아니었다. 양손을 내 겨드랑이 사이에 넣어 허공에 들고 있었으니까.

"하레츠?"

그 상태로 다시 한 번 나를 머리부터 발끝까지 훑어보는 어머니를 아버지가 한 번 더 부르자 그제야 그녀가 아버지를 바라보며 입을 열었다.

"작군."

이번에는 알아들었지만 그 단어가 여기서 왜 나오는 건지 이해가 안 갔다.

"뭐?"

그건 아버지도 마찬가지였던지 되물었지만, 어머니는 이번에도 아버지의 물음을 무시하고는 응접실 한가운데에 있는 탁자 위에 날 올려놓았다. 그리곤 그 상태로 나를 등이 보이게끔 돌려세우더니 뒤로 물러나는 거였다.

'도대체 이게 뭐하자는 시추에이션? 애들 훈육하는 반성의자도 아니고.'

계속 이러고 있어야 하는 건지, 아니면 움직여도 되는 건지 몰라 한동안 그 상태로 머뭇거리던 난 문득 내가 지금 뭐하고 있는 건가~ 싶었다.

'아니, 내가 뭐가 겁나서? 내가 뭘 잘못했다고?'

그런데 그때 내 등 뒤쪽에서 아버지의 다급한 음성이 터져 나오는 거였다.

"하레츠!"

오늘 아무래도 어머니의 이름은 확실히 외우고 넘어갈 것 같다.

이번엔 또 뭔 일인가 싶어 뒤를 돌아보았더니 어머니는 여전히 무표정인데, 아버지는 놀라고 다급한 표정으로 어머니의 팔을 붙들고 있는 거다.

그리고 놀라고 당혹스러워하는 건 뒤에서 대기하고 있던 유모도 마찬가지였다. 나와 시선을 마주치자 얼른 표정을 바꾸었지만 말이다.

'뭔 일이래? 부부 싸움?'

아버지가 날 의식해서인지 잔뜩 낮춘 목소리로 다급하게 어머니에게 말을 건네는 모습에 나는 아무래도 방으로 돌아가야겠다 싶었다. 자고로 부부 싸움에는 끼어드는 게 아니었으니까.

'그러고 보면 아직 얼굴도 안 씻었지? 아무래도 단란한 가

족 간의 아침 식사는 물 건너간 것 같으니 씻고 혼자 먼저 식사할까?'

거기까지 생각했을 때였다.

갑자기 눈앞에 그림자가 지기에 시선을 들었더니 거기에는 어느새 다가왔는지 어머니가 서 있는 거였다.

반사적으로 '뭐야?' 라고 생각하며 그녀와 눈을 마주친 순간, 그녀의 눈빛에 나도 모르게 등골이 오싹해지며 몸이 얼어붙었다.

'큭……'

그녀의 시선은 지금까지 날 바라보고 있던 무덤덤한 눈빛과는 달랐다.

무서웠다. 두려웠다. 겁이 났다. 공포스러웠다.

너무 무서워서 호흡과 심장이 멎을 것만 같고, 온몸의 피가 차가워져 몸이 저절로 덜덜덜 떨렸다.

당장에라도 도망쳐서 이불 속에 숨고 싶었지만, 공포로 얼어붙은 내 몸은 조금도 움직이질 못했다. 하다못해 눈동자조차도 말이다.

'왜?' 라는 의문을 표할 정신도 없는 나를 잠시 내려다본 어머니는 손을 들더니 스륵 내 목을 틀어쥐었다.

'커흑.'

그런데 아이러니하게도 목이 졸리는 고통이 얼어붙은 내 정신을 일깨웠다. 그리고 그와 함께 떠오른 의문 한 조각.

'내가 왜?'

그리고 그 생각의 조각을 시작으로 연이어 다른 생각들이

꼬리를 물었다.

'내가 왜 이러고 있는 거지? 내가 왜 두려워하는 거야? 뭘 잘못했는데?'

설명은 길었지만 이 모든 현상이 일어난 건 단 한순간이었다.

거기다 아까 아무것도 모른 채 마치 벌 받는 아이처럼 탁자 위에 덩그러니 서서 머뭇댔던 내 모습까지 연이어 떠오르자 열이 뻗치기 시작했다.

갑자기 나에게 이러는 그녀도 그녀지만 멍청하게 그녀가 하면 하는 대로 가만히 있었던 한심한 내 자신에게 더욱더 열 받은 나는 점점 더 숨이 가빠오는 와중에도 그 손의 주인을 노려봤다.

"끄윽… 끅……."

그러니까 이 몸의 어머니를 말이다.

그녀의 눈은 여전히 무서웠다.

숨이 막혀 나도 모르게 꺽꺽거리는 와중에도 내 몸은 덜덜 떨리고 있었고, 지금이라도 피하고 싶었지만, 나는 이를 악물고 버텼다.

나에게 적의를 보이는 그녀에게만은 절대 두려워하는 모습을 보이고 싶지 않다는 오기가 생겼던 것이다. 아니, 어쩌면 지금이 마지막일지도 모르니 더욱더 오기가 불타올랐는지도 몰랐다.

'당당하게! 당신, 의지의 한국인이라고 알아? 힘이 없으니 이대로 당하지만 자존심은!'

그런데 그때 어찌 된 영문인지 내 목을 조여오던 손의 힘이 순간적으로 풀렸다.

그리고,

"하레츠!"

아버지가 달려와 나를 그녀의 손길에서 빼내 자신의 품으로 집어넣었다.

"@!#$^%?"

뭔 소리인지 모르겠지만 대충 뭔 짓이냐는 거겠지?

하지만 나는 두 사람에게 신경 쓸 여력이 없었다. 숨도 못 쉬게 꽈악~ 조여 있던 숨통이 확 트이자 기다렸다는 듯이 눈물, 콧물이 마구 흘러나오며 기침이 쉴 새 없이 터져 나왔던 것이다.

한데 그러는 와중에도 나는 해냈다는 생각에 기분이 무척 좋았다. 아버지가 나를 품에 안기 전까지 그녀의 무서운 시선을 피하지 않고 정면으로 마주하며 견뎌냈던 것이다.

어머니란 여성이 내 목을 조른 건 극히 짧은 시간이었을 테지만—내가 안 죽고 산 거 보니—나에게는 엄청나게 긴 시간이었다.

그런데도 그걸 버텨낸 것이다.

뭐, 눈물, 콧물, 기침 때문에 정신이 없고 목도 무척 아픈 데다 몸은 여전히 공포로 인해 덜덜 떨렸지만 그런 건 아무래도 좋았다.

아버지는 날 품에 안고 계속 등을 쓸어주며 내가 진정할 때까지 기다렸다가 대기하고 있는 유모에게 나를 건넸다. 날 건네받은 유모는 즉시 나를 내 침실로 데리고 갔고 말이다.

아무래도 아버지와 어머니가 본격적으로 부부 싸움을 하실 모양.

덕분에 나야 괜찮지만 아버지가 무지 원했을 가족과의 단란한 아침 식사 타임은 이번에야말로 확실히 물 건너간 것 같다.

필립은 행복했다.

너무 행복해서 지난 일주일간 하루에 세 시간 이상 자지 못하고 일을 했음에도 불구하고 전혀 피곤함을 느낄 수가 없을 정도였다.

다리는 꼭 허공을 밟는 듯 가볍기만 했고, 입꼬리는 주체를 못하고 하늘로 자꾸 치솟으려 했다.

저택에 도착하자 필립을 알아본 사람들이 얼른 허리를 숙여 보였지만 필립의 눈에는 보이지도 않았다.

한달음에 계단을 올라 복도를 주욱 따라가니 복도 저 끝에 이 세상에서 가장 사랑스럽고도 사랑스러우며 사랑스럽기 그지없는 자신의 딸이 거하는 침실 문이 보였다.

단숨에 그 앞에 도착하여 직접 문을 열어젖히고 지금까지 자고 있을 딸의 침대로 다가가는데, 침대가에 백금발 머리의 여성이 앉아 있는 모습이 보였다.

그리고 조금 더 다가가자 이미 일어나 앉아 있는 사랑하는 딸의 모습도 보였다.

'오~ 먼저 가서 만나보겠다고 하더니만 벌써 모녀가 해후를 한 모양이지?'

둘이 같이 있는 모습을 보니 기분이 더욱더 좋아졌다.

"오오~ 사랑스러운 내 딸 아사~"

'사랑스러운 딸', 언제 불러도 참 감미로운 단어다.

딸은 내가 온 것이 놀랍다는 듯 두 눈을 똥그랗게 뜨고 날 바라봤는데, 그 모습이 얼마나 깜찍한지 꽈악 깨물어주고 싶었다.

물론 정말 깨물었다간 아사가 날 가만두지 않을 테니 참아야겠지만.

하기야 우리 아사가 놀라는 것도 무리는 아니다. 내가 우리 딸을 만나러 오는 건 대부분 저녁때였으니까.

예쁜 딸내미를 품에 안자 따스한 온기와 꼬무락거리는 움직임이 느껴져 가슴을 찡하게 만들었다.

아사도 아침부터 날 보는 게 반가웠던지 평소보다 좀 더 오래 부비부비를 했는데도 얌전하게 있어줬다. 역시 우리 아가는 마음씨도 예쁘지.

그러고 보니 아이가 제 엄마와 처음으로 만났다.

'우리 아사가 엄마와 무척 감동적인 해후를 한 모양이군. 럭키야~'

덕분에 더욱더 오래 부비부비를 해줄 수 있었던 나는 기쁜 마음으로 나의 아내 하레츠를 돌아봤다.

"하레츠, 우리 딸을 본 소감이 어때? 예쁘지? 귀엽지? 사랑스럽지?"

하지만 그 순간 난 뭔가가 잘못되었다는 걸 알아챌 수 있었다.

그녀가 기분이 가라앉았을 때 보이는 표정을 짓고 있었던 것이다. 불안감이 스멀스멀 피어올랐지만 애써 내리누르며 침실을 나가는 그녀의 뒤를 얼른 따라갔다.

"하레츠, 그냥 그렇게 가기야? 뭐라도 한마디 해줘야지."

여전히 아무 말 없이 걸어가기만 하는 그녀를 쫓아가는데, 응접실에 도착한 그녀가 갑자기 몸을 돌려 다가오더니 품에 안은 딸을 빼앗듯 데려갔다.

'어어?'

그렇게 데려가서는 품에 안는 대신 손에 아이를 들고 다시금 찬찬히 살펴보는 하레츠의 시선은 확실히 굳어 있었다.

"하레츠?"

억지로 누른 불안감이 다시금 치솟아오르는 것을 느끼며 아내를 부르자 딸과 똑같은 아름다운 그녀의 얼굴이 날 향했다.

"작군."

"뭐?"

그녀가 무슨 뜻으로 한 말인지 이해하지 못한 내가 되물었지만, 하레츠는 다른 설명 없이 아이만 다시 한 번 쭈욱 살펴보다가 응접실 탁자 위에 올려놓더니 돌려세워 놓기까지 했다.

그녀의 이상한 행동에 목까지 올라왔던, '태어난 지 이제 겨우 반년 좀 안 되었는데 저 정도면 정말 큰 거 아닌가? 게다가 우리 딸은 벌써 말도 하기 시작했다고' 등등의 말들이 목 밑으로 쑥 내려가 버렸다.

하레츠는 딸의 뒷모습을 다시 한 번 심각한 표정으로 바라보더니 한숨을 내쉬고는 자신에게로 다가와 진지하기 그지

없는 어조로 충격적인 말을 내뱉었다.

"미안하군, 필립. 튼튼한 알을 낳아준 줄 알았는데 미숙한 알이었나 봐. 원한다면 알은 새로 낳아주도록 하겠어."

"뭐?"

'미숙하다니? 누가? 내 딸이?'

"그게 무슨 소리야? 아사가 뭘 어쨌다고?"

차마 저쪽에서 등 돌린 채 가만히 서 있는 딸이 들을까 잔뜩 목소리를 낮춰서 묻자 하레츠는 약간 굳은 어조로 대답했다.

"저 애가 6월에 태어났다고 했지? 그럼 지금 4개월 정도 되었다는 건데, 그런 것치고 너무 작아. 날개도 핏기 없는 흰색인데다 아직도 힘없이 처져 있다는 건 미숙아라는 이야기지. 우리 종족으로 인정받지 못해."

"인정받지 못하다니? 누가 인정을 안 한단 말이야? 저 앤 우리 딸이라고. 미숙아라는 건 또 뭐야? 애는 건강하게 잘 지내고 있어."

한껏 낮춰 있으나 격앙되었음이 여실히 드러나는 내 말에도 하레츠는 흔들리지 않았다.

"저런 날개를 가지고 있는데 건강한 건 아니지. 그리고 우리 종족으로 인정 못한다는 건 나 또한 인정 못한다는 말이야."

"하레츠!"

"되다 만 아이야 어차피 자연적으로 알아서 처리가 되겠지만, 그러느니 차라리 지금 처리하는 게 나아. 보아하니 그대는 못 할 듯하니 내가 처리하도록 하지."

"하레츠!"

이번에는 저쪽에 딸이 있다는 것도 잊은 채 난 큰 소리로 그녀를 불렀다.

하지만 하레츠는 단호했다.

"섣부른 동정은 아이를 더 비참하게 할 뿐이다, 필립. 저런 미숙아는 날기 힘들어. 날기는커녕 지탱하지도 못해 처진 날개를 끌고 다니는 허약한 조인족의 미래가 어떨 거 같아?"

냉정하다면 냉정하지만 그렇다고 완전 무시할 수도 없는 그녀의 말에 난 멈칫할 수밖에 없었다.

그리고 하레츠의 말은 끝나지 않았다.

"게다가 미숙아는 성년이 될 때까지 살기도 어려워."

그 말이 내 뒤통수를 강하게 후려쳤다.

그렇지 않아도 조인족의 핏줄이라는 이유로 자신 또한 아직은 원하는 만큼 마음껏 대우를 해주지 못하고 있는 딸이었다.

'그런데 성인이 될 때까지 살기도 어려워? 내 딸이?'

어쩌면 무사히 성인이 된다 해도 정상적인 몸을 가지지 못한다면 자신의 사랑스러운 딸은 평생 사람들의 시선을 피해 살아갈지도 모른다.

자신의 아이가 그렇게 살아가는 상상을 하는 것만으로도 피가 거꾸로 솟는 느낌이었다.

'그럴 바에야 차라리……'

비참한 삶을 살게 될 것을 뻔히 알면서도 그냥 두는 것은 단지 섣부른 동정일 뿐이라는 그녀의 말을 반박할 수 없었던 내가 갈등하는 사이 하레츠가 움직였다.

"아……?"

하레츠가 아사의 목을 한 손으로 잡고 있는 모습에 정신이 번쩍 들었다.

"하레츠!"

그 순간, 아이의 비참할지도 모르는 미래 따위는 내 머릿속에서 사라져 버렸다. 미래고 뭐고 오직 눈앞의 아이를 살려야 한다는 생각밖에 없었다.

하레츠의 손안에서 아이의 몸을 낚아채 품에 안자 아이가 격하게 기침을 해대기 시작했다.

품에 안은 아이의 몸이 덜덜 떨리고 있는 걸 느끼며 지금 당장 자신을 두들겨 패고 싶은 걸 참느라 이를 악물어야 했다.

이렇게 작은데, 이렇게 소중하고 사랑스러운 존재인데, 이 존재를 단 한순간이라도 외면했다는 사실이 참기 힘들었다.

아이는 한참 동안 콜록거리다 진정이 되었지만, 그때까지도 난 격정을 진정시키지 못해 이를 악물고 있어야만 했다.

내 턱짓에 그동안 구석에서 발만 동동 구르고 있던 아사의 유모가 얼른 다가와 아이를 넘겨받았다.

난 얼른 아이를 데리고 나가라고 손짓하고는 하레츠를 바라봤다.

다행히 그녀는 그때까지도 가만히 있었지만, 자신이 아이를 떼어놓는 순간 다시 아이를 노릴지도 몰랐다. 그녀는 한 번 결심하면 웬만해서는 번복하지 않으니까.

정말 그러고 싶지 않지만 만약 그렇다면 하레츠와 대적해서라도 그녀의 앞을 가로막을 생각이었다.

난 온몸을 긴장시키며 비장한 어조로 입을 열었다.

"하레츠, 아사는 내 딸이야. 그거면 충분해. 나중에 비참해진다고? 아니, 내가 절대로 그렇게 두지 않아. 내 모든 능력을 다 동원해서라도 아이를 고칠 거야. 그러지 못한다 해도 나는 그 아이를 고귀한 자리에 앉힐 거야."

한데 그녀는 내가 뭐라고 말하든 말든 상관 않고 자신의 손만 내려다보며 뭔가를 골똘히 생각하고 있었다.

기껏 열혈 아버지의 진심을 토로했는데 왠지 뻘짓을 한 것 같아 순간 머쓱해졌지만, 긴장을 늦추지 않은 채 한 번 더 그녀를 불렀다.

"하레츠?"

그러자 이번에는 다행히 그녀가 반응했다.

천천히 고개를 든 그녀가 흔들리는 눈으로 입을 열었다.

"그 애가 내 살기를 버텨냈어."

"뭐?"

'뭘 버텨내? 아니, 그건 둘째 치고 자기 딸한테 살기를 내보였단 말이야? 저 종족은 뭐가 저리 살벌한 거야?'

딸에게 살기를 비친 아내에게 화를 내야 할지, 그 살기를 버틴 딸을 자랑스러워해야 해야 할지 헷갈렸다.

그러면서도 나중에 우리 딸은 절대로 이런 살벌한 사람이 되지 않게 곱게 잘 키워야겠다는 다짐은 잊지 않았다.

"물론 전력을 다한 살기는 아니었지만 열 살이 안 된 애들은 한순간도 못 버틸 정도였어. 한데 저 애가 버텨냈어. 한 살도 안 된 미숙아라면 절대 불가능한 일인데……."

이어지는 하레츠의 말에 난 딸을 자랑스러워하자는 쪽으로 마음을 돌렸다.

"당연하지. 누구 딸인데. 우리 딸이 얼마나 대단한지 알아? 그 애는 태어난 지 이틀도 안 돼서 말을 했다고, 말을! 그런 애 봤어? 우리 딸은 천재라고!"

한번 말을 꺼내기 시작하자 다음 날에는 혼자 걷기 시작했다느니, 책을 읽어달라고 했다느니, 무엇이든 직접 해보려고 한다느니, 이것저것 얼마나 궁금한 게 많은 줄 아느냐는 둥 딸 자랑이 자동적으로 줄줄 이어져 나왔다.

내 말을 차분한 표정으로 끝까지 들어주던 하레츠는 뭔가가 이상한지 인상을 찌푸렸다.

물론 다른 사람들이 보면 인상을 찌푸렸는지도 모를 정도로 눈가가 살짝 흔들린 정도였지만 난 알 수 있었다.

"그런데 어째서… 몸이 저렇게 작은 거지? 게다가 날개는? 날개는 늦어도 한 달이 지나면 힘을 받기 시작한다고. 그런데 몇 달이 지났는데도 아직도 저 상태라니… 누가 보면 태어나서 달빛을 한 번도 못 받은 줄 알겠어."

난 그녀의 마지막 말에 놀란 시선으로 하레츠를 바라봤다.

"달빛? 달빛은 알에서 나올 때까지만 받으면 되는 거 아니었어?"

"우리는 평생을 달빛 아래에서 사는걸. 난 여기 와서 너와 지낼 때도 밤에는 달빛을 받잖아."

"아, 아니 그건 나의 판타지를 고려한 게 아니었어?"

"판타지? 그건 또 무슨 소리지? 우리 종족은 보통 밤에 야

외에서 잔다는 걸 알고 있지 않았던가?"

"그, 그게… 그냥 취향인 줄 알았지. 설마 달빛을 받기 위해 그런 줄은……. 어쩐지 조인족의 웬만한 건물 천장이 다 뻥 뚫린 이유가 있었군. 아, 잠깐. 혹시… 달빛을 못 받으면 어떻게 되는 거지? 서, 설마 죽기라도 하는 건……?"

갑자기 떠오른 생각으로 기겁하는 내 말에 하레츠는 어깨를 으쓱해 보였다.

"죽는다는 소리는 못 들었어. 웬만큼 성장한 녀석들이라면 며칠 못 본다 해도 별 영향은 없고. 하지만 아이들은 약해지지."

거기까지 말하던 하레츠는 당혹감에 얼어붙은 날 돌아보았다.

"혹시 저 아이… 달빛을 한 번도 받지 못한 건가?"

그녀의 말에 얼굴에 핏기가 싸악 가시는 느낌이었다.

"그게… 달빛이 그렇게 중요한 건지 몰랐어. 여기는 보통 잠잘 때 빛이 하나도 들지 않도록 침실의 커튼을 다 치는 편이니까 아마도……."

어렵사리 나온 내 고백에 하레츠는 무덤덤하게 고개를 끄덕였다.

"그랬군. 그래서 아까도 커튼이 쳐져 있었던 거군. 아이의 몸집이 작은 것이나 날개가 저런 것도……."

거기서 잠시 입을 다문 하레츠는 여전히 핏기를 잃은 날 물끄러미 바라보다 다시 덤덤하게 말을 이었다.

"미안하다. 이건 내가 챙겼어야 하는 일이었어. 나와 그대의 종족이 다르니 그대가 모를 수도 있다는 걸 생각했어야 했는데……."

덤덤하다 해도 하레츠의 목소리는 평소보다 한 톤 낮아져
있었다.

그녀의 말을 듣고 있던 난 차마 그녀를 바라보지 못하고
죄책감에 두 손으로 이마를 감쌌다.

"아니, 아니야. 미안해, 하레츠. 이건 내 잘못이야. 내가 아
사를 데리고 있겠다고 했으니 하레츠가 미처 챙기지 못했더
라도 내가 먼저 물어서 챙겼어야 했어. 미안해. 우리 딸을 저
렇게 만든 건 나야."

머릿속이 하얗게 되는 기분이었다.

"어떻게 하면 되지? 설마 우리 딸을 고칠 방법이 영영 없
는 건 아니겠지? 응? 오, 맙소사! 내가 우리 딸을… 우리 아
사를……."

패닉에 빠져 허우적대는 날 하레츠가 한 걸음에 다가와 품
에 꼭 안아줬다.

"저 아이, 아직 안 죽었다. 우선 지금이라도 달빛을 받게
하고, 그래도 효과가 없으면 다른 방법을 찾아보면 돼. 나도
돌아가서 알아볼 테니까. 그리고 필립, 저 아이는 과연 그대
의 피를 이었어. 태어나서 몇 달이나 달빛을 받지 못했는데
도 내 살기를 버텨내다니… 그런 능력이라면 충분히 정상으
로 돌아오고도 남아."

차분하고 덤덤한 어조가 나에게는 그 어느 다정한 말보다
도 더 든든하고 따뜻하게 들렸다.

나보다 한 뼘이나 작고 가냘파 보이는 이 여인은 언제나

내 앞에 당당하게 선 채 강하고 곧은 시선을 보내왔다.

아무리 힘들고 괴로워도, 세상이 암흑으로 뒤덮인 듯 깜깜하고 막막해도 이 여인만 떠올리면 갈 길이 보였다. 앞으로 걸어 나갈 수 있었다.

'나의 등대, 나의 빛, 나의 여신……'

나보다 한 뼘이나 작은 여인의 품에 안겨 있느라 잔뜩 수그리고 있던 난 고개를 들고 이번에는 반대로 하레츠를 내품으로 끌어안았다.

"그렇겠지? 우리 딸인데."

"그래."

"그럴 거야. 아니, 그렇게 되게 하겠어."

"그렇다고 딸을 너무 무리시키지는 마라."

하레츠의 말에 난 겨우 얼굴에 미소를 띨 수 있었다.

"그래. 그럴게."

이 강한 여인만 옆에 있으면 그 어떤 일도 불가능해 보이지 않았다.

어머니의 태도에 나보다도 더 놀란 유모가 눈물까지 글썽이며 날 데리고 침실로 돌아온 뒤 씻기고 옷을 갈아입히면서 조심스러운 시선으로 계속 나를 살폈다.

아버지의 품에서 빠져나온 뒤 또다시 내가 덜덜덜 떨어댔던 것이다.

아버지의 품에서 얼추 다 떨쳐 낸 줄 알았는데, 그게 아니었나 보다. 하기야 지금 다시 떠올려도 오싹오싹했으니까.

정말 다시는 마주치고 싶지 않았다.

덕분에 유모는 나를 계속 품에 안고서 토닥거렸다.

"괜찮아요. 이제 다 괜찮아요, 아기씨. 제가 곁에 있을게요. 폐하께서 막아주실 거예요."

너무나 안타까워하는 유모와는 다르게 솔직히 내 기분은 덤덤했다.

물론 어머니가 무섭긴 했지만 단지 그것뿐이었다. 그녀는 나에게 그냥 무서운 존재 그 이상도 이하도 아니었던 것이다.

길을 가다가 갑자기 뛰쳐나온 크고 험상궂게 생긴 사냥개를 만났다고 치자. 기겁하고 도망이야 치겠지만 그거 가지고 절망에 빠지지는 않는다.

물론 엄청 놀라고 심하면 개에 대한 트라우마가 생길지도 모르지만, 그 외에는 운이 없었다고 여기고 아무렇지도 않게 내 일상을 살아갈 것이다.

지금 내가 바로 그런 상태였다.

그녀가 이 몸의 어머니라고 해도 나는 머리로는 '그렇군'이라고 인식했을 뿐 감정까지 생긴 건 아니었다.

덕분에 그녀가 날 죽이려고 했어도 '길 가다 엄청 무서운 사냥개와 마주쳤다' 정도이지 혈육에게 배신당한 충격으로 절망에 빠지는 일 같은 건 없었다.

단지 어머니의 시선이 꿈에 나오면 어쩌나 하는 것과, 나중에 또 그런 일을 당할까 걱정이기는 했다.

그녀는 일단 이 몸의 어머니란 존재이니 앞으로 아버지만큼은 아니어도 계속 만날 관계. 첫 만남에 날 해하려 했는데 앞으론 안 그런다는 확신이 없었다.

'앞으로 그 어머니와 같이 있어야 하는 때가 생기면 다른 사람 옆에 철썩 붙어 있는 수밖에.'

그러고 보니 어머니에게 해를 입을 뻔했는데도 복수할 생각은 안 든다.

하기야 '길 가다 운 없이 엄청 무서운 사냥개와 마주쳤다'고 해서 원한을 품는 사람은 없을 테니.

'그건 그렇고, 아버지도 안됐네.'

아버지의 태도로 보아 가족의 단란한 시간을 기대했던 모양인데, 어머니의 살벌한 태도 때문에 오랫동안 그 단란한 시간은 기대하기 어려울 것 같다. 어쩌면 영원히…….

여전히 유모의 품에 안겨 토닥임을 받으며 나는 속으로 아버지에게 심심찮은 위로를 보냈다.

'그랬건만… 그랬는데… 이 무슨 시추에이션?'

나는 어이없는 심정으로 아주아주 다정해 보이는 한 쌍의 부부를 바라봤다.

'당신들, 방금 전까지 분위기가 안 좋았던 거 아니었어?'

어머니 덕분에 떨어대는 몸을 진정시키느라 나는 오랫동안 유모의 품에 안겨 있어야 했다.

그러다 보니 평소보다 일찍 일어났음에도 불구하고 평소보다 훨씬 늦은 시간까지 아침도 못 먹고 침실에 있는데, 밖의 사정을 살피러 나갔던 조앤이 급한 걸음으로 돌아왔다.

"아기씨를 부르십니다."

별로 가고 싶지 않았건만 지금의 내가 무슨 힘이 있겠는가?

'어린 게 죄지…….'

해서 내키지 않은 발걸음으로 조앤을 따라 테라스로 나갔더니만 아버지가 무슨 마법이라도 부린 건지 아까의 그 살벌한 분위기는 사라지고 둘이 오붓하게 앉아 있는 거였다.

뭐, 그거야 두 부부 사이의 일이니 칼로 물을 베었다 치고, 문제는 나였다. 정확히는 내 육체.

어이없어하는 내 정신과는 달리 어머니의 모습을 보자마자 내 몸이 반사적으로 굳어버린 것이었다.

'아아~ 정신과 육체의 괴리감이여~'

그녀 앞에서 무서워하는 모습을 보이고 싶지 않아 입구에 선 상태 그대로 괜히 딴생각을 하고 심호흡을 하며 몸을 진정시키려 노력하는데, 아버지가 날 보자마자 자리에서 벌떡 일어나 다가왔다.

"아사~? @#$%&%?"

평소처럼 답삭 안아 들고 부비부비할 줄 알았건만, 아버지는 지금의 내 상태를 알아챈 듯 부비부비 대신 등을 부드럽게 토닥여 줬다.

긴장을 풀 수 있게끔 말이다. 역시 아버지는 아버지인 모양이다.

하여간 그렇게 한동안 아버지의 품에 안겨 충분히 몸을 진정시킨 나였지만, 테라스의 탁자로 다가가 어머니를 마주하게 되자 몸이 다시 굳으며 경계의 눈초리로 그녀를 바라볼 수밖에 없었다.

그나마 아버지 덕분에 몸이 떨리지는 않아 다행이라고 생각하고 있는데, 그런 나를 물끄러미 바라보던 어머니의 입술 끝이 슬쩍 올라가는 것이었다.

'뭐시여, 내가 경계하는 게 가소롭다는 거여? 나도 내가 가소롭다는 걸 알거든?'

그런데 그때 이 극성 팔불출 아버지가 기가 막히게도 날 번쩍 들더니 그대로 어머니의 무릎 위에 내려놓는 것이 아닌가?

'아니, 이 인간이 갑자기 미쳤나?'

오래된 일도 아니고 바로 방금 전 난 이 여자한테 죽을 뻔했구먼, 그걸 모르는 것도 아니면서 품에 내려놓다니. 아까 '역시 아버지~!' 라고 감탄한 거 몽땅 취소다.

'날 죽이려는 셈이냐? 날 죽이려고 둘이 짝짜꿍하기라도 했어?'

내 딴에는 무시무시한 기운을 담아 아버지를 노려봤건만, 평소 나에게 껌뻑 죽던 아버지가 지금은 오히려 싱글싱글 웃으며 태연하게 자기 자리에 앉는 거다.

'헛, 이럴 수가……! 평소 나에게 보여주던 모습은 다 거짓이었더냐? 이래서 남자를 믿으면 안 된다니까.'

어머니도 아버지의 행동이 무척 당황스러운 듯 나를 무릎에 앉힌 상태로 굳은 채 한동안 움직이지 못하고 있었다.

그걸 알아채자마자 나는 이때다 싶어서 얼른 거기서 벗어나려 했다.

그녀의 무릎 위에 앉아 있다가 뭔 일을 당할 줄 알고 가만히 있단 말인가.

그런데 아뿔싸, 한발 늦었다.

내가 무릎 위에서 미끄러져 내려 땅에 닿기 직전, 그동안 가만히 있던 어머니가 나를 잡아 들더니 자신의 무릎 위에 다시 앉히는 것이었다.

덕분에 내 심장은 다시 덜컥 내려앉았다.

'역시 뭔 짓을!' 이란 생각에 몸을 긴장시키고 있는데, 어째 아무 일도(?) 일어나지 않는 거다.

'이건 또 뭔 시추에이션? 이러다 긴장을 풀고 있을 때 목을 확 꺾으려는 건가?'

생각 같아서는 공포에 의연하게 대처하고 싶었지만, 아까의 용기는 어디로 사라졌는지 차마 그녀를 살펴볼 엄두가 안 났다.

한데 시간이 좀 더 흘렀는데도 여전히 어떤 움직임도 보이지 않는 거다.

'아씨, 할 거면 빨리 하든가!'

덕분에 잔뜩 긴장하고 있는 나만 점점 초조해져 안절부절못하다가 결국 초조함을 이기지 못하고 고개를 번쩍 들었다.

그냥 무작정 기다리고 있으려니 내가 답답해 죽겠는 거였다.

그래서 까짓, 죽기밖에 더하겠나 싶어 고개를 들었더니 날 지켜보고 있는 어머니와 눈이 정면으로 마주쳐 버렸다.

'히익!'

그리고 그 즉시 난 눈을 피해 버렸다.

'아씨!'

할 수 있는 건 없어도 자존심만은 지키려 했건만, 눈을 제대로 마주치지도 못하고 피하는 꼴을 보이다니.

자존심이 왕창 구겨져 버린 난 다시 한 번 심호흡을 하고 말을 안 듣는 고개를 억지로 치켜들었다.

이대로 구겨진 자존심을 회복하지 못한다면, 억울해서 못 견딜 것 같았기 때문이었다.

물론 무서운 건 여전해서 심장이 튀어나올 듯 두근거렸지만, 내 자존심이 더 중요했기에 난 이를 악물고 버텼다.

한데 막상 어머니와 시선이 마주치니 무섭지 않은 거다.

'응?'

다시 한 번 확인해도 역시 무섭지 않았다. 조금 불안해서 안절부절못하게 만들기는 해도 아까처럼 무섭고 두려워서 꼼짝도 못할 정도는 아니었다.

'뭐야? 설마 내가 벌써 그 공포를 이겨낸 건가?'

당연히 아니었다.

단지 어머니는 아까의 그 무서운 기운을 품지 않은 채 고요히 나를 바라보고 있었던 것뿐이었다. 나는 그것도 모른 채 겁이 나서 혼자 계속 뻘짓을 하고 있었던 거고.

'우이씨이~'

그걸 깨닫자마자 창피함이 온몸을 덮었다. 얼굴이 뜨끈뜨끈한 것이 거울을 보지 않아도 얼굴이 빨개졌을 거란 걸 알 수 있었다.

'하지만 무서운 걸 어쩌라고.'

속으로 투덜거리며 나는 좀 편해지긴 했으나 그래도 여전히 긴장된 마음으로 어머니와 시선을 마주했다.

어머니는 내가 혼자 북 치고 장구 치고 춤까지 추는 와중에도 가만히 지켜보고만 있었다.

그녀의 차분한 눈동자는 지금도 솔직히 반은 겁먹고 있는 내 마음을 다 알고 배려해 주고 있는 것만 같아 더욱더 창피하고 자존심이 상했다.

'아오~ 이게 다 누구 때문인데, 이제 와서 배려하는 척이람? 나보다도 어려 보이는 주제에에!'

그래서 더 창피하고 자존심 상하는지도 몰랐다.

'아, 몰라몰라, 이게 다 아버지 때문이야! 왜 괜히 날 여기다 둬가지고서리!'

마지막에는 아버지에 대한 원망이 솟아나 그쪽으로 고개를 홱 돌렸더니, 세상에… 아버지가 조마조마한 표정으로 이쪽을 바라보고 있는 거다.

본인이 날 어머니 무릎에 내려놓은 주제에—아마 둘이 친해지길 바랐기에 그런 거겠지만—어머니와 나의 관계가 잘못될까 엄청 걱정하고 있는 게 얼굴에 다 쓰여 있었다.

'하아……'

그 얼굴을 보니 마구마구 솟아올랐던 원망이 거품 꺼지듯 스르르 가라앉고 말았다.

어머니와는 어찌 되든 상관없었지만, 아버지는 아니었던 것이다.

그렇게 생각하자 가벼운 한숨과 함께 긴장으로 딱딱했던

어깨에서 슬쩍 힘이 풀렸다.

덕분에 좀 편안해진 기분으로 힐끗 어머니를 쳐다보자, 어째 그녀의 얼굴에 옅은 미소가 어리는 것이다.

너무 미미한 기색이라 내가 제대로 본 건가 의심하는 그때, 그녀가 나를 여전히 똑바로 바라보는 채로 천천히 한 손을 올리기 시작했다.

내가 놀라거나 긴장하지 않게끔 조심하는 기색이 역력한 느릿한 손길이 마지막에는 내 머리에 닿아 토닥이자 나는 짜증이 팍 솟았다.

이게 무슨 병 주고 약 주는 것도 아니고 뭐하는 시추에이션인지 모르겠다.

생각 같아서는 그 손을 확 떨쳐 버리고 싶었지만, 그래도 차마 아버지를 울리고(?) 싶지 않았기에 난 얌전히 어머니한테 머리를 내맡겼다.

'이제 와서 이럴 거면 아까는 도대체 왜 그런 거래? 아씨, 이러다 나중에 또 뒤통수 맞는 건 아니겠지?'

만약 그러기만 하면, 다음부터는 아버지고 뭐고 그냥 어머니 얼굴도 안 보겠다고 결심하며 이제는 뭔가 벅찬 표정으로 이쪽을 바라보고 있는 아버지를 힐끔 바라봤다.

그렇게 한동안 가만히 내 머리를 토닥거리던 어머니는 잠시 뒤 갑자기 두 손을 내 겨드랑이 사이로 넣어 나를 들어 올리는 것이다.

'헉!'

긴장과 경계를 많이 풀기는 했지만 그렇다고 완전히 푼 건 아니어서 나는 나도 모르게 화들짝 놀라 버렸다. 얼마나 놀랐는지 심장이 거칠게 두근두근 뛰는 반동이 온몸에 느껴질 정도였다.

'아우~'

내 반응에 날 들어 올린 어머니까지 놀란 듯했다.

하지만 곧 그녀는 별일 없었다는 듯 아무렇지도 않게 자신과 아버지의 사이에 마련돼 있는 내 의자에 나를 앉혀놓았다.

덕분에 지레 놀란 내가 얼굴이 뜨끈해졌지만, 어머니나 아버지나 둘 다 모르는 척해주었다.

'아씨, 댁들만 어른인 줄 아슈? 나도 성년의 날을 한참 전에 치렀거덩?'

속으로 그렇게 투덜거려 봤자 뜨끈해진 얼굴은 도통 식을 줄을 몰랐다.

그사이 아버지 역시 아무렇지도 않게 내 턱에 냅킨을 둘러줬고, 대기하고 있던 여성들이 음식을 가져왔다.

분위기가 좀 나아지자 지금까지 미뤄둔 아침 식사를 하려는 모양이었다.

나만 빼고.

'아오, 난 지금 먹고 싶지 않은데… 지금 먹으면 체할 거 같단 말이야.'

아까는 혼자라도 먹으려고 했던 아침 식사가 지금은 별로 반갑지가 않았다. 하지만 아버지는 지금 이 시간이 무척 기분 좋은 모양이었다.

"자아, 우리 아사, 아침 먹어야지? 오늘은 우리 가족이 다 모여서 먹으니 식사가 더욱 맛있을 듯하구나."

가족이 모인 것도 좋지만, 특히나 어머니와 나의 사이가 좋아진 게 무척 기쁜 눈치였다.

아까는 뭔 사정이 있었고, 그걸 아버지가 잘 해결한 모양인데… 아버지의 기대에 찬물을 끼얹는 것 같아 미안하지만 아무리 그래도 난 당분간 어머니와는 그다지 친해질 것 같지가 않다.

나는 불퉁한 기분으로 앞을 바라봤다.

내 앞에는 오늘 하루 종일 싱글벙글인 아버지가 침대 위에서 베개를 정리하고 있었다.

'오늘 하루 종일 같이 있었는데 그것만으로는 모자라나?'

내심 아버지에게 미안한 마음이 있는 나는 어머니와 나를 친하게 만들려 애쓰는 아버지의 노력을 차마 무시할 수가 없어서 같이 어울려 줬더랬다.

별로 내키지 않던 아침도 참고 먹어주고, 그 후에 둘이 대화를 나눌 때도 같이 있고 싶지 않은 마음을 꾹 누르고 옆에 붙들려 있어줬다.

그뿐이랴.

점심도, 저녁도 같이 먹으려고 해서 '오늘 하루만' 이란 생각에 참고 얌전히 있어줬더니,

이제는 잠자리까지 원하고 있다.

'아오~ 이제 적당히 좀 하시지. 아버진 오늘이야 그렇다 치고 내일은 일하러 안 가나? 왜 여기서 자?'

그러나 내가 싫은 내색을 해봤자 뭘 하겠는가.

난 어른들이 데려다 놓으면 놓는 대로 얌전히 자야 하는 아기일 뿐인데.

'이거 빨리 크든지 해야지 원…….'

내가 한숨을 푹푹 내쉬어도 어른들은 눈 하나 꿈쩍하지 않고 자신들의 결정을 밀어붙였다.

온 가족이 같이 자게 되어서 그런지 잠자리도 바뀌었다.

이 저택에 이런 방이 있는 줄은 몰랐는데, 하여간 가족끼리 자는 잠자리치고 참 독특한 곳이었다.

일단 침대는 사각형이 아니라 원형이었다.

사이즈는 제법 컸지만, 그래도 사각형 침대에서만 자던 나는 왠지 떨어질 것 같아 불안했다.

그런 독특한 침대가 거대한 방 한가운데에 있었는데, 가장 놀라운 건 그 방의 천장이었다.

방의 천장 전체가 투명해서 밤하늘이 그대로 보였던 것이다.

저게 크리스털인지 유리인지 모르겠지만, 저 천장 만드는 데 돈 엄청 들었겠다 싶다.

'밤에는 멋있을지 몰라도 쨍쨍 해 뜰 때는 안 좋을 거 같아. 그때는 여기 오지 말아야지.'

천장을 바라보며 그런 생각을 하고 있는데 옆에 가만히 서 있던 어머니가 내 머리를 톡톡 두드리더니 날 번쩍 들고 침대로 올라갔다. 드디어 잠 잘 시간인가 보다.

'아씨, 둘이서 로맨틱한 시간을 보낼 것이지, 날 여기다 왜

끼워 넣느냐고오! 난 혼자 자는 게 더 좋단 말이다.'

끝까지 못마땅하다는 기색을 노골적으로 드러내 보였지만, 내 부모 또한 끝까지 아랑곳하지 않았다. 오히려 아버지는 헤벌쭉 웃으며 날 받아 들더니 침대 한가운데에 눕히는 게 아닌가?

'아니, 부모 한가운데에 파고드는 자식은 얄미운 자식이라고 하던데 이게 뭔 짓이여?'

난 이 둘 사이에서 자고 싶은 마음이 결단코 없었기에 벌떡 몸을 일으키려 했지만, 그보다도 먼저 내 양옆에 자리를 잡은 두 사람이 날 잡아 누르고는(?) 토닥토닥까지 해주는 거다.

"우리 아사, 아빠랑 자는 거 처음이지?"

'처음이고 뭐고 아예 경험 안 해도 되거든? 다 큰 처자를 어디다 눕히는 거냐?'

내가 아무리 버둥거려도 이 두 사람은 단단히 마음먹었는지 절대로 날 놔주지 않았다.

그리하여 결국 먼저 지쳐서 포기한 건 나였다.

'에이 씨, 그냥 잔다, 자!'

한데 황당한 건 그게 다가 아니었다.

애를 재울 거면 이불을 덮어줘야 할 것이 아닌가?

그런데 이불은커녕 작은 타월조차 없이 그냥 맨몸으로 눕혀놓고 자라는 듯 토닥이는 그들의 태도에 난 어이가 없어졌다.

'이 사람들이 왜 이래? 이렇게 그냥 자다가 감기라도 들면 어쩌려고?'

어찌 된 영문인지 아버지나 어머니도 이불 없이 그냥 누워 있었지만, 그들은 어른이고 나는 얼라가 아닌가 말이다.

"아빠, 이불."

그나마 익숙한 아버지 쪽을 향해 말했는데 반응은 어머니 쪽에서 왔다. 손을 뻗어 내 상체를 살짝 들더니 내 등 뒤에 깔려 있는 날개를 양옆으로 빼내는 것이었다.

의아해서 바라보고만 있는 사이, 어머니는 그렇게 빼낸 날개를 접어 내 상체를 덮어줬다.

날개는 가죽처럼 낭창낭창했기에 내 상체를 덮는 데 무리가 없었고, 그렇게 하자 이게 예전에 내가 착각했던 깃털 이불인 양 따뜻하기까지 했다.

'호오, 이런 방법이.'

그동안 쓸모없는 짐이라고만 여겼는데, 이런 사용 방법이 있었다.

'근데 설마 날개가 있다고 따로 이불을 준비 안 한 거야? 거참, 정말 독특한 부모님일세. 이거 뭐, 날개가 있으니 학대라고 하기도 뭐하고… 참, 내……'

사족을 달자면, 나는 다음 날부터는 원래의 내 침실로 돌아가서 자게 될 줄 알았다.

정상적인 직사각형의 형태를 가지고 있는데다 멋진 기둥에 예쁜 모빌까지 옵션으로 달린 침대가 있는 바로 그 침실 말이다.

한데 이런 내 예상과는 다르게 다음 날도, 또 그다음 날도, 그 후로도 쭈욱 나는 부모님이 없는데도 불구하고 그 방에서 자야 했다. 그것도 부모님과 같이 잔 날처럼 이불도 없이 말이다.

갑자기 왜, 그것도 한마디 설명도 없이 침실을 바꿔야 하는 데다 이불까지 빼앗겨야 하는 건지.

이 몸으로 깨어난 후로 길지도 않은 생에 참으로 독특한 일을 많이 겪는 것 같다.

'역시 억울하면 빨리 커야 하는 건가?'

처음에는 이게 어머니의 신종 괴롭힘은 아닌지 의심했지만, 이상하게도 그 침실에서 자고 난 뒤부터는 전에 비해 아침 컨디션이 확연히 좋아졌기에 얼마 지나지 않아 의심을 사그라뜨릴 수 있었다.

아무래도 날개 달린 사람은 이불과는 상성이 안 좋은 모양이다.

다음 날 아침, 나는 머리를 부드럽게 쓰다듬는 손길에 잠에서 깼다. 슬그머니 눈을 떠보니 아버지가 머리맡에 앉아 내 머리를 쓰다듬고 있었다.

"우리 아사, 잘 잤니?"

'이 아침부터 무슨 일이래?' 라고 의아하게 생각하면서도 부스스 자리에서 일어나던 나는 아버지 옆에 어머니도 같이 앉아 있는 걸 보고는 멈칫거렸다.

'아, 맞다. 어제 여기서 셋이 같이 잤지? 아무래도 아버지, 오늘 휴가인가 봐?'

그런데 슬그머니 눈을 굴려 옆자리를 확인해 보니 매트가

눌린 흔적이 없다.

'오호라~ 나 재우고 둘이 딴 데서 주무셨구만?'

뭐, 나도 부모님 사이에 껴서 자고 싶은 생각은 요만큼도 없었기에 잘됐다는 마음에 피시식 웃는데, 내 머리맡 쪽에서 있던 유모가 속삭여 왔다.

"아기씨, '안녕히 주무셨어요?' 라고 하셔야 해요."

"안녕이 주무셔쪄요?"

그 말에 자동적으로 아버지의 입이 헤벌쭉 벌어졌다.

"에고, 우리 아사~"

그러고는 당연한 수순이라는 듯 날 품에 안고 부비부비하는 아버지.

뭐, 어차피 이렇게 될 거라 예상했기에 나도 아버지가 손을 내미는 순간 알아서 몸의 힘을 뺐다.

아버지 덕분에 평소보다 좀 이른 시간에 일어난 나는 부모님과 함께 아침을 먹고 난 후 응접실에서 조앤과 함께 그림책을 읽었다.

내가 두꺼운 카펫 위에 주저앉아 그림책을 보는 사이, 부모님은 벽난로 앞에 마련된 안락의자에 앉아 날 구경하기도 하고 도란도란 대화를 하기도 하는 등 자신들만의 데이트를 즐겼다.

어제도 저 둘의 모습을 보고 알게 된 거지만, 두 사람은 사이가 꽤 좋은 편이었다.

보통 드라마나 소설을 보면 부잣집에서는 사이가 좋지 못한 부부가 많이 등장하지 않던가.

솔직히 난 내가 이곳에 온 뒤 몇 달 동안이나 어머니를 보지 못해서 내 부모님도 소설 속 부잣집 부부처럼 사이가 나빠 별거라도 하고 있는 게 아닌지 추측하기도 했었다.

'아니라서 다행이긴 해.'

얼핏 아버지 쪽에서 더 큰 애정을 보이는 것 같기도 했지만, 가만 살펴보면 어머니도 무덤덤한 표정이면서도 아버지를 제법 잘 챙기고 존중하고 배려하는 모습이 보이는 게 서로 비슷한 애정을 가지고 있는 것 같다.

'그런데 어제 아침에는 왜 그랬대?'

어머니도 그 후엔 나에게 잘 대해준 거 보면 나에게 딱히 안 좋은 감정이 있는 건 아닌 것 같았다.

'혹시 그런 풍습이 있는 건가? 오랜만에 본 자식에게는 시험을 한 번 해본다든가 하는.'

하기야 날개 달린 인간도 있으니 그런 괴상한 풍습도 있을지 모르겠다.

'혹시… 남편 될 사람에게도 그런 시험을 한다든가 그런 거 아냐? 그러니 어머니가 나한테 그런 일을 했어도 여전히 이렇게 사이가 좋지.'

뜬금없는 생각을 하며 자연스레, 그리고 슬그머니 아버지 쪽으로 시선을 돌렸는데, 어째 아버지의 표정이 요상하다.

평소에도 헤벌쭉하고 있긴 하지만 지금은 헤벌쭉한데다 이상야릇한 기색까지 겹쳐 있는 거다.

척 보기에도 뭔가를 꾸미고 있는 기색이라 나는 반사적으로 몸을 긴장시켰다.

'뭐, 뭐시여? 혹시 이번에는 둘이서 같이 나를 시험해 보거나 하는 거여?'

내가 그런 의심을 하는 것도 무리는 아니었다.

이상야릇한 표정을 한 아버지가 어머니와 함께 뭐라 뭐라 쏙닥쏙닥하다가 혼자 슬그머니 나가는 것이 엄청 수상해 보였던 것이다.

'도대체 뭘 꾸미려고 저래?'

아버지가 움직이면 스케일이 너무 커져 버리는 일이 종종 있기에 왠지 불안했다.

'부디 적당히 해주시길……'

나는 여전히 자리에 앉아 날 지켜보고 있는 어머니에게 뭔 일인지 물어볼까 했지만, 아직은 어색한 사이라 묻는 건 포기하고 직접 몸으로 겪어보기로 했다.

그전까지는 하던 공부나 마저 할 생각에 그림책을 향해 다시 시선을 돌렸다.

'에… 그러니까… 얘가……'

나는 멋들어진 은빛 갑옷을 입고 한 손에는 검을 든 채 서 있는 남자 그림을 가리켰다.

"기사?"

내 말에 조앤이 박수를 짝짝 치며 고개를 끄덕였다.

"네, 맞습니다. 기사예요. 굉장히 멋지죠? 남자라면 누구나 멋진 기사가 되고 싶어 한답니다. 여자는 그런 멋진 기사와 만나기를 원하구요. 아기씨도 조금만 더 크면 멋진 기사를 보실 수 있을 거예요. 이 황궁에는 멋진 기사가 굉장히 많거든요. 아, 맞다. 몇 년 뒤에는 아기씨도 수호기사가 생기시겠네요. 폐하께서 굉장히 멋진 분을 아기씨의 수호기사로 붙여주실 거예요."

조앤은 활기찬 건 좋은데 너무 말이 많았다.

아니 뭐, 말을 배우는 입장에서야 말을 많이 해주는 상대가 있는 건 좋은데, 말하는 속도도 빨라서 아는 단어도 뭔 소린지 못 알아듣는 경우가 허다했다.

게다가 이야기를 하다 삼천포로 자주 빠지곤 해서 앞뒤 단어로 무슨 내용인지 추측하는 것도 어려웠다.

이번에도 그녀의 말을 반도 이해 못한 난 인상을 찌푸리며 말했다.

"조앤, 말 빨라."

"어머, 죄송해요."

그런데 그때였다.

기척이 느껴진다 싶더니 언제 다가온 건지 어머니가 옆에 털썩 주저앉는 거였다.

의아함에 바라보자 그녀가 입을 열었다.

"넌 나중에 더 크게 된다면 기사보다 더 강해질 것이다."

어머니의 말은 다정하지는 않지만 차분하고 또렷해서 조앤의 말보다 더 쉽게 알아들을 수 있었다.

물론 아는 단어만.

'그러니까… 내가 크다? 아니, 단어가 좀 다른데……. 거기다 지금 난 작으니까 큰 후에… 라는 건가? 기사는 알겠는데 그 뒤에는 모르겠다.'

"기사… 강해?"

내 질문에 조앤이 대답하려다가 옆의 어머니를 보고는 얼른 입을 다물었다.

아무래도 여긴 윗사람 앞에서는 아랫사람이 함부로 입을 열지 않는 게 예의인 듯했다.

그래서 그런지 대신 어머니가 대답해 줬다.

"강한 자는 강하고 약한 자는 약하지. 강한 자는 우리 종족의 전사보다 강할 수 있으나, 약한 자는 단 한 수에 질 정도로 약하다."

거기서 잠시 말을 멈춘 어머니는 다시 나를 바라봤다.

"넌 우리 종족의 전사보다 강해졌으면 좋겠다."

역시 뭔 소리인지 모르겠다.

어머니의 말에 고개만 갸우뚱거리던 나는 기사의 그림 옆에 있는, 금발에 예쁜 드레스를 입고 있는 아가씨 그림을 가리켰다.

"얘 강해?"

그러자 어머니는 고개를 갸웃하더니 조앤을 바라봤고, 조앤은 세차게 고개를 좌우로 저었다.

"아니요, 아기씨. 그녀는 곱게 자란 귀족 영애인걸요. 강하지 않죠."

'뭔 소리야?' 란 표정으로 쳐다보자 조앤은 이번에도 자신의 말이 빨랐다는 걸 깨달았던지 다시금 입을 열었다.

"그, 그러니까……."

하지만 갑자기 천천히 말하려니 혀가 꼬였던지 버벅거리

는 거다.

그러자 그런 조앤을 대신해 어머니가 다시 대답해 줬다.

"약하다."

"그럼… 앤 강해?"

그다음 내가 가리킨 건 조앤이 마법사라고 가르쳐 준 할아버지 그림이었다.

"강한 자는 강하고 약한 자는 약하지."

'흐음.'

그 할아버지 그림 말고도 몇몇 그림을 더 짚어가며 강한지 약한지를 묻고 나서야 나는 얼추 두 단어의 뜻을 알아들을 수 있었다.

그림책을 몇 장 더 넘겼을즈음, 유모가 조용히 들어와 어머니에게 뭐라 뭐라 말을 건넸다.

유모의 말에 고개를 끄덕끄덕하던 어머니는 호기심에 자신을 바라보고 있는 나를 보더니 자리에서 일어났다.

"자~"

그러고는 나를 향해 양팔을 뻗었다.

그에 반사적으로 두 손을 뻗은 나는 아차 싶어 팔을 거두려 했지만, 이미 어머니가 나를 안아 들고 있었다.

'아, 이런~ 하도 안기다 보니 버릇이 되어서리……'

아버지가 팔을 뻗으면 안기던 게 버릇이 되어 이번에도 자동적으로 손을 내밀고 말았다.

내가 속으로 투덜거리는 사이 나를 품에 안은 어머니는 응접실에 딸린 베란다로 나갔다.

베란다 아래에는 완연한 가을 숲을 배경 삼은 넓다란 정원이 펼쳐져 있었다.

낮은 관목들 사이에는 반듯한 돌이 깔린 소로가 이어져 있고, 그 중간중간에는 나뭇잎을 색색의 칼라로 물들인 커다란 나무와 조각상, 다양한 크기와 형태의 바위 등등이 경계를 서고 있었다.

그 정원 한가운데에는 커다란 인공 연못이 있었다.

인공 연못은 범고래도 키울 수 있을 정도로 엄청나게 컸는데, 연못 한가운데에는 정자도 세워져 있었다.

석조로 된 그리스 스타일 비스무리한 걸로, 연못 위 높은 곳에 자리하고 있었기에 그곳에 앉으면 경치가 무척 좋을 것 같았다.

내가 그 광경에 새삼 감탄하고 있는 사이, 베란다의 난간으로 다가간 어머니가 예고도 없이 다짜고짜 난간 위로 뛰어오르더니—난간의 높이가 어머니 허리 정도였는데 그걸 단숨에 뛰어올랐다—그대로 뛰어내리는 것이었다.

"으아아악~!"

'역시 또 다른 시험이었냐?'

어머니의 품에 안겨 있던 터라 도망가지도 못하고 그대로 어머니와 추락하던 어느 순간, 어머니의 날개가 펼쳐졌다.

파앗~! 펄럭~!

힘찬 날갯짓 소리와 함께 바닥으로 떨어지던 몸이 가파른 U 자를 그리며 다시 하늘로 치솟았다.

"헥, 헥, 헥."

기겁한 심장이 너무 격렬하게 뛰어서 가슴을 꽉 눌러 진정시켜야 했을 정도였다.

나는 놀이기구 중 제일 싫은 게 자이로드롭이고, 가장 싫은 스포츠가 번지점프인 사람이다.

고소공포증은 없는데 이상하게도 수직 낙하하는 것은 직접 하는 건 물론이거니와 보는 것조차 싫어해서 번지점프 대 근처에도 안 갔건만, 여기 와서 직접 해보게 될 줄이야. 그것도 강제로 말이다.

'아~ 진짜, 나한테 무슨 원한이라도 있나?'

그나마 좋은 감정이 좀 생기려고 하던 차였는데, 이번 일 때문에 오히려 원망만 팍팍 쌓여 버렸다.

내가 원망의 눈초리로 보든 말든 어머니는 날개를 퍼덕여 저택보다 더 높이 수직으로 솟아오르더니 허공에서 멈춰 섰다.

차가운 바람이 놀라서 열이 오른 얼굴을 시원하게 쓸고 지나가자 나는 그제야 주변이 눈에 들어오기 시작했다.

"히야아!"

발밑에 저택이 보이고 그 주위의 정원, 그 바깥의 넓은 숲 너머까지 보이는 멋진 광경에 나는 절로 감탄사를 터뜨렸다.

떨어져 내리는 건 질색이지만, 그와 반대로 높은 곳에서 탁 트인 넓은 경치를 보는 건 좋아했다.

시야와 숨통이 확 트이는 것이 세상이 내 발밑에 있는 것 같기도 하고, 내가 뭔가 대단한 존재가 된 듯한 느낌이었던 것이다.

더불어 아래에서는 보지 못하는 멋진 경치도 볼 수 있었고 말이다.

그래서 오랜만에 신 나게 두리번거리며 탁 트인 넓은 경치를 실컷 감상하고 있던 나는 문득, 여기서 꽤 이러고 있었다는 걸 깨달았다.

어머니가 뭔가 할 일이 있었던 것도 아닌 거 같은데 말이다.

'뭐야, 설마… 나 실컷 구경하라고 기다려 준 건가?'

정말 설마라고 생각했지만, 어머니가 아무것도 안 하고 가만히 있으니 그렇게밖에 생각이 안 되었다.

'흐으으음……'

왠지 쬐~ 끔 고마운 생각이 들기도 했지만, 아까 번지점프 맛보게 한 걸 생각하면 이 정도로는 퉁 치기 어려웠다.

그래도 뭐, 기분은 많이 풀렸다.

'멋져! 날개가 있으면 이런 게 좋구나. 나도 빨리 나는 법을 배울 수 있으면 좋겠다. 아, 그런데 매번 날아오를 때마다 그렇게 떨어져 내리는 건 싫은데…….'

일단은 내 날개가 날 수 있느냐가 문제겠지만 말이다.

"간다."

'응?'

어머니는 내가 실컷 구경했다 생각했는지 유연하게 허공을 날아 아래로 내려가기 시작했다.

'이분은 참… 다정한 면은 없지만 그래도 요소요소 배려해 주는 면은 있단 말이지.'

지금 완만한 경사와 속도로 내려가는 것도 아까 무지 놀라 비명을 지른 날 배려해 준 게 아닌가 싶다.

어머니가 나를 데리고 사뿐하게 착지한 곳은 내가 아까 본 커다란 인공 연못 한가운데에 만들어진 정자였다.

거기에는 이미 아버지가 와서 기다리고 있다가 어머니가 바닥에 착지하자마자 나를 넘겨받았다.

"에구구, 우리 아사~ 엄마랑 잘 놀았어?"

가을이라도 햇볕이 좋아서 그런지 날은 따뜻했고, 정자에는 이미 맛있는 식사가 차려져 있었다. 아까 아버지가 요상한 표정을 하고 서재를 빠져나간 건 이곳에서의 점심을 위해서였던 모양이다.

경치도 좋았고, 저택 밖으로 나온 것도 처음이었던 터라 나는 꽤나 즐거운 시간을 보낼 수 있었다.

더구나 허공을 날아보기도 했고.

나중에 기회가 있으면 정원뿐만이 아니라 저택 주위를 둘러싼 숲과 그 너머까지 탐사해 봐야겠다고 결심하며 나는 아버지가 입으로 날라다 주는 고기를 덥석 받아먹었다.

'역시 돼지고기는 구워 먹는 게 최고라니까.'

밖에서 먹어서 그런지 음식 맛도 무지 좋았다.

다음 날, 드디어 아버지와 어머니가 갔다. 나에게는 기쁘게도 아버지와 어머니가 받은 휴가가 오늘까지였던 모양이다.

어머니는 예의 그 특유의 무표정으로 아버지와 나를 한 번

씩 바라보며 '그럼 나중에 또'라는 초간단한 인사말을 남긴
뒤 날개를 가진 종족답게 베란다에서 날개를 펴고 날아가 버
렸다.

'참내… 딱 어머니 스타일이네.'

하기야 어머니가 다정한 작별 인사를 건넸다면 그거야말
로 어머니답지 않다고 생각했을 것 같다.

어머니가 하늘 높이 까마득하게 멀어져 종국에는 보이지
않게 되자 어머니가 날아오를 때부터 계속 그녀를 시선으로
좇고 있던 아버지가 그제야 고개를 돌리고 날 바라봤다.

"우리 아사, 엄마와 헤어져서 아쉽고 슬프지?"

'그건 아버지 이야기겠지.'

나는 하나도 안 슬프고 아쉽지도 않았기에 괜히 못 알아들
은 척 고개만 갸웃거렸다.

"괜찮아. 엄마는 아사가 잘 지내고 있으면 열 밤을 열 번
씩, 그걸 두 번 하고 나면 또 오실 거야."

'헐, 열 밤을 열 번씩이라구? 그걸 두 번 더? 흠, 200일 정
도면 대략 6개월 정도라는 소리군.'

하나부터 열까지 정도의 숫자는 떼었기에 지금 아버지의
말은 어렵지 않게 알아들을 수 있었다.

그나저나 지금 헤어지고 나면 6개월 후에나 만난다니, 아버
지와 어머니는 주말 부부가 아니라 반년 부부였던 모양이다.

"어쩌면 아사가 아빠 말도 잘 듣고 밥도 많이 먹고 착하게
있으면 더 일찍 올 수도 있을 거야."

'예이, 예이, 어련하겠수.'

아버지는 그 뒤에도 한참 동안 날 끌어안고 어머니와 헤어진 데 대한 아쉬움을 달래더니만, 아버지 뒤를 자주 따라다니는 나이 지긋한 아저씨의 재촉을 받고 나서야 나를 놓고 저택을 나갔다.

'아, 드디어 해방이로구나! 정말 다사다난한 나날이었어.'

진짜 보통의 어린애였다면 요 며칠 동안 어땠을지 저 두 사람이 알려나 모르겠다.

'이봐요, 두 분. 댁들은 지금 내가 딸내미 노릇하고 있는 게 정말 천만다행인 줄이나 아시오!'

제 7 화

날개 성장기

어머니가 저택을 떠나고 나자 아버지와 나도 평소의 일상으로 돌아갔다.

　아침에 일어나 눈을 뜨고 놀고 있다가 저녁이 되면 아버지가 찾아와 같이 저녁을 먹고 아버지는 아버지 숙소로, 나는 내 침실에서 자는 평온한 일상 말이다.

　어머니가 돌아가시고 한 일주일 뒤쯤인가?

　갑자기 바뀐 내 침실에 공사를 한답시고 사람들이 우르르 몰려온 일이 있긴 했다.

　그래 봤자 나는 유모와 아방카 등등의 철벽 방어 때문에 방문한 사람들도, 공사하는 모습도 보지 못했지만 말이다.

　웃긴 건 그렇게 하루 종일 뚝딱뚝딱 공사를 했는데도 내 침실은 그다지 변한 게 없었다. 딱 하나 바뀐 건 투명한 천장의 모서리를 따라 테두리를 그려 넣었다는 것 정도?

대략 30㎝ 정도 너비의 복잡한 문양을 주욱 나열하여 만들고 중간중간에 내 얼굴만 한 수정까지 박아 넣은 제법 화려한 테두리였는데, 그걸 뭐하러 한 건지 의문이다.

그게 없어도 내 침실은 충분히 화려하고 우아했는데 말이다. 뭐, 그렇다고 보기 싫은 건 아니었지만.

아무래도 난 서민으로 살아서 그런지 꼭 필요하지도 않은 그 장식 하나를 위해 시간과 돈을 쓰는 걸 이해할 수가 없었다. 그저 불필요한 낭비로 보였다.

아버지 딴에는 뭔가 의미가 있는 거였겠지만, 난 그냥 속으로 '부자들이란' 하며 혀를 한 번 끌끌 차고 곧 잊어버렸다.

해서 나는 그 후로 매일 아침 쌩쌩하고 상쾌하고 기분 좋은 컨디션으로 일어났어도 '역시 아기라 체력 회복 짱!' 이라 생각하며 대수롭지 않게 여기고 넘어갔다.

게다가 이 아기 몸은 체력 회복뿐 아니라 몸 자체도 엄청 튼튼했다.

그걸 확실하게 알 수 있는 에피소드가 하나 있는데, 이 세계로 온 후 처음으로 겨울을 맞이했던 때였다.

가을에 단풍이 들고 겨울에 눈이 내리는 건 한국이나 이곳이나 마찬가지였다.

함박눈이 펑펑 내려 온 세상을 하얗게 뒤덮던 날, 이 세계에 와서 최초로 맞이하는 첫눈에 감상적이 된 나는 밖으로 나가려고 했다.

물론 유모를 비롯한 모든 사람이 결사적으로 반대했지만, 그 정도에 물러설 내가 아니었다.

그래서 아가씨들이 내가 방에 있다고 안심한 틈을 타 창문을 열고 혼자 밖으로 나갔다.

물론 금방 들켜 버렸기에 나는 내 발자국 몇 개 찍은 걸로 만족하고 붙들려서 저택 안으로 들어올 수밖에 없었는데, 사람들은 그것만으로도 안절부절못했다.

이유인즉슨 내가 몰래 나가느라 실내복에다 모포 하나만 달랑 두르고 나갔다 왔기 때문이었다.

난 잠깐 나갔다 온 것 가지고 뭘 이리 유난 떠나 싶었지만, 저녁이 되니 얼굴에 열이 오르고 목이 칼칼하고 답답해지는 것이었다.

덕분에 사람들이 초긴장 모드에 돌입하게 되었는데 이게 웬걸?

밤에 뜨끈한 고구마 라떼 한 잔 마시고 푸욱 자고 일어났더니만 전날 아침과 다름없이 쌩쌩해졌던 것이다.

그것도 유모가 열이 있다고 걱정하며 담요를 덮어주려고 했지만, 아버지의 제지로 담요도 없이 그냥 잤는데도 말이다.

이 얼마나 위대한(?) 아가의 체력이란 말인가?

그래서 그런지 난 겨울임에도 불구하고 여전히 밤에 담요 없이 날개만 덮고 잤다. 뭐, 난로는 때줬다.

참 내, 추울까 봐 침실의 벽난로는 밤새도록 때주면서 이불은 안 주다니 이게 무슨 아이러니인지.

뭐, 춥지도 않고 이제는 익숙해져서 불만은 없지만, 그래도 가끔은 나도 솜이불이 그리웠기에 나중에 내가 조금 더 커서 발언권이 생기면 솜이불을 가져다 놓으라고 할 참이다.

그때까지는 이불 없이 날개만 덮고 자야겠지만 말이다.

그렇게 그때 잠깐을 빼고 난 겨울 내내 감기 한번 걸리지 않고 아주 건강하게 겨울을 보냈다.

보통 아이들은 태어나서 첫돌이 될 때까지 배탈이나 감기 같이 가벼운 질병 정도는 한두 번씩 겪는다던데 나는 그런 것도 없었다.

태어나자마자 금방 잘 먹고 잘 자고 잘 살았다. 그런 거 보면 이 몸 자체가 성능(?)이 뛰어난 것 같다.

'날개만 빼고.'

하지만 내 날개에 대한 비하적인 생각은 좀 이른 감이 있었다.

그로부터 몇 달 후 날개에게도 기분 좋은 변화가 찾아왔던 것이다.

봄꽃이 흐드러지게 피어 있을 때였으니 한국식으로 대략 4월 말, 혹은 5월 초쯤일 거다.

화창한 봄 날씨가 계속되던즈음, 불량 짐짝, 혹은 이불, 망토 대용이라 생각하고 질질 끌고 다녔던 날개가 서서히 힘을 받기 시작한 것이다.

처음에는 잘 몰랐다. 날개에 대해서는 거의 신경 끄고 살았으니까.

그런데 어느 날 어깨가 좀 가벼워진 느낌이 드는 것이다. 뭐랄까, 어깨 위에 두르고 있던 두터운 망토 하나를 벗은 것 같은 느낌?

그러나 그게 날개와 관련 있는 건 줄 모르고 그냥 컨디션이 좋아서 그런 줄만 알았다.

한데 그로부터 며칠 뒤 평소처럼 아침 식사를 하고 서재로 향하는 내 뒤에서 따라오던 유모가 기쁜 목소리로 말하는 것이었다.

"어머나, 아기씨, 날개에 힘이 들어갔네요? 날개가 허공에 살짝 들려 있어요."

"응?"

"보세요. 아아, 여기서는 안 보이시겠구나. 우선 응접실로 다시 가세요. 거기에 거울이 있으니까 그걸 보시면 될 거예요."

유모는 들뜬 목소리로 날 재촉하여 응접실로 돌아가게 하더니, 곧 한쪽 구석에 세워져 있는 커다란 전신 거울 앞에 나를 세웠다.

"이것 보세요, 전에는 날개가 항상 이만큼 땅에 끌려 있었잖아요. 그런데 지금은 이만큼 떠 있어요."

과연, 거울에 비춰보니 평소 20㎝ 정도는 땅에 닿아 질질 끌려 다니던 날개가 지금은 땅에 살짝 끌리는 정도까지 올라가 있었다.

"헤에, 확실히……."

"네, 확실히 날개에 힘이 들어갔어요. 이제 조금만 더 있으면 아기씨 어머니처럼 당당하고 힘 있는 날개가 될 거예요. 그럼 금방 어머니처럼 날 수도 있으시겠지요?"

유모가 기대에 찬 눈빛으로 말하기에 나도 활짝 웃으며 고개를 끄덕여 줬다.

원래 난 날개 없이 살던 사람이라 갑자기 날개가 생겼다 해도 펄펄 뛸 정도로 기쁘거나 그런 건 없었다.

평소 '천사가 되고 싶어요~'라는 소망을 품고 살았던 것도 아니고, 시간이 흘러도 여전히 추욱 늘어져 질질 끌려 다니는 날개의 모습도 기대를 가지지 않게 만들었다.

덕분에 날지 못한다고 초조해하거나 절망하는 일은 없었는데, 그 때문인지 갑자기 이렇게 날개가 힘을 받아가자 길 가다 떨어진 공돈 주운 기분이었다.

그렇게 삶은 시금치 같다고 투덜거리고, 휴대용 망토, 혹은 이불이라고만 여겼는데 애가 원래는 정상이었던 모양이다.

'아, 좀 미안해지려고 하는데?'

그때를 기준으로 느리지만 내 날개는 조금씩 계속해서 힘을 가지기 시작했고, 내 첫 번째 생일을 서너 달 넘겼을즈음에는 어머니의 날개처럼 꼿꼿이 설 수 있었다.

하지만 그건 단지 날개에 힘이 들어가기 시작했다는 것뿐이지 완전해진 건 아니었다.

날개가 힘을 받아 제 위치를 찾았음에도 나는 날개를 조금도 움직일 수가 없었다.

대신 그렇게 날개가 제자리를 잡은 뒤에는 정전기라도 생긴 것처럼 날갯죽지가 찌릿찌릿하고 심하면 근육통처럼 욱신거리기까지 했다.

평소 항상 쌩쌩하고 잔병치레 한 번 한 적 없는 터라 최초의 잔병치레인가, 날개 달린 사람들의 잔병은 이런 건가 싶었는데, 세 번째로 내가 사는 저택을 방문한 어머니가 말하길 날개가 움직이려고 준비하는 거라고 했다.

이런 현상은 날개를 움직이기 전 통과의례 같은 과정이며, 그 과정이 끝나야 날개를 움직일 수 있게 될 거고, 날 수 있을 거라고 했다.

어머니는 그 과정이 금방 끝난다고 했지만, 어머니의 기준과 내 기준이 달랐던 모양이다.

난 어머니 말을 듣고 기껏해야 1, 2주 정도면 될 거라 여겼건만, 그 과정이 끝난 건 거의 두 달이 다 되었을 때였던 것이다.

그러다 보니 결국 어머니에게 나는 방법을 연습하자는 이야기를 들은 건 내 두 번째 생일을 얼마 남겨두지 않은, 한창 날이 더워지기 시작하는 늦봄의 어느 날이었다.

'아니… 날 수 있으면 좋긴 한데 꼭 이렇게까지 해야 하나?'

나는 아래를 내려다보다 옆에 있는 어머니에게 시선을 돌렸다.

"꼭 이렇게 해야 하나요?"

"이게 우리 종족의 훈련 방식이다."

아무리 종족의 훈련 방법이라 해도 나까지 따르라는 법은 없는데 말이다.

단호한 그녀의 말에 나는 한숨을 푸욱 내쉬다 다시 입을 열었다.

"안 하면 안 돼요?"

이제는 일상적인 대화는 가능해졌기에, 이렇게 내 의견을 당당히 피력할 수 있었다. 장족의 발전을 한 스스로가 대견할 정도다.

"안 하면 그 날개는 어디다 쓰려고?"

어머니의 차가운 말투에도 나는 어깨를 으쓱하며 덤덤하게 대꾸했다.

"…장식품?"

내 말에 어머니의 미간에 살짝 주름이 지며 눈썹이 슬쩍 올라가더니 아무 말 없이 손을 가볍게 내저었다.

그러나 어머니 입장에서만 가볍지 내 입장에서는 전혀 가볍지 않았다. 강력한 바람이 불어와 내 등을 힘껏 떠밀었으니 말이다.

"으아아악~!"

전에도 말한 것 같은데 난 위에서 뚝 떨어지는 건 정말정말 질색이다.

그래서 번지점프나 그 비스무리한 건 평생 하지 않을 거라 다짐했었는데, 그런 내가 허공에서 떨어져 내리고 있으니…….

"아이고오~ 아사야~!"

한데 몸소(?) 떨어져 내리는 나보다 밑에서 더 큰 비명이 들려왔다.

그리고 그와 함께 아래에 있던 사람들이 분주히 움직이기 시작했다.

"3조 쪽이다! 3조, 제자리에서 대기!"

쒸이이잉~!

철퍼덕!

"헉, 헉, 헉!"

온몸을 감싸는 푹신한 느낌에 안 죽고 무사히 땅에 도착했다는 안도감이 몰려왔다.

떨어지느라 놀라서 벌렁거리는 심장을 진정시키며 가쁜 숨을 내쉬고 있는데, 나 못지않게 사색이 되어 있는 아버지가 달려왔다.

"아사, 아사, 우리 아가~ 괜찮니?"

전혀 안 괜찮았다.

"안 괜찮아, 죽을 거 같아."

비틀거리며 커다란 쿠션 위에서 몸을 일으키려 하자 얼른 아버지가 두 팔을 뻗어왔다.

"아이고, 우리 아가, 얼마나 놀랐니!"

"아빠아~ 나 이거 또 해야 해?"

어머니한테는 안 통하니 아버지한테 매달릴 심산이었건만, 아버지가 날 안기도 전에 어느새 날개를 펄럭이며 하늘에서 내려온 어머니가 나를 채가 버렸다.

"당연하지."

어머니의 말투는 언제 들어도 냉정했다.

"으헤엑!"

'우이씨~ 조금만 늦게 오면 어디 덧나나? 그럼 아버지한테 매달릴 수 있었는데.'

어머니에게 붙들려 허공을 날아오르면서도 나는 간절한 시선으로 아버지를 바라봤다.

그러자 나에게서 눈을 떼지 못하고 있던 아버지가 안 되겠던지 어머니를 불렀다.

"하레츠으, 오늘은 이 정도만 하면 안 될까? 아사의 얼굴빛이 너무 안 좋아!"

'아버지, 나이스!'

아버지의 외침에 허공으로 쭈욱 솟아오르던 어머니가 멈칫하더니 그대로 땅으로 내려왔다.

"으헉~!"

'꼭 수직 낙하로 내려와야 하는 거냐?'

그래도 다행히 이번에는 그냥 떨어져 내리는 게 아니라 조금은 천천히 내려왔기에 아까보다는 나았지만 심장에 안 좋았다.

'어후~ 심장 떨려.'

어머니가 바닥에 닿자마자 아버지한테 가려고 바동거렸지만, 어머니는 냉정하게도 손을 풀지 않은 채 아버지와 마주했다.

"필립, 아무래도 이대로는 안 되겠어."

"그래, 잘 생각했어. 우리 아사가 너무 힘들어하잖아."

아버지의 대답은 어머니가 원하던 게 아니었는지 어머니의 눈썹이 꿈틀거렸다.

"연습을 그만두겠다는 게 아니야. 방법을 바꾸겠다는 거지. 필립, 지금 이건 날기 연습이 아니라 단지 뛰어내리기 연습일 뿐이라고."

'뛰어내리기 연습? 저택 지붕 위에서 뛰어내리는 연습도 있냐?'

아버지도 나와 같은 심정인지 말도 안 된다는 표정이었다. 그에 뭐라고 반박하려는 듯 입을 열려 했지만, 어머니가 한 발 더 빨랐다.

"이래서는 도움이 안 돼. 말했잖아. 날려면 필사적인 마음이 필요하다고. 밑에 이렇게 쿠션이 널려 있는데 필사적일 수 있을 것 같아? 이 상태로는 아이가 나는 법을 영영 배우지 못할 거야. 저 사람들을 다 보내는 게 어때?"

어머니의 말에 아버지가 펄쩍 뛰었다.

"말도 안 돼. 필사적이지 않다고? 아사의 표정을 보고 말한 거 맞아? 나는 이것도 부족하게 느껴지지만, 하레츠가 만류해서 어쩔 수 없이 최소한으로 한 거라고."

아버지의 말에 어머니는 못마땅하다는 표정으로 주변을 둘러보았다.

지금 내 주위에는 2인 1조로 커다란 쿠션을 들고 있는 팀이 세 팀이나 자리하고 있었다.

저들은 위에서 떨어져 내리는 나를 안전하게 받아내기 위하여 대기하고 있는 이들이었다.

그리고 다른 한쪽에서는 나이젤 아저씨와 항상 아버지를 따라다니는 카버 아저씨, 그리고 쿠션을 들고 이리저리 움직이는 팀을 지휘하는 대장 아저씨가 서 있었다.

"하아, 마법까지 동원하고 싶지만… 그건 안 된다고 강력하게 반대하니 이 수밖에 없잖아. 하지만 이 정도로는 너무 불안해서…….”

아버지가 내가 무지무지 애처롭다는 시선으로 날 바라보기에 나도 내가 무지무지 애처롭다는 시선으로 아버지를 마주보았다.

“우리 아사~ 아직도 얼굴이 새파라네. 하레츠, 그만두지는 않더라도 조금만 쉬었다가 하면 안 돼?”

아버지가 자연스레 팔을 뻗어오자 나도 얼른 두 팔을 내밀었다.

“응, 응~”

하지만 미처 내가 내민 손을 아버지가 잡기도 전에 냉정한 어머니에 의하여 제지당했다.

“필립, 자꾸 이렇게 방해할 건가?”

“방해라니, 건의잖아, 건의. 애 얼굴을 봐서 조금만 쉬었다 해도…….”

말도 안 되는 소리라는 듯 펄쩍 뛰는 아버지의 말에 어머니는 한숨을 내쉬었다.

“필립, 맨 처음 뛰어내릴 때부터 계속 그런 소리를 했던 걸 잊은 건가?”

“그거야… 처음에는 애가 거의 기절할 뻔했잖아? 두 번째도 얼굴이 새파랬고, 세 번째도…….”

“하늘을 나는 걸 뭐라고 생각하는 거지? 그런 걸 감수하며 날개를 움직여야 하는 거다. 하지만 이래서는… 단순히 뛰어내리기만 익숙해지겠군.”

어머니가 다시 한 번 한숨을 내쉬며 중얼거리자 뭘 떠올린 건지 아버지가 지레 놀라 펄쩍 뛰었다.

"안 돼, 안 돼! 절대 안 돼! 마법도 안 된다, 나도 안 된다 해서 이 정도로 타협한 거잖아. 나도 여기서 절대 물러서지 않을 거야."

아버지의 단호한 말에 나도 열성적으로 고개를 끄덕였다.

내가 미쳤다고 아무런 안전장치 없는 바닥으로 그냥 떨어지겠는가. 떨어지는 것도 정말 사양하고 싶은 걸 강제로 하는 상황이구먼.

벌써 다섯 번인가, 여섯 번인가 떨어졌는데, 아직도 떨어질 때마다 심장이 벌렁거려 못 살 것 같다.

'아, 심장에 안 좋다니까.'

아버지와 나의 반응에 어머니가 다시 한 번 한숨을 내쉬더니 낮은 어조로 입을 열었다.

"정말 이럴 거야?"

"이럴 거야."

"하는 수 없지. 알았어. 좋을 대로 해."

어머니가 물러나는 기색이라 나는 속으로 환호성을 터뜨렸지만, 오히려 아버지는 불안한 기색으로 다급하게 물었다.

"하레츠, 왜 그러는 거야? 설마 다른 곳으로 날아가서 아사와 둘이 연습한다거나 그런 건 아니지?"

"물론 난 약속대로 여기서 할 거야."

어머니는 그렇게 고개를 끄덕이고는 아버지가 미처 더 무슨 말을 하기 전에 나를 안고 하늘로 날아오르기 시작했다.

그러자 아버지가 아래에서 다급하게 소리쳤다.

"하레츠, 우리 딸 너무 심하게 다루지 마! 응? 못 날면 어때? 까짓것, 내가 마법 아이템이라도 공수해 온다니까!"

어머니는 아버지의 말에 대꾸도 안 하고 나를 품에 안은 채 날아오르기만 했다.

지금까지 계속 저택 지붕 위에서 뛰어내렸기에 이번에도 그럴 줄 알았는데, 우리가 지붕 높이까지 올라왔는데도 어째 어머니는 더 높이 올라가는 것이었다.

그리고 그와 함께 내 얼굴에서는 점점 핏기가 사라지고 있었다.

'설마 더 높은 데서 떨어뜨리려나?'

난 정말 억울했다.

이왕 하는 거, 나도 가능하면 나는 법을 배우고 싶었고, 어머니의 성격상 내가 날 때까지는 계속 지붕 위에서 날 밀어 댈 테니 최선을 다할 생각이었다.

하지만 막상 까마득한 아래를 내려다보며 뛰어내린다 생각하면 심장이 벌렁거리고 머리가 어지러운 데다 후들거리는 다리는 바닥에 딱 붙어서 떨어지질 않는 거다.

처음에는 그런 나를 인내심 있게 지켜보던 어머니는 언제까지고 내가 지붕 끄트머리만 붙들고 있을 것 같자 그때부터 직접 나를 밀어대기 시작했다.

하지만 그렇게 해서 떨어져 내리면 최선이고 나발이고 머리는 하얗게 비는데다, 몸이 굳어버리는 걸 어쩌란 말인가.

그나마 몇 번 추락을 경험하고 나니 이제는 어찌어찌 이성의 끄트머리를 붙잡을 수 있었지만, 그러면 뭐하나… 아무리 힘을 주려고 해도 날개가 공기의 압력을 버티지 못하고 뒤로 확 꺾여 버리는 것을.

그러니 그대로 또 추락할 수밖에 없었다.

막말로 나도 딴에는 할 만큼 했다. 그동안 얼마나 어깨와 등에 힘을 줬는지 벌써 온몸에 근육통이 생긴 듯 욱신욱신 쑤시고 있었다.

아마 내일 아침에는 알이 잔뜩 배겨서 몸을 움직이지도 못할지 모른다.

'아우우~ 이럴 줄 알았으면 패러글라이딩이라도 하나 만들어서 메고 있는 건데……'

내가 그렇게 투덜대며 어머니에게 붙들려 날아오르고 있는데 어머니가 갑자기 입을 열었다.

"무조건 날개를 펴려고 힘을 주는 건 소용없다. 날개를 무조건 펴는 게 아니라 바람의 흐름에 맞춰서 날개를 펴는 거야. 바람의 흐름을 타야 해."

말이 쉽지, 아무것도 모르는 생초짜가 바람의 흐름이 뭔지 알 수 있을 리가 있나.

어머니 딴에는 신경 써서 조언을 해주는 모양이지만 듣는 나는 한숨만 나올 뿐이었다.

'아, 제발 오늘 안에만 끝내다오.'

어머니가 슬슬 날아오르는 걸 멈췄다.

슬쩍 시선을 내려 보니 저택 지붕에서 대략 5~10m 정도 더 위로 올라간 위치로, 당연하게도 여전히 어머니가 날 붙들고 있었다.

'더 높은 데서 떨어지면 뭐가 달라질 거라 생각하는 건가?'

나는 벌써부터 벌렁거리기 시작하는 심장을 진정시키려 노력하며 투덜거렸다.

땅 밑에서는 안전 요원(?)들이 자리를 잡고 대기 중이었는데, 이때까지 든든했던 모습들이 지금은 왠지 불안하게만 보였다.

이렇게 아까의 두 배 정도의 높이에서 떨어지는데 그들이 제대로 날 받아줄지 걱정됐던 것이다.

'부디 잘 잡아주세요!'

하지만 그래 봤자 딴 방법이 없었기에 속으로 간절히 기원하는 그 순간, 어머니가 품에서 나를 떼어놓더니 결국 던.졌.다.

그냥 떨어뜨리는 게 아니라 있는 힘껏 저 멀리, 아주 강력한 힘을 동원하여, 마치 야구 투수가 야구공을 던지듯 던져 버린 것이다.

"으아아아악!"

'이럴 수는 없는 거야! 저 밑에 사람들이 날 어떻게 잡으라고!'

나의 비명과 함께 밑에서도 난리가 났다.

"아사아아아아!"

"달려~!"

"저쪽이야~!"

"그거 들고 뛰어~!"

아버지의 목소리가 가장 컸고, 그 뒤로 안전 요원들의 외침이 들려왔다.

지금 내가 날기 연습을 하는 곳은 저택 뒤쪽에 있는 정원과 저택 사이의 넓은 공간이다.

그곳의 까마득히 높은 허공에서 어머니가 힘껏 나를 던지니 나는 정원 가운데에 있는 인공 연못 근처까지 날아갔다.

다시 한 번 확실하게 말하는데, 연못 근처다. 연못이 아니라.

까딱 잘못하다간 맨땅에 헤딩하게 생겼기에 나는 무지하게 다급해졌다.

아버지를 비롯한 안전 요원들이 급하게 달려왔지만 너무 멀었다.

"으아아악~!"

맨땅에 헤딩하는 나를 상상하자 두려움에 전율이 온몸을 훑고 지나갔다.

팔이고 다리고 날개고 상관없이 버둥거려 봤지만, 바람의 흐름이고 뭐고 내 몸은 그냥 무작정 떨어졌다.

그러고는 곧바로 땅이 눈앞으로 다가오자 죽었구나~ 싶어 두 눈을 꽈악 감는 순간 강한 충격이 내 몸을 덮쳤다.

그리고 그 충격을 견디지 못한 내 몸뚱어리는 옆으로 쉽게 튕겨지며 데굴데굴 구르기 시작했다. 다행히 단단한 방어막이 내 몸을 감싸고 있어서 아프지는 않았다.

아니, 너무 놀라서 아픈지도 모르겠다. 거기다 데굴데굴 구르니 온 세상이 빙글빙글 돌아가는 바람에 정신이 하나도 없었다.

내가 정신을 차린 건 거의 땅과 부딪치려는 날 슬라이딩하

듯 몸을 던져 받아낸 아버지가 날 품에 안고 데굴데굴 구르다가 멈춘 뒤였다.

"아사, 아사, 우리 아가, 괜찮니?"

아버지의 말도 멀게 들렸다. 머리가 핑핑 돌아서 말할 정신도 없었지만, 고개를 흔들었다간 쏠릴 거 같아 움직이지도 못했다.

내 상태를 알아챈 아버지가 조심스레 날 품에 안고 한참을 토닥거리고 나서야 난 겨우 정신을 차릴 수가 있었다.

그렇게 정신을 수습한 뒤 조심스레 몸을 일으키고 주변을 둘러보자 사람들이 하나같이 허옇게 질린 표정으로 나를 바라보고 있었다.

산보 나온 듯 태평한 기색으로 구경하고 있던 나이젤 아저씨조차도 무척 놀란 얼굴이었다.

"공주님, 괜찮아?"

아저씨의 질문에 당연하게도 고개를 흔들려고 했는데, 그 잠깐 흔든 것만으로도 세상이 흔들려 나는 곧바로 고개를 정지시켜야 했다.

그런데 그때 어머니의 목소리가 들려왔다.

"필립, 아사를 넘겨."

또 날 공중에서 던질 모양이다.

그에 당연히 아버지가 발끈했다.

"하레츠, 이번엔 정말 심했잖아! 내가 없었으면 어쩔 뻔했어?"

"그대가 있었기에 했던 일이야. 지금부터는 그렇게 할 거야."

"하레츠!"

아버지가 완전히 정색하자 어머니의 미간도 찡그려졌다.

"그러면 본래대로 할까? 난 그게 더 좋은 방법이라 생각해."

어머니의 말에 아버지가 멈칫하더니 한참 동안 갈등하다 꾸물거리며 나를 건네주었다.

그러면서도 어머니를 만류하는 건 잊지 않았다.

"하레츠, 그래도 조금만 살살해도 되잖아. 응? 내가 얼마나 놀란 줄 알아? 아사도 얼굴이 새파래졌다고."

하지만 어머니는 냉정했다.

"아까부터 계속 새파랬어. 그리고 이것도 최대한 약하게 한 거야."

그러고는 곧바로 날 데리고 날아오르는 것이었다.

"아사~! 우리 아가~! 부디 힘내라~! 아빠가 여기 있다~!"

내가 최대한 불쌍한 표정으로 아버지를 바라보자 아버지가 두 팔을 흔들며 소리쳤다.

'우씨, 응원이 아니라 나 좀 구해달라고~!'

하지만 아무래도 이 상황에서는 어머니가 대장인 모양이었다.

어머니는 또다시 까마득한 허공까지 떠오르더니 주저 없이 나를 집어 던졌다.

"으아아아악~!"

이번에는 저택 끄트머리와 정원이 맞붙어 있는 부근의 공터였다. 다행히 그쪽 근처에 안전 요원 한 조가 대기하고 있었기에 아버지까지 뛰어올 필요 없이 그들이 무사히 날 받아낼 수 있었다.

"헉, 헉, 헉!"

커다란 쿠션 가운데 떨어져 거칠게 뛰는 심장을 부여잡고 뱅글뱅글 도는 시야를 진정시키려 노력하는데 뒤이어 아버지가 달려왔다.

"아사, 괜찮니?"

아버지는 떨어질 때마다 똑같은 질문을 했고, 그에 대한 내 대답도 똑같았다.

"안… 허억, 괜찮아. 허억!"

"아이고, 우리 아사, 빨리 날아야 할 텐데……."

'누가 안 그러고 싶어서 이러냐?'

아버지의 손을 잡고 쿠션 밖으로 빠져나오며 속으로 투덜거리던 나는 곧바로 날아온 어머니 손에 넘겨졌다.

그리고,

이번에는 반대편이었다.

그쪽 근처에도 다른 안전 조가 대기하고 있다가 내가 떨어지자 열심히 달려왔지만, 한발 늦어 미처 쿠션을 대령하지 못했다.

"으갸갸갸!"

그렇다고 나를 떨어뜨린 건 아니었고, 한 대원이 아까의 아버지처럼 슬라이딩하듯 몸을 던져 나를 간신히 받아내었다.

하지만 아버지처럼 나를 품에 온전히 가두지 못한 터라 땅을 구를 때 먼지를 뒤집어쓴 건 물론이거니와 튀어 오른 돌조각들이 뺨을 스치며 생채기를 내버렸다.

"아사아~!"

놀라서 다가온 아버지는 안전 요원의 품에서 날 들어 올리다가 뺨에 난 생채기를 발견하고는 기겁했다.

"헉! 우리 아사 얼굴이, 얼굴이! 우리 아사, 아프지? 잠시만 참으렴. 포션, 포셔언~ 당장 포션을 가지고 와라!"

쓰라리기 시작하는 내 뺨을 붙들고 아버지는 구급약─내 추측이다─을 외쳤지만 난 미처 치료를 받기도 전에 땅에 내려선 어머니에게 붙들렸다.

"그 정도는 하룻밤만 자면 다 나아."

"하레츠, 너무 냉정해!"

"필립이 별거 아닌 일에 너무 안달하는 거지."

냉정하게 대꾸하며 몸을 돌리는 어머니에게 잡혀가며 나는 애절하게 아버지를 불렀다.

"아빠아아~!"

"딸아아~!"

허공으로 붙들려 올라가는 나를 애처롭게 부르던 아버지는 도저히 안 되겠는지 어머니의 양해를 구하지 않고 안전 요원을 5조나 더 투입(?)시켰다.

그 모습을 보고 이제는 좀 더 안전해졌다고 안심한 나였지만, 덕분에 어머니의 훈련 레벨이 한 단계 더 위험해졌다.

지금까지는 계속 저택 앞 공터의 허공에서 날 던졌는데, 이제는 정원 한가운데의 인공 연못 위 허공에서 날 사방으로 집어 던지기 시작한 것이었다.

그러니까 아까는 내가 떨어지는 범위가 180도 내로 한정

되어 있었다면, 이제는 그 두 배의 범위 안에서 떨어지게 된 것이다.

그 모습을 본 아버지가 안전 요원을 더 늘리겠다고 우겼지만, 어머니가 그러면 더 높은 곳에서 더 멀리 던지겠다고 협박하는 바람에 결국 그 정도에서 타협하고 말았다.

그 와중에도 어머니의 손에 들려 있던 난 내가 꼭 야구공이 된 기분이었다.

한데 날 던지는 어머니도 대단했다.

도대체 무슨 수를 쓴 건지 그 가녀린 팔로 가볍게 툭 던지는 것 같은데도 몇백 미터는 휘리릭 쉽게 날아갔으니 말이다.

처음 몇 번은 정신이 없어 아무 생각도 못했지만, 시도 횟수가 10회를 넘어가다 보니 조금은 익숙해졌는지 그러한 신기한(?) 점도 깨달을 수 있었다.

그래서 조금씩 조금씩 주의 깊게 지켜보며 깨달은 건데, 어머니의 몸 주변에서는 항상 바람이 불었다.

물론 날갯짓을 할 때 그 힘에 의하여 바람이 형성되기는 했지만 따로 날갯짓을 하지 않을 때도 바람이 함께했다.

특히나 날 던질 때는 더더욱.

그 점을 알게 되자 그다음으로 날갯짓을 가끔가다 한 번씩 해주는데도 불구하고 허공의 한자리에 가만히 떠 있는 어머니의 모습에 의아함을 느끼기 시작했다.

예전에 얼핏 벌새라는 새는 공중에 떠 있기 위하여 1초에 날갯짓을 수십 번이나 한다는 소리를 들은 적이 있다. 정확한 숫자는 모르겠지만, 솔직히 1초에 10회도 엄청난 빠르기가 아닌가 말이다.

그 정도로 날갯짓을 해야만 공중에 떠 있을 수 있다는 소리인데, 어머니는 가끔 한 번씩 날개를 펄럭여 주기만 하는 식인데도 한자리에 동동 떠 있었다.

'헛, 저것이 바로 허공답보인 것이냐?'

그리고 그런 어머니의 주위에서는 항상 부드러운 바람이 불고 있었다.

그 부드러운 바람은 날 멀리 던질 때, 날 더욱더 멀리 보내기 위하여 순간적으로 강해졌다.

그 바람을 한번 인식하기 시작하자 그다음에도, 또 그다음에도 계속해서 그 바람에 온 신경이 집중되기 시작하더니 점점 더 강하게 인식되어졌다.

그리고 몇 번째인지도 모르는 어느 시점, 어머니에 의해 다시 한 번 던져졌을 때 머리에서 번뜩 '바로 지금!'이라는 감이 반짝하고 불을 켰다.

그 순간, 본능적으로 날개가 쫘악 펴지며 한가득 바람을 품었다. 마치 돛단배가 바람이 강할 때 돛을 펴 바람을 한가득 품듯이 말이다.

그러자 바람이 내 날개를 지지대 삼아 내 몸 전체를 가볍게 떠받치더니 앞으로 쭈욱 밀어주는 것이 아닌가.

'아아~ 어머니가 말한 게 바로 이거구나!'

깨닫자마자 온몸이 흥분과 환희로 짜릿해졌다. 눈앞이 환해지며 폐 속 가득 상쾌한 공기가 들어와 온몸을 쫘악 훑어주는 느낌이 들었다.

그 상쾌한 기운 때문인지 나도 모르게 기분 좋은 환호성이 터져 나왔다.

"이야아아아~!"

그리고 그와 함께 한편으로는 눈물이 앞을 가렸다.

이거 하나 몸으로 깨우치려고 허공으로 던져진 게 벌써 몇 번째던가.

온몸은 욱신거리는 데다 머리부터 발끝까지 먼지투성이였고, 얼굴과 손등 여기저기에는 생채기투성이라 쓰라렸다.

그뿐이랴. 던져질 때마다 심장이 벌렁거려 나중에는 심장을 진정시키는 것조차 힘들었다. 뭐, 심장도 하도 벌렁거리다 보니 지쳤는지 나중에는 덤덤해졌지만.

그런데도 어머니는 씻는 건 물론이거니와 치료 받게 하거나 쉬게 하기는커녕 하다못해 심장을 진정시킬 시간조차 주지도 않고 떨어지면 그 즉시 허공으로 끌어 올려 던져 댔으니, 나 진짜 오늘 고생 많이 했다.

하지만 그 고생의 대가가 하늘을 나는 것이라면 한 번쯤은 감수할 만했다. 물론 두 번 다시는 하고 싶지 않지만 말이다.

'고공 낙하는 이번만으로 충분해.'

그러나 그런 기쁨도 잠시 눈앞으로 빠르게 다가오는 커다란 나무의 모습에 경악으로 바뀌어 버렸다.

'으악~! 이, 이거 어떻게 멈추는 거야~!'

기쁨에 취해 헬렐레하는 사이 숲 언저리까지 날아온 모양이다. 어떻게든 나무와의 충돌을 피해보려고 필사적으로 버둥댔지만 허공에서 멈춰 서는 건 불가능했다.

그나마 어찌어찌 날개를 움직여 방향을 트는 것까지는 간신히 성공했는데, 눈앞의 나무를 피하자마자 또 다른 나무가 눈앞으로 들이닥쳤다.

"아이고, 아사야아~!"

뒤에서 다급한 아버지의 외침이 들려온다 싶은 순간,

쾅~!

무언가 크게 부딪치는 소리와 함께 머리가 띵하면서 눈앞에서 빛이 번쩍거렸다.

"아가~!"

정신이 해롱해롱하는 와중에도 몸이 뒤로 넘어가며 아래로 떨어지는 게 느껴졌다.

'헉! 부딪친다!'

이대로 땅에 떨어졌다가는 단순히 긁힌 상처로 끝나지 않을 게 뻔했지만 큰 충격을 받은 몸은 마음대로 움직여 주지 않았다.

결국 성공하자마자 맨땅에 헤딩인가 싶은 순간, 단단한 가슴이 나를 받아 들었다. 아버지였다.

"괜찮니?"

'괜찮아 보입니까?'

전보다 더 안 괜찮았기에 나는 대답도 못하고 욱신거리는 이마만 부여잡고 끙끙거렸다. 손으로 더듬어보니 뜨끈뜨끈한 이마 한가운데 뭔가 볼록 튀어나온 게 만져졌다.

"포션~! 포션 얼른 가지고 와라~! 아사, 조금만 참고 있어라. 아빠가 얼른 치료해 줄게."

내가 눈도 뜨지 못하고 끙끙거리자 아버지가 나를 안고 어디론가 달려가며 다급한 목소리로 구급약을 찾아댔다.

곧바로 다른 사람들이 달려오는 소리와 함께 아버지가 발을 멈췄고, 그들이 황급히 움직이더니만 곧이어 차가운 액체가 혹이 나서 화끈거리는 이마에 발라졌다.

그 액체로 된 약은 확실히 효과가 좋았다. 바르는 즉시 싸한 느낌이 돌면서 금세 욱신거리는 통증을 가라앉히는 것이었다.

약은 냄새도 좋았다. 자연 향에 가까운 청량하고 알싸한 향이 살짝 섞인 것이 그걸 맡기만 했는데도 어질어질한 머리가 안정되며 정신이 일깨워지는 느낌이었다.

'호오, 아버지가 부자다 보니 약도 엄청 고급을 쓴 모양이야.'

내심 역시 부자 아버지가 최고란 생각을 하면서 몇 번 눈을 깜빡이니 멍했던 눈에 초점이 제대로 돌아와 아버지의 얼굴이 뚜렷이 보였다.

허옇게 질린 얼굴이 나와 시선을 마주치자 안도의 한숨을 내쉰다.

"아사, 괜찮니?"

오늘 하루 도대체 몇 번이나 저 질문을 듣는지 모르겠다.

그래도 이번에는 대답이 달랐다.

"응, 괜찮아."

혹이 났던 거야 괜찮아졌어도 온몸이 쑤시고 결리는 것은 물론 아까 나무와 정통으로 부딪힌 탓인지 허리가 찡해서 똑바로 서지도 못할 것 같았지만 나는 괜찮다고 대답했다.

이건 단순히 이제 드디어 날 수 있게 되었으니까 오늘 연습은 여기서 끝이라 생각했기에 많이 놀란 아버지를 위로하고자 한 립 서비스였다.

한데,

"그거 다행이구나. 그럼 곧바로 더 연습할 수 있겠지? 한 번 했으니 이제 몇 번 더 하면 요령을 완전히 익힐 수 있을 거야."

'이런 된장 덩어리!'

어머니의 냉정한 목소리에 나는 인상을 와작 구겨 버렸다. 어머니가 이렇게 나올 줄 알았다면 립 서비스 따윈 절대로 안 했을 텐데…….

"하, 하레츠, 그래도 이번에는 아사가 많이 안 좋은 거 같으니 좀 쉰 다음에……."

아버지가 당황해서 만류했지만 어머니는 냉정하게 그 손길을 뿌리치고 나를 낚아채 허공으로 올라갔다.

"우리 종족이라면 그 정도 충격쯤이야 쉽게 버틸 수 있어야 한다. 그 정도 상처에 포션을 쓴다는 건 창피한 일이지."

그러니까 한마디로 방금 전의 그런 상처는 그냥 버티라는 소리였다.

'아니, 이 종족은 어머니란 존재가 모두 해병대 교관인 거냐?'

내가 속으로 투덜대는 사이 어머니는 하늘 높이 치솟아올랐고 밑에서는 안전 요원들이 제각기 자리를 잡느라 부산스레 움직였다.

"그럼 행운을 비마."

한 번 성공했다고 이번엔 잘 날 거라는 기대가 어린 어조로 격려까지 해준 어머니가 손을 놨다.

그리고 나는…….

"으아아악~!"

비명과 함께 그대로 추락해 버렸다.

어머니의 종족이 얼마나 대단한지는 모르겠지만 그 종족의 일원인 나는 체력이 다 떨어져서 날개를 펼 힘도 없었던 것이다.

덕분에 나는 마치 저택 지붕 위에서 떨어졌던 때처럼 어머니의 손에서 놓이자마자 날개가 뒤로 확 꺾인 채 그대로 추락해 버렸다.

문제는 어머니가 이번에도 나를 멀리 던질 거라 철석같이 믿은 아버지를 비롯한 안전 요원들이 어머니로부터 멀리 떨어져 사방으로 퍼져 있었기에 바로 밑에는 아무도 없었다는 거였다.

"으아아아악~!"

"딸아아아~!"

아버지와 나의 이중창 비명 소리가 사방으로 울려 퍼졌다.

아버지가 저 멀리서 빠르게 달려왔지만 아버지가 나에게 다가오는 것보다 내가 연못에 빠지는 게 더 빨라 보였다.

게다가 평지에서야 달려올 수 있겠지만 연못에 뛰어들면 헤엄쳐야 할 터. 속도가 더더욱 줄어드는 건 당연지사.

아무래도 물에 빠지는 건 피할 수 없겠다 싶어 숨을 깊이 들이마시고 충격에 대비하는 바로 그때,

"레비테이션!"

어떻게 된 영문인지 빠른 속도로 떨어져 내리던 내 몸을 부드러운 기운이 감싼다 싶더니 떨어지는 속도가 눈에 뜨일 정도로 서서히 느려지는 것이었다.

덕분에 연못 바로 위에서는 속도가 완전히 느려져 나는 큰 충격 없이 가볍게 물에 빠질 수 있었다.

퐁당~

"아사야아~!"

그즈음에 연못가에 도착한 아버지가 헐레벌떡 그대로 연못 속으로 뛰어들었지만 그럴 필요가 없었다.

그전에 먼저 허공에서 내려온 어머니가 날 건져 연못 밖으로 나왔으니까.

"우리 따아알~!"

덕분에 옷만 적신 채 다시 연못 밖으로 나온 아버지가 날 품에 안고 안타깝게 외치자 어머니가 정말 한심하다는 듯 드러내 놓고 한숨을 푹 내쉬었다.

그 모습을 보자니 이대로 멀쩡히 있으면 난 또다시 허공으로 들려 올라갈 것 같아 슬그머니 아버지의 품에 얼굴을 묻으며 눈을 감아버렸다. 잠깐 기절한 척해서 오늘 연습을 여기서 중단할 속셈이었다.

한데 우습게도 너무너무 피곤했는지 기절한 척한다는 게 아버지 품에서 그대로 까무룩 잠들어 버리고 말았다.

그리고 다음 날 아침, 부스스 눈을 뜬 나를 기다렸다는 듯 침대가에 서 있던 어머니는 나와 눈이 마주치자마자 한숨을 푸욱 쉬며 말했다.

"너 정말 약하구나."

'거 다른 날개 달린 애들은 얼마나 튼튼한지 좀 보고 싶네.'

차마 어머니한테 말은 못하고 소태 씹는 심정으로 나는 속으로만 투덜거렸다.

제 8 화

네가 누구라고?

"쓰으읍~ 후아아아~ 쓰으으읍~ 후아아아~"

천천히 길게 폐 가득 숨을 들이마셨다가 다시 폐 안의 모든 공기를 뿜어냈다.

그리고 그 호흡에 맞춰 팔과 다리를 쭈우욱 늘어뜨렸다. 중요한 건 몸에 최대한 힘을 빼야 한다는 것이라 나는 의식적으로 어깨에 힘을 주지 않기 위해 노력했다.

허리와 어깨를 쭈우욱 늘어뜨리는 스트레칭 동작을 마지막으로 자리에서 일어나며 가볍게 목과 어깨를 돌리는 걸로 마무리 짓자 옆에서 대기하고 있던 유모가 옷들을 하나하나 챙겨주기 시작했다.

"자자, 날이 많이 추우니까 따뜻하게 입고 가셔야 해요."

"응응."

추운 건 나도 질색인 터라 유모가 챙겨주는 대로 군말없이 장갑도 끼고 두꺼운 울 카디건 위에다 망토까지 둘렀다.

"밖에 오래 계시면 감기 걸리실 수 있으니까 일찍 오셔야 해요? 감기 걸리시면 내일 못 나가실 거예요."

마지막으로 망토와 똑같은 핫핑크색 모자를 씌워주며 유모가 다시 한 번 당부했다.

모자 안으로 귀를 쏘옥 집어넣어 정리해 주던 유모가 아차 싶었는지 장갑이 끼워진 내 손목을 더듬었다.

"팔찌 챙기셨죠? 잊어버리면 안 돼요?"

"제일 먼저 찾어."

이 팔찌는 내가 어머니와의 날기 연습을 끝내자 아버지가 선물해 준 건데, 놀랍게도 마법 팔찌였다.

마법.

아무것도 없는 허공에서 불덩어리가 생기고, 바람이 불고, 번개가 치는 그 마법이라는 게 이 세계에 있었던 것이다.

나는 그동안 날이 어두워지면 저택 안을 밝히는 등이 당연히 전기등인 줄로만 알았다.

스위치만 켜면 불이 들어오고 스위치를 끄면 불이 나갔으니까.

그런데 그게 마법등이란다.

어쩐지 멋진 샹들리에는 있는데 텔레비전이나 전화기가 안 보인다 했다.

그렇게 마법이라는 존재에 대해 정확히 알게 됐을 때 나는 그제야 상황을 이해하고 신기하게 여기기는 했지만 눈을 휘둥그레 뜨며 놀라지는 않았다.

날개 달린 사람도 있는 판에 마법 정도야 뭐.

게다가 전부터 그림책에서 기다란 지팡이를 들고 허연 수염을 휘날리며 등장하는 중후한 마법사 할아버지도 자주 봤기에 어느 정도 예상은 하고 있었다.

마법이라는 건 보통 마법사라는 사람들만 사용할 수 있지만 특별한 장치가 있으면 일반 사람도 마법을 사용할 수 있다고 했다.

아버지가 나에게 선물로 준 게 바로 그 일반 사람이라도 마법을 사용할 수 있게 해주는 물품이었다.

이 마법 팔찌를 차고 있는 사람은 마법 주문만 외치면 허공에 뜰 수 있었고 허공에서 떨어지더라도 다치지 않게 보호받을 수 있었다.

즉 이건 내가 허공에서 떨어질 때를 대비한 안전 물품이었던 것이다.

유모가 내 머리끝부터 발끝까지 꼼꼼히 다시 한 번 확인하더니 불안한 듯 옆에 있던 빨간 목도리를 집어 들었다.

"아무래도 안 되겠어요. 목도리도 하고 나가세요."

"답답한데……."

내가 싫은 기색을 보였지만 유모는 단호했다.

"감기 걸리시는 것보다는 답답한 게 나아요. 아기씨, 아기씨도 감기 걸려서 며칠 동안 방에 있는 건 싫으시죠?"

'나 원…….'

아직까지 자잘한 잔병치레 한 번 한 적 없는 나다.

아무리 추운 날에 밖을 돌아다녀도 저녁에만 감기 기운을 보일 뿐 하루만 자고 일어나면 싸악 나아서 다시 팔팔해지는 건강 체질이건만 그래도 유모는 걱정을 했다.

그리고 그럴 때면 항상 들먹이는 레퍼토리가 감기에 걸리면 며칠 동안 방 밖에도 못 나가고 침대에서만 있어야 한다는 거였다.

빨빨거리고 돌아다니길 좋아하는 나에게는 그나마 이 협박(?)이 잘 먹힌다고 여기고 있는 유모의 모습에 나는 속으로 헛웃음을 흘리면서도 순순히 목도리를 받아 들었다.

이 사람들은 내가 생떼를 부리면 웬만한 건 다 받아주기는 하지만 건강과 안전에 관련된 건 절대 양보를 안 하려고 들었기에 실랑이를 하느라 시간을 보내느니 그냥 내가 포기하는 게 편해서 양보해 준 건데 어떻게 이상하게 받아들여져 버렸다.

그거야 어쨌든 입술을 비죽이면서도 목도리 매는 걸 얌전히 보고만 있자 유모가 빙긋 웃으며 고개를 끄덕였다.

"다 됐어요. 이제 나가셔도 돼요."

망토까지 합하면 옷을 네 겹이나 껴입은 상태라 움직임이 둔했지만 이렇게라도 안 하면 오늘도 안 내보내 줄 것 같아서 난 그 상태로 뒤뚱거리면서 테라스로 나섰다.

"저기, 유모님, 아기씨 혼자 가셔도 될까요?"

"몇 붙여야지."

테라스 문을 열고 밖으로 나서는 내 뒤로 유모와 아방카가 속닥이는 소리가 들려왔다.

그에 휙 고개를 돌리고 째려보자 그녀들은 자신들이 뭔 소리를 했냐는 듯 시침 뚝 떼고는 방긋방긋 웃어 보였다.

"얼른 다녀오세요. 날이 어두워지기 전까지는 돌아오셔야 해요."

'이 사람들이 정말……. 다 들었거든?'

"아무도 따라오면 안 돼! 알아서 돌아온다니까!"

인상을 찡그리며 말하자 둘은 명심하겠다는 표정으로 고개를 끄덕였다.

"그럼요, 그럼요."

"대신 일찍 들어오세요!"

아무래도 사람들을 풀어서 곳곳에 배치시켜 놓을 것 같다.

'에휴, 내가 말한다고 저 사람들이 듣겠어? 그냥 얼른 한 바퀴 돌고 들어와야겠다.'

처음 그 고생을 하며 어머니께 나는 법을 배웠던 그날로부터 시간이 많이 흘러 다시 추운 겨울이 돌아왔다. 내가 이곳에 와서 벌써 세 번째 맞는 겨울이었다.

그렇게 시간이 흘렀지만 정말 아쉽게도 나는 여전히 날아다니는 게 서툴렀다.

어머니는 땅에서도 날개를 펴면 하늘 높이 날아오를 수도 있고 한곳에 가만히 떠 있을 수도 있으며 언제 어느 때고 방향 전환이 가능해서 곡예비행을 할 수 있을 정도였건만 나는 그 모든 게 불가능했다.

내가 할 수 있는 건 겨우 높은 데서 뛰어내려 날개로 바람을 맞아 날려가는(?) 것이 전부였다. 마치 행글라이더나 패러글라이딩을 하는 것처럼 말이다.

지금은 방향 조절이 가능하고 바람을 타는 것도 익숙해져 체공 시간이나 비행 거리가 길어졌긴 하지만 어머니의 능력에 비하면 새 발의 피 수준이었다.

기껏 어렵게 익힌 특기인데 제대로 써먹지 못한다면 아쉬운 일이라 매일매일 연습은 하고 있었지만 이 몸의 자질이 안 좋은지 능력 향상이 정말 느렸다.

그나마도 요 며칠은 눈이 펑펑 쏟아진 후 기온까지 뚝 떨어지는 바람에 사람들이 나가지 못하게 막았던 터라 조금 올라간 수준이 다시 떨어진 건 아닌지 걱정이었다. 그래서 오늘은 작정하고 떼를 써서 밖으로 나선 참이었다.

베란다로 나오니 온통 새하얀 눈으로 뒤덮인 풍경이 눈에 가득 들어왔다.

'역시 이런 날 한 바퀴 돌아줘야지.'

저 멋진 설경을 위에서 내려다보면 얼마나 멋질까 하는 기대감에 히죽히죽 웃고 있을 때였다.

휘이잉~

찬바람이 한차례 강하게 불어오자 베란다로 따라 나온 유모의 얼굴이 단박에 굳었다.

"아기씨, 아무래도……."

"싫어."

얼른 유모의 말을 끊으며 나는 베란다 난간 앞에 준비된 내 전용 이착륙장의 계단을 올라갔다.

날기 연습을 할 때마다 매번 저택 지붕 위로 올라가는 게 번잡스러워 아버지가 아예 맨 꼭대기 층 베란다 난간에 이렇게 내 전용 이착륙장(?)을 따로 만들어줬던 것이다.

베란다 난간에다 내가 쉽게 오르락내리락할 수 있게끔 계단을 만들고 난간 위에 안전하게 서 있을 수 있도록 커다란 발판까지 만들어놓은 내 전용 이착륙장은 제법 유용해서 잘 사용하고 있었다.

내 전용 이착륙장에 오른 나는 괜히 유모의 말을 끊은 게 미안해서 힐끔 돌아보며 손을 흔들었다.

"빨리 올게."

그에 유모도 어쩔 수 없다는 듯 부드럽게 웃어 보였다.

"네, 얼른 오세요. 맛있는 코코아 타놓고 있을게요."

"응, 응."

내가 고개를 끄덕이고는 아래를 보며 심호흡을 하는데, 아까부터 보이지 않던 조앤이 테라스 문을 열고 나왔다.

"아기씨, 이거 가지고 가세요."

"응?"

성인 남성 주먹만 한 가죽 공처럼 보이는 걸 조앤이 내 품에 넣어주자 그로부터 따뜻한 온기가 퍼져 나왔다.

"따끈한 물주머니예요. 물주머니가 식기 전까지는 돌아오셔야 해요."

'오호, 핫팩~'

조앤이 내 옷을 잘 정리해 주고 뒤로 물러나자 나는 이번에야말로 날 생각에 다시 한 번 심호흡을 했다.

이렇게 연습한 지 벌써 몇 달째지만 여전히 처음에 뛰어내릴 때는 심장이 떨려서 심호흡을 해줘야 했다.

"쓰으으읍~ 후아아아~ 쓰으으으읍~ 후아아아아~"

'하나, 둘, 세에엣!'

셋을 셈과 함께 날개를 펼치고 테라스 난간 위에서 뛰어내렸다.

쒸이이잉~

활짝 펼쳐진 날개가 바람을 가득 머금고 부드럽게 곡선을 그리며 허공으로 날아올랐다.

"와아아~!"

떨어질 때가 가장 긴장된 순간이라면 허공으로 떠오르는 이 순간은 가장 기분이 좋은 순간이었다.

차가운 얼음 알갱이가 섞인 공기가 얼굴을 때렸지만 그마저도 엄청 상쾌하게 느껴졌다.

바람의 상승하는 힘이 다했는지 위로 올라가던 몸이 천천히 허공에 멈춰 섰다.

그 상태로 날개의 각도를 살짝 비틀자 몸이 한쪽 방향으로 기울어지기 시작했고 내가 원하는 만큼 기울어지자 날개를 원래대로 쫘악 폈다.

슈우우우웅~

원래는 이쯤에서 날개를 한 번 펄럭여 줘야 하는데 난 아직 불가능했다.

여전히 날개의 힘이 부족해서 한 번 펄럭이다간 그대로 꺾여서 추락하기 십상이었다.

'으음, 마지막으로 추락한 게… 쳇, 처음으로 제대로 감기 걸릴 뻔한 바로 그날이었구만.'

나흘 전, 그러니까 내가 처음으로 감기다운 감기에 걸릴 뻔한 날은 함박눈이 펑펑 쏟아지던 날이었다.

눈이 내리기는 했지만 거의 그쳐 가고 있었고 해도 떠서 기온이 포근했기에 나는 유모를 비롯한 사람들에게 생떼를 부려 얼른 돌아온다는 약속하에 날기 연습을 하러 나갔었다.

그날따라 컨디션도 좋아서 날개에 힘이 꽉꽉 들어갔기에 왠지 날개 퍼덕이기를 성공할 수 있을 것 같았다.

그래, 그 기분을 따라 날개 퍼덕이기를 시도했는데… 마지막에 힘이 2% 모자라 날개를 다시 활짝 펴지 못한 나는 그대로 추락해 버렸다.

'아, 진짜… 거의 성공할 뻔했는데……'

생각할수록 아쉬웠다.

날개가 단 몇 초만 더 버텨줬으면 성공할 수 있었는데, 성공 문턱에서 딱 그렇게 실패를 해버리니 아쉬움이 더욱 컸다.

하여간 그렇게 해서 추락하게 되었지만 그렇다고 낙상 사고를 당한 건 아니었다.

자랑은 아니지만 추락을 한두 번 해본 게 아니라서 언제 어디서 어떤 추락을 하든 능숙하게 대처할 수 있었던 것이다.

그래서 그때도 나는 바닥에 닿기 전 마법 팔찌로 얼른 허공 떠오르기 마법을 시전해서 안전하게 땅으로 내려온 뒤 마법 팔찌에 설치된 S.O.S 버튼을 누르고는 저택을 향해 걸어가기 시작했다.

난 아직 땅에서 곧바로 허공으로 날아오르는 능력이 없었기에 사람들이 날 데리러 올 때까지 그 자리에서 기다리든가, 아니면 사람들이 올 방향으로 가는 수밖에 없었다.

그래서 그날도 그랬던 건데, 하필이면 내가 그날따라 컨디션이 좋은 것만 믿고 좀 멀리 날아간 데다 내 신호를 받은 사람들이 날 데리러 오는 사이 그쳤던 눈이 다시 내리기 시작했던 거였다.

그것도 커다란 함박눈이 펑펑~!

다른 날보다 오래, 그것도 눈까지 맞아가며 있었던 게 치명타였는지 날 찾으러 온 사람들에게 안겨 저택으로 돌아가자 건강했던 이 몸도 열이 오르며 목이 잠기기 시작했다.

거기다 더해 저녁즈음에는 줄줄 흐르는 콧물을 훌쩍대며 콜록대기까지 하자 저택 사람들에게 비상이 걸린 건 당연지사.

'그때 눈만 안 맞았다면 그렇게까지는 안 됐을 텐데 말이야.'

한데 이 몸은 과연 튼튼해서 그렇게 심한 감기 증상을 보인 건 딱 밤까지뿐이었다 다음 날 아침에는 다른 날과 다름없이 말짱하게 일어날 수 있었다.

그러나 저택 사람들은 그것만으로는 안심하지 못해서 며칠 동안 못 나가게 막은 데다, 오늘도 이처럼 걱정하며 사람을 꽁꽁 싸매서 내보낸 것이었다.

그런 상황이니 오늘 몇 사람이 따라붙을 건 당연한지도 몰랐다.

'오늘은 컨디션이 크게 좋은 것도 아니니 그냥 한 바퀴만 돌고 들어가야겠다.'

쒜애애액~

귓가를 스쳐 지나가는 바람 소리가 시원하다. 오늘따라 바람이 강해서 바람의 흐름을 타는 게 수월했다.

날개의 각도를 살짝 비틀자 바람과 내가 마치 한 몸이 된 듯 점점 빠르게 쏘아져 나갔다.

이렇게 빠른 속도를 낼 수 있을 정도로 좋은 바람을 만나기가 쉽지 않은데, 한 바퀴만 돌고 들어가려니 너무 아쉬웠다.

괜히 처음부터 딱 한 바퀴만 돈다고 결심했다.

'으음, 아까운데… 아까운데……'

아깝다, 아깝다 생각을 하는 동안 벌써 반 바퀴를 돌고 있었다.

이대로라면 10분 안에 숲을 한 바퀴 다 돌게 될 거다.

'기껏 나왔는데 빠른 속도 때문에 집에 일찍 돌아가는 것도 아쉽지. 커다란 한 바퀴면 괜찮지 않을까?'

딴짓 안 할 거니까 추락할 일도 없고 속도가 이렇게 빠르니 평소 때와 얼추 비슷한 시간에 도착할 거라는 계산을 끝내자마자 나는 날개를 왼쪽으로 슬쩍 비틀었다.

쒸이이이익~!

그러자 숲가를 따라 회전하던 몸이 숲 안쪽으로 크게 선회하기 시작했다.

이 숲은 관리되고 있는 숲이었다.

보통 천연 숲이라고 하면 크기도 종류도 각양각색인 나무들이 무질서하게 모여 있는 모습일 거다.

나무들이 엉기거나 쓰러져 있기도 하고, 덩굴나무가 몇 겹이나 얽히고설켜 길도 없는 곳이 많을 테고, 죽은 나무들도 보일 거고, 나뭇잎들이 오래도록 모이고 쌓여 썩은 곳도 있을 거고, 빛이 들지 못해 음침한 기운을 품은 곳도 있을 거고 말이다.

즉 무조건 청량하고 상쾌한 곳만 있는 게 아니라 어둡고 음침한 곳도 있는 것이 천연 자연(?)의 숲이 아니겠는가.

한데 내가 살고 있는 저택을 감싸고 있는 커다란 숲은 그렇지 않았다.

나무들의 종류와 크기야 제각각이지만 한데 엉기거나 쓰러져서 길을 막고 있는 나무도 없고, 너무 오래되어 말라비틀어진 고목도, 나뭇잎이 몇 년 동안 쌓이고 쌓여 썩어가는 곳도 보기 힘들었다.

이건 누군가가 이 숲을 꾸준히 관리하고 있다는 뜻이었다.

나무들 사이사이의 간격도 널찍널찍해서 중형 자동차도 쉽게 다닐 수 있을 듯 보였다.

이 나무들 사이는 나중에 내가 좀 더 능숙하게 날게 되면 장애물 날기(?) 연습이라도 하려고 벼르고 있는 중이다.

'으음, 지금이라도 나무 사이를 지나갈 수 있을 거 같은데… 급선회만 하지 않으면 괜찮지 않을까?'

넓은 숲 가운데의 길이 나보고 '어서 옵쇼' 하고 손짓하고 있는 것만 같았다.

'펄럭이지만 않으면……. 혹시 부딪칠 것 같으면 허공으로 떠오르면 될 거고. 음음, 잠깐만 해볼까?'

오늘따라 바람도 좋고 날개가 매끄럽게 바람을 타는 것이 뭐든 다 할 수 있을 것 같은 느낌이 마구 피어올랐다.

'좁은 데 말고 큰길을 따라서……'

생각하자마자 날개 각도를 비틀었다.

쒜액~

날카로운 소리와 함께 내 몸은 숲 속으로 쏙 들어가 버렸다.

매번 하늘에서 숲을 내려다봤을 뿐 이렇게 숲 속으로 들어와 나무 사이사이를 뚫고 날아가는 건 이번이 처음이었다.

'이거… 꽤 재밌잖아?'

스릴도 있고 말이다.

다음부터는 가능하면 계속 숲 속으로 들어와야겠다고 결심하며 나는 더 안쪽으로 들어가기 시작했다.

숲으로 들어왔다고 해도 저택보다 더 높은 나무들이 수두룩해서 딱히 저공비행을 할 필요도 없었다.

넓은 곳만 골라서 날아다니다가 방향을 선회하지 못하거나 길을 찾지 못한다 싶으면 하늘로 솟구쳤다가 다시 괜찮은 지점을 골라 고도를 낮추다 보니 꼭 놀이기구를 타는 기분이었다.

그렇게 숲 속을 날아다니는 재미에 빠져 시간 가는 줄도 모르고 신 나게 날아다녔다.

내가 너무 늦었다는 걸 깨달은 건 한번 허공으로 솟구쳤다가 다시 고도를 낮추는 통에 품속에 든 가죽 주머니의 물이 크게 출렁거렸을 때였다.

저택을 떠났을 때는 따뜻했던 물이 시간이 많이 흘러 이제는 다 식어 있었다.

물이 출렁이는 바람에 그 차가움이 몸으로 전해지자 나는 정신이 번뜩 들었다.

'아차차, 오늘은 일찍 돌아가기로 했는데……'

그제야 너무 늦었다는 걸 깨달은 나는 주변을 두리번거리며 다시 솟구쳐 오를 적당한 장소를 찾았다.

방금 아래로 내려온 터라 급선회를 못 하는 내가 다시 솟구쳐 올라가기 위해서는 어느 정도 길이의 활주로(?)가 필요했던 것이다.

'아, 저기.'

운 좋게도 좀 떨어진 곳에 적당한 장소가 보여 그쪽으로 향하던 중 나는 순간적으로 스쳐 지나가는 시야 안에서 숲과는 어울리지 않는 이질적인 존재를 발견했다.

'응?'

호기심보다는 순간적으로 본 그 형태가 마음에 걸려 나는 적당한 장소에서 하늘로 솟구치는 대신 방향을 틀어 다시 숲으로 들어가 그 장소를 찾았다.

다행히 나무가 빽빽하게 밀집해 있는 숲이 아닌 터라 나는 어렵지 않게 내 마음에 걸린 그 무언가를 다시 찾을 수 있었다.

그러고는,

"우아악~!"

우당탕! 쿵탕~!

추락해 버렸다.

내가 찾던 곳을 발견하자마자 속도를 늦춤과 동시에 고도를 낮추기 위해 날개를 퍼덕였는데, 그와 함께 눈앞으로 들이닥치는 나무를 발견한 것이었다.

급히 날개를 비틀어 방향을 꺾으며 몸을 보호하는 마법을 쓰려고 했지만 하필 그전에 버릇처럼 몸을 띄우는 마법 주문을 외우고 있던 터라 혀가 꼬여 결국 두 마법 모두 사용하지 못하고 그대로 바닥에 처박히고 말았다.

그나마 고도가 평소보다는 낮았고 밑에는 눈이 가득 쌓여 있던 덕에 나는 앞으로 쭈우욱 미끄러지다 두어 번 구르는 것으로 무사히 착륙을 끝낼 수 있었다.

"에구구구~!"

온몸이 욱신거려 절로 신음이 흘러나왔다. 나는 끙끙거리면서도 일어나 대충 몸 여기저기를 훑어보았다.

그나마 온몸을 꽁꽁 싸매고 있던 덕에 크게 다친 곳은 없는 것 같은데, 얼굴이 좀 쓰라리다.

'에구… 유모의 잔소리는 피할 수 없겠는데?'

하지만 지금은 더 급한 일이 있기에 나는 속으로 한숨을 푸욱 내쉬면서도 온몸에 들러붙은 눈을 대충 툭툭 털어내고는 얼른 아까 내가 발견했던 나무로 달려갔다.

"야, 너희들! 괜찮아?"

기껏 이 몸이 추락까지 해가며 달려와 물었건만 돌아오는 대답이 없었다.

그러나 난 그에 화를 내기는커녕 황급히 그들의 모습을 살피기 시작했다.

기가 막히게도 내가 발견한 건 커다란 나뭇가지에 대롱대롱 매달려 있는 두 아이였다.

오랜 시간 동안 그 상태로 추위에 노출되어 있었는지 애들 얼굴이 시퍼렇게 얼어 있어 입술을 움직이는 것도 힘겨워 보였다.

'도대체 누가 애들을 이렇게 만든 거야?'

"일단 좀 기다려."

아이들을 매달고 있는 줄의 끝매듭이 나무 둥치에 있어서 나는 얼른 그 나무 둥치로 달려갔다.

그러면서 곧바로 장갑까지 벗어 던진 채 매듭을 풀려 하는데, 머리 위에서 가느다랗고 힘겨운, 그렇지만 다급한 기색이 담긴 목소리가 흘러나왔다.

"기, 기다… 그거… 안……."

"응?"

시선을 위로 들어 올리자 두 아이 중 좀 더 나이가 들어 보이는 아이가 다급한 눈빛을 보내며 필사적으로 말을 꺼내려 하고 있었다.

아이의 입이 얼어 있던 탓에 말이 제대로 나오지 못했지만 용케 나는 그 애가 하려는 말을 눈치챌 수 있었다.

"뭐? 이거 건들면 안 돼?"

과연 내 말에 아이가 간신히 고개를 끄덕였다.

"그… 풀면… 떨어져……."

"아! 맞다."

아이의 제지에 난 얼른 뒤로 물러섰다.

내가 이 매듭을 풀면 아이들은 저대로 땅에 떨어지게 될 거다.

원래 그걸 목적으로 매듭을 풀려고 한 거였지만 아이가 제지하고 나오자 나는 미처 생각지 못했던 점을 깨달을 수 있었다.

꽁꽁 언 얼음은 단단하지만 그 단단함을 넘어서는 충격에는 깨진다.

이걸 아이들에게 대입한다면, 오랫동안 추위에 노출되어 꽁꽁 언 상태로 추락해서 충격을 받으면 아이들 피부가 그대로 터져 나갈 수도 있다는 소리다.

그러니 이대로 내가 매듭을 푸는 건 굉장히 위험한 일이었다.

저 아이가 그것까지 알아서 날 제지한 건지는 모르겠지만 하여간 옳은 선택이었다.

그런데 엎친 데 덮친 격으로 하필이면 그때 하늘에서 눈이 하나둘 떨어지기 시작했다. 그것도 눈송이가 여럿 뭉쳐 있는 큰 함박눈이었다.

내가 저택을 나설 때만 해도 약간 흐리긴 했지만 눈이 올 기미는 없었는데 언제 이렇게 날이 나빠졌는지 모르겠다.

하여간 저 애들은 운이 좋은 거다.

나한테 발견되지 못하고 저 상태로 눈까지 맞았으면 정말 위험했을 테니 말이다.

"기다려. 다른 방법도 있어."

나는 얼른 아이들 발밑으로 달려가서 팔찌를 잡고 작게 중얼거렸다.

"레비테이션."

날 허공으로 띄우는 마법 주문이었다.

내가 허공으로 천천히 떠오르기 시작하자 나를 지켜보고 있던 아이들의 얼굴에 놀랍다는 기색이 보였다.

그런데 재밌는 건 '헉, 사람이 떠오르다니~' 하며 기겁하는 기색이 아니라 '응? 네가 그런 것도 가지고 있어?' 라는 표정이라는 거다.

'호오, 이런 걸 어렵지 않게 볼 수 있는 애들이란 소리? 과연 평범한 애들은 아닌 거 같은데…….'

하기야 한겨울 숲 속에서 나무에 매달려 있는 것부터가 이미 평범에서 한참 벗어나 있긴 했다.

내가 드디어 아이들 높이까지 떠오르자 나는 큰 애 쪽으로 먼저 손을 뻗었다.

한데 그 애가 고개를 흔드는 거다.

"나 말고… 저…….'

'하이고, 또 지가 형이라고 동생 챙기기는…….'

뭐, 나야 누굴 먼저 돕든 어차피 둘 다 도울 거라 상관없었기에 기꺼이 꼬맹이 형님의 부탁을 들어줬다.

그런데 작은 아이 쪽으로 손을 뻗던 나는 순간 몸을 움찔거렸다.

나를 쭈욱 주시하고 있던 아이와 처음으로 눈을 마주한 순간 그 아이의 눈동자가 아주 익숙한 은보랏빛이라는 걸 발견했던 것이다.

'하아? 이 색이 흔한가?'

갈색 눈동자도 여럿 봤고 파란색 눈동자도 여럿 있으니 은보랏빛 눈동자도 여럿이지 말라는 법은 없지만 그래도 아버지와 나 외에 다른 사람에게서는 보지 못했던 눈동자 색을 여기서 보게 되니 기분이 참 오묘했다.

하지만 그건 잠깐이었고 나는 얼른 정신을 차리고 그 애의 옷자락을 잡아당겨 몸을 뒤로 돌렸다.

그렇게 하니 애 손목부터 팔을 꽁꽁 묶은 뒤 나무에 매달아놓은 매듭이 보였다. 얼마나 꽉꽉 묶어놨는지 애 손에 피가 안 통해서 퍼렇다 못해 까맸다.

'이야, 좀만 늦었으면 진짜 큰일 날 뻔했는데?

그 애한테서 떨어지지 않으려고 두 다리를 아이 몸통에 감고는 매듭을 풀려 하는데, 매듭이 너무 세게 조여 있어 내 손가락 힘으로는 도저히 불가능했다.

생각 같아서는 이로 물어뜯기라도 하고 싶은데 그것도 여의치 않아 나는 애들을 돌아봤다.

"혹시 검 같은 거 없어? 칼은?"

하지만 애들은 간신히 고개를 저어 보일 뿐이었다. 하기야 둘 다 열 살 전후로 보이는데 그런 애들에게 누가 날카로운 물건을 쥐어줄까.

"사, 사람 좀……."

이번에도 역시 큰 애가 입을 열었다.

"아, 그건 걱정 마. 불렀으니까 곧 올 거야."

그렇지 않아도 애들한테 달려오기 전에 잊지 않고 긴급 구조 신호 버튼을 눌렀다.

사람들이 도착하려면 시간이 좀 걸릴 테니 그전에 애들을 풀어주려고 했던 건데 그러기에는 내 능력이 많이 모자랐다.

　'아아, 이럴 줄 알았으면 커터 칼 같은 거라도 하나 가지고 다닐 걸 그랬어.'

　돕지 못하는 안타까움에 괜히 속으로 푸념을 하는데, 하나 둘 날리던 눈이 이제는 본격적으로 펑펑 내리기 시작했다.

　며칠 전에도 이렇게 내리더니만 올해 겨울은 유난히도 눈이 많이 내렸다.

　사람들이 곧 도착하겠지만 오랜 시간 추운 데 노출되어 있던 아이들이 눈까지 맞는 건 위험할 거라 생각한 나는 급히 모자와 목도리를 벗었다.

　"일단 이거라도……."

　나중에 유모의 잔소리 분량이 기하급수적으로 늘어나겠지만 지금은 긴급 상황이니까.

　주머니에 넣어놨던 장갑은 신축성이 있는 거라 작은 애 손에도 어렵지 않게 들어갔다.

　장갑을 끼워준 후 내 품속에 있던 가죽 주머니까지 작은 애 품속에 넣어줬다.

　비록 처음의 따뜻함은 사라졌다 해도 그동안 내 품속에 있었던 거니 꽁꽁 얼어 있던 아이한테는 따뜻하게 느껴질 거다.

　그거로도 좀 부족한 거 같아 나는 내가 착용하고 있던 핫핑크 털모자와 빨간 목도리까지 풀어 아이한테 둘러줬다.

　"따뜻하지?"

왠지 괴상한 눈빛으로 날 바라보고 있는 작은 애한테 배시시 웃어주고는 큰 애한테로 몸을 돌렸다.

큰 애한테는 망토를 풀어서 머리부터 푸욱 씌워줬다.

"괘, 괜찮……."

큰 애가 고개를 흔들며 괜찮다고 했지만 시퍼렇다 못해 짙은 보랏빛이 된 입술로 그렇게 말해봤자 오히려 더 가여워 보일 뿐이라 반강제로 내 예쁜 핫핑크 망토를 씌우고 매듭을 매주는데 저 멀리서 여러 명이 달려오는 소리가 들려왔다.

"아기씨이~!"

"아기씨, 어디 계세요?"

펑펑 내리는 함박눈을 뚫고 들려오는 사람들의 목소리에는 다급함이 섞여 있었다.

그런데 나는 나를 부르는 목소리를 듣자마자 몸을 움찔거렸다.

'헛, 유모도 왔어?'

하필 날 부르는 목소리에 유모의 목소리도 섞여 있는 것이다.

하기야 며칠 전 일 때문에 내가 나가는 내내 걱정하고 있던 유모이니 나한테서 SOS 신호가 온 데다 눈까지 내리기 시작하자 당장에 저택을 박차고 나왔을 거다.

'에궁, 잔소리는 피하고 싶은데, 현장에서 딱 걸려 듣게 생겼네. 옷까지 벗고 있는 거 보면 잔소리가 장난이 아닐 텐데…….'

처음에는 온화한 유모였는데 날이 갈수록 이상하게 잔소

리가 많아지고 있었다.

하지만 그렇다고 이 상황에 숨어 있을 수 없는 법. 매도 먼저 맞는 게 낫다고 생각하며 나는 목청을 높였다.

"나 여기 있어어어~!"

내 목소리에 즉각 화답이 날아왔다.

"아기씨~!"

"잠시만 기다리세요! 곧 갈게요오~!"

두다다다다!

사람들의 발소리가 가까워진다 싶더니 얼마 지나지 않아 펑펑 내리는 눈 사이로 검은 망토를 휘날리며 달려오는 아저씨의 모습이 제일 먼저 보였다.

"프레스턴 거어엉!"

저 밤색 머리의 30대 중반으로 보이는 아저씨는 내가 살고 있는 저택 경호 담당 팀장으로, 이쪽 식으로 말하자면 기사다.

지난 늦봄에 어머니한테 붙잡혀 나는 연습을 한답시고 허공에서 던져질 때 밑에서 안전 요원(?)들을 지휘하기도 했었다.

그때는 내가 하도 정신이 없던 상태였기에 기억도 못했다가 며칠 뒤 추락한 나를 그가 직접 구조했을 때에야 정식으로 인사를 나눌 수 있었다.

그 뒤로 사람들이 추락한 날 찾으러 올 때 항상 가장 앞장서서 달려오곤 했었다. 바로 지금처럼 말이다.

프레스턴 경 뒤로 일반 안전 요원이자 저택 경호팀인 병사들과 유모의 모습도 보였다.

그들은 허공에 매달린 애들과 그 애들 중 한 명에게 엉겨 있는 날 확인하더니 기겁한 표정으로 발걸음을 서둘렀다.

"아기씨이~!"

"아기씨, 거기 가만 계세요. 아니, 아니, 팔찌 있으시잖아요? 얼른 내려오세요."

유모의 말에 얌전히 애한테서 떨어져 아래로 내려오니 모자, 목도리, 망토까지 다 벗은 채 울 카디건 하나만 입고 있는 내 모습에 유모의 눈이 똥그래졌다.

"아기씨, 무슨 일이세요? 망토는 어쩌셨어요?"

얼른 자신이 걸치고 있던 망토를 벗어 나에게 둘러주는 유모에게 배시시 웃으며 나는 손가락으로 위를 가리켰다.

"아니, 애들이 추울까 봐⋯⋯."

내 손가락을 따라 위를 올려다보던 유모의 눈이 꿈틀거렸다.

"그렇다고 아기씨 옷을 벗어주시면 어떻게 해요? 감기 들면 어쩌시려구요?"

유모의 잔소리가 이어지는 사이, 프레스턴 경을 비롯한 병사들이 나무에 대롱대롱 매달려 있던 두 아이를 조심스레 끌어내렸다.

'아아, 나도 얼른 커야 힘 좀 쓸 텐데⋯⋯.'

유모의 잔소리를 흘려들으며 그 모습을 지켜보던 나는 여전히 작은 손을 꼼지락거리며 한숨을 내쉬었다.

앙증맞은 손은 귀엽긴 하지만 못하는 일이 너무나 많아 불편했다.

"제 말 듣고 계시지요?"

"응, 응."

그런데 그때 프레스턴 경이 슬그머니 유모 곁으로 다가왔다.

"유모님, 잠시……."

프레스턴 경이 심각한 표정으로 유모에게 귓속말로 뭐라 뭐라 속닥거리자 듣고 있던 유모의 표정도 덩달아 심각하게 굳어졌다.

'뭐, 안 좋은 일이라도 생겼나?'

"어떻게 할까요?"

"일단은… 병사 몇몇을 붙여서 돌려보내 드려야지요."

"하지만 눈이 이렇게 내리는데 그… 거기까지는 너무 멀지 않습니까? 마차로 모셔다 드리는 것도 시간이 많이 걸릴 테고. 저분도 저런 상태이니 일단은 저택으로 모셔야……."

"그건 그렇지만……."

그런데 유모와 프레스턴 경은 저희끼리 속닥거리는 데에 그치지 않고 속닥이는 와중에 내 눈치를 힐끔힐끔 보는 거였다.

대화 내용이 궁금했지만 별 도움이 안 되는 주제에 지금 알려고 하는 건 실례일 거 같아 애써 고개를 돌리고 있었는데, 유모와 프레스턴 경이 자꾸 내 눈치를 살피니 더 신경이 쓰였다.

그래서 그들이 다시 날 힐끔 볼 때 고개를 홱 돌려 그들을 마주 보며 눈을 부라렸다.

"뭐?"

내가 부리려 봤자 얼마나 무서울까만은 유모와 프레스턴 경은 그거 가지고도 화들짝 놀라는 거였다. 그들의 태도에 내 눈은 가늘어졌고 말이다.

'호오, 나에게 뭔가 켕기는 게 있는가 본데?'

애한테 뭘 대단한 걸 숨겼다고 저리 놀라는지, 사람들이 은근히 순진한 데가 있었다.

이제 와서 아무것도 아닌 척해 봤자 늦었다고 말해주고 싶었지만 발도 젖어가고 슬슬 추워진 난 그냥 아무것도 모르는 척 입을 열었다.

"뭐 해, 나 추운데? 눈도 계속 오는데 더 볼일 없으면 저 애들 데리고 빨리 돌아가지?"

이렇게 만난 것도 인연인데 이왕 구한 거 치료는 다 해주고 돌려보내야 할 거 아니겠는가?

그러면서 힐끗 애들을 바라봤더니 애들 또한 날 놀라움, 황당함, 안도감, 불안함 등등이 섞인 시선으로 힐끗힐끗 보고 있다가 나와 눈이 마주쳐 버렸다.

하기야 구조된 건 고맙지만 낯선 사람들에게 둘러싸여 있으니 불안하기도 하겠지.

애들을 위해서라도 빨리 저택으로 돌아가야겠다 싶어 나는 유모와 프레스턴 경을 향해 손짓했다.

"안 오면 나 먼저 간다?"

그렇게 말을 내뱉고 척척 걸어가기 시작하자 프레스턴 경이 황급히 달려왔다.

"아기씨, 눈 때문에 미끄러우니 업히세요."

'후훗, 내 이럴 줄 알았지.'

나도 눈까지 맞아가며 그 먼 거리를 직접 걸어갈 생각 따
윈 없었기에 기꺼이 프레스턴 경의 등에 업히며 속으로 회심
의 미소를 지었다.

프레스턴 경이 나를 업고 구출한 애들까지 다른 병사들이
업자 일행은 빠른 속도로 저택으로 돌아가기 시작했다.

우리가 저택에 도착했을 때는 날이 완전히 어두워졌고 그
때까지도 그칠 기미 없이 펑펑 쏟아지고 있던 눈은 제법 많
이 쌓이고 있었다.

아무래도 저택에서 일하는 많은 사람이 눈을 치우느라 꽤
고생할 거 같다.

나를 비롯한 애들은 저택 안으로 들어가자마자 대기하고
있던 사람들에게 각자 끌려갔다.

아방카와 조앤에게 거의 들리다시피 욕실로 옮겨진 나는
미리 준비되어 있는 따뜻한 물에 몸을 푸욱 담그고 나와서
두꺼운 모포에 둘둘 싸여 불이 활활 타오르는 커다란 난로가
에 앉혀졌다.

거기까지는 뭐, 나쁘지 않았다.

한데 얼마 지나지 않아 나 혼자 앉아 있는데 저녁 식사가
준비된 것이었다.

따끈한 고기 스튜를 비롯하여 내가 좋아하는 음식들로만
차려지는 걸 가만히 바라보던 나는 가늘어진 눈을 유모에게
로 돌렸다.

"유모."

"네, 아기씨."

"왜 나 혼자 먹어? 아까 그 애들은?"

아무리 나나 그 애들이 어리다고 해도 일단 나는 이 저택의 주인이고 그 애들은 내가 직접 데리고 온 손님이다.

그러니 당연히 내가 그들에게 직접 저녁 식사를 대접하는 것이 예의가 아닌가.

같이 식사도 하고 서로 인사도 나누고, 본인 소개도 하는 게 맞는 거지.

특히나 나와 같은 그 은보랏빛 눈을 가진 애한테 지대한 관심을 가지고 있기에 꼭 식사를 같이하고 싶었다.

한데 그러기는커녕 그에 대한 어떤 언급도 없이 혼자 식사를 하게 하다니.

'혹시 아버지가 이렇게 하라고 시켰나?'

의심스러운 시선으로 유모를 바라봤더니만, 내가 이렇게 나올 줄 알고 있었는지 유모는 아주아주 부드럽게 웃으면서 대답하는 것이었다.

"아, 물론 당연히 그들과 식사를 하셔야겠지만 지금 그들은 오랫동안 추운 데 있었기 때문에 그에 대한 치료로 거동이 어렵답니다. 아기씨도 피곤해 보이시니 오늘 저녁 식사는 혼자 편히 하시는 게 좋을 것 같았고요. 그 아이들은 빨라야 내일 오전에나 식사를 같이할 수 있을 것 같다던데요."

"진짜로?"

"그럼요."

유모는 두 손을 앞으로 곱게 모으고 '전 항상 진실만을 말한답니다~' 하는 표정으로 웃어 보였다.

'나 원……'

뭐, 그 애들이 치료를 받느라 지금 식사를 할 수 없는 건 사실일 거다.

단지 일부러 치료를 늦춰서 식사 때를 어긋나게 한 건지, 아니면 그 애들의 상태가 정말 안 좋아서 식사도 못 하고 계속 치료를 해야 하는지는 몇몇 사람만 알 테지만, 나에게는 절대 말 안 해줄 거다.

그렇다고 이대로 물러날 수는 없는 법.

나는 유모를 보고 정색하며 명을 내렸다.

"그럼 그 아이들 치료가 끝나고 나에게 인사를 할 수 있을 때 만나자고 해. 오늘 저녁이 아니라 내일 아침이라도 좋아. 가기 전에 꼭 나에게 인사하고 가게 해."

"알겠습니다."

내가 이렇게 단호하게 나오는 이유는 이번이 아버지에 대한 좀 더 높은 등급(?)의 정보를 얻을 수 있는 기회라는 걸 알아챘기 때문이었다.

'혹시나' 하고 있었는데, 지금 유모의 반응을 보고 '역시나' 하는 확신을 얻었다고나 할까?

'참내, 아버지의 정체를 캐기 위하여 고군분투하는 딸내미라니……'

이 무슨 황당한 경우인지 모르겠지만 아버지는 딸바보에 팔불출의 모습을 보이고 있어도 정작 자신에 대해서는 말해

주지 않았다.

나는 어느 정도 사람들과 일상적인 대화를 할 수 있게 되자마자 아버지에 대해 물었었다. 딸내미가 아버지에 대해 궁금해하는 건 당연한 거 아닌가.

특히나 이렇게 커다란 저택에 살고 있는 건 나 혼자뿐이고 아버지는 매일 출근 도장을 찍을 뿐 밤에는 항상 돌아가는 데다 어머니는 반년에 한 번 정도 보는 희한한 집안에 살고 있으니 궁금증은 더욱더 컸다.

그런데 아무도 말을 안 해주는 거였다.

다른 건 무엇이든 이야기해 주는 사람들이 아버지나 어머니에 대해서 묻기만 하면 다들 약속이라도 한 양 난처하고 어색하게 웃으며 자신들은 말할 권리가 없으니 아버지나 어머니한테 직접 들으라고 떠넘겼다.

하지만 설마 내가 딴사람들에게도 물어보는데, 아버지에게 안 물어봤겠는가. 대화가 어느 정도 된다 싶었을 때 제일 먼저 물어봤지.

한데 아버지도 설명이 복잡해서 지금은 이해하기 어려울 테니 조금 더 큰 뒤에 말해주겠다고 하며 나중을 기약하는 거였다.

그러면서 하는 말이, '어머니에 대고 맹세코 자신의 진정한 아내는 어머니 한 명뿐이며 사랑하는 자식은 나 하나뿐이다' 라는 거였는데, 그 말에 나는 감동하기는커녕 속으로 혀를 찼다.

아버지는 내가 아직 어려서 말 뒤에 숨겨진 의미를 이해 못 할 거라고, 이 정도면 내가 기뻐할 거라 여기고 그렇게 말한 모양이었지만 아쉽게도 이 몸 속에는 나이를 먹을 만큼 먹은 사람이 들어앉아 있어서 말이다.

'그러니까, 또 다른 아내와 아이들이 있다는 거로구만.'

아내가 어머니 한 명뿐이라면 '진정한 아내' 운운할 필요가 없을 테고 '사랑하는 자식은 나 하나'라고 한 말은 '사랑하지 않는 자식'도 있다는 소리로 해석이 가능했다.

하지만 난 차마 내 생각이 맞냐고 물어보지 못했다.

왜냐하면 그랬다간 '어머니가 몇 번째 아내입니까?'라고도 물어볼 것 같았기 때문이었다.

비록 친모에게 좋은 감정이 있는 건 아니지만 같은 여성으로서 그렇게 강하고 당당한 멋진 여인이 본부인이 아니라는 이야기를 들으면 착잡할 것 같았다.

아니, 뭐, 이미 여러 명 중 한 명인 걸 눈치채자마자 착잡해지긴 했다.

하지만 내가 착잡해하든 말든 아버지의 상황을 이해하든 납득하지 못하든 간에 난 그에 대해 아버지에게 뭐라 따져 물을 권리가 없다는 것도 입을 다문 이유 중 하나였다.

권리가 없는 사람이 따져 물어봤자 상황이 바뀌는 것도 아니고 단지 아버지와의 사이만 어색해질 수 있으니 그래서 나 또한 정확하게 이야기해 줄 때까지는 모른 척하기로 했던 것이다.

단, 아버지 앞에서만.

모른 척하기로 했다고 완전히 두 손 놓고 아무것도 알려고 하지 않는 건 바보지. 정보는 많으면 많을수록 힘이 되고 적으면 적을수록 손해 보는 법.

하지만 저택 사람들도 아버지에게 단단히 주의라도 받았는지 직접적으로 물으면 절대로 말을 해주지 않아서 그 뒤로가~ 끔씩 은근슬쩍 돌려가며 하나하나 물어 아버지에 대해 알아가던 중이었다.

그러던 와중 아주 좋은 찬스를 얻게 되었는데 이 찬스를 놓칠 수는 없었다.

'꼬맹이 눈 색을 보고 긴가민가했는데 아무래도 걔가 '아버지가 사랑하지 않는 자식' 정도 되는 건가?'

처음에는 '혹시나 작은 물고기라도 건질까' 싶어서 그 애들을 만나려고 했던 건데 생각지도 못한 대어를 발견한 느낌이었다.

하지만 초반부터 생각지 못한 태클이 들어와서 발견한 대어를 잡기가 좀 어려울 듯하다.

요 며칠 눈이 많이 와서 아버지가 저택을 방문하지 못하기에 나는 내가 아이를 만났다는 보고도 아버지한테로 당장 못 갈 줄 알았다.

그래서 아버지에게 미처 보고가 올라가기 전에 만나서 정보 좀 캐내려고 했더니만, 아무래도 보고는 실시간으로 가는 모양이다.

'음, 그건 판단 미스였어. 눈이 많이 와서 지금 당장 가기 어려울 줄 알았는데… 아버지한테 보고하는 건 인편이 아니었나?'

그래서 나도 유모에게 이 저택의 주인으로서 명을 내린 것이다. 그 아이들과 만날 수 있는 기회를 잃지 않으려고.

'음? 잠깐만. 실시간으로 보고하는 거면 지금도 유모가 나밥 먹는 사이에 당장 연락해서 어떻게 할지 물어보는 거 아니야? 어어… 아버지가 혹시 못 만나게 하라고 하면 말짱 도루묵인데… 그냥 지금 당장 내가 애들한테 쳐들어가 볼까? 아버지와 유모의 허를 찌르는 거야.'

하지만 거기까지 생각하던 난 나도 모르게 헛웃음을 흘렸다.

이게 무슨 스파이전 머리싸움을 하는 것도 아니고 뭐하는 건가 싶었던 것이다.

'에이, 뭐… 그냥 이번에도 모른 척할까? 하지만 내가 이미 애 얼굴까지 본 마당에 아버지도 계속 숨기라고 할 수 없을 텐데…….'

어차피 언젠간 만날 사람들이고 알게 될 상황인데 말이다.

그래도 뭐, 아버지가 숨기려고 하면 아깝긴 하지만 이번 기회를 그냥 버리는 셈 치려고 했는데, 의외로 내가 저녁을 먹는 사이 잠시 자리를 비운 유모가 돌아와 아이들의 치료가 끝나서 만나볼 수 있다고 하는 거다.

"호오? 거동이 어렵다매?"

"그때는 치료받느라 움직이지 못했던 거지요. 지금은 치료도 끝났고 상태가 생각보다 양호하여 움직이는 데 별문제가 없다고 합니다."

'흐음, 아버지가 만나도 괜찮다고 했나 보지?'

뭐, 나야 일찍 만날수록 좋았기에 거절할 필요가 없었다.

"좋아, 그럼 언제?"

"아기씨가 괜찮으시다면 잠자리에 드시기 전에 인사를 드리고 싶답니다."

"나쁠 거 없지. 나도 지금 별로 안 졸리니까 그러라고 해."

내 허락이 떨어지자 잠시 후 다른 아가씨의 안내를 받으며 내가 있는 응접실로 두 아이가 들어섰다.

아이들은 자신보다 큰 실내 가운을 입고 그 위에 모포까지 뒤집어쓰고 있었다. 갑작스러운 방문이기에 미처 아이들에게 맞는 옷을 구하기가 어려웠던 모양이다.

치료를 받았다더니만 아까의 동태 같던 얼굴에 불그스름한 혈색이 도는 것이 좀 괜찮아 보였다.

그 모습을 보니 반갑기까지 해서 내가 방긋 웃어 보이며 막 인사를 건네려고 하는데, 그보다도 먼저 옆에 대기하고 있던 유모가 나섰다.

"이 북궁의 주인이십니다."

평소 나에게 말하는 태도와는 달리 엄숙하게 격식을 차린 어조였다.

북궁. 북쪽에 있는 궁.

내가 살고 있는 저택의 이름이다.

'북궁의 주인이라니, 거창하기도 하지.'

이 저택의 경호 팀장을 맡고 있는 프레스턴 경이 기사라는 걸 알게 되자, 아버지는 그보다 높은 계급이라는 건 쉽게 추측할 수 있었다.

그러던 와중, 우연한 기회로—조앤이 실수했다—내가 살

고 있는 저택이 '궁(宮)'이라고 불린다는 걸 알게 됐고 덕분에 난 내가 황족이나 왕족의 핏줄이라는 것까지 눈치챌 수 있었다.

일반 귀족이 살고 있는 집을 궁(宮)이라고 하지는 않으니 말이다.

그래서 나와 같은 색의 눈동자를 가진 아이를 소개받았을 때 '아아, 역시~' 하는 심정으로 고개를 끄덕일 수 있었다.

유모의 소개에 뒤를 이어 아이 중 나이 많은 쪽이 나이에 어울리지 않는 근엄한 표정으로 입을 열었다.

"위대하시고 고귀하신 아카제브 제국의 주인 레하흐 황제 폐하의 정통 핏줄이신 예쉬 레엘 레 크레스포 아카제브 5황자님이십니다."

엄청 길고 거창한 소개에 처음에는 벙쪘지만 말이다.

"에… 뭐?"

무슨 애가 저리 발음도 어려운 긴 말을 숨도 안 쉬고 좌아악 내뱉을 수 있는지 정말 신기했다.

'저 말 하려고 따로 연습이라도 했나?'

내 벙쩐 표정에 유모는 그러려니 하는 표정으로 슬그머니 시선을 피했고 장문의 소개를 내뱉은 애와 작은 애는 내 대답을 기다리는 표정으로 나를 바라봤다.

그래서 난 기꺼이 어깨를 으쓱이며 말했다.

"미안한데 이름이 너무 길어서 다 못 들었어. 다시 한 번만 더 말해줄래?"

아주 편안한(?) 내 반응에 이번에는 두 아이가 당혹한 표정을 지어 보였다.

그런 아이들에게 머쓱하게 웃어주며 나는 설명을 덧붙였다.

"미리 말해두는데, 내가 아직 예법을 못 배웠거든. 그러니까 너희도 그냥 편하게 말해도 좋아. 다 같이 편하게 대화하자고."

"뭐?"

이번에는 어이없다는 표정으로, 정말 진심으로 말하는 건지 알아내려는 듯 아이들이 날 빤히 바라보자 난 정말 진심이라는 양 순진무구한 눈빛으로 방긋방긋 웃어줬다.

그러면서도 머리로는 아까 큰 애가 말했던 말들을 곰곰이 되새기고 있었다.

'위대하시고 고귀하신 아카제브 제국의 주인 레하흐 황제 폐하의 정통 핏줄인 5황자라······.'

내가 살고 있는 나라의 이름이 '아카제브'인 건 진즉에 알고 있었다.

아버지가 높은 계급의 사람이라는 걸 알아챈 후 이 나라에 대해 관심을 가지고 이것저것 물어봤으니까.

그래서 이 나라가 황제가 다스리는 '제국'이라는 것도, 수도가 '에이킨'이라는 것도 알고 있었다.

그 사실에 의거하여 저 큰 아이의 말을 이해해 보자면, 눈앞에 있는 꼬맹이는 이 나라를 다스리는 황제의 친아들이라는 소리다.

'오올~ 나 엄청 대단한 집안 딸내미였구나.'

그런 황자가 서서 나에게 자기소개를 하는데 내가 아무리 어려도 앉아서 소개를 받는다는 건 말이 안 된다.

'내가 같은 급이 아니라면 말이지. 만약 내가 급이 낮은데 그랬다간 유모가 먼저 나서서 황자한테 무릎 꿇고 사죄했을 걸. 아니, 애초에 저 애가 응접실로 들어올 때 나보고 자리에서 일어나서 먼저 인사하라고 했겠지.'

그런고로 난 황제의 친아들들과 맞먹는 급의 황족이라는 소리.

'헐, 아버지… 스케일이 좀 크신데?'

설마 그 수도 '에이킨'에 있다는 황성의 주인이자 이 나라의 황제가 아버지일 줄은 몰랐다.

이것도 다 내 가정이 맞는다는 전제하에서지만 난 왠지 내가 틀렸을 것 같지 않았다.

평소 딸바보 아버지의 모습을 떠올리며 생각보다 큰 스케일에 헛웃음을 흘리던 난 눈앞에서 날 지켜보고 있는 아이의 시선에 그에게로 시선을 돌렸다.

'황제 폐하의 정통 핏줄인 예… 머시기… 5황자라……. 그러니까 쟤랑 나랑 남매… 인 건가?'

기분이 묘했다.

그리고 왠지 날 물끄러미 바라보고 있는 아이의 표정을 보니 저 아이는 나에 대해 이미 알고 있는 듯했다.

한 가지 좀 이해가 안 가는 건 쟤나 나나 아버지가 같으면 나이로 봐서 내가 동생일 텐데, 서 있는 애 앞에서 앉아 있는 나보고 아무도 무례하다고 하지 않는 거다.

'혹시… 황제의 아들보다 급이 높은 황제의 딸이 있는 건가? 여기도 같은 황제의 자식이라도 어머니의 지위에 따라 자식들의 지위도 다른 건? 으음… 모르겠다. 생각이 너무 복잡해지고 있어. 일단 이건 패스~!'

머리가 더 복잡해지기 전에 얼른 생각들을 털어내면서도 겉으로는 아무 생각 안 한 척 방긋방긋 아이들에게 웃어줬더니만 그때까지 날 지켜보고 있던 작은 아이가 애답지 않게 피식 하고 한 번 웃고는 편안한 어조로 입을 열었다.

"그래, 나도 뭐 이런 차림으로 예법 따져 가며 말하는 것도 웃기니까 편하게 말하도록 하지."

하기야 땅에 질질 끌리는 큰 실내 가운 위에 모포까지 뒤집어쓰고 있는 몰골로 예법 운운하는 것도 웃기겠다.

어쨌든 내 말을 흔쾌히 받아들여 자신 또한 금세 편안하게 말하는 꼬맹이가 마음에 들었다.

그러고는 그 애들이 아직도 서 있는 걸 깨닫고 자리를 권하려고 하는데 그 애가 먼저 말을 이었다.

"우선 도와줘서 고마워. 덕분에 살았어."

황자라는 애가, 게다가 이제 겨우 초등학교 5, 6학년 정도 되어 보이는 꼬맹이 주제에 꽤 어른스럽다.

한데 내가 '괜찮아. 사람이 그런 걸 보면 당연히 도와야지' 등등의 인사치레를 하기도 전에 이번에도 꼬맹이가 한발 빨랐다.

"하지만 쓸데없는 짓을 했어."

언제 웃었냐는 양 정색하고 하는 말에 나는 다시 한 번 다른 의미로 벙쪘다.

'얘가 지금 뭐라는 거니?'

순간적으로 내가 잘못 들었나 싶었지만 옆에 있는 유모도 그 꼬맹이의 말이 당황스러운 눈치였다. 어이없어하며 할 말을 못 찾는 사이, 아이의 말이 계속 이어졌다.

"내일 새벽에 조용히 돌아갈게. 이번 일 다른 사람들에게 알려져 봤자 서로에게 좋을 거 없으니까. 그리고 앞으로 편하게 지내고 싶으면 날 모른 척하는 게 좋을 거야."

'헐…….'

점입가경이란 말은 아마 이럴 때 쓰라고 있는 말일 거다.

"이건 그래도 날 도와준 것에 대한 답례로 해주는 충고야."

꼬맹이는 그 말을 끝으로 자기가 할 말은 다했다는 듯 입을 다물었다.

아이의 말에 나는 뭐라 대답하는 대신 찬찬히 다시 한 번 아이를 바라보았다.

깨끗이 씻은 뽀얀 얼굴은 대략 10대 초반 정도로 보였는데, 살짝 마른 체형이 왜소한 느낌을 주고 있어서 그렇지 실제론 한두 살 더 먹었을지도 모르겠다.

그래도 전체적으로 남자아이치고는 예쁘장한 게 미소년이란 말이 어울리는 외모였다.

숱 많은 진한 금발 머리는 아직 완전히 마르지 않아 촉촉하고 부드러워 보였고, 젖살이 빠지지 않은 동그란 뺨은 열기 때문인지 홍조가 자리하고 있다.

그리고 살짝 물기를 머금고 있는 눈동자는 아까 봤던 그 신비한 은보랏빛으로 예쁘장한 외모에 제법 잘 어울렸다.

그런 잘난 외모로 계속 샤방거리지는 못할망정 저 아이답지 않게 건조한 눈빛은 뭐란 말인가.

그것도 하필이면 잊고 싶은 기억 속의 눈빛과 똑같아 더욱더 내 신경을 자극했다.

지금 한국에서 잘살고 있을, 내 남동생이 나에게 보내던 것과 같은 눈빛이었으니까.

우리 집은 70년대 한국에서 어렵지 않게 볼 수 있었던 가정환경을 가지고 있었다.

보수적인 데다 아들 선호 사상을 가지고 있는 부모님 아래에 있는 첫째 딸과 막내아들. 특히나 내 동생은 아이를 가지기 힘든 약한 몸으로 어머니가 어렵게 어렵게 얻은 아들이었다.

이 정도면 누구나 쉽게 짐작할 수 있는 흔한 스토리대로 남동생은 '세상에 하나뿐인 귀하디귀한 존재'로 대우를 받았고 첫째 딸인 난 '생겨서 어쩔 수 없이 키우고 있는 존재'로 대우를 받으며 자랐다.

어린 내가 피부로 직접 느낄 수 있을 정도로 뚜렷한 차별 대우였다.

어렸을 때는, 아니, 솔직히 지금도 다시 생각하면 많이 서러운데, 어려서 철없던 시절에는 얼마나 더 큰 설움으로 느꼈겠는가.

그러나 그것이 동생의 잘못은 아니었건만 그때의 나에게는 모든 것이 동생 탓으로 보였다.

게다가 나는 서럽고 행복하지 못한데 동생 혼자만 부모님 사랑을 독차지한 채 즐겁고 행복해 보여 그 당시 나의 모든 분노와 미움은 동생을 향하게 되었다.

덕분에 뭔가 동생에게 트집을 잡거나 싸우게 되면 동생에게 있는 말 없는 말 총동원해 엄청난 폭언을 퍼부었었다.

'너 때문이야', '너만 없었더라면', '왜 하필 네가 여기에 태어나서'라는 말은 동생에게 뭐라고 할 때 항상 입에 달고 있던 말이었다.

나도 내가 옳은 게 아니라는 건 알고 있었지만, 아니, 옳지 않은 정도가 아니라 정말 나쁜 행동이라는 걸 알고 있었지만 참을 수가 없었다.

그러다가 조금 철이 들어 무조건적인 미움을 제어하며 동생을 보게 되었을 때 동생의 눈빛이 딱 저랬다.

그때 이미 동생은 나에게 차갑고 단단한 벽을 쌓고 있었던 것이다.

그때서야 내가 잘못했으며 뭔가를 해야 한다는 걸 알았지만 한편으론 또 뭘 어떻게 해야 할지 몰랐던 나는 그냥 그 상태를 외면해 버리고 말았다.

뭐, 이제는 이곳으로 와버렸으니 동생과의 관계는 영영 얼어붙은 빙하로 남게 되겠지만.

'아, 진짜… 생각하고 싶지 않은 일이 떠올라 버렸어.'

지워 버리고 싶은 슬픈 기억이 떠오르자 나도 모르게 얼굴에 열이 오르고 눈가가 시큰해졌다.

얼른 눈이 간지럽다는 듯 두 손으로 눈을 비비며 감정을 정리한 뒤 다시 눈을 떠 보니 조그만 녀석이 차고 메마른 눈에 냉소까지 띠고 있었다.

'그러니까 너도 이미 네 주위에 빙벽을 쌓았다 이거냐? 남에게는 아무것도 기대하지 않으니 함부로 다가오지도 말라고?'

나는 울컥 치밀어 오르는 감정을 내리누르며 최대한 덤덤하게 입을 열었다.

"충고 고마워. 하지만 난 앞으로도 내가 하고 싶으면 할 거야. 아마 이번과 같은 일이 또 생기면 또 돕겠지."

"그걸로 인해서 너도 나와 똑같은 꼴을 당한다 해도? 그때 누군가가 널 도와줄 줄 알아?"

거기까지 말한 녀석은 내가 뭐라 입을 열기도 전에 먼저 덧붙였다.

"나중에 실컷 괴롭힘당하면서 울며불며 후회하지 말고 남이 충고할 때 듣지그래?"

그래놓고는 노골적으로 비웃는 미소까지 보인다.

'하이고?'

녀석의 태도에 나는 인상을 찡그리며 속으로 투덜거렸다.

'어쩜, 저런 표정까지도 그 녀석을 떠올리게 만드냐. 왜 하필······.'

계속 저렇게 있던 정도 떨어지게 굴어대니 얄미워서라도 녀석이 말한 대로 '너는 너, 나는 나, 네 일은 네가 알아서'란 식으로 모른 체해주고 싶었다.

그런데 한국에 있는 남동생을 떠올리게 만드는 모습이 마음속 깊이 묻고 잊어버렸던 죄책감을 자꾸만 들쑤시는 거다.

결국 모락모락 피어오르는 죄책감을 견디지 못한 나는 한숨을 푹 내쉬며 말했다.

"됐거든? 내 행동으로 인한 결과는 내가 알아서 해. 너야말로 내 일에 참견 마시지?"

'아, 너무 쳐내는 식으로 말했나?'

꼬맹이가 얄밉게 말한다고 어른스럽지 못하게 나도 너무 심하게 말한 건 아닌가 싶어 속으로 쫌 찔려 하는데, 여전히 가시를 세우고 있는 녀석의 말이 들려왔다.

"네가 괴롭힘을 안 당해봐서 그래. 한번 당해보면 그런 말 안 나올 거다."

"그래, 그래. 네 말대로 안 당해봐서 모른다. 그러니 내 맘대로 하다가 괴롭힘당하면 그때 다시 생각할게."

남은 심하게 말한 건 아닌지 고민하고 있었건만 그것도 모른 채 자꾸만 저런 식이니 화가 나서 짜증스레 막 내뱉은 말이었다.

그런데 그 말에 지금껏 냉정한 모습을 보이던 녀석이 갑자기 흥분하며 분노에 찬 외침을 터뜨리는 것이었다.

"그럴 거면 아예 처음부터 하지 마! 살랑거리며 다가오던 녀석에게 나중에 갑자기 이유도 모른 채 외면당하면 얼마나 기분 더러운 줄 알아? 그럴 바에야 아예 처음부터 모른 척하는 게 나아!"

녀석의 외침에 내가 놀라서 바라보자 꼬맹이 녀석은 내 시선을 마주하지 못하고 고개를 휙 돌려 버렸다.

아마 자기 감정을 추스르지 못해 울컥한 게 창피한 모양이었다.

하지만 녀석은 알려나 모르겠다.

녀석의 말이 아까부터 꿈틀거리던 내 죄책감의 한가운데를 커다란 정으로 콰악 찍었다는 걸 말이다.

'아, 진짜, 그건 떠올리고 싶지 않았는데······.'

내가 중학교 때 동생에게 한 짓이 딱 그랬다.

동생에게 친절한 양 다정하게 웃으며 다가갔다가 어느 순간 매몰차게 돌아섰던 것.

그때는 사춘기라서 그랬다고 해도 변명이 안 되겠지?

상처 받을 걸 알면서도 더욱더 깊은 상처를 받으라고 일부러 그랬다.

그리고 깊은 상처를 받은 동생은 그 뒤로 나에 대한 기대나 호의는 모두 버렸고 말이다.

'딱 한 번 그랬다고, 딱 한 번.'

다시금 격동하는 감정을 추스르기 위해 애쓰는 동안 그 꼬맹이도 자기 감정을 수습하느라 바쁜지 입을 열지 않았다.

덕분에 잠시간 원치 않은 침묵이 흐르는 소강상태가 되었지만 그것도 잠깐이었다.

내가 다시 마음을 진정시키고 녀석을 바라보자 이미 날 보고 있던 녀석이 예의 그 비웃는 미소를 지은 채 입을 연 것이었다.

"난 너한테 도와달라고 한 적 없거든."

'근데 어쩌냐. 네가 원하든 원치 않든 난 널 외면할 수

가 없겠는데. 그러기에 하필 왜 내 동생을 떠올리게 만드냐고.'

속으로 그렇게 생각하면서도 나는 겉으로는 녀석처럼 썩소를 지으며 입을 열었다.

"너 뭔가 착각하는 거 아니냐? 내가 언제 너랑 어려운 일도 힘든 일도 함께할 우정을 나누자고 했냐, 아니면 네 평생을 책임져 주겠다고 했냐? 뭐가 이리 거창해?"

내 말이 뜬금없었는지 꼬맹이가 당혹해했다.

"뭐?"

"그렇잖아. 기껏 어쩌다 한 번 도와준 걸 가지고 뭐 이렇게 따라붙는 말이 많아? 쓸데없는 짓을 했다느니 앞으로는 모른 척하라느니……. 내가 너랑 이런 충고를 주고받을 정도로 친한 사이였던가? 너랑 난 오늘 우연히 처음 본 사이야. 이 정도라면 앞으로도 그냥 얼굴 한번 힐끔 보고 그냥 지나쳐 가도 할 말 없는 사이라고. 안 그래?"

"……."

꼬맹이는 내 말에 어찌 반응해야 할지 모르겠던지 묵묵히 듣고만 있었다.

그런 꼬맹이에게 나는 다시 한 번 썩소를 지으며 은근한 어조로 말했다.

"별것 아닌 일로도 이렇게 긴 사설이 따라붙다니… 오히려 너야말로 나랑 친해지고 싶은 거 아니야?"

당연하게도 꼬맹이는 버럭 화를 냈다.

"무슨 헛소리야! 내가 언제? 내 말 못 들었어? 앞으로 상관 말라고 했잖아! 너 다칠 수 있다고! 사람 말을 이해 못 해?"

펄쩍 뛰는 꼬맹이와는 반대로 나는 안락의자에 더욱더 편히 등을 기대며 어른의 미소를 보여줬다.

"물론 알아들었지. 그러니까 물어보는 거잖아? 아무것도 아닌 사이라면… 내가 다치든 말든 네가 무슨 상관인데? 내가 다친다고 너한테 뭐 피해주는 거라도 있어?"

"이, 이게… 기껏 생각해서 말해주니까……."

내 말이 너무 네가지가 없게 느껴졌는지—물론 일부러 그렇게 느끼라고 말한 거지만—꼬맹이가 두 주먹을 부르르 떨며 이를 악물었다.

"그러니까, 네가 날 생각해 주고 말고 할 게 없는 관계라니까. 그런데 웬 참견?"

내 느긋한 말에 아이가 할 말을 잃은 표정이 되었다.

그런 그에게 나는 다시 똑바로 앉아 상체를 아이 쪽으로 내밀며 말했다.

"하지만 뭐… 네가 원한다면 너 하는 거 봐서 그런 관계가 되어줄 수도 있고."

"뭐? 야!"

기가 막힌 꼬맹이가 다시 뭐라 입을 열려고 하는데 내가 말을 가로챘다.

"단, 일단은 내 맘이 가는 정도만 상관하는 관계가 될 거야. 아직 네가 어떤 녀석인지 잘 모르니까 말이지. 아, 그리고 하나 확실하게 말해줄 수 있는 건 내가 널 외면하게 되면 외면하기 전에 미리 이야기하마. 그럼 갑자기가 아니니까 괜찮겠지?"

"무슨 소리를 하는 거야?"

내 말에 기가 막혀 할 말을 잃은 꼬맹이의 표정이 너무 재밌었다.

아마 이 재미로 사람들이 어린애들을 놀리는 걸지도 모르겠다.

하지만 지금 붉으락푸르락하는 꼬맹이의 표정은 아까 제 또래답지 않게 메마른 눈빛으로 정 떨어지게 말할 때보다 훨씬 나아 보였다.

"이해력이 떨어져? 내가 외계어로 말한 것도 아닌데 왜 못 알아들어? 네가 아까 말했잖아. 살랑거리며 다가오던 녀석에게 나중에 갑자기 이유도 모른 채 외면당하면 기분이 더럽다며? 그러니까 난 널 외면하고 싶으면 그전에 미리 이야기해준다고. 아, 이유도 말해줄게."

"뭐어?"

꼬맹이가 이번에는 인상을 찡그리며 다시 물었다.

그런 꼬맹이에게 나는 씨익 웃어주며 입을 열었다.

"네가 뭐라고 떠들어봐야 난 오늘 같은 일을 보면 모르는 척 못 할 것 같거든. 내 맘대로 너에게 참견하게 된 셈이니까 만약 아예 외면하게 될 때는 너에게 미리 말해준다고. 이유와 함께 말이지. 하지만 지금은 이 정도뿐이야. 아까도 말했듯 그다음은 네가 하기 나름이니까. 네가 이 정도의 관계로만 있고 싶으면 가만있으면 되고 더 찐한 사이가 되고 싶으면 나한테 잘 보이라고."

"하……."

어이없다는 표정의 꼬맹이에게 나는 이번에는 진지한 어조로 말을 이었다.

"그리고 나중 일은 아무도 모르는 거 아니야? 그러니 난 널 끝까지 외면 안 한다고 말 못 해. 너랑 싸워서 사이가 엄청 나빠질 수도 있고 네가 나중에 못된 악당이 될 수도 있고 아니면 너랑 나랑 성격이 안 맞을 수도 있는 거잖아. 그러면 관계는 끝나는 거지."

손으로 하나하나 꼽으며 당위성을 이야기하자 이제 아이는 뭐라 설명하기 어려운 묘한 표정으로 나를 바라봤다.

"널 외면하게 될 수 있는 이유는 많아. 네 말대로 괴롭힘을 당해서 외면할 수도 있지. 하지만 그건 수많은 이유 중 하나일 뿐이야. 그러니 내가 외면하겠다고 이유를 말한다면 네가 움직여."

"우, 움직이다니 뭘?"

아이가 어벙하게 묻기에 나는 이때다 싶어 한심하다는 표정으로 혀를 끌끌 찼다.

"그것도 몰라? 이제 보니 이해력만 떨어지는 게 아니라 머리도 나쁘구나?"

여기서 꼬맹이가 울컥한 표정이 되었지만 나는 조금도 상관하지 않고 내 할 말만 계속 이어갔다.

"내가 외면한다고 말할 때 혹시라도 넌 나한테 외면 받고 싶지 않을 수도 있잖아. 그럼 외면 받지 않게 움직여야지. 물론 너도 날 외면하고 싶으면 그냥 있어도 되지만."

"어떻게?"

"진짜 바보네. 내가 이유를 말해준다고 했잖아. 그럼 그걸 해결하면 되지. 내가 널 미워하게 되면 다시 미워하지 않게 만들면 되고 네가 악당이 되어서 외면하게 되면 악당을 그만 두든가 아니면 내친김에 정의의 사도가 되든가."

한심하다는 어조로 말해줬건만 어째 아이의 표정이 점점 차분하게 변했다.

"그럼 만약 네가 괴롭힘당해서 외면하는 거면?"

"그럼 네가 괴롭힘 막아주면 되지."

"만약 내가 괴롭힘을 막을 정도로 강하지 못하면?"

"강해져서 다시 외면 안 받으면 되지."

"하, 그게 그렇게 간단해?"

꼬맹이 녀석이 다시 처음의 비웃는 미소를 띤 표정으로 돌아왔다.

그에 나는 별것 아니라는 듯 어깨를 으쓱여 보이며 대답했다.

"어려울 건 뭐야? 어려운 건 그거지."

"그게 뭔데?"

"해보느냐 마느냐 선택하는 것."

"선… 택?"

무언가 묘한 표정으로 되묻는 녀석에게 나는 고개를 끄덕여 보였다.

"그래, 내 말이 맞는지 한번 해볼 건지, 아니면 그냥 만사 손 놓고 이대로 있을 건지."

"네 말은… 그러니까, 내가 선택하면 앞으로도 계속 나를 아는 척하겠다는 거야?"

"아까 뭘 들었어? 지금은 너에게 이 정도는 계속 참견할 거 같다니까. 하지만 네가 하는 거 봐서 더 발전할 수도 있는 거고, 아니면 네 꼴이 마음에 안 들면 그냥 외면할 수도 있는 거고. 그때는 네 꼴이 마음에 안 들어서 외면할 거라고 말해주기는 할 테니까."

"그러니까… 이유를 듣고 그걸 해결할 것인지 말 것인지 선택을 하라는 건가?"

"맞아. 참, 너도 그냥 외면할 거면 외면한다고 말은 해주도록 해. 이유도 같이."

내 말에 한참이나 시선을 바닥의 어딘가에 둔 채 생각에 잠겼던 꼬맹이가 갑자기 헛웃음을 흘렸다.

"하……."

저렇게 웃는 것도 마음에 안 든다. 몇 살이나 먹었다고 벌써부터 저런 허탈한 웃음이라니.

'애는 애다워야 제맛인데…….'

그래도 한편으로는 감탄스럽기도 했다.

보아하니 그동안 괴롭힘을 많이도 당한 모양인데, 그 상황에서 절망에 포기하거나 체념하지 않고 독기와 열을 품은 채 버티어 나가고 있으니 말이다.

아마도 저 녀석은 나중에 현재의 이 괴로운 입장을 완전히 역전시킬 수 있을 거다.

"넌 괴롭힘당하는 게 어떤 건지 몰라."

"응, 몰라. 한 번도 안 당해봤는걸."

내가 무심하게 고개를 끄덕이자 녀석이 그럼 그렇지 하는 표정으로 피식 웃었다.

그러더니 잠시 후 하는 말이라는 게 이거였다.

"난 이미 경고했어. 하지만 그래도 기꺼이 도와준다니… 나야 나쁠 건 없지, 뭐."

어깨를 으쓱하며 씨익 웃는 표정이 내 말에 정말 감동을 받아 나와 진정으로 친해지고 싶은 게 아니라, 그렇게 잘난 척 말해놓고 앞으로 어찌할지 두고 보겠다는 폼이었다. 나중에 저 녀석이 말한 괴롭힘을 당했을 때 내가 어떻게 나올지 구경하겠다는 심보.

뭐, 나도 이미 녀석에게 오늘 같은 정도의 참견만 하겠다고 말한 상태라 녀석이 이렇게 나온다고 화낼 처지도 아니었기에 그냥 덤덤히 고개만 끄덕였다.

솔직히 나 또한 내 감정 때문에 차마 외면하지 못한다는 것뿐이라서 녀석이 큰 기대를 하면 오히려 곤란했다.

그냥 상황에 따라 가끔 손이나 내밀어주는 정도지 적극 나서서 사태 해결을 돕는다거나, 마음의 안식처가 되어준다든가 하는 생각까지는 없었던 것이다.

내 태도에 그 녀석이 다시금 씨익 웃으며 입을 열었다.

"그럼 앞으로 잘 부탁해. 아, 그러고 보니… 이름이 어떻게 되지? 새로운 관계를 가질 사이에 이름 정도는 알아야지. 내 이름은 아까 이야기했고."

'그 기억도 못하는 긴 이름 말이냐? 아니, 그럼 나도 그렇

게 긴 이름을 말해야 한다는 거잖아?'

나도 아직 못 외워서 헷갈리는 이름이라 유모에게 대신 말하라는 듯 시선을 보냈는데, 이 사람이 평소에는 눈치가 귀신같으면서 지금은 모르는 척 슬그머니 시선을 돌리는 게 아닌가?

'나보고 직접 말하라는 거지, 지금? 쳇, 말하라면 못할 줄 알고?'

어차피 나를 부르는 줄 알기만 하면 되는 거 아닌가. 그래서 나는 그냥 편한 이름을 알려주기로 했다. 긴 이름은 나중에 생각나면 알려주기로 결심하고 말이다.

"음, 긴 이름은 그냥 생략하고 짧게 아사라고 불러."

정확히 아사는 애칭이지만 그냥 애칭으로 밀어붙였다.

"그래? 그럼 너도 날 예쉬라고 불러도 좋아. 아, 근데 아사, 너 그거 아냐?"

자기 딴에는 선심 쓴다는 듯 애칭을 알려주던 녀석이 갑자기 장난스럽게 눈을 빛냈다. 근데 어째 그게 꽤나 안 좋은 느낌을 풍겼다.

"뭘?"

떨떠름하게 물었더니 녀석이 살짝 뜸을 들이다 의미심장한 미소를 지으며 입을 열었다.

"나, 네 오라버니야."

그 순간 옆에 있던 유모가 움찔거렸다.

하지만 이미 대충 다 눈치채고 있던 나는 놀라는 일 없이 어이없다는 듯 그를 응시할 수 있었다.

뭘 새삼스레 이야기하나 싶은 것이다.

지금 내 나이가 아직 생일이 안 지나서 두 살인데 애는 척 봐도 열 살은 넘어 보이니 당연히 나이상 오라버니겠지.

내가 마음에 들든 안 들든 말이다.

"보기만 해도 네가 나보다 나이는 많아 보여."

제 9 화

가족 사정

나는 대충 다 눈치챘다는 뜻으로 시큰둥하게 한 말이었지
만 듣는 이들은 다르게 생각한 모양이었다.

　"아니, 그게 아니라. 내가 네 친오라비라고. 너랑 나랑 부
친이 같다고."

　"그래에~ 보기에도 그런 거 같다니까~ 그래서 그게 뭐?"

　'설마, 오라버니라고 부르라는 건 아니겠지?'

　부모님이야 어쩔 수 없다 치지만 이런 조그만 녀석을 오라
버니라고 부를 일은 절대 없을 거라 결심하며 묻는데, 녀석
이랑 유모가 놀란 표정을 보이는 거다.

　"어라? 안 놀라?"

　"놀라야 하는 거야?"

내 말에 쬐그만 녀석, 예쉬가 어깨를 추욱 늘어뜨린다.

"에이, 뭐야? 오라버니라고 부르는 것까지는 안 바랐지만 그래도 좀 놀라는 표정이라도 지어야 하는 거 아니냐? 너 나 오늘 처음 봤을 거 아니야? 나란 존재가 있는 줄도 몰랐지?"

"뭐… 솔직히 아무도 말 안 해줘서. 근데 너는 어떻게 내가 아무것도 모를 거라는 걸 알았냐? 아, 그러고 보니… 언제까지 계속 서 있을 거야? 나도 말하는 걸 잊긴 했지만 그냥 좀 알아서 앉지 그랬냐? 다리 안 아파?"

내 말에 주변 사람들이 아차 하는 표정들이다. 다들 정신이 없었나 보다.

"아, 나도 정신이 없다 보니……."

예쉬가 피식피식 웃으며 내 옆에 놓인 안락의자에 엉덩이를 붙였다.

조금 더 큰 애는 예쉬와 함께 의자에 앉는 대신 예쉬가 앉은 안락의자 뒤에 서는 걸 보니 아무래도 얘는 시종인가 보다.

'하기야 아까 예쉬에 대해 소개할 때도 얘가 했지.'

두 아이가 각자 자리를 잡는 걸 보고 있던 나는 갑자기 불쑥 질문을 던졌다.

"근데 진짜 네 아빠랑 우리 아빠가 동일 인물 맞아?"

아니, 뭐, 짐작은 하고 있어서 충격은 크게 안 받았지만 그래도 다시 한 번 정확하게 확인하고 싶었다고나 할까?

내 말에 엉덩이를 움찔거려 편안한 자세를 잡던 예쉬 녀석이 악당처럼 킬킬 웃었다.

"왜? 아닌 거 같아? 네 친부께서 필립 레하흐 엘 스타크 아카제브 황제 폐하가 맞는다면 내 아바마마가 네 아빠 맞아."

'나 원… 짐작은 했지만… 아버지 이름 진짜 기네.'

뭐, 정말 놀라고 싶은 건 그게 아니고, 아버지가 정말 황제 폐하라는 거다.

사실 그동안 유모 등등이 아버지를 '폐하'라고 부르기는 했지만 그 '폐하'가 황제를 지칭한다는 걸 몰랐던 터라―아무도 안 가르쳐 줘서―짐작도 못 했다.

그러니 혼자서 최소한 귀족 작위를 가지고 있는가 보다, 황족의 피가 흐르는가 보다 하고 추측만 해댔지.

힐끔 유모를 바라보니 유모가 난처한 표정으로 천천히 고개를 끄덕였다.

하기야 난처하기도 하겠지. 그동안 내가 열심히 물었어도 절대 대답해 주지 않은 걸 얘가 이렇게 쉽게 말해주니 말이다.

"그런데… 너도 날개가 없구나?"

크게 신경 쓰이는 건 아니지만 그래도 여기서 날개 있는 사람이 나랑 어머니밖에 없다는 게 조금은 거시기 하다고나 할까?

게다가 어머니는 여기서 살지 않으니까, 꼭 서양인들 틈에 홀로 끼어 있는 동양인이 된 기분이었다.

대수롭지 않게 생각하면 덤덤하지만 한번 신경 쓰기 시작하면 모든 게 다 신경 쓰이는 그런 기분?

"날개? 아아, 내 어머니는 날개가 없는걸. 그러니 당연히 나도 없지. 너희 어머니는 날개가 있으신가 보지?"

싱글싱글 웃으며 말하는 녀석의 얼굴에 심술기와 장난기가 가득한 거 보니 저 녀석 다 알면서 일부러 저렇게 말하고 있는 게 분명했다.

'이 자식, 성격 안 좋네. 뻔히 알면서 물어?'

그냥 확 아까 했던 말 다 취소해 버릴까 고민하던 나는 지금 이 기회가 감정으로 날려 버릴 정도로 가벼운 기회가 아니라는 걸 되새기며 마음을 다잡았다.

"됐고. 어쨌든 아까 물어본 거나 대답해 줘. 어떻게 내가 아무것도 모를 거라는 걸 알았던 거야?"

내 말에 예쉬는 가볍게 어깨를 으쓱해 보였다.

"그거야 지금까지 네가 황실 모임에 한 번도 안 나왔으니까."

"응?"

예쉬의 말이 이해가 안 돼 고개를 갸웃하자 예쉬가 잠시 머뭇거리며 난감한 표정으로 자신의 귀를 만지작거렸다.

"으음, 내가 이런 말을 해도 되는지 모르겠는데……."

"뭔 말?"

그러자 조금 머뭇대며 나와 유모의 눈치를 살피던 예쉬는 빤히 바라보는 내 시선에 넘어갔는지 그냥 입을 열었다.

"으음, 우선 나도 모든 걸 다 정확하게 알고 있는 건 아니야. 그냥 이리저리 황궁 안을 돌던 이야기들을 주워들은 거라 틀린 게 있을 수도 있다고."

"알았어. 뭐, 맞는지 틀린지의 여부는 유모가 알려주겠지."

나는 우리 옆쪽에서 난감한 미소를 짓고 있는 유모를 한

번 힐끔 보고는 다시 예쉬에게로 고개를 돌려 시선으로 뒷말을 재촉했다.

"하기야… 알았어. 내가 알기로 원래 이 북궁은 몇 대 전부터 대대로 출입 금지 구역이었대. 그래서 이 북궁은 지금도 폐하의 허락 없이는 아무도 출입이 안 되는 곳이야. 북궁은 물론 그 주위를 감싸고 있는 숲도 모두."

거기서 잠시 날 바라본 예쉬가 내 의문을 눈치챘는지 손을 내저었다.

"내가 그 숲에 들어간 건 뭐… 복잡한 사정이 있으니까 지금은 묻지 말아줘. 하여간 그렇게 주인 없이 출입 금지 된 북궁을 몇 년 전에 폐하께서 누군가에게 하사하셨다는 거야. 원래 폐하께서 누군가에게 궁을 하사하는 건 대단한 일이거든. 폐하의 엄청난 총애를 받는다는 뜻이니까. 그래서 보통 그런 일이 있으면 대전에서 정식으로 임명장을 받고, 귀족들에게 선포하고, 파티도 열어주고… 뭐, 이런 여러 가지 행사가 벌어지거든."

"헤에, 그래?"

"폐하께서 조용히 지내고 싶어 하셔도 주위 사람들이 나설 걸? 폐하의 총애를 받는 사람에게 잘 보여서 나쁠 건 없을 테니까."

"흐음, 그렇군. 그런데?"

사람 사는 곳은 어디나 다 비슷비슷하다더니 여기서도 그 법칙이 통용되나 보다.

"그런데 그런 일은 없었는데 소문이 퍼진 거지. 게다가 더 의아했던 건 그렇게 누군가에게 하사가 되었다는데 북궁에 대한 출입 금지도 여전했고."

"다들 의아해했겠네. 참내, 그 북궁이 누군가에게 하사되었다는 건 어떻게 소문이 퍼진 거래?"

"뭐… 황궁에는 원래 비밀이 없다고 하잖아. 대전에서 임명하고 파티 열고 그런 건 없었어도 북궁이 하사되었다는 서류는 만들어졌을 테니까. 하여간 그래서 관심 있는 분들은 알아보기 시작하셨겠지. 덕분에 몇 년 전부터 이 북궁에 조인족이 가끔 모습을 보인다는 이야기가 퍼지기 시작했어."

"조인족?"

내 질문에 예쉬가 외려 모르냐는 시선으로 날 바라본다.

"너처럼 날개를 가지고 있는 종족 말이야."

"오……."

당연히 따로 지칭하는 이름이 있을 텐데 왜 나는 그동안 나처럼 날개 달린 사람들에 대해 알아보려 하지 않았을까.

"뭐, 그건 넘어가고. 그래서?"

"그래서는… 조인족이 보이기 시작한 때와 북궁이 누군가에게 하사된 시기가 비슷하니까 폐하께서 조인족 여인을 마음에 들어 하셔서 이 북궁을 하사하신 거라는 추측이 나온 거지. 그리고 그 조인족 여인이 불편해할까 봐 다른 사람들의 출입도 금지시킨 거고. 음, 너도 알려나 모르겠는데……."

거기서 잠깐 뜸을 들인 예쉬가 또 내 눈치를 살피는 걸 보니 아무래도 내가 듣기에 별로 안 좋은 이야기가 나올 모양이다.

"뭘?"

안 좋아봤자 얼마나 안 좋을까 싶어 내가 재촉했더니 녀석이 또다시 어색하게 웃으며 입을 열었다.

"음, 미리 말하는데, 나는 조인족을 비하하는 마음이 전혀 없어. 내 모친도 외조부도 이종족을 사람과 동등하다고 여기시거든. 내 외조부는 엘프 종족이나 드워프 종족과도 친분이 있다고 하셨어."

거창하게 이런 이야기가 왜 나오나 싶어 째려보자 예쉬가 얼른 다시 말을 이었다.

"그러니까… 너도 알다시피 조인족은 황족으로 인정되기 어렵잖아. 아마 네가 조인족이다 보니 황족으로 인정되지 못해서 그냥 황실 모임에도 모습을 드러내지 않는 걸 테고, 당연히 황실에 대해서도 잘 알지 못할 테고. 뭐, 그렇게 생각한 거지."

"흐음……."

내가 흘린 소리를 어떻게 생각한 건지 예쉬가 당장에 정색하며 손을 내저었다.

"다시 한 번 말하지만 조인족을 비하하는 건 아니고… 그러니까……."

"그래, 알았다, 알았어. 동등하게 대해준다는 거 잘 알았어."

예쉬의 태도를 보아하니 조인족이 아무래도 황궁에서 하찮은 취급을 받는 모양이다.

그리고 예쉬는 자신의 말대로 동등하게 대우해 주고 말이다.

만약 그러지 않고 황실 분위기처럼 하찮은 취급을 했다면 어디 나랑 말을 섞기나 하겠는가.

'그래서… 어머니가 반년에 한 번씩 오시는 건가?'

한국에서 살았던 탓에 신분제란 것에 대해 둔감한 터라 예쉬의 말을 듣고 난 감상은 이게 다였다.

앞으로 혹시 불편해질지 모르니 이에 대해서 좀 더 자세히 알아봐야겠다고 생각하고 있던 중 나는 예쉬에게서 뜻하지 않은 소리를 들었다.

"보통 황실에서 태어난 사람은 다섯 살이 되면 황실 인원으로 인정받고 황실 모임에 모습을 보이거든. 그런데 너는 아직까지 황실 모임에 안 나오니까……."

"뭔 소리야? 다섯 살이 되어야 인정받는 거라며? 그런데 왜 내가 벌써 나가?"

변명을 하듯 말을 주워섬기고 있던 예쉬가 갑작스러운 내 말에 당황한 표정을 지었다.

"응? 뭐?"

"아니, 방금 네가 그랬잖아. 황실에서 태어난 사람은 다섯 살이 되면 황실 인원으로 인정받고 황실 모임에 나간다고. 아니야?"

"아니… 맞는데?"

"그런데 내가 왜 벌써 나가? 나 아직 다섯 살도 안 됐는데."

"에에에? 진짜?"

내 말에 예쉬의 입이 떠억 벌어졌다.

그런 그에게 확인시켜 주듯 유모가 끼어들었다.

"정확하게는 5개월 후에 세 살이 되십니다."

"마, 말도 안 돼! 정말?"

이 세계는 태어나자마자 한 살 먹고, 새해 정초가 되면 무조건 한 살을 더 먹는 한국과는 달리 태어난 날을 기준으로 해서 1년이 지나야 한 살이 된다. 만 나이식으로 말이다.

그래서 나는 태어난 지 지금이 31개월째였기에 아직 두 살인 거다. 한국식으로 하면 네 살이지만.

그거야 어쨌든, 내가 두 살이라는 걸 애가 믿지 못하는 건 나도 이해한다. 나도 믿기지 않으니까.

어머니가 나만 보면 작다고, 연약하다고 하지만 2년하고도 반년이 넘는 기간 동안 나도 키가 커서 이제는 충분히 오륙 세 정도로─한국 나이로─보인다. 그럼 나이에 비해 잘 크고 있는 게 아닌가 말이다.

'그러고 보니 내가 이 몸으로 정신을 차린 때가 내가 태어났을 때라는 걸 알고 엄청 놀랐었지. 뭐 애가 태어난 지 얼마 되지도 않았는데 그렇게 크대?'

그걸 알게 되자 혹시 난 어떤 사고로 인해 잠깐 영혼이 뒤바뀌었다거나… 하는 게 아니라 아예(?) 환생한 것 같았다.

물론 잘 자고 있다가─엄청난 악몽을 꾸긴 했지만─갑자기 환생이라니 정말 어처구니없고 어이없는 과정이라 아직도 확신하지 못하겠지만 말이다.

'그게 맞다면 난 자다가 돌연사했다는 거잖아.'

하지만 정말 그렇다 해도 이제 와서 한국에 두고 온 가족과 친구들 생각에 슬픔에 잠겨 식음을 전폐하거나 돌아가려고 애쓰지는 않을 것 같다.

친구들은 좀 그립겠지만 안타깝게도 가족들과는 별로 사이가 안 좋은 편이라⋯⋯.

"두 살 같지 않아."

예쉬의 말에 나는 퍼뜩 정신을 차리고 그 애를 바라봤다.

예쉬는 우리가 대화하던 중간에 슬그머니 나타난 조앤이 두고 간 코코아를 두 손으로 감싸 들고는 애답지 않은 차분한 시선으로 나를 바라보고 있었다.

그에 나는 기꺼이 네 말에 동의한다는 듯 고개를 끄덕여 줬다.

"뭐… 내 체격이 좀 크지?"

"아니, 처음에는 상황이 상황이다 보니 자세히 보지는 못했어도 그냥 몸집이 좀 작은 오륙 세—한국 나이로 칠팔 세—정도로 생각했거든. 분위기라든가 말하는 게, 으음⋯⋯. 그런데 내 예상보다 훨씬 어려서 놀랐어."

당황한 예쉬의 말에 유모가 동감이라는 표정으로 고개를 끄덕였다.

"아기씨께서 좀… 어린아이답지 않으시죠."

'이봐요, 언니. 내가 원래는 언니 또래였다니까.'

나는 유모를 힐끔 쳐다보며 속으로 투덜거렸지만 나이 많은 게 자랑은 아닌 터라 얌전히 입을 다물었다.

"어… 그럼 뭐… 아직은 모르는 거구나. 네가 조인족이라

해도 일단 폐하께서 이종족은 기사 작위 이상으로 우대하신
다고 칙령을 내리신 데다 너는 뭐… 벌써 폐하께서 궁까지
하사하셨으니… 네가 다섯 살이 되어야 확실히 알겠네.”

머쓱하게 웃으며 말하는 예쉬를 보자니 뭔가 싱숭생숭한
기분이 들었다.

그래서 나는 그걸 떨치려는 듯 입을 열었다.

“일단 그거 말고 궁금한 게 더 있는데?”

그 순간 나는 잠시 예쉬에게 이걸 물어도 되나 말아야 하
나 싶어 머뭇거렸다.

예쉬에게 물어보려고 한 건 현재 법적으로나 사실적으로
나 있는 아버지의 가족들에 대해서였다.

하지만 막상 물으려 하니 문득 이건 아버지 본인한테 직접
들어야 하는 게 아닌가 싶었다.

하지만 난 곧 예쉬에게 듣는 걸로 결정했다.

일단 예쉬를 만나게 해줬다는 것 자체가 예쉬한테 들어도
괜찮다는 허락으로 보여졌으니까.

처음부터 내가 예쉬를 만나려 한 이유나 유모 등이 만나지
못하게 막으려는 것도 다 아버지의 정체를 알고 싶어 하는
나와, 그걸 막으려는 유모 등과의 씨름이 아니었던가.

게다가 더 큰 이유는 어린애 같은 심보일지 모르겠지만
아버지 입으로 아버지의 다른 가족들에 대해 듣고 싶지 않
았다.

‘뭐… 아버지에게 따로 확인은 하겠지만 말이야.’

어차피 아버지에게 다른 가족이 있을 거라 짐작은 하고 있

었으면서 왜 이런 감정이 드는지 모르겠지만 하여간 지금은 아버지에게 직접 듣고 싶지 않았다.

그래서 나는 대신 예쉬를 향해 물었다.

"지금 현재 황실 족보의 구성이 어떻게 돼?"

'어이구, 법적인 부인이 여섯 명씩이나……. 많기도 하지.'

나는 길게 한숨을 내쉬며 품에 안고 있는 따끈한 물주머니에 턱을 올려놨다.

추운 겨울임에도 불구하고 매일 이불도 없이 잠을 자는 내가 가여웠던지 유모가 매일 밤마다 따끈한 물이 가득 든 커다란 가죽 주머니를 나에게 안겨줬다.

커다랗다고 해도 내 품에 쏙 들어오는 굵기에 내 키의 절반밖에 안 되는 길이라 안고 자기도 좋고 양반 다리를 한 채 그 위에 올려놓으면 내 팔과 턱을 받치기 딱 좋았다.

그리고 있으면 온몸에 물주머니의 뜨끈뜨끈한 온기가 전달되어 기분이 나른해지면서 복잡했던 감정도 차분하게 가라앉았다.

그래서 마음이 싱숭생숭할 때는 자주 그러곤 했다. 바로 지금처럼 말이다.

'흠, 오늘 아버지가 바빠서 못 온 게 다행이네.'

며칠 전 눈이 펑펑 내린 뒤로 아버지는 계속 오지 못하고 있었다. 오늘도 엄청나게 눈이 내렸으니 아마 한동안 더 오지 못할 거다.

팔불출 아버지를 떠올리자 가슴 한쪽이 아렸다. 이 증상은 예쉬가 나와 혈족이라는 걸 눈치챘을 때였다.

'아아, 일단 생각 좀 정리해 보자. 그러니까……'

나의 아버지, 그러니까 대단하게도 현재 이 나라의 황제라는 지위를 가지고 있는 아버지는 대단한 지위에 걸맞게 아내도 많았다.

황후에 황비가 다섯 명, 거기에 딸린 자식이 여덟 명. 나까지 더한다면 아홉 명.

'많기도 하지. 아니, 우리 세종대왕님에 비하면 적은 건가?'

우리 세종대왕님께서는 20명이 넘는 자녀를 두셨다고 하니 아버지는 그에 딱 절반이다.

하지만 열 명이든 스무 명이든 내 기분이 싱숭생숭한 건 마찬가지였을 것 같다.

'나 원 참, 이 나이에 이런 기분이라니……. 그러고 보니 어머니는 이런 걸 다 알 텐데도 괜찮은 건가?'

어머니는 법적으로 아버지의 아내가 아니라고 하니 그것도 참 거시기 하다.

그 고고하고 당당한 모습을 가진 여성이 벌써 부인을 여섯이나 둔 남자의 애인이라는 말이 아닌가.

뭐, 솔직히 이건 다 한국식으로 생각하는 거고 이곳에서는 아버지의 그런 행동이 전혀 거리낄 것이 없다는 것을 알지만—황제라고 하지 않는가, 황제—그래도 기분이 참 거시기 했다.

'아오~ 아버지도 거시기 한 남자였다니……'

거기까지 생각하던 난 문득 헛웃음을 흘렸다.

언제는 아무리 날 예뻐한다 해도 타인처럼 여겨져 미안하다고 생각했던 주제에 이제 와서 이런 기분이라니……

정말 타인이라고 생각한다면 아버지가 부인을 여섯 명을 두든 열 명을 두든 애인을 몇 명을 두든 심란해할 이유가 없었다.

아니, 이유는 둘째 치고 그런 감정을 가진다는 것 자체가 웃긴 일이다. 지금도 난 세종대왕님이 비빈을 여섯 명이나 뒀다고 해도 그런가 보다 하고 생각하고 있으니 말이다.

'에효~ 그새 정이 들었나 보네.'

양반 다리를 풀고 똑바로 누워 밤하늘을 바라보며 속으로 중얼거렸다.

하기야 그렇게 나를 보기만 하면 예뻐서 어쩔 줄 몰라 하는 사람한테 어떻게 정이 안 갈 수가 있을까.

아버지가 날 보기만 하면 껴안고 부비부비해 대는 걸 귀찮아하면서도 마음 한편의 솔직한 심정으로는 싫지 않았다.

아니, 좋았다.

산더미 같은 선물 공세에 어이없어하고 기겁해하면서도 가슴 한쪽 구석은 간질거렸다.

한국에 계신 그분께는 단 한 번도 받아본 적이 없는 애정 표현이었으니까.

뭐, 그 시대의 아버지는 대부분 무뚝뚝해서 자식들이나 부인에게 애정 표현을 잘 안 했으니 나도 당연히 그러려니 하고 살았다.

그분은 본인이 그렇게 사랑하는 아들한테도 그다지 애정 표현을 하지 않으셨으니까.

아이를 안고 예쁘다고, 사랑스럽다고 속삭여 주거나 번쩍 들어서 비행기를 태워주는 아버지란 소설이나 드라마나 영화에서만 나오는, 딴 세상 사람이라고 여겨졌었다.

그랬는데 이곳에 와서 폭포수 같은 애정 표현을 받다 보니 나도 모르게 어느새 거기에 물들었나 보다.

솔직한 심정으로는 아버지에게 부인이 여럿 있다는 것보다도 다른 자녀가 있다는 것이 더 싫었다.

그런 거 보면 나도 참 뻔뻔스럽다.

'하 참, 나도 어이없네.'

물주머니를 껴안고 뒹굴며 나는 문득 실소를 흘렸다.

나이를 먹을 대로 먹은 주제에, 게다가 지금까지 계속 타인처럼 여겼으면서 아버지한테 받던 사랑을 다른 꼬맹이들에게 빼앗기는 건 아닐까 겁을 내는 꼴이라니.

내가 너무 한심하고 치사해 보여 나는 물주머니에다 이마를 콩콩 박았다.

가능하다면 벽에다가 이마를 힘껏 부딪쳐서라도 이런 내 한심한 마음을 산산조각 내고 싶은 심정이었다.

'아오, 나잇살 먹어가지고. 이러다가 나중에 그 꼬맹이 녀석을 질투하고 미워하게 되는 거 아닌지 몰라.'

곧 설마 하며 웃었지만 다시금 한국에 있는 동생이 떠오르자 나는 자리에서 벌떡 일어나 앉았다.

어쩌면 나도 모르게 그 꼬맹이들에게 괜한 화풀이를 할 수도 있는 일이 아닌가 말이다. 지금도 이렇게 사심을 가지고 있는데.

'네가 애냐? 정신 똑바로 차려!'

가볍게 내 양 뺨을 찰싹 때려 번쩍 정신이 들게 한 후 나는 다시금 중얼거렸다.

'아버지를 원망할 자격도 없다는 걸 명심하자. 그리고 솔직히 지금까지 받은 사랑도 분에 넘치는 거였어. 넌 그를 친아버지로 여기지도 않잖아. 지금 내 상황은 특별 서비스라는 걸 똑바로 알고 있어야 해.'

그랬다.

벌써 몇 년이나 여기 있었다고 해서 안심할 수는 없었다. 한국에서는 뭐 안 그랬는가 말이다.

이 상황이 언제 어떻게 바뀔지도 모르는데 괜히 자격도 없는 주제에 질투하고 원망하며 시간 낭비하는 건 어리석은 짓이라는 걸 나는 머릿속에 새겨 넣었다.

그렇게 마음을 정리한 보람이 있는지 다음 날 아침 나는 덤덤한 심정으로 예쉬와 그의 시종을 볼 수 있었다.

아니, 안타까워서 혀를 끌끌 차줬다.

애들이 둘 다 심한 감기에 걸린 것이었다. 하기야 어제 이 애들이 겪은 일을 생각해 본다면 감기 정도에서 끝난 게 그나마 다행인지도.

어제저녁 나와 대화를 할 때만 해도 멀쩡하더니만 감기 기운이 뒤늦게 몸을 점령한 모양인지 밤새 열이 펄펄 끓었다고 한다. 아침까지도 애들이 끙끙 앓는 바람에 유모가 날 그들과 못 만나게 할 정도였다.

아침을 먹이고 저희들 집으로 돌려보내려 했는데, 이래서야 금방 보낼 수도 없을 것 같다.

남도 아니고 설사 남이라고 해도 어린아이들을 아픈데 추운 겨울날 이동시키는 건 매정한 처사가 아니겠는가. 여기는 텔레비전과 전화가 없는 걸 보면 분명 자동차도 없을 게 뻔했다.

"많이 심해?"

"그래도 어젯밤보다는 열이 좀 내렸습니다. 약을 먹였으니 더 좋아질 테고요. 잘 돌보고 있으니 너무 걱정하지 마세요."

"흠……."

걱정은 안 되는데 침대에 파묻혀 끙끙대는 애들이 가엾기는 하다.

고집을 부려 예쉬가 누워 있는 침실로 들어왔더니만 유모가 어떻게 해서든 빨리 내보내려 안달이었다.

내가 튼튼하다는 걸 뻔히 아는 사람이 그러니 웃기기도 하지만 그게 다 나를 위한 마음 아니겠는가.

게다가 내가 여기 있어봤자 물수건 하나 만들지도 못할 테고—만들려고 했다간 다른 사람들이 기겁하며 말리겠지—오히려 간호하는 사람 신경만 쓰이게 할 뿐이라는 걸 알기에 나는 예쉬에게 푹 쉬라고 해주고는 방을 나섰다.

"다 나을 때까지는 안 쫓아낼 테니까 걱정 말고 편히 쉬어."

내 말이 웃겼는지 예쉬가 콱 잠긴 걸걸한 목소리로 킬킬거리며 웃었다.

아침을 같이 먹으려고 했는데 애들이 저 상태이니 천생 나 혼자 먹어야겠다.

그래서 아침을 먹으려고 응접실로 향하다가―겨울이라 응접실의 커다란 벽난로 앞을 애용했다―문득 떠오른 생각에 유모를 돌아보았다.

"유모."

"예?"

무심코 보낸 시선에 유모가 움찔거리는 바람에 나도 놀랐다.

"왜 그래?"

"아, 아니요. 왜 그러세요, 아기씨?"

하지만 금방 표정을 관리하며 다정하게 웃어 보이기에 나도 그냥 모르는 척 넘어가 줬다.

"아니, 저 애들 집에는 연락해 줬지?"

"그럼요. 어제저녁에도 전했고 오늘 아침에도 일찍 전갈을 보냈답니다."

"그래? 뭐래?"

"어제저녁에는 하루 재워서 보내달라고 했는데, 오늘 아침에 보낸 전갈의 답은 아직 안 왔어요. 오면 말씀드릴까요?"

"응, 그리고……."

"네?"

"아버지 오늘 와?"

평소 한 번도 찾지 않던 아버지를 찾자 태연하게 웃어 보이던 유모가 또다시 움찔 놀란다.

'거참… 너무 놀라니 뭘 묻지도 못하겠잖아?'

"그, 글쎄요. 며칠 못 오신다는 연락은 주셨지만 정확히 며칠이라고는 말씀 안 해주셔서요. 확인해 볼까요?"

어제 굳게 결심하기는 했지만 아버지를 생각하니 여전히 싱숭생숭했기에 마음의 준비를 하려고 물은 것뿐인데 유모가 안절부절못하자 왠지 김이 빠졌다.

"됐어."

"저기… 아기씨, 화나신 건 아니죠? 폐하께 서운하다거나……."

그리고 다시 몸을 돌렸는데, 안심이 안 되었던지 유모가 날 부르는 거다. 걱정이 가득 담긴 어조에 나는 의아한 시선으로 그녀를 바라봤다.

"응? 왜 화가 나고 서운해?"

오히려 내가 이해를 못 하겠다는 시선으로 바라보자 유모가 얼른 고개를 내저으며 무마하려는 듯 웃어 보였다.

"네? 아니, 아니시면 괜찮구요."

"뭘 괜찮아? 말을 꺼냈으면 끝까지 해야지. 궁금하잖아. 아빠가 나한테 뭐 잘못한 거라도 있는 거야?"

내가 인상까지 찡그리며 추궁하자 유모가 괜히 말을 꺼냈다는 표정으로 주저하며 입을 열었다.

"저기… 별건 아니고… 그저… 혹시 폐하께서 하레츠 님과 아기씨 외에 다른 가족이 있는 걸로 실망하거나 서운하신 건 아닌지 걱정되어서요."

나는 유모의 말에 솔직히 좀 놀랐다.

나야 한국에서 산 사람이라 일부일처제와 남녀평등이 옳다고 생각하지만 유모는 원래 이 세계 사람이 아닌가.

아버지가 많은 여인과 결혼했다고 내가 서운해해도 아버지 편을 들 거라 생각했는데, 오히려 그런 걸로 내가 서운해할까 걱정하다니.

"헤에, 유모는 남자는 평생 한 여자와 결혼해야 한다고 생각하는 거야? 그래서 아버지가 여러 부인을 두는 게 별로 안 좋게 여겨지는……."

신기하게 여겨져 별 의미 없이 물어본 건데 내 말이 끝나기도 전에 유모가 하얗게 질린 얼굴로 황급히 두 손을 내저었다.

"아닙니다, 아니에요. 그런 생각 조금도 한 적 없습니다. 폐하께 그런 불손한 생각을 하다니… 당치 않습니다. 아니에요."

화들짝 놀라는 유모의 반응에 내가 더 놀랄 정도였다.

"에? 아니… 그러니까 내 말은……."

"아기씨, 아닙니다. 저는 폐하께 불손한 생각을 한 게 절대 아니구요, 단지… 폐하께서 항상 아기씨께 아내는 하레츠 님 단 한 분뿐이며 자녀는 아기씨 한 분뿐이라고 말씀하셔서 혹시라도 아기씨께서 오해를 하셨을까 봐……."

빠르게 쏟아져 나오는 유모의 말을 가만히 듣고 있던 나는 새삼스레 유모를 다시 바라보았다.

사실 나는 유모가 전적으로 아버지의 명으로 내 곁에 있는 거라서 항상 나보다는 아버지를 우선으로 생각하고 행동할 줄 알았다.

그래서 이번 일이 아닌 다른 일이라 해도, 아버지가 옳지 않은 일을 한 상황이라 해도 아버지가 옳다고 옹호하며 나를 달래려 할 거라 여겼다.

한데 지금 유모가 옳고 그름을 떠나 순전히 아버지보다 나를 먼저 생각하고 걱정하고 있는 것이다.

생각지도 못한 유모의 마음에 내가 뭉클해져 할 말을 못 찾고 가만히 바라보고 있자 무슨 생각을 하는지 유모가 점점 더 초조해진 얼굴로 어찌할 바를 몰라 했다.

"아기씨… 저기… 제 말을 오해하지 마시구요, 그러니까……."

그런 그녀에게 가만히 다가간 나는 다짜고짜 그녀의 두 손을 꼬옥 잡았다.

"유모."

"네, 네?"

내 행동에 당혹스러워했지만 일단 내가 방긋 웃어주자 유모는 침착함을 되찾고 날 마주 보았다.

"고마워."

"네?"

"날 많이많이 생각해 줘서 고맙다고. 그래서 미리 사과하는데, 그동안 잔소리쟁이라고 속으로 투덜댔던 거 미안해."

"제가 아기씨를 생각하는 거야 당연… 네에? 아기씨이~!"

내 말에 감동한 듯 눈시울을 붉히던 유모는 마지막 말에 감동을 싹 날리고 너무하다는 표정을 짓다가 풀썩 웃어버렸다.

그런 그녀에게 나는 다시 한 번 더 웃어주고는 곧 두 손을 놓아주며 뒤로 물러났다.

"그리고……."

"네."

"내가 애야? 별 쓸데없는 걱정을 다 해. 그러다 얼굴에 주름 생기면 어쩌려고."

"네? 아니, 또 그런 말은 어디서……."

황당해하는 유모의 얼굴을 피식 웃으며 바라본 나는 몸을 돌려 걸어가기 시작했다.

"그리고 뭐… 일단 그 건은 아버지한테 직접 따질 거야. 아버지가 거짓말을 했다고 생각하지는 않으니까 뭔가 다른 이유가 있겠지. 그리고 유모 말 절대로 오해하지 않으니까 그것도 걱정하지 말고."

"예, 아기씨."

"아~ 배고프다. 빨리 식사나 하러 가자고. 오늘 메뉴는 뭐야?"

내 질문에 유모가 한결 편안한 표정으로 얼른 내 뒤에 따라붙으며 입을 열었다.

"오늘은 기대하셔도 좋아요. 제가 아기씨가 좋아하는 음식들로 준비했답니다."

"그래?"

내가 활짝 웃자 유모도 마주 웃어주며 나를 응접실로 인도해 갔다.

점심때가 다가왔을 때 유모가 예쉬네 집에서 보내온 전갈의 답을 가지고 왔다.

근데 그 내용이 가능하면 애들이 아파도 그냥 보내달라는 거였다.

'하기야… 아픈 상태로 남의 집에서 있는 건 일단 폐를 끼치는 것이니 불편할 거고 예쉬도 아프면 어머니 곁에 있는 게 최고겠지.'

애들도 집으로 가겠다고 하는 데다 다행히 두 아이는 이 저택 아가씨들의 간호에 힘입어 일어나 앉아 있을 정도로 상태가 나아졌기에 나도 큰 고민 없이 허락할 수 있었다.

두 아이는 일어나 앉은 김에 수프 정도는 먹을 수 있다고 해서 점심은 아이들과 같이 먹었다.

예쉬 녀석은 아파서 해쓱해진 모습이었는데, 그 상황에서도 참 많이 떠들어댔다. 전생에 말을 못 해 한이 맺히기라도 한 모양이다.

덕분에 처음에 봤던 그 꼬맹이답지 않게 조숙했던 이미지가 산산조각 났지만 난 오히려 그게 더 보기 좋았다.

게다가 예쉬는 단순히 쓸데없는 말을 떠벌리는 수다쟁이는 아니었다.

어린 녀석이 제법 아는 것도 많고 조리 있게 말을 할 줄 알아서 나 또한 녀석과의 대화가 즐겁기도 했고 유용하게도 여겨졌으니까.

그러다 보니 녀석과 헤어질 때는 내가 아쉬워질 정도였다.

하지만 아픈 녀석을 붙들고 계속 수다를 떨 수도 없는 일이기에 나는 녀석들을 위한 마차가 도착했다는 소리에 기꺼이 자리에서 일어났다.

그리고 그때 나는 처음으로 이곳의 마차를 볼 수 있었다

네 마리의 말이 끄는 사두마차였는데, 성인 남자 여섯 명 정도는 여유 있게 태울 수 있을 정도의 크기였다.

무척 튼튼해 보이고 윤기가 흐르는 외부에는 짙은 남색의 문양까지 새겨진 것이 꽤나 고급스러워 보이기도 했고 말이다.

마차 문도 꽤나 두꺼웠고 안에는 두꺼운 커튼까지 쳐져 있어 외풍은 충분히 막아줄 수 있을 것 같았다.

감기 걸린 애들이 타기에는 괜찮을 것같이 보였지만 그래도 난 거기에 더해 미리 준비시킨 뜨거운 물이 가득 찬 가죽 주머니를 안겨주고 위에 두꺼운 모포까지 걸쳐서 애들을 마차에 태우도록 했다.

"아사, 난 너 같은 애가 아니야."

예쉬 녀석에게 반강제로 가죽 주머니를 안기고 커다란 모포를 둘둘 감게 하자 녀석이 불만스러운 표정으로 투덜거렸다.

"애도 안 걸리는 감기에 걸린 나이 많은 애가 할 말은 아니지?"

그에 싱긋 웃으며 답해주자 녀석의 인상이 구겨졌다.

"윽, 할 말이 없군."

"그리고 감기 걸렸을 때 찬바람은 안 좋으니까 잔말 말고 꽁꽁 싸매고 돌아가도록 해. 거 콧물도 좀 닦고."

내 말에 예쉬가 황급히 코밑을 손수건으로 눌렀다.

"진짜 두 살 맞아? 네가 두 살이라고 하면 아무도 안 믿을

거야. 나도 어디 가서 말발로는 안 밀리는데……."

투덜거리는 예쉬를 보며 낄낄거리고 웃던 나는 문득 예쉬의 나이를 모른다는 걸 깨달았다.

"그러고 보니 너는 몇 살이야?"

내 질문이 뜬금없었던지 똥그래진 눈으로 날 보던 예쉬가 문득 피식 웃었다.

"궁금해? 그럼 다음에 가르쳐 줄게."

그렇게 말하고는 냉큼 마차에 올라 문을 닫는 것이었다.

'아이고, 무슨… 그게 뭐 대단한 비밀이라고. 유모에게 물어봐도 알 수 있을걸.'

하지만 아마 그게 다음에 또 놀러 오겠다는 뜻인 것 같다.

그래서 나는 커튼을 열고 창문으로 날 바라보는 예쉬에게 기꺼이 손을 흔들어줄 수 있었다.

"조심해서 가고 다음에 또 놀러 와."

그러자 예쉬 녀석도 냉큼 창문을 열고 손을 흔들었다.

"또 봐, 아샤!"

그래 봤자 예쉬를 데리러 온 나이 많은 시종이 황급히 예쉬를 끌어당기고 창문을 닫았지만 말이다.

'참 내, 귀여운 녀석.'

뭐, 저 정도라면 귀엽게 잘 데리고 놀 수는 있겠다.

그날 저녁, 요 며칠 바빠서 저녁 먹으러 오지 못한 아버지가 오랜만에 방문했다.

아침나절에 유모에게 듣기로는 며칠 못 온다고 했다는데,

그러자마자 당장 저녁에 방문하다니 뭔가 걸리는 거라도 있었나 보다.

'예쉬가 하루 머물렀던 게 마음에 걸린 건지, 내가 아버지 언제 오냐고 물었던 게 마음에 걸린 건지 모르겠지만……'

식탁에 앉아 슬쩍슬쩍 내 눈치를 살피는 걸 보면 나한테 미안한 마음이 있는 거 같은데, 그럴 거면 그냥 속 시원히 이야기했으면 좋겠다.

언제까지 눈치만 보고 있을 건지. 덕분에 괜히 나도 신경 쓰게 되지 않는가 말이다.

"아, 진짜… 적당히 좀 해. 이러다 제대로 먹지도 못하고 체하겠네."

"아기씨!"

결국 견디다 못한 내가 투덜거리자 옆에서 시중들어 주던 유모가 기겁하고 말렸지만 나는 '흥!' 하고 콧바람을 날려 줬다.

그도 그럴 것이 고기 한 조각 잘라 내 앞에 놓으면서 힐끗 안색을 살피고, 빵을 뜯어 버터를 발라주면서 안색 살피고, 야채 담아주며 안색을 살피니 아무리 튼튼한 위장을 가지고 있는 나라 하더라도 체할 거 같았던 것이다.

이럴 때는 차라리 어머니의 성격이 나았다.

아버지는 나를 너무 금이야 옥이야 아끼다 보니 내가 마음의 준비(?)를 하고 들어야 할 이야기를 할 때는 이렇게 너무 오랫동안 뜸을 들였다.

평소에는 나를 생각해 주는 마음이 좋긴 하지만 이럴 때는 좀 답답했다.

만약 어머니였다면 머뭇거림 없이 시원하게 이야기해 줬을 거다.

그녀는 어떻게 마음의 준비를 하고 받아들이는가 하는 건 내 몫으로, 이 일로 상처를 받아 끙끙대든 아무렇지 않게 덤덤하게 소화시키든 내가 알아서 해야 한다는 사상을 가지고 있었다.

보통의 아이였다면 서럽게 느꼈겠지만 내 입장에서는, 그리고 지금의 상황에서는 차라리 그게 나았다.

게다가 아버지는 날 챙겨주기만 할 뿐 정작 본인은 입맛이 없는지 스튜는 몇 숟갈 뜨다 말았고 빵도 계속 손으로 뜯어대기만 할 뿐 먹을 생각을 안 했다.

처음에는 식사를 끝내고 나서 이야기하려고 했는데, 아버지도 저 모양이고 나도 체할 거 같으니 차라리 지금 말하고 끝내자 싶어 나는 숟가락을 내려놨다.

"아빠, 나한테 할 말 있어? 할 말 있으면 지금 해."

"으음? 아, 아빠는 딱히 없는데… 우리 아사가 아빠한테 할 말이 있는 거 같아서……."

'내가 할 말이 있는 거 같다고 식사도 못 하고 내 눈치를 그렇게 노골적으로 보고 있냐?'

오래된 것도 아니고 바로 어젯밤에 원망할 자격 없고 분에 넘치던 사랑 운운하며 마음을 다잡았던 게 허망할 정도다.

'그냥 편하게 내 맘대로 살 거라 결심할 걸 그랬나?'

하지만 난 한숨을 한번 내쉬는 걸로 현실도피는 그쯤 하고 본론으로 돌아왔다.

'그래, 뭐… 아버지가 할 말 없다면 내가 하면 되지.'

"음, 나는 할 말보다는 물어볼 게 있는데…….."

내가 입을 열자 아버지가 각오를 다진 표정으로 비장하게 고개를 끄덕였다.

"아빠가 황제라며?"

"쿨럭!"

"컥!"

"크흠!"

무슨 일인지 사방에서 숨넘어가는 소리에 사레들린 소리까지 들린다. 평소라면 '뭐야?' 하고 돌아봤겠지만 지금은 더 중요한 일이 있기에 아버지만 바라보는데, 아버지 또한 뭔가 얼떨떨한 표정으로 고개를 끄덕였다.

"아니, 뭐… 일단은 그 노릇을 하고 있지."

"그래? 고생이겠네."

"쿨럭!"

"컥!"

"크흐흠!"

또다시 터져 나오는 숨넘어가는 소리.

이번에는 참지 못하고 휙 하고 고개를 돌리자 주변에 있던 사람들이 황급히 고개를 숙이거나 시선을 회피했다.

'이 사람들, 뭐여?'

하지만 아버지의 말소리가 곧바로 들려왔기에 나는 다시 아버지 쪽으로 고개를 돌렸다.

"어, 음, 고맙다. 역시 아빠를 알아주는 건 우리 아사밖에 없구나."

아버지 또한 다시 한 번 얼떨떨한 표정으로 고개를 끄덕였다.

덕분에 나 또한 얼떨떨해졌다.

주변 반응을 보아하니 내가 좀 독특한 행동을 한 모양인데, 문제는 그게 뭔지 모르겠다는 것이었다.

'아니, 내가 뭘 어쨌다고? 아버지가 황제라고 하기에 황제가 맞냐고 물어봤고, 황제라고 하니 고생하겠다고 위로해 준 건데… 내가 뭘?'

어째 기분이 안 좋아졌지만 지금 그걸 신경 쓰다간 이야기가 딴 길로 샐 것 같아 우선 그건 넘어갔다.

일단 내가 하고 싶은 이야기는 끝내고 싶어서였다.

"그런데 아빠한테 다른 가족이 있다며? 부인이 여섯 명에 자식이 여덟 명. 맞아?"

나는 분명히 별 감정 없이 덤덤하게 이야기한 건데, 어째 이 말이 끝나자마자 아버지의 분위기가 변했다.

지금까지는 얼떨떨해하면서도 약간 긴장된 표정으로 내 말에 귀를 기울였다면 지금은 단호한 분위기랄까.

"아니, 그게 무슨 소리니, 딸아? 이 아빠가 몇 번이나 말했잖니. 우리 가족은 단 세 명뿐이라고. 아빠와 엄마하고 우리 예쁜 딸내미. 이렇게 단 셋뿐인걸."

호들갑스러운 말투는 아무것도 모르는 꼬맹이를 달래려 눈 가리고 아웅 하려는 것처럼 보이지만 아버지의 눈빛은 단호하다. 자신의 말이 절대 진리라는 것처럼.

그래서 나는 차마 아버지의 말을 농담으로 받아들이지는 못했지만 그렇다고 할 말이 없는 건 아니었다.

"그럼 현재 황제의 후(后)와 비(妃)라는 명칭을 가지고 황궁에 거하고 있는 사람들과 그 사람들의 자녀들은 뭔데?"

정색을 하며 묻는 내 말에 아버지의 눈이 휘둥그레졌다.

"오오~ 우리 딸 대단하다. 벌써 그렇게 논리적으로 질문도 할 줄 알고."

"아, 진짜~ 자꾸 이럴 거야?"

"아기씨~"

내가 눈을 흘기며 짜증을 내자 유모가 얼른 만류했지만 난 눈의 힘을 풀지 않았다.

그러자 아버지가 잠시 어색하게 웃어 보였지만 그건 말 그대로 잠시였고 곧 가볍게 한숨을 내쉬고는 정색하며 입을 열었다.

"그들은… 힘이 없어서 어쩔 수 없이 끼고 있는 기생충 떨거지지."

"에?"

어휘력이 많이 늘었다고 생각하지만 그래도 이렇게 가끔 모르는 단어가 나왔다.

"기생충이 뭐야?"

"아아, 기생충이란 쓸모 있는 능력이란 하나도 없는 주제에 남의 것을 뜯어먹고 사는 능력은 기가 막힐 정도로 뛰어난 벌레를 말한다. 세상에 도움은 하나도 안 되고 남을 괴롭히고 짓밟는 것밖에 할 줄 모르는 주제에 그게 대단한 줄 알고 거들먹거리는 놈들이지."

그들에게 맺힌 게 엄청 많은 듯 아버지가 한 마디 한 마디 내뱉을 때마다 왠지 이를 바득바득 갈고 있는 것 같았다.

"언젠가는… 꼭 박멸해야 하는 것들이란다. 이 아빠가 박멸하려고 준비 중이니 우리 아사는 그따위 지저분한 것들에게 신경 쓸 필요 없어."

다시 나에게 씨익 웃어 보이며 말했지만 어째 그건 나한테 하는 말이 아니라 스스로 다짐하기 위해 하는 말인 듯 눈에서 차가운 빛이 번뜩였다.

'누가 보면 돈 떼먹고 도망간 사람이라도 쫓는 줄 알겠네.'

그거야 어쨌든 아버지 말이 대충 무슨 뜻인지는 짐작하겠다.

'그러니까… 아버지랑 아버지의 법.적. 부인들이랑은 정략결혼으로 맺어져서 정은커녕 사이가 아주 안 좋다는 거겠지?'

이러면 안 되는데, 그걸 알게 되니 아주 조금 기분이 좋아지려고 한다. 아무래도 난 뻔뻔하다 못해 못된 계집인가 보다.

하지만 그것도 잠시, 아버지가 말하는 '박멸해야 할 것들'에 예쉬도 들어간다는 걸 깨닫고 난감해졌다.

'그나마 좀 마음에 드는 꼬맹이라 계속 만나려고 했는데… 그냥 정리해야 하나?'

그렇다고 정확한 사정도 모르는 내가 '왜 사랑하지 않느냐', '예쉬만 좀 봐주면 안 되냐' 등등의 말을 함부로 할 수가 없는 터라 입을 다물고 우물쭈물하는데 아버지가 눈치를 챘나 보다.

하기야 황궁에 있는 사람들(?)과 사이가 안 좋다고 하자마자 딸내미가 우물우물하니 바로 오늘 낮에 자기네 집으로 돌아간 꼬맹이가 떠올랐겠지.

"뭐… 그렇다고 모든 이가 다 그런 존재라는 건 아니다. 그중에는 그나마 괜찮아서 곁에 둔 이들도 있으니까. 여기에 왔다 간 그 5황비의 아이 또한 그렇지."

5황비란 예쉬의 친모다.

그건 어제 예쉬가 말해줬기에 나는 쉽게 알아들을 수 있었다.

'한데… 애 이름을 말하는 것도 아니고 그냥 5황비의 아이라니… 이 사람 참…….'

속으론 그렇게 말하면서도 기분은 또 좋아지는 거 보니 난 정말 나쁜 사람이다.

아버지가 머리를 토닥토닥해 주며 하는 말에 나는 배시시 웃어 보였다.

"그러니까, 아빠."

"응?"

"아빠 말은 내가 아빠가 이 세상에서 가장 사랑하는 딸이라는 거네? 그렇다는 건 만약에 황궁에 있는 떨거지 꼬맹이들과 내가 싸우면 아빠는 내 편이라는 거지?"

내 말에 아버지의 눈이 살짝 커졌다가 다시금 평소의 그 팔불출 딸바보 아버지의 표정으로 돌아왔다.

"거의 비슷한데 조금 틀렸네."

"음? 뭐가?"

"우리 아사는 아빠가 사랑하는 유일한 딸이라는 거지. 아빠한테는 아사 엄마하고 아사밖에 없다니까."

그 말에 나도 방긋 웃으며 화답해 줬다.

"아빠, 나도 아빠밖에 없으니까 딴 데 눈 돌리면 가만 안 둬. 어머니는 어쩔 수 없이 양보하지만 딴 애들은 아니야. 아, 만약… 어머니가 동생을 낳는다면… 음, 그래도 예뻐할 자신은 없네."

이미 한번 안 좋은 과거가 있는 터라 자신할 수가 없었다.

그런데 내 말을 어찌 해석했는지 아버지의 입이 헤벌쭉 벌어지며 옆 의자에 앉아 있던 날 번쩍 안아 올려 품에 안더니 마구 부비는 것이 아닌가.

"아이고오~ 우리 따아알~ 그래, 그래, 아빠도 아사밖에 없다~!"

다른 때보다 한층 더 힘이 들어간 부비부비였지만 오늘은 그럴 만도 하다 싶어서 나는 조금 참아줬다.

게다가 아직 또 물어볼 것도 남았고.

그래서 나는 아버지가 한참 동안이나 부비부비하던 걸 멈추고 나서야 기다렸다는 듯 입을 열었다.

"그런데, 아빠. 물어볼 게 또 있는데……."

"응? 뭐니, 아가. 뭐든 물어보렴."

"아빠가 황제라고 했잖아."

"그랬지."

"그럼 나 아빠한테 예의를 갖춰서 말하고 그래야 하는 거 아니야? 지금까지야 몰랐으니 그렇다고 쳐도 이제 알았으니 존대를 써야 하는 거 아닌가 싶어서."

내 말에 아버지가 정색을 하며 고개를 저어 보인다.

"아니, 절대, 저어얼~ 대 그럴 필요 없다. 존대나 딱딱한 예의를 갖춘 어투는 안 친한 사람한테 하는 말이잖니. 아빠는 아사한테 절대 그런 말 듣고 싶지 않구나."

그 말을 듣는 순간 어째 나는 딸바보 아버지를 가진 기쁨보다는 '역시 나는 이곳에서 모습을 숨기고 살아가야 하는가 보다' 하는 생각이 떠올랐다.

존대를 할 필요가 없다는 건 다른 사람 앞에 나설 필요가 없다는 소리로 들렸고 그건 어제 예쉬에게 들었던, 내가 조인족이라서 황족으로 인정받지 못해 황실 모임에도 모습을 드러내지 않는 걸로 여겼다는 그 말이 생각나게 했다.

"흠… 역시 나는 조인족이라서 황실 모임에 나갈 수 없는 거구나."

별로 상관없긴 하지만 그래도 어디 가서 당당하게 아버지 딸이라고 말할 수 없다는 것이 조금은 쓸쓸해서 중얼거린 거였는데 아버지의 반응이 격렬했다.

"그게 무슨 소리냐?"

"음?"

방금 전까지만 해도 딸바보 아버지의 헤벌쭉한 표정은 어디 가고 놀라움과 분노, 냉엄함이 가득한 웬 낯선 남자가 하나 와 있다.

"조인족이라서 황실 모임에 나갈 수 없다니?"

내가 뭔가 말실수를 했나, 아니면 아버지가 극구 숨기려고 한 걸 기어코 알아내서 말해 마음을 아프게 했나, 별의별 생각이 다 들어 절로 몸이 움찔거렸다.

"아니, 뭐… 아빠가 그랬잖아. 존대할 필요 없다고. 그렇다는 건 난 역시 다른 사람들 앞에 나설 필요가 없다는 소리 아닌가?"

그래서 좀 조심스럽게 말한 건데, 아버지가 길게 한숨을 내쉬더니 날 조심스레 꼬옥 끌어안는 것이었다.

"아가, 우리 딸, 아사. 그렇지 않아. 내 분명히 여기서 선언하마. 넌 나 아카제브 황제 필립 레하흐 엘 스타크 아카제브가 사랑하는 유일한 딸 아사하힐 에르구 레 하레츠 아카제브 황녀. 지금은 어려서 그렇지 네가 다섯 살이 되면 아빠는 널 황궁의 커다란 대전으로 데리고 가서 만인 앞에서 나의 사랑하는 황녀라고 당당히 소개할 거야. 그러니 다시는 그런 말 하지 말거라. 존대를 하지 말라는 건… 아빠가 아사랑 거리감을 느끼기 싫어서 그런 거야. 네가 좀 더 나이가 들면 당연히 예법을 배우고 사람들 앞에서도 예를 갖춰 대화를 해야 하겠지. 하지만 벌써부터 그럴 필요는 없지 않니? 나중에 우리 딸이 조금 더 커서 황녀로 공식 석상에 설 때는 어쩔 수 없지만 아빠랑 단둘이 있거나, 아니면 우리 가족만 있을 때는 항상 아빠라고 불러줬으면 하는 게 아빠 소망이란다."

'아고야, 말실수를 하긴 했네.'

나와는 달리 아버지한테는 그게 어마어마하게 큰 의미가

있나 보다. 한 마디 한 마디에 깊은 감정이 느껴지는 아버지의 말에 나는 조용히 아버지의 품에 안겨 있을 수밖에 없었다.

'아오, 앞으로는 이쪽 화제는 정말 조심하든지 피하든지 해야겠네.'

그래도 뭐 아버지가 이렇게까지 나를 소중히 대해주니 든든하기는 했다.

제 10 화

왠지 두고 봐야 할 듯?

다음 날, 본의 아니게 늦잠을 자는 바람에 평소보다 늦은 시간에 아침 식사를 하고 있는데 조앤이 거창하게도 은쟁반에 편지 봉투 하나를 올려놓고 다가와 나에게 보여줬다.

"아기씨, 아기씨께 편지가 왔습니다."

"편지? 누가?"

이곳에 와서 처음 받아보는 편지에 나는 의아하단 생각부터 들었다.

'누가 나를 안다고 편지를 보낸 거야? 설마 어머니는 아닐 테고…….'

그 성격에 급한 용건이 생긴 거면 몰라도 절대 다정다감한 안부 편지를 보낼 것 같지는 않다.

과연 어머니는 아니었다.

"예, 제5황비 마마께서 보내셨습니다."

"제5황비? 가만, 5황비라면 예쉬 어머니?"

"예, 맞습니다, 아기씨."

"아하, 엊그저께 예쉬가 여기 머물다 간 일 때문에 그런가 본데?"

'편지라……. 낭만적인데?'

한국에서도 초등학교, 중학교 때 정도만 편지를 주고받았지, 그 후에는 인터넷과 핸드폰의 등장으로 인하여 웬만한 일은 다 이메일과 문자로 해결하게 되었다.

'문자도 슬슬 사라지는 추세지. 최근에는 주로 카톡을 많이들 사용하니까.'

청구서 또한 이메일이나 스마트 청구서라고 해서 핸드폰으로 날아오지 않던가.

그런데 편지라는 소리를 들으니 잃어버린 문화를 갑자기 만난 느낌이었다.

은쟁반 위에 놓인 봉투를 집어 살펴보니 하얀 편지 봉투 우측 하단에 우아한 필체로 〈북궁의 주인께〉라고 쓰여 있고, 뒤쪽 봉투를 봉하는 부분에는 문양이 찍힌 붉은색 촛농이 떨어져 있었다.

나에게는 참으로 다행스럽게도 이 나라의 글은 표음문자였다. 때문에 자음과 모음을 나타내는 기호 27개를 외우기만 하면 얼추 글을 읽을 수 있었다. 더 좋았던 건 한글처럼 하나의 문자에 하나의 발음만 난다는 거였다.

영어의 알파벳은 표음문자긴 하지만 그때그때 상황에 따라 발음이 변하기도 하지 않는가. 예를 든다면 알파벳 A는 상황에 따라 '아', '애'나 '에', '어' 등 몇몇 다른 발음을 내는 것처럼 말이다.

그러나 한글이 '가' 하면 언제 어디에 있든 무조건 '가' 발음만 내는 것처럼 이 세계의 표음문자도 마찬가지였다.

덕분에 한글에 익숙해 있는 나는 기호를 외우는 것만 좀 고생했지 그 기호를 조합해 단어를 만들어 읽는 것은 쉽게 적응할 수 있었다.

그로 인해 이 세계의 언어로 대화를 능숙하게 할 수 있게 되자 그와 함께 글도 읽을 수 있어 혼자 책을 읽게 된 지도 제법 되었다. 그 사실을 안 아버지는 천재 났다고 방방 떴고 말이다.

하여간 그래서 이번에도 자신 있게 봉투를 뜯어 안에 들어 있는 고급스러운 종이를 펼쳐 들었다.

한데…….

"뭐, 뭐야, 이거? 나한테 온 거 맞아? 웬 외국어가 쓰여 있는데?"

다시 한 번 봉투의 겉면을 확인해 보니 분명 〈북궁의 주인께〉라고 쓰여 있다.

"이거 혹시 내가 아니라 어머니께 온 거 아니야?"

어이가 없어 휙 고개를 들었는데, 어째 유모랑 조앤의 표정이 요상했다.

'뭐셔? 이건 웃고 싶은데 차마 웃지 못하고 억지로 참는 분위기인데?

눈을 가늘게 뜨고 그들을 째려보자 얼른 유모가 헛기침을 하며 감정을 수습하고는 입을 열었다.

"그게요, 아기씨. 이건 외국어가 아니라 신성문자라는 거예요."

"뭐?"

"그러니까 아기씨가 지금 익히고 계신 문자 말고도 고귀한 분들을 위한 일이나 중요하고 신성한 일들을 위해 사용하는 문자가 따로 있답니다. 예를 든다면 폐하께 상소를 올리거나 신전의 경전을 쓴다거나 할 때 사용하는 건데요. 이렇게 고귀한 분께 편지를 보낼 때도 사용하지요."

간단하게 말하면 옛 유럽의 왕실들처럼 자기네 나라 언어가 따로 있는데 괜히 멋진 척하느라 프랑스어를 사용하는 바로 그 짝이 아니던가.

한데 그 말을 가지고 추론을 하자면…….

"뭐시여, 그럼? 지금 그 말은 나 또 다른 글을 익혀야 한다는 거야?"

내가 눈을 동그랗게 뜨고 외치자 유모가 어리둥절해하면서도 고개를 끄덕인다.

"예? 아… 뭐… 예에… 그, 그런 셈이죠? 지금 말고 좀 더 있다가 본격적으로 교육을 받으시게 되면 그때…….''

"우쒸! 나 지금 쓰는 글 익히는 것도 무지 어려웠는데, 이따위 걸 또 익혀야 한단 말이야? 아오! 도대체 그 신성문자 만든 놈이 누구야? 누군데 날 이렇게 괴롭혀? 나 외국어는 딱 질색인데! 왜 제2외국어까지 해야 하는 거냐구!"

"네, 네?"

여기 에레츠 대륙어를 익히는 것도 정말 힘들었는데, 이제 겨우 한시름 놨다 싶었더니 또 다른 복병이 버티고 있을 줄이야.

그놈의 제2외국어(?)들은 왜 어딜 가나 안 빠지고 항상 끼어드는 건지 원……. 다행히 유모가 그 신성문자인지 뭔지 하는 외국어를 읽을 수 있어서 나는 통역사를 따로 찾지 않아도 되었다.

"그럼 읽어드릴게요. @#@#$%$%&#$&~"

"뭐래?"

당연히 못 알아듣는 외국어에 내가 인상을 찡그리자 유모가 잽싸게 해석해 줬다.

"음, 그러니까 '아직 한 번도 만나지 못한 고귀한 핏줄을 이어받은 이에게'라고 쓰여 있답니다."

"어우, 진짜 그렇게 쓰여 있어?"

"네, 왜요?"

"첫 줄부터 손발이 오글거려서. 어떻게 그런 소리를 대놓고 쓸 수 있지?"

진짜 몸이 간질간질한 느낌이라 어깨를 움츠리며 중얼거리자 유모가 어이없다는 시선으로 날 바라봤다.

"아기씨, 무슨 소리세요. 이렇게 쓰는 게 편지의 정석이라고요."

"편지의 정서억~? 이게 편지의 정석이라면 난 편지 쓰다가 닭 되겠다.”

이미 날개까지 가지고 있으니 피부만 닭살로 변하면 정말 '꼬끼오!' 라고 외쳐도 될 듯하다.

“아기씨, 도대체 그런 말씀은 어디서 배우신 거래요? 아휴, 정말 서재에 있는 책들을 다 검사하든지 해야겠어요. 그러니까 아무 책이나 막 읽지 마시라니까요.”

혼자 책을 읽을 수 있게 된 후 아가씨들이 놀이방으로 유아용 책을 가지고 오는 게 아니라 내가 직접 서재로 가서 책을 골라 읽고 있었다.

그랬기에 내가 요상한 책이라도 발견해 읽고 있는 줄 아는지 당장에라도 서재의 그 많은 책을 일일이 검사할 태세였다.

내가 아니라고, 헛수고하는 거라고 해봤자 안 먹힐 거 같아 그냥 알아서 하라는 듯 가볍게 어깨를 으쓱해 보였다.

“뭐, 책은 많이 읽을수록 좋은 거라니까 열심히 해봐. 하여간 그다음은 뭐라고 쓰여 있어? 아, 잠깐. 혹시 그 밑에도 방금처럼 오글거리는 문체로 쓰여 있는 거야?”

내 말에 유모가 길게 한숨을 푸욱 내쉬었다.

“아기씨~”

“아, 지금은 잔소리는 됐구. 혹시 그렇게 오글거리는 거면 그대로 해석하지 말고 유모가 다 읽은 다음에 내용만 알려 줘. 그것도 간단하게.”

내가 손사래까지 치며 고개를 내젓자 유모는 다시금 한숨을 내쉬더니 결연한 표정으로 고개를 끄덕였다. 아무래도 나중에 긴 잔소리를 기약하는 모양.

그러면서도 내가 원하는 대로 먼저 쭈우욱 읽더니 내용을 알려주기 시작했다.

"네, 네. 어제 그분께서 잘 도착하셨고 도와줘서 고맙다고 하십니다. 그런데 그분 감기가 좀 더 심해지셨나 봐요. 몸이 회복되는 대로 감사 인사를 전할 겸 다시 방문하시겠다는데요."

"쯧쯧, 애들이 왜 그리 허약해? 하루 정도 자고 나면 팔팔해질 줄 알았건만."

나야 안 걸려서 잘 모르겠지만 여기 감기도 한국의 독감만큼이나 지독한가 보다.

"자기네 집이 편할 거 같아서 그냥 보냈는데 좀 더 나은 다음에 보낼 걸 그랬나?"

그래도 한 번 얼굴 봤다고 안타까움에 중얼거리자 유모가 고개를 저었다.

"본궁에 도착하니 긴장이 확 풀려서 증상이 더 심해진 걸 수도 있지요. 아무리 아기씨께서 머물라고 허락하셨지만 본궁이 아닌 이상 좀 불편하실 수 있으니까요."

"하긴… 뭐, 잘 먹고 푹 쉬면 곧 일어나겠지. 그건 그렇고, 편지를 받았으니 나도 답장을 해야 하나?"

답장을 쓸 때 아무래도 그 외국어를 사용해야 할 거 같아 신경이 쓰이는데 유모가 나섰다.

"제가 편지 잘 받았다고 답장을 보내도록 하겠습니다."

유모가 알아서 처리해 준다면 나야말로 고마운 일이었다.

"응, 부탁해. 아, 그리고 예쉬한테도 몸조리 잘하라고 덧붙이고."

"네, 네."

"그나저나 예쉬네 어머니는 예의가 있으신 분이네. 별일 아닌 일로 따로 감사 편지까지 하고 말이야. 어차피 나중에 또 인사하러 온다면서."

나 같으면 나중에 인사하러 올 거면 겸사겸사 한 번만 하지 이렇게 먼저 편지 보내고 또 방문하고 그러지는 않을 것 같다.

'일단 귀찮잖아?'

내 말에 유모가 웃어 보였다.

"이건 당연한 거예요. 고마운 일이 있을 때는 감사의 편지를 보내거나 거기에 선물까지 보내곤 하지요. 정말 감사한 일이 있을 때는 직접 방문해서 감사 인사를 하기도 하고요. 게다가 지금 당장 온다고 하는 게 아니니 나중에 온다고 양해를 구할 겸 먼저 이렇게 편지를 보내는 것이 예의예요. 감사는 아무래도 바로바로 하는 게 좋잖아요?"

"맞는 말이지만 어차피 나중에 또 온다며? 게다가 나는 어린애잖아. 나 같으면 그냥 감사 편지나 방문이나 다 애들끼리 알아서 하라고 하지 직접 편지를 보내거나 이러지는 않을 거 같아. 정 고마우면 선물이나 좀 챙겨주겠지만. 게다가 걔네는 겨우 감기 걸린 거잖아? 감기 가지고 며칠씩이나 걸리려고."

근데 생각보다 꽤 오래갔다.

별 생각 없이 '여기 감기도 한국 독감 못지않은 거 아니야?' 라고 생각했는데 정말 그랬던 모양이다.

이 주 만에 감사 인사를 하겠다고 저택을 방문한 예쉬의 얼굴은 마치 '해쓱' 이라고 써 붙여놓은 느낌이었다. 그렇지 않아도 약간 왜소한 느낌의 꼬맹이였는데, 얼굴이 해쓱하기까지 하니 불쌍하게 보일 지경이었다.

"이야, 너 감기가 정말 심했나 보구나? 볼살이 쏙 들어갔어."

내 말에 자신의 얼굴을 쓸어보며 예쉬가 머쓱하게 웃었다.

"아아, 감기로 이렇게 오랫동안 앓아본 건 나도 처음이야. 정말 죽을지도 모른다는 생각까지 들었다니까. 난 몰랐는데, 가끔 열이 심할 때 헛소리까지 했대."

"어얼~ 그 정도였어?"

열이 너무 심하면 잘못하다가 뇌에 영향이 갈 수도 있다고 들었다. 다행히 예쉬는 거기까지는 아닌지 피부가 까칠해 보여도 눈빛만은 생생하게 빛나고 있었다.

"별일 없이 다 나아서 정말 다행이다."

"응, 나도 그렇게 생각해. 앞으로는 감기라고 무시 못 할 거 같아."

"그래, 그래, 감기라고 무시하면 큰일 나지."

예쉬의 말에 적극적으로 맞장구를 쳐주며 나는 예쉬의 뒤에 위풍당당한 모습으로 서 있는 마차로 시선을 돌렸다.

예쉬 녀석이 감사의 인사를 하러 왔다더니 뭘 이렇게 바리바리 싸가지고 왔는지 예쉬의 뒤를 이어 마차에서 내려지는 꾸러미가 상당했다.

"오, 저건 뭐야?"

꾸러미들로 반짝이는 시선을 보내자 예쉬가 키득키득 웃으며 입을 열었다.

"그래도 정식 방문인데 빈손으로 올 수 있나? 선물."

"선물?"

내가 확인 차 되묻자 예쉬가 씨익 웃으며 크게 고개를 끄덕였다.

그 모습이 얼마나 예뻐 보이던지.

"짜식, 기특하기도 하지. 어서 와라. 잘 왔어."

선물이야 언제든 받아도 기분 좋은 거 아니겠는가?

내가 방긋 웃으며 녀석의 두 손을 잡자 녀석이 크게 웃어 댔다.

녀석이 그러든 말든 나는 선물 꾸러미에서 시선을 떼지 못했다.

"그래서 저 안에 든 건 뭔데?"

"음? 아, 어마마마께서 준비해 주신 건데. 쿠키 좋아해?"

없어서 못 먹는다. 아니, 그건 한국에서 그랬고 여기서는 유모가 막아서 못 먹는다고 해야 하나?

"엄청 좋아해. 저게 다 쿠키야?"

"음, 쿠키도 있고 파이도 있고 케이크도 있고……."

차 한 잔 마시면서 케이크이나 파이를 먹는 건 나의 활력소 중 하나다.

"예쉬."

나는 잠시 놓아줬던 예쉬의 두 손을 덥석 잡으며 눈을 반짝였다.

"으응?"

"정말 정말 반갑다. 넌 언제든 환영이다."

내가 활짝 웃으며 말하자 요 녀석이 다시금 푸하하 하고 웃어댔다.

"그래, 정말 반갑다."

예쉬는 몇 가지 없다는 식으로 이야기했지만 옮겨지는 꾸러미들을 봤을 때 결코 몇 가지 정도의 규모는 아니었다.

안에 들어가서 풀어보니 과연 파이도 십여 가지에 케이크도 십여 가지, 쿠키에 사탕에 초콜릿까지 잔뜩 들어 있는 것이 어디 대형 제과점에라도 가서 있는 걸 싹 쓸어온 것 같다.

내가 먹어본 것도 있지만 처음 보는 것도 많아서 나는 절로 입이 헤벌쭉 벌어졌다.

'아~ 행복해라. 가만있자, 날이 추우니까 한 일주일은 상하지 않겠지? 일단 쿠키랑 사탕이랑 초콜릿은 오래오래 두고 먹을 수 있으니까 파이랑 케이크 위주로. 아아, 먹어본 것은 여기 사람들한테 인심 좀 써야지.'

룰루랄라 하며 속으로 계획을 세우는데 단호한 손길이 꾸러미들을 채가는 거였다.

"아, 왜?!"

버럭 소리를 질렀지만 단호한 손길의 주인인 유모는 눈 하나 깜짝하지 않았다.

"식사 전에 드시면 입맛만 버리세요. 식사 드시기 전까지는 금지예요."

"안 먹고 보기만 할 거야."

"잘 됐다가 식사 후에 드릴게요."

"우쒸~"

나도 모르게 불퉁한 얼굴로 투덜거리는데 어디서 '푸훗' 하는 소리가 들려왔다.

시선을 팽 돌리니 예쉬 녀석이 배를 쥔 채 소파에 처박혀 키득거리고 있었다. 그 뒤에는 예쉬 부하 녀석이 서 있었는데 녀석도 쿡쿡거리다 내 쩨림을 받고는 화들짝 놀라 표정을 고치는 거다.

그러나 꼬맹이 녀석이 이제야 표정을 고쳐 봤자 늦었기에 계속 나의 쩨림을 받아야 했다.

하지만 내가 녀석들한테 뭐라고 하기도 전에 유모가 먼저 나섰다.

"자자, 아기씨, 식사 준비가 다 되었다고 하네요. 어서 손님을 모시고 가시지요?"

"우쒸이이~"

"어서요~"

"쳇."

나는 투덜거리며 엄한 눈빛을 하고 있는 유모를 한번 보다가 예쉬에게 손짓했다.

"야, 고만 웃고 밥 먹자."

"아기씨~ 말투가 그게 뭐예요?"

"아, 밥 차려놨다매? 그래서 밥 먹자고 하는데 그게 뭐가 어때서?"

내 말에 유모가 다시금 길게 한숨을 내쉬었다.

"여자분이 다소곳하고 부드럽게 말씀하셔야지요."

하지만 이미 케이크와 파이 등등을 빼앗긴(?) 일로 심사가 꼬인 나였기에 말투가 곱게 나갈 리 없었다.

"다소곳하게? 부드럽게? 그게 뭐야? 우걱우걱 먹는 거?"

게다가 난 세상에서 '여자애가 그게 뭐냐? 여자애답게 굴어라' 하는 소리가 제일 싫었다. 이미 초, 중딩 시절에 지겹게 들은 소리였던 것이다.

"아기씨~!"

"몰라, 몰라! 너네 밥 먹을 거면 따라와!"

나는 흥 하고 얼굴을 돌리고는 유모가 날 부르든 말든, 애들이 날 따라오든 말든 두다다 응접실로 달려가 버렸다.

뭐, 날 놓쳐도 다른 사람들이 알아서 잘 데리고 오겠지.

날이 좋으면 테라스에 있는 탁자에서 먹었을 텐데, 요즘에는 날이 추운 관계로 나는 응접실 티 테이블을 사용하고 있었다.

물론 이 저택에는 멋들어진 식당이 따로 있었지만 나는 그 식당을 별로 좋아하지 않았다.

같이 먹는 사람이라고 해봐야 기껏 아버지나 나이젤 아저씨, 어쩌다 어머니가 오시면 그분까지 해서 많아야 네 명이건만 식당에 있는 식탁은 엄청나게 길고 의자도 스무 개나 있었다.

그 식탁이 들어가 있을 정도이니 식당 또한 굉장히 넓었는데, 그런 곳에서 혼자 밥을 먹게 되면 정말 밥맛이 없을 거 같았기에 한 번도 이용한 적이 없었다. 나중에 손님이 열 명 가까이 되면 그때나 한 번 이용하게 될 것 같다.

응접실에 도착하니 아방카와 조앤이 티 테이블을 마련해 놓고 기다리고 있었다.

티 테이블 주위에 빙 둘러 있는 의자를 보며 나는 기분 좋게 히죽 웃고는 의자에 엉덩이를 걸쳤다.

일 년 전만 해도 내가 사용하던 건 유아용 의자.

정말정말 싫었지만 이건 기저귀와 달리 선택의 여지가 없었다. 일단 키가 작은 탓에 테이블 위로 손이 안 닿았으니 말이다.

한데 일 년 만에 날개가 힘을 받은 만큼 키도 쑥쑥 커서 얼마 전부터는 좀 무리가 있긴 하지만 엉덩이 밑에 폭신한 쿠션 하나 더 깔면 그래도 보통 의자에 앉을 수 있게 되었다.

이 얼마나 기쁜 일인가 말이다.

어머니는 여전히 작다고 했지만 내 귀에는 들리지 않았다.

덕분에 아직까지는 의자만 봐도 히죽 웃음이 나왔다.

내가 먼저 자리를 잡고 앉자 뒤따라온 예쉬가 맞은편에 자리를 잡고 앉았다.

그는 능숙하게 스푼을 잡아 드는 나를 보며 고개를 갸웃거렸다.

"아사, 원래 조인족들은 성장이 빠르다며? 내가 찾아봤는데 문헌에서도 조인족은 10여 세가 되면 성년만큼 자란다고 하더라. 그럼 넌 조인족치고 작은 거였어?"

"어머니가 날 보실 때마다 작다, 작다 하시긴 하더라. 그런데 조인족들이 10여 세가 되면 다 큰대? 그건 몰랐네."

한국식으로 일반 사람이 스무 살에 성인이 되는 걸로 비교해 본다면 조인족이 인간보다 성장 속도가 대략 두 배 정도 된다는 계산이 나온다.

그럼 내가 지금 한국 나이로 네 살이니까 대략 칠팔 세 정도로 보여야 잘 크고 있다는 소리다.

"아, 내가 작긴 작은 편이구나. 뭐, 처음엔 작은 애들이 나중에 한꺼번에 크기도 한다니까."

내 태평한 말에 예쉬가 황당하다는 시선으로 날 바라봤다.

"넌 어째 네 일을 남 이야기하듯 한다? 원래 그런 말은 본인이 하는 게 아니라 남이 해줘야 하는 거 아니냐?"

"아무렴 어때. 게다가 난 남자가 아니라서 키 좀 작은 거 가지고 그렇게 신경 쓸 필요 없을 거 같은데, 뭐."

'여자답게'라는 말은 싫었지만 요럴 때는 여자라서 다행인 거 같다. 남자였다면 키 작은 거 가지고 되게 신경 썼을 테니까.

"내 키 이야기는 이제 됐고. 나도 궁금한 게 있는데 넌 몇 살이야? 이제는 말해줘도 되잖아."

그때 저 녀석이 다음에 와서 가르쳐 준다고 했던 말을 떠올리며 묻자 예쉬가 순순히 대답해 줬다.

"두 달 후면 열 살이 돼. 덕분에 봄이 되면 공부할 게 두 배로 많아질 거 같아서 한숨이 나오긴 하지만 그래도 승마를 본격적으로 배울 수 있게 되어서 조금은 기대가 돼."

"승마? 말 타고 달리는 거?"

"바로 그거. 승마도 돌아오는 봄부터 배우게 되었거든."

"우와~!"

승마란다, 승마!

하기야 저번에 예쉬 녀석 데리러 온 게 사두마차인 거 보니 여기는 말이 교통수단으로 애용되는 것 같았다.

그렇다면 웬만큼 있는 집안 애들은 승마를 기본적으로 교육받는 게 당연한지도 몰랐다.

'아, 그러고 보니 나도 부잣집 딸내민데 왜 난 진즉에 배울 생각을 못 했지? 한국에서도 있는 집 애들은 승마 많이들 배운다던데…….'

스스로에 대한 한심함에 한숨을 내쉬는 한편, 나는 생각도 못 한 걸 하게 된 예쉬에 대한 부러움에 녀석을 바라보자 예쉬 녀석이 내 시선에 씨익~ 웃어 보였다.

"아, 며칠 후면 내 말이 도착할 거야."

"네 말이라니?"

"승마를 배우려면 당연히 말이 필요하잖아. 내 전용 말. 외조부께서 멋진 녀석으로 보내주신다고 하셨어."

"우와아~!"

자기 말이라니 진짜 부럽다.

예쉬의 말을 듣자 맵시 있게 승마복을 입고 새하얀 백마에 올라타 울창한 숲이나 푸른 초원을 달리는 내 모습이 뭉게뭉게 떠올랐다.

"유모!"

환희에 찬 내가 유모를 부르자 기다렸다는 듯 냉큼 답이 날아왔다.

"안 됩니다."

"아, 왜?!"

순간적으로 얼마나 화가 났는지 숟가락을 움켜쥔 채 전투라도 할 기세로 외쳤지만 유모는 눈 하나 꿈쩍하지 않았다.

"다리가 짧아서 말에 못 오르십니다."

"헉!"

'이런 된장 항아리! 여기도 숏다리의 비애가 있을 줄이야.'

"키가 좀 더 크시면 언제든 말씀해 주세요."

유모의 말이 확인 사살처럼 느껴졌다.

그녀의 말에 충격 받아 순간적으로 아무 말도 못 하고 있는데, 예쉬 녀석이 탁자를 붙잡고 어깨를 부들부들 떨고 있는 모습이 보였다.

"우쒸~ 키 작은 게 잘못이야?"

키에 신경 안 써도 되니까 여자라서 다행이라는 거 취소다! 여자도 키가 커야 한다!

"크크크~ 왜? 그래도 애라서 좋잖아. 크흠, 난 공부할 게 이제 두 배로 늘어났단 말이야. 넌 아직 공부 안 하지? 그건 좀 많이 부럽다."

겨우 웃음을 진정시키고 하는 말이 놀리는 건지 말을 돌리려고 하는 건지 아리송하다.

그게 더 기분 나빠 난 불퉁한 표정 그대로 예쉬를 째려봤다.

"그래, 넌 나이 많아 좋겠다!"

그러고는 화가 나서 수프를 퍽퍽 떠먹는데 옆에서 시중들어 주는 아가씨들의 표정이 요상했다.

힐끔 시선을 주자 얼른 고개를 숙여 얼굴을 숨겼지만 분명 눈가랑 입가가 파들파들 떨리고 있었다.

'쳇, 웃기다 이거지? 그래, 댁들이라도 많이 웃어야지 어쩌겠어.'

속으로 투덜대면서 유모가 건네주는 호밀, 호박, 콩을 섞어 만든 식빵을 우걱우걱 씹던 나는 유모 대신 아버지를 직접 공략해야겠다고 생각했다.

'일단 애교 좀 떨어주다가 안 되면 생떼를 써야지!'

그래서 그날 저녁에 온 아버지에게 필살의 웃음까지 보이며 말을 꺼냈더니 아버지가 헤벌쭉 웃으며 이렇게 말하는 것이었다.

"우리 딸이 하고 싶다는데 당연히 해야지. 암, 암, 이 아빠가 뭔들 못 시켜주겠니?"

유모가 무지 단호하게 반대하기에 아버지 또한 반대할 거라 예상하고 생떼를 쓸 준비까지 했는데 역시 딸바보 아버지라 그런가?

예상외로 단박에 승낙하자 나는 어리벙벙하기까지 했다.

하나 들어준다는 데 가만있을 수 없어 나는 얼른 확답을 한 번 더 받으려고 했다.

"앗, 진짜? 그럼 내일이라도 당장……."

"우리 딸 키가 여기까지 오면 그때부터 시작하자."

"뭣?!"

아버지가 손으로 가리킨 건 그의 복부 가운데 부근.

하나 지금 내 키는 아버지 허벅지 윗부분에 겨우 닿는 정도였다.

'키를 거기까지 키우려면 도대체 몇 센티미터를 더 키워야 하는 거야?'

이건 즉, 아버지가 조금도 넘어오지 않았다는 증거였다.

"우쒸~"

좋다 말았다는 표정으로 아버지를 째려보았지만 아버지는 눈 하나 꿈쩍하지 않은 채 여전히 다정다감한 어조로 말을 이었다.

"사랑하는 우리 아사~ 지금 말 타는 건 위험해요. 이 아빠가 설마 그까짓 말 한 마리 아사에게 사주기 싫어서 그러는 거 같아? 천만에! 아빠는 우리 아사를 위해 제이이일~ 멋진 말을 사주려고 준비하고 있단다. 네가 원한다면 유니콘인들 못 잡아줄까. 그러니까 키가 쬐~금만 더 클 때까지 기다리자. 응?"

그러나 난 그 정도의 말에 넘어가지 않았다.

"누가 처음부터 큰 말을 타겠대? 작은 말 타면 되잖아, 작은 말!"

"어허, 작은 말 타는 건 더 위험해. 작은 말은 힘이 없어서 까딱 잘못하다간 비틀거리거나 넘어지기 일쑤거든. 거기다 뼈가 부러지기도 쉬워서 어느 정도 크지 않는 이상 타지 않는 게 좋단다."

"새끼 말 말고 다 커도 몸집이 작은 말 없어?"

여기도 조랑말이나 당나귀가 있는지 몰라 그냥 작은 말이라고 했더니 망아지로 오해한 모양이다.

그래서 설명을 좀 더 보탰더니 아버지가 단호하게 고개를 저었다.

"아니, 그런 말은 뭐하러? 우리 아사에게는 아주아주 잘생기고 늠름한 말이 어울리지. 아빠가 이다음에 우리 아사 날개처럼 아주 새하얀 백마 한 마리 멋진 놈으로 사줄 테니 그런 싸구려 말 따위는 거들떠보지 말거라."

'이 아저씨가 당나귀랑 조랑말을 왜 무시한대?'

진짜 무시해서 그러는 건지 아니면 내가 아직 승마를 배울 수 없도록 수를 쓰는 건지 헷갈렸다.

나한테는 항상 말랑말랑한 면모를 보인 데다 얼마 전 황실 계보를 알게 된 일도 있어서 내가 떼를 좀 쓰면 성공할 수 있을 줄 알았건만 이렇게 만만치 않을 줄이야.

'아우 쒸~ 왜 이럴 때만 단호한 거야? 아오~ 내 말~ 내 승마보옥~'

결국 그렇게 해서 기껏 생긴 꿈이 물거품이 되자 나는 본래 나이에 맞지 않게 좀 많이… 삐쳤었다.

아마 기대가 컸던 만큼 실망이 컸던 모양인데, 덕분에 다음 날 유모의 간식 공세에도 불퉁해 있던 내 기분을 풀어준 건 의외로 나와 놀아주겠다고 매일 방문하게 된 예쉬였다.

얘는 한 번 마음을 열기 시작하자 나한테 호감과 정이 팍 팍 생기는지 매일 찾아왔다.

북궁은 여전히 출입 금지 구역이었지만 예쉬는 어쩌다 내 초대로 한 번 들어온 덕인지 예외가 된 모양이다.

원래 나는 애들을 좋아하는 편이 아니라서 예쉬가 선물을 바리바리 싸가지고 온 다음 날 또다시 방문했을 땐 솔직히 반은 시큰둥한 심정이었다.

이 나이에 애랑 놀아봤자 뭔 재미가 있겠나 싶었던 것이다.

단지 모르는 애도 아니고 어제 선물을 바리바리 싸가지고 온 정성이 있었기에 예의상 잠시 티타임이나 같이할 요량이었는데, 의외로 제법 즐거운 시간을 보낼 수 있었다.

예쉬가 나이에 비해 조숙한 데다 나보다는 이 세계와 황궁에 대해 아는 것이 많은 덕분이었다.

거기다 기회만 있으면 오라버니의 위신을 세우려고 하다 말발로 나에게 밀려 분해 하는 예쉬를 구경하는 것도 재미있었고 말이다.

아무래도 그동안 내가 무지 심심했었나 보다.

덕분에 유모도 큰 고생 안 하고 내 기분을 풀어줄 수 있어서 엄청 좋았던 모양이었다.

어제 선물의 답례라며 바리바리 뭔가를 잔뜩 싸주는 걸로도 모자라 배웅하는데 따라나서며 또 놀러 오라고 인사까지 하는 거 보면 말이다.

그랬더니 예쉬 녀석이 다음 날에는 웬 보드게임을 들고 찾아왔다.

말은 날 생각해서 자기가 특별히 준비해 온 거라고 하는데, 탁자 위에 보드게임을 내려놓는 예쉬 녀석의 표정에는 의미심장한 미소가 어려 있었다.

'하이고, 퍽이나~!'

아무리 나에게 마음을 열었다 해도 자기보다 어린애한테 밀리는 게 기분 좋았을 리 만무. 내 앞에서 제대로 세워지지 않는 오라버니의 위신을 이런 것으로라도 세우고 싶은 기색이 역력했다.

그 모습에 픽~ 웃음이 나왔지만 한편으로는 내가 어린애한테 적당히 할 생각도 못하고 너무 말발을 세운 게 아닌가 싶어 내심 찔렸던 터라 그냥 넘어가 주는 셈 치고 고개를 끄덕였다.

솔직히 난 보드게임 자체에는 별 흥미도 없어 이기든 지든 그닥 상관없을 것 같았기에 예쉬가 가지고 온 성의를 봐서라도 기분 풀어줄 겸 몇 번만 하고 물려야겠다는 생각이었다.

그런 마음가짐이라 게임 룰도 대충대충 흘려들으며 시작했으니 첫 판을 이긴 건 당연히 예쉬.

이긴 판을 정리하는 예쉬 녀석이 히죽히죽 웃어댈 때까지만 해도 나는 어른의 마음으로 너그럽게 같이 웃어줬다. '그렇게 좋냐?' 하면서 말이다.

그랬는데 두 번째 판도, 세 번째 판도 연속으로 예쉬가 승리하니—것도 손쉽게—은근히 열이 받는 것이었다.

분명 처음엔 예쉬의 기분을 위해서 이길 마음도 없었건만 아무리 그래도 쬐끄만 녀석이 너무 의기양양하게 웃으니 쬐께~ 거시기 한 것이 같이 웃어주기 싫어졌다.

게다가 그렇게 세 번을 내리 져버리니까 네 번째 판에는 아예 자기가 봐준다는 기색을 노골적으로 보이면서 플레이를 했는데, 그래도 내가 지니까 너무 의기양양해하는 거였다.

말로는 '익숙해지면 너도 잘할 수 있을 거야'라고 위로를 하는데 입은 양쪽으로 벌어져 있었다.

뭐, 그때까지는 그래도 쬐께~ 거시기~ 한 감정을 참을 수 있었다.

한데 다섯째 판에서 녀석이 자신의 능력을 양껏 과시하고 싶었는지 전 판과는 다르게 아예 처참하게 날 꼭꼭 눌러서 패배시키는 것이었다.

그러고는 '내가 이 정도야~' 하는 시선으로 날 바라보는데, 그 순간 내 머릿속에서 어른의 여유고 아량이고 싸그리 사라져 버렸고 대신 별 흥미 없던 보드 판 게임에 갑자기 승부욕이 활활 불타오르기 시작했다.

"이거, 게임 룰 다시 설명해 봐!"

예쉬가 가지고 온 건 오셀로라는 게임과 비슷한 건데, 체스 판처럼 가로세로 각각 여덟 개의 칸이 나뉘어져 있는 판 위에 동전처럼 둥글고 넓적한 알이 각각의 칸들을 차지하고 들어가 있었다.

둥글고 넓적한 알은 한 면은 검고 한 면은 하얀색인데, 절반은 검은색 면을, 나머지 절반은 하얀색 면을 드러내 놓은 상태로 게임을 시작해 번갈아가며 상대방 영역의 돌을 뒤집어 내 영역을 확대해 나가는 게임이었다.

그런데 무조건 뒤집기만 하는 것이 아니라 내 돌이 상하좌우 상대 팀의 돌에 둘러싸이게 되면 자동으로 내 돌도 상대편의 영역으로 넘어가게 되기에 어찌 보면 오셀로와 바둑이 뒤섞여 있는 느낌이기도 했다.

여차해서 여러 개의 사방이 막히면 그 여러 개가 한꺼번에 상대방의 영역으로 넘어가는 데다 한 번 넘어가면 그 영역의 사방을 다 둘러싸기 전에는 빼앗아 올 수 없기 때문에 제법 머리를 굴려가며 돌을 뒤집어야 했다.

다행히 내가 바둑을 좀 둘 줄 알아서 그 뒤로 집중해서 한 대여섯 판 정도 두다 보니 대충 감이 잡히기 시작했다.

그때부터 내리 지고 있던 내가 치고 나가기 시작하자 그와 함께 예쉬의 표정이 굳어갔다.

하지만 예쉬 녀석도 어리다고 만만하게 볼 상대가 아니었다.

나중에 알고 보니 예쉬는 주변 환경 때문에 같이 놀 또래가 별로 없는 탓에 대신 주위에 있는 어른들과 이 게임을 틈나는 대로 즐겼던 것이다. 아니면 혼자 있을 때 이 게임을 붙들고 연구하거나.

덕분에 내가 팔을 걷어붙이고 나섰어도 초반에는 승률이 기껏해야 2 : 8 정도였다.

하지만 거기서 머문다면 내 나이가 울기에 며칠 지난 뒤에는 거의 4 : 6 까지 따라붙었다.

기실 이번 판 전에는 아슬아슬하게 내가 예쉬한테 졌었다.

하지만.

"앗싸아~!"

"으악! 아오! 그게 왜 거기 있었던 거야?"

"음홧홧홧! 그러기에 전체적으로 꼼꼼히 잘 봐야 한다

니까."

내가 의기양양하게 웃으며 조언을 겸한 놀림을 던지자 예쉬가 날 째려보았지만 결국 툴툴거리며 다시 보드 판을 내려다보았다.

"아, 정말… 이걸 못 봤네."

아쉽다는 듯 입맛까지 쩝쩝 다시는 예쉬. 하지만 이미 승세는 내 쪽으로 완전히 기울어졌고 아무리 봐도 뾰족한 수가 나지 않는지 끙끙거리기만 했다.

덕분에 나는 여유 있게 옆에 마련된 쿠키를 하나 입에 털어 넣고 차까지 홀짝홀짝 마시며 중얼거렸다.

"게임 하는 사람 어디 갔나?"

"잠깐만 기다려!"

"클클클!"

"아기씨, 웃음소리가 왜 그러신 거예요?"

요상하게 좀 웃었다고 옆에서 대기하고 있던 유모의 잔소리가 즉각 날아온다.

그래서 나는 다시 웃어줬다.

"겔겔겔!"

"아기씨!"

내가 그렇게 유모에게 장난치는 동안에도 승기가 기울어진 보드 판을 끙끙거리며 바라보던 예쉬는 결국 묘수가 떠오르지 않았던지 이번 판을 포기했다.

"으으윽, 아까워. 아까 그걸 빼앗기지 말았어야 했는데……."

"캬캬캬~ 후회는 아무리 빨라도 늦은 법이란다."

"야, 너 너무 좋아하는 거 아니냐?"

"승리의 열매는 달콤한 법이지. 클클클~"

"오냐, 다음 판은 어디 두고 보자."

약 올라 하면서도 티를 내려 하지 않는 예쉬의 표정이 너무 재미있었다.

뭐, 내가 지면 나 또한 저런 표정이겠지만.

"이로써 이번 주는 3승 4패로군."

내 말에 예쉬가 아쉽다는 듯 입맛을 다시더니 창밖을 바라보며 한숨을 내쉬었다.

"한 판 더 하고 싶지만 벌써 갈 시간이네."

"그러네. 그래도 오늘은 두 판을 했어."

나나 예쉬의 실력이 비등비등해진 데다 서로 지지 않으려고 치열하게 임하는 바람에 게임 한 판 하는 시간이 점점 늘어나기 시작했다.

게다가 예쉬가 하루 종일 있는 것도 아니고 기껏 몇 시간만 머물다 가는데, 점심 같이 먹는 시간 빼면 게임 하는 건 기껏해야 한두 시간 정도.

그래서 요즘에는 하루에 두 판 하는 게 고작이었다.

"오늘은 이만 가보도록 하지. 아, 그리고 다른 게임이 있는데 그거도 한번 해볼래? 내가 이거 다음으로 즐겨 하는 게임인데 너도 제법 재미있을 거야."

애가 이걸로 확실한 승기를 못 잡으니 슬슬 다른 경기에 눈을 돌리는가 보다.

하지만 뭐, 나도 요즘 의외로 보드게임에 재미를 붙여가고 있던 터라 기꺼이 고개를 끄덕였다.

"좋아, 가지고 와봐."

"흥, 그 게임은 내가 더 자신 있는 거거든? 지금처럼 쉽게 안 질 거다."

"해봐야 아는 법. 도전을 받아주마. 음홧홧홧!"

그렇게 해서 예쉬 녀석이 저택을 방문하는 것이 거의 일상이 되어버리자 그로 인해 내 하루 일과도 조금 변경되었다.

아침에 날기 연습을 하고 난 뒤 씻고, 예쉬 녀석을 기다렸다가 점심을 같이 먹고 티타임을 가지는 식으로 말이다.

원래 내가 아침에 늦게 일어나는 편인 데다 오전에 날기 연습까지 하기 때문에 점심을 꽤 늦게 먹는데, 그 시간이 예쉬가 오전 수업을 끝내고 내가 살고 있는 저택을 방문하는 시간과 엇비슷하게 맞아 자연스레 둘이 같이 점심을 하게 되었다.

그 때문인지 봄이 되어 예쉬의 수업이 본격적으로 늘어났어도 예쉬가 저택을 방문해 같이 점심 먹고 조금 놀다가 가는 스케줄은 변함이 없었다.

단지 전에는 네 시간 정도 머물렀다 갔다면 이제는 세 시간 좀 안 된 시간만 머물렀다 가는 정도?

다행이라고 해야 할지, 수업이 두 배로 늘었다 해도 총 수업 시간까지 두 배로 늘어난 건 아닌 모양이다.

그런 인연으로 인해 예쉬와 꽤 친해진 나는 예쉬가 자신의 생일이라고 했을 때 기꺼이 선물 하나를 골라 그의 품에 안겨줄 수 있었다.

비록 그 선물이라는 게 처음 봤을 때부터 계속 장식장에 앉아 있는 신세였던 그 곰 인형이긴 하지만 예쉬는 무지 좋았는지 입가를 파르르 떨어댔고 유모를 비롯한 저택 사람들은 입을 떠억 벌렸다.

'하긴 그게 좀 비싼 거긴 하지.'

금빛 실로 둘러싸인 데다 눈엔 커다란 보석이 박혀 있었으니 말이다. 게다가 덩치는 좀 큰가.

내가 바닥에 떨어뜨렸다가 아방카랑 조앤이 기겁하고 조심스레 들어 올리는 모습을 본 후 맘대로 만지지도 못하고 그렇다고 어떻게 처분할 수도 없어 장식장에 두고 거의 잊고 살았던 애물단지였는데, 이렇게 유용하게 사용할 수 있어 나는 무척이나 만족스러웠다.

난 필요 없는 거지만 예쉬에게 줄 때는 엄청 비싼 데다 무지 소중히 보관했던 거라고 생색이란 생색은 다 냈고, 또한 공짜가 아니었다.

그와 맞먹는 가격의 내가 원하는 생일 선물을 예쉬에게 받기로 했던 것이다.

그게 뭔지는 다른 사람들에게는 비밀.

조앤한테 들었는데, 예쉬네 외할아버지가 이 나라에서 알아주는 부자란다.

그러니 내가 그 비싼 곰 인형을 과감히 던져 버릴 수 있었던 것이다.

그리고 그렇게 해서 며칠 전에 미리 받게 된 생일 선물은 확실히 무척이나 만족스러웠다.

'우히히~'

그걸 건네주던 예쉬 녀석의 떫은 감을 씹은 듯한 표정을 떠올리니 나도 모르게 웃음이 나왔다.

'역시 선물은 내가 원하는 걸 받는 게 제일 좋다니까.'

나는 따뜻하다 못해 더운 공기를 느끼며 고개를 주억거렸다.

이제 일주일 후면 내 생일이 돌아온다. 그것 때문인지 오랜만에 저택을 방문한 어머니도 내 주먹 반만 한 보석 원석을 하나 던져 주고 갔고 아버지는 내가 원하는 걸 사준다고 약속했다.

'그러고 보면 예쉬랑 친해지길 잘한 거 같아.'

예쉬에게 뭔가를 바라고 손을 내밀었던 게 아닌데, 의외로 내가 녀석에게 도움이 되는 것보다는 녀석에게 받는 게 더 많은 듯했다.

뭐, 가끔 예쉬를 보다 보면 한국에 있는 남동생이 떠올라 조금 씁쓸해지기도 했지만 말이다.

나이를 먹으면 먹을수록 동생과의 사이는 점점 벌어져 내가 이곳에 오기 바로 전에는 용무가 있을 때나 겨우 한 번씩 연락을 할까, 평소 살가운 안부 통화조차 안 하던 사이였다.

그리고 그렇게 연락을 해도 고운 말투를 주고받지도 못했고 말이다.

그게 지금은 너무나 마음에 걸렸다.

'만약 언젠가 돌아가서 얼굴을 볼 수 있다면… 사과해야

겠다.'

예쉬가 아니었다면 아마 난 평생 동생과의 관계를 되돌아볼 기회도 없이 그대로 잊어버렸을 것이다.

가볍게 고개를 흔들어 씁쓸함을 털어낸 나는 팔과 다리를 한 번씩 쭈욱 펴주고는 테라스의 내 전용 이착륙장에 올라섰다.

그동안 혼자서 서툴러도 꾸준히 날기 연습을 한 덕분에 예전보다는 실력이 조금은 늘어 내심 뿌듯함을 느끼고 있었다. 뭐, 여전히 이착륙은 잘 못해서 내 전용 이착륙장을 애용했지만 말이다.

가볍게 이착륙장에 올라가서 심호흡을 한 뒤에 날개를 활짝 펼치며 뛰어내렸다.

'음, 그래도 체력도 많이 는 거 같아.'

스스로 느끼기에도 전보다 훨씬 날개가 빠릿빠릿해진 데다 강해졌다.

거기에 아직 정확하게 재지는 않았지만 옷의 소매가 확연히 짧아진 걸 보니 키도 더 큰 것 같다.

이 정도라면 말도 탈 수 있을 것 같으니 나중에 기회 봐서 한 번 더 아버지를 졸라볼 예정이다.

원래는 내년쯤을 생각하고 있었지만 며칠 전 예쉬 녀석과 대화하던 중 우연치 않게 말에 대한 이야기 나왔는데, 놀랍게도 매일 예쉬를 따라 저택에 오는 시종 루비오한테도 애마가 있다는 것이었다.

애마라니 얼마나 멋진가.

덕분에 그 뒤의 이야기는 예쉬의 애마 자랑으로 이어지고 말았다.

예쉬 녀석의 애마는 전체가 짙은 밤갈색인데 특이하게 말 발굽에만 하얀 털이 있다나 어쨌다나.

그러면서 엄청 빨리 달린다는 둥, 마치 사람처럼 말을 잘 알아듣는다는 둥~

'아우, 얄미운 녀석. 나도 말 한 마리 키우고 싶어~ 백마나 흑마처럼 특별한 것도 필요 없어. 그냥 예쁘고 순한 녀석이기만 하면 돼.'

몸이 어려지고 애랑 놀아서 그런가? 예쉬 녀석을 상대할 때는 어른의 태도고 마음이고 다 잊어버리고 나도 모르게 은근히 경쟁심을 불태우게 된다.

그렇게 이런저런 생각을 하다 보니 벌써 저택 주위를 둘러싼 숲을 따라 한 바퀴를 다 돌았다.

힐끗 태양의 위치를 확인하니 평소보다 약간 시간이 일렀다. 실력과 체력이 늘어나서 그런지 날아다니는 속도도 한층 더 빨라졌다.

'흠, 내친김에 한 바퀴 더?'

하지만 한 바퀴를 또 돌기에는 시간이 부족한 것 같아 나는 대신 숲 속으로 날아들어 갔다.

오랜만에 장애물 날기를 해볼 생각이었다. 많이는 안 하고 요기서 저기까지만 하고 저택으로 들어가면 시간이 얼추 맞을 것 같았다.

'흠, 저 정도면 가능하겠는데?'

적당한 공간을 발견하고는 그쪽 방향으로 날아들어 가는데, 저쪽에서 수상한 소음이 들려왔다.

두두두두!

워낙 넓은 숲이다 보니 가끔가다 토끼나 사슴 같은 초식동물이나 여우 같은 작은 육식동물들의 모습이 보이기는 했지만 걔네들(?)은 저렇게 단체로 움직이지 않았다.

거기다 저렇게 요란하게(?) 소리를 내며 다니지도 않았고 말이다.

'뭐지? 무슨 일이지?'

일단 저들 눈에 뜨이지 않는 곳에서 상황을 지켜보는 것이 좋을 것 같아 나는 하늘로 솟구쳐 올랐다.

그와 함께 소리가 나는 방향을 계속 주시하니 굵고 무성한 나뭇가지와 푸른 나뭇잎 사이로 언뜻언뜻 알록달록한 색들이 빠르게 지나가는 모습이 보였다.

그들이 요란한 소리를 내며 빠르게 달릴 수 있었던 건 모두 말을 타고 있었기 때문이었다.

'어쩐지 소리가 엄청 요란하더라니……. 인원이 많아서 그랬구만?'

난 그래서 북궁에 뭔 일이라도 난 줄 알았다.

예쉬가 북궁에 매일 출근하고 있는 요즘에도 예쉬를 제외한 다른 이들은 저택은 물론 저택을 둘러싸고 있는 이 숲에도 엄격하게 출입이 금지되어 있다고 알고 있다.

그래서 프레스턴 경도 예쉬와 만난 이후 날 찾아와서 혹 다른 사람을 보게 되면 뭔가 하려 하지 말고 무조건 저택 사람들에게 신호를 보내라고 신신당부했었다.

'뭐, 난 말을 잘 듣는 착한 어린이니까.'

그들의 모습을 보자마자 우선적으로 팔찌에 있는 붉은색 보석을 꾸욱 눌러 저택으로 S.O.S 신호를 보내고는 계속 허공에서 그들의 뒤를 쫓아갔다.

유모랑 프레스턴 경은 분명 나서지 말고 신호를 보내라고 했고 나는 분명 신호를 보내고 나서지 않을 생각이다.

단지 무슨 일인지 좀 살펴보겠다는 거지.

그건 나서는 것과는 완전히 다른 데다 나 또한 이 숲의 주인인 이상 뭔 일인지는 알고 있어야 하지 않겠는가 말이다.

'난 말 안 들은 거 없어.'

속으로 변명 삼아 중얼거리며 조금 더 높이 솟구쳐 올라 상황을 살피니 앞쪽의 두 사람이 십여 명 정도 되는 사람에게 쫓기고 있다는 걸 알 수 있었다.

'오오~ 한낮의 추격전이라니. 이건 영화나 드라마에서나 볼 수 있는 거잖아?'

그러나 그 흥미진진한 추격전은 얼마 지나지 않아 끝이 나고 말았다.

추격을 피해 도망가던 두 인영이 숲 속의 넓은 공터에 도착했을 때 그들 앞을 또 다른 무리가 가로막았던 것이었다.

아마 쫓아가던 일행이 미리 두 팀으로 나뉘어 한 팀은 뒤에서 쫓고 다른 한 팀은 우회하여 예상 길목 앞에 미리 가 있었던 모양이다.

결국 도망가던 두 인영은 어쩔 수 없이 그 공터에서 말을 멈춰 세워야만 했고 그들을 쫓던 무리도 그들과 일정 거리를 두고 말을 세웠다.

넓은 공터라고 해도 주위에 커다란 나무가 굵은 나뭇가지들을 사방으로 쫘아악 펼치고 있는 터라 공중에서는 그들의 모습을 제대로 볼 수가 없었다.

게다가 이제 하나둘 말에서 내리는 그들이 뭐라고 이야기하는지도 잘 들리지 않았고 말이다.

그리하여 나는 높은 허공에서 지켜보는 대신 공터 주위에 있는 커다란 나무 위에 내려서기로 했다.

이제는 가능해진 날갯짓과 마법 팔찌를 이용하면 어렵지 않은 일이었다.

마법 팔찌를 이용해 몸을 허공에 띄운 상태로 날개를 최대한 접어 몸에 바짝 붙이니 수월하게 나뭇가지 틈새로 들어갈 수 있었다.

요즘은 예쉬 녀석과 승마 건 때문에 몸집이 언제 크나 고민했는데, 지금 이 순간만은 작은 몸집이라는 게 정말 고마웠다.

나뭇가지 안쪽으로 들어갈수록 몸과 날개가 나뭇가지와 부딪쳐 부스럭거리는 소리가 났지만 나에게는 다행스럽게도 사람들은 바람 때문에 나는 소리라고 여기는지 별로 신경 쓰지 않았다.

'후우우~ 다행이다.'

그래도 최대한 조심조심해서 적당한 위치의 굵은 나뭇가

지 위에 몸을 안착시킨 난 본격적으로 아래를 살피기 시작했다.

한데 잠시 후 내가 앉은 방향 바로 맞은편에 있는 인물을 보고는 너무 놀라 하마터면 나무에서 떨어질 뻔했다.

'예, 예쉬? 아니, 쟤가 왜 여기 있는 거야?'

물론 매일 내가 사는 저택을 방문하니 오늘도 방문하러 오는 길일 수도 있지만 왜 하필 숲에서 사람들과 함께 옹기종기(?) 모여 있냐는 거다.

예쉬의 바로 옆에는 그의 실과 같은 존재인 시종 루비오도 함께 있었다.

그 둘은 각자 말 한 마리씩을 데리고 내가 앉아 있는 방향을 보고 서 있었고 나머지 사람들은 일정한 거리를 둔 채 그들을 빙 둘러싸고 있었다.

'헐! 아니, 아까 쫓기고 있던 사람이 예쉬였던 거야?'

아까는 그들을 쫓고 있는 이들이 대충 십여 명 정도였는데, 거기에 앞을 가로막았던 사람들이 합류하자 예쉬를 둘러싼 이들은 배로 불어났다.

'하나, 둘, 셋, 넷… 어라라? 스무 명이잖아?'

치사한 녀석들이다. 단 두 사람을 스무 명이 떼를 지어 쫓아오다니 말이다.

게다가 머리도 좋았다.

두 팀으로 나눠 한 팀은 뒤를 쫓아가고 또 다른 한 팀은 미리 가서 앞을 차단하고 있었다는 소리는 사방 어디로든 갈 수 있는 숲에서 앞을 가로막는 팀이 있는 곳으로 달려가게끔 몰아갔다는 거니까.

'아니, 이제 열한 살 된 애한테 이게 무슨 짓이여?'

보아하니 예쉬를 둘러싸고 있는 녀석들은 최소한 예쉬보다 한두 살은 더 많아 보이는데 나이도 많은 녀석들이 이게 무슨 짓인지 모르겠다.

'아무래도 저놈들이 예쉬를 괴롭혀 온 녀석들인 거 같은데? 저리 패거리가 많으니 아무리 예쉬라도 상대하기 힘들었겠어.'

누군가가 그랬다. 전쟁의 전술 중에서 피해와 비용 등등을 모두 무시하고 무조건 승리할 수 있는 전술이 바로 인해전술이라고.

'다굴에는 장사가 없는 법이랬지. 이거 잘하면 유모랑 프레스턴 경 말을 저버리는 사태가 올지도 모르겠는데?'

나는 미리 그들에게 마음속으로 사과와 양해의 말을 전한 뒤 아래의 상황에 신경을 집중했다.

"푸하하! 꼴좋구나. 쥐새끼처럼 잘도 도망치더니……. 이젠 어디로 도망칠 테냐?"

예쉬에게 깐죽거리는 녀석은 내 쪽으로는 등을 보이고 있었기에 얼굴은 안 보였지만 덩치로 보아 예쉬보다 두어 살 더 많은 것 같았다.

그래 봤자 나한테는 한참 어린애였지만.

'쬐그만 녀석이 이런 짓은 어디서 배웠대?'

칙칙한 느낌의 금발을 가진 녀석은 참으로 화사한 다홍색 재킷을 입고 있었다.

그것도 등 가운데 부분에 세로로 쫘아악 굵은 금색 선으로 포인트를 준 호화스러운 재킷이었다,

등 부분이 저 정도이니 앞부분은 안 봐도 엄청 화려할 것이란 짐작이 쉽게 갔다.

비록 앞은 못 봤지만 저 꼬맹이한테는 저 재킷이 정말 안 어울릴 거라는 데에 내 인형을 몽땅 걸 수도 있었다.

"폐하께서 금지하신 곳에 들어오다니 네놈이 요즘 간덩이가 붓다 못해 이제는 아예 간덩이를 밖에 내놓고 다니는구나."

"제가 보기에는 황명으로 금지된 곳에 들어온 사람이 저만은 아닌 것 같습니다만?"

"그래, 그래, 너 말고도 음침한 네 시종도 있지. 걱정 마라. 둘이 같이 끌고 가줄 테니. 외롭고 무서워서 질질 짜는 일은 없을 게다."

별로 우습지도 않은 다홍색 재킷의 말에 옆에 있던 녀석들이 엄청 재미있다는 양 크게 웃어댔다.

'흐음, 저 웃긴 다홍색 재킷 녀석이 대장이군.'

어린 녀석들이 벌써부터 처세술을 보이는 것에 기가 막히기도 하고 '뭔 환경에서 살기에 벌써부터'란 생각에 조금은 동정심이 생기기도 했지만 그 마음은 곧 지워 버렸다.

예쉬를 둘러싸고 있는 녀석들 대부분이 17, 8세 정도로 보였다.

가장 어려 보이는 녀석도 14, 5세. 그런데 더 어처구니가 없는 건 성인도 대여섯 명 정도 보인다는 거였다.

어른이 되어가지고 어린애들이 이런 못된 짓을 벌이는 걸 그냥 두고만 보다니.

하등 상관없는, 그냥 지나가는 사람이었다면 또 모른다. 저들의 폼은 분명 저 꼬맹이들과 같은 일행이라는 걸 보여주고 있었다.

'그러니까 저 녀석들이 제대로 자라겠냐고.'

나중에 저 녀석들을 다 잡으면 저 어른들은 처벌받을 때 가중처벌을 받도록 이 일을 모두 고자질해야겠다고 결심하는 와중에 상황은 점점 더 점입가경으로 흘러갔다.

"저희를 끌고 가는 건 전하 또한 이곳에 오셨다는 증거가 될 텐데요?"

"하, 그 무슨 소리십니까? 전하께서는 단지 황명을 어긴 황자를 잡기 위해 어쩔 수 없이 이곳으로 들어오신 것으로 알고 있는데요?"

다홍색 재킷 옆에 있던 또 다른 녀석이 나서서 예쉬에게 대구하자 주변에 있던 녀석들도 너도나도 나서서 그 말이 맞다고, 그게 왜 잘못이냐고, 이건 상을 받아야 할 일이라고 중구난방으로 떠들어댔다.

'잘들 논다.'

예상은 했지만 저 다홍색 재킷 녀석, 아무래도 아버지가 '안 사랑하는 자식' 중 한 명인가 보다.

저 꼬라지를 보니 아버지가 외면한다 해도 내가 미안해할 일은 없을 것 같다.

혀를 끌끌 차며 나중에 예쉬한테 맛있는 거라도 듬뿍 대접해야겠다고 결심하는데, 주변의 꼬마 아첨꾼들 덕분에 어깨가 으쓱해진 다홍색 재킷이 기분 좋은 목소리로 입을 열었다.

"황명을 어기다니, 네가 황자라고 해도 결코 그냥 넘어가지 않을 것이다. 5황비께서 많이 우시겠구나."

'저 자식이 치사하게시리 왜 예쉬네 어머니까지 들먹이고 그래?'

왠지 불안해서 걱정스레 예쉬를 살폈더니 과연 예쉬가 덤덤하던 아까에 비해 한 톤 낮은 목소리로 입을 열었다.

"제 어마마마까지 걱정해 주시다니 감격하다 못해 긴장까지 되는군요."

"천한 피를 이어받았다 해도 같은 황실의 일원인데 걱정할 수밖에. 나도 너를 이대로 잡아 폐하 앞에 대령하기에는 맘이 편치 않군. 그렇다 해도 이곳에는 눈이 많으니 그냥 넘어가 줄 수도 없고……."

능글맞게 말끝을 끄는 다홍색 재킷 녀석의 어조가 기분 나빴다.

"원하시는 게 뭡니까?"

"여기에 있는 이들은 냉정한 이들이 아니지. 또한 은혜도 알고. 황자인 네가 직접 나서서 여기에 있는 이들을 즐겁게 해준다면 이들이 어찌 너를 외면할까. 안 그러냐?"

다홍색 재킷 녀석이 주변을 돌아보며 묻자 당연하겠지만 주변에 있는 녀석들이 이구동성으로 동의한다.

"다들 그렇다는구나. 그럼 너는 어쩌하냐?"

"제가 해야 할 일에 따라 달라지겠지요."

비록 뒤돌아 있어 보이지는 않았지만 난 지금 다홍색 재킷 녀석이 비열하게 웃고 있을 거라 확신할 수 있었다.

"우리는 지금 사냥을 가던 중이었다. 한데 너 때문에 사냥을 하지 못하게 되었으니 네가 그 즐거움을 대신해 준다면 좋을 것 같구나."

"그러니까… 저보고 사냥감 노릇을 하라는 말입니까?"

'뭣이여? 여기까지 몰아온 것도 모자라 또 사냥감 쫓기를 하겠다는 말이냐?'

내가 지금 여기서 저 웃긴 다홍색 재킷 녀석 위로 떨어져 내리면 어떨까 심각하게 고민하는데 딴 녀석이 나섰다.

"이 많은 사람이 하나의 사냥감을 쫓으면 그게 무슨 재미겠습니까? 게다가 여기는 금지의 숲. 여기서 사냥감 몰이를 하는 것도 마땅치 않을 터. 저에게 좋은 생각이 있는데 한번 들어보시겠습니까, 전하?"

다홍색 재킷 녀석 바로 옆에 있던 짙은 초록색 재킷 녀석이 나섰다.

이 녀석도 내 쪽으로 등을 돌리고 있어 잘은 모르겠지만 목소리로 보나 다홍색 재킷 녀석보다 약간 더 큰 키로 보나 분명 다홍색 재킷 녀석보다 한두 살은 더 먹었을 것이다.

"호오, 형님께서 좋은 생각이 있으시다니 궁금하군요. 그게 무엇입니까?"

"마침 우리 모두 각자의 활을 가지고 있으니 활쏘기 게임을 하는 게 어떻겠습니까? 과녁은……."

짙은 초록색 재킷은 말을 맺지 않았지만 모두의 시선은 다 예쉬를 향해 있었다.

"오호, 그거참 재미있겠습니다. 아아~ 걱정하지 말거라. 여기 있는 이들은 모두 명사수인데 설마 널 해할까?"

"맞습니다, 전하."

"당연하지요."

다홍색 재킷 녀석의 말에 주변 애들이 또 요란하게 동의해 준다.

'아오~ 저 초록색 재킷 녀석도 아버지의 떨거지 자식인 가? 내가 웬만하면 이런 생각 안 하는데, 자식들이 저 꼬라지 인 거 보니 저 녀석들 친모들이 어떨지 안 봐도 훤하다.'

"사양하겠습니다. 차라리 저를 끌고 폐하 앞으로 가시 지요."

단호하게 거절하는 예쉬의 태도에 나는 절로 고개가 끄덕 여졌다.

'잘했다. 그래, 저 녀석들이 하라는 대로 하는 건 바보지. 암, 네가 안 할 줄 알았다.'

"호오, 황명을 어긴 죄목이 두렵지 않나 보지?"

"제 잘못을 회피하지 않겠습니다. 기꺼이 벌을 받겠습니다."

"참으로 기특한 태도구나. 그런데 이를 어쩐다? 나는 활쏘 기 게임을 하고 싶은데? 안됐지만 네가 희생하는 수밖에 없 겠구나."

그렇게 치사하게 말한 다홍색 재킷이 말을 끝내자마자 주 변에 있던 녀석들이 손을 들어 올렸다. 믿을 수 없게도 그 녀석들의 손에는 모두 활이 들려 있었다.

'저, 저거 진짜 활이야?'

나는 직접 보면서도 내 눈을 의심했다.

전생과 현생 다 합쳐서 활이라는 건 영화나 TV에서나 보던 거였다.

그런 활을 실제로 보게 된 건 둘째 치고 활은 살상용 무기가 아닌가 말이다.

남을 상하게 하거나 심하면 죽게 할 수도 있는 무기를 자신보다 어린 애한테 아무렇지도 않게 겨누는 걸 도저히 납득할 수 없었다.

'저, 저 대가리에 피도 안 마른 것들이!'

"자, 얌전하게 말을 듣는 게 어떨까?"

다홍색 재킷이 비열하게 이죽거리자 예쉬가 이를 악무는 게 보였다.

"싫습니다. 차라리 쏘시지요."

나는 더 이상 가만히 있을 수 없어 벌떡 자리에서 일어났다.

뚝.

'응? 뚝?'

손 아래에서 들린 뜬금없는 소리에 고개를 갸웃거리는데 왠지 오른손이 자유롭다.

나는 지금 몸을 고정시키기 위해 양손에 나뭇가지를 하나씩 꽉 잡고 있었는데 말이다.

시선을 돌려 보니 오른손에 꽉 쥐고 있던 나뭇가지가 부러져 있었다.

'윽!'

그 모습에 움찔 놀라는 순간, 내 몸이 균형을 잃고 흔들렸다.

'헉~!'

다급한 나머지 아직까지는 나뭇가지를 잡고 있던 왼손에 힘을 주자 마치 화답하듯 새로운 소리가 들렸다.

뚜두욱.

그와 함께 왼손이 자유로워졌고 내 몸은 내가 어찌할 새도 없이 뒤로 넘어가 그대로 추락하기 시작했다.

"헉! 레, 레비테이셔언!"

다행이라고 해야 할지, 허공에서 떨어지는 일에 너무나 익숙해져 있는 나는 잠깐 기겁 좀 해주시고 잽싸게 익숙한 단어를 내뱉었다.

그러자 곧 지잉 하는 익숙한 진동음과 함께 빠르게 떨어지던 속도가 천천히 느려지기 시작했다. 그 틈에 날개와 팔다리를 허우적거려 몸을 일으키려고 했는데, 일어나는 대신 몸이 뒤집어져 버렸다.

즉, 등을 아래로 두고 떨어지다가 얼굴을 아래로 두고 떨어지는 형태가 된 것이다.

그리고 그즈음 내 몸은 허공에서 멈춰 섰다. 땅 위 바로 10여 센티미터 정도 되는 높이였다.

"헉!"

바로 눈앞에서 떠억 버티고 있는 땅의 모습에 놀라 절로 헛바람을 들이켰다.

그러나 곧 늦지 않게 마법이 발동되어 땅에 부딪치지 않다는 걸 깨닫고는 안도의 한숨을 내쉴 수 있었다.

"클 날 뻔했네."

한숨만으로도 부족해 가슴까지 쓸어내린 후 몸을 똑바로 세워 발로 땅을 딛고는 팔찌를 톡 쳐서 마법을 해제시켰다.

그러고 나서 내 상태를 살펴보니 나뭇가지 틈새로 떨어져 내린 탓에 머리며 옷이 완전 엉망이었다.

'끄응~ 유모가 보면 장난 아니게 뭐라 할 거 같은데…….'

손등에는 긁힌 상처도 나 있고 얼굴도 따끔거리는 걸 보니 얼굴에도 몇 개 스크래치가 난 듯했다.

나중에 들을 유모의 잔소리가 벌써부터 걱정이 된 나는 대충 머리며 옷에 붙은 나뭇잎이랑 나뭇가지 등등을 털어내기 시작했다.

머리도 그동안 많이 길어서 이제는 어깨 밑으로 내려왔다.

풀고 다니면 가끔 머리카락과 날개 깃털이 엉키는 경우도 있어 엄청 귀찮아진 나는 숏커트로 잘라 버리려고 했는데, 주변 사람들이 결사적으로 말려서 아직까지 못 자르고 있었다.

대신 날기 연습할 때는 방해되지 않게 꼭꼭 묶거나 땋고 다녔는데, 그 때문에 지금 머리카락 사이에 낀 나뭇가지인지 나뭇잎인지가 잘 안 빠졌다.

'에이 씨, 그냥 확 풀어서 빗을까?'

대충 머리를 쓸어보니 머리카락 사이에 낀 게 한두 개가 아니다.

오늘은 머리를 양 갈래로 땋아 내렸는데, 저택을 나올 때는 말끔했던 머리 모양새가 지금 만지니 머리카락도 많이 빠져나와 까치집 같다.

그걸 가지고 씨름하느라 나는 내 앞에서 황당한 표정으로 서 있는 사람들을 까맣게 잊고 말았다.

누군가가 나를 향해 의문을 표하기 전까지 말이다.

"이건 뭐야?"

"응?"

그제야 앞에 있던 사람들에게 생각이 미친 내가 고개를 들자 황당함과 의아함이 뒤섞인 수많은 시선과 조우할 수 있었다.

약간 뻘쭘하긴 했지만 덕분에 예쉬를 겨누던 활들이 바닥으로 내려가 있으니 쪽팔림을 무릅쓴 보람이 있었다.

한데 내가 이렇게 희생을 해서 상황을 변화시켰으면 예쉬 녀석은 변한 상황에 맞춰 유연하게 대처해야 할 게 아닌가.

멍청하게 날 보고 놀란 외침을 터뜨리지 말고 말이다.

"아사?"

'으이그, 저 바보.'

평소에는 나이에 비해 조숙하던 녀석이 지금은 왜 저리 어리숙한지 모르겠다.

예쉬를 둘러싸고 있던 녀석들이 내 등장으로 인해 당황해 있던 터라 예쉬는 별로 어렵지 않게 그들 틈을 빠져나와 나에게 다가올 수 있었다.

"네가 여기 왜 있어?"

"그러는 너야말로 왜 나를 아는 체하고 그러냐? 기껏 저 녀석들 정신을 흩뜨려 놨더니만."

놀란 얼굴의 예쉬를 한번 째려봐 준 나는 까치집 머리는 포기하고 옷이나마 마무리하고자 다시 치마바지를 탈탈 털어대며 투덜거렸다.

"내 기필코 다음에는 평범한 바지를 얻어내고야 말겠어. 여자라고 무조건 치마처럼 생긴 것만 입어야 한다는 게 말이 돼? 어휴, 이 먼지. 야, 이것 좀 떼어봐."

다행히 나는 아직 어렸기에 바닥에 끌릴 정도로 치렁치렁한 걸 입지 않아도 되긴 했지만 멋을 낸다고 곳곳에 레이스와 리본들을 달아놓은 바람에 들러붙은 것들이 잘 떨어지질 않았다.

"지금 그런 소리나 할 때냐? 너 바보야? 척 보고 안 좋은 상황이면 알아서 피해갈 것이지 뛰어들기는 왜 뛰어들어? 대책은 가지고 뛰어든 거냐?"

이 자식이 기껏 도와주려고 온 사람한테 타박이다.

그나마 손이라도 내가 시키는 대로 얌전히 옷에 붙은 것들을 떼어내고 있기에 봐주는 거지 아니었으면 맛있는 음식 대접하겠다는 결심을 철회할 뻔했다.

"넌 내가 아무 생각도 없는 멍청이로 보이냐?"

당당한 내 말에 잔뜩 굳어 있던 예쉬의 얼굴이 조금 펴지며 그가 막 입을 열려는 찰나 반갑지 않은 목소리가 끼어들었다.

"이거, 이거… 정말 놀랍지 않습니까? 우리 동생이 이 숲에 무엇을 숨겨두고 있는지 좀 보십시오."

"호오, 조인족이라……. 황궁 내에 소문이 자자한 그 북궁의 조인족이렷다?"

짙은 녹색 재킷과 다홍색 재킷 녀석들이었다.

녀석들이 완전히 내 쪽으로 몸을 돌려주는 바람에 나는 드디어 녀석들의 얼굴을 볼 수 있었다. 제법 단정하게 생기긴 했는데, 거만한 표정과 비열한 미소 덕분에 미모가 다 죽어 버렸다.

하지만 열 받는 건 저 두 녀석의 눈동자 색이 예쉬랑 나처럼 은보랏빛이라는 것이었다.

'아오~ 아버지는 유전자를 물려주더라도 저 눈만은 물려주지 말 것이지.'

"뭐, 소문의 그 조인족이 아니라 그 조인족의 자식이겠지요."

"하, 소문이 사실이었어. 정말 여기에 조인족 노예가 있었군."

그들의 시시덕거림에 예쉬가 입을 열었다.

그것도 마치 나를 보호하려는 양 날 자신의 등 뒤로 밀어내며 말이다.

"조인족은 노예가 아닙니다. 설마 두 분, 황명에 의해 모든 이종족이 기사 작위를 가진 이로 대우 받는다는 걸 모르시지는 않겠지요?"

"닥쳐라! 우리가 네놈 같은 줄 아느냐?"

짙은 녹색 재킷 녀석이 인상을 찡그리며 말하자 예쉬가 다시 입을 열었다.

나는 예쉬의 등 뒤에 있어서 보지는 못했지만 이때 예쉬가 예의 그 얄미운 미소를 짓고 있으리라는 걸 쉽게 짐작할 수 있었다.

"그렇다면 이종족에게 노예 운운한다는 건 이들의 명예를 모욕하는 거라는 걸 잘 아시겠군요."

"너, 이……."

예쉬에게 한 방 먹은 짙은 녹색 재킷 녀석이 얼굴을 일그러뜨리며 할 말을 찾지 못할 때 옆에 있던 다홍색 재킷 녀석이 나섰다.

"명예? 내 앞에서 명예를 운운하다니 우습군. 나한테는 기사나 노예나 별 차이가 없다는 걸 알고 있나?"

"이 나라와 폐하와 황실에 충성을 맹세한 수없이 많은 기사가 들으면 슬퍼할 말씀이군요."

"물론 난 그들 앞에서는 이런 말을 하지 않지. 그리고 황명에 의해 예전과는 다른 대우를 받는다 해도 그들이 노예였다는 건 변하지 않는 사실이야. 안 그래? 비록 귀족 작위를 가지고 있다 해도 네 외가의 핏줄이 천한 태생이라는 게 변하지 않는 것처럼."

'나 원 참, 쪼그만 녀석들이…….'

예쉬가 나서기에 가만히 듣고만 있어줬더니 갈수록 가관이다.

최근 대한민국 초등학생 중 싹수가 노란 녀석이 많다고 하던데 어디 이 녀석들만 할까 싶다.

특히나 저 다홍색 재킷 녀석은 싹수가 노랗다 못해 말라비틀어졌다.

'옷 입는 센스도 밑바닥인 녀석이 성품까지도 밑바닥이라

니… 왠지 네 인생이 불쌍하다.'

뒷모습만 보고도 짐작은 했지만 정말 앞을 보니 색뿐만이 아니라 재킷에 붙은 장식들이 너무 과해서 보는 것조차 부담스러울 정도였다.

저걸 입힌 사람이나 그걸 좋다고 입고 다니는 애나 뭔 생각인지 궁금할 지경이다.

내가 새삼 녀석의 재킷 모습에 다시금 고개를 젓고 있는 사이 이번에는 다홍색 재킷 뒤에 있는 또 다른 녀석이 맞장구를 쳤다.

"천한 피가 어디 가겠습니까? 그러고 보니 둘이 참 잘 어울리지 않습니까?"

"하기야 네 말이 옳구나. 천한 것들끼리 참 잘 어울려."

'쯧쯧, 너희야말로 정말 끼리끼리로구나.'

이제는 우습지도 않은 행태에 나는 혀를 끌끌 차며 넘겨 버렸지만 예쉬는 그럴 수 없었던 모양이다.

비록 얼굴은 보이지 않았지만 딱딱하게 굳은 어깨나 꽉 쥐어진 주먹을 보자니 저 되바라진 녀석들의 말에 상처를 입은 듯했다.

아무래도 저 녀석들을 이대로 뒀다간 예쉬가 울컥해서 뭔 일을 저지를 것 같아 이쯤해서 나도 나서기로 했다.

"시끄러, 웃긴 재킷!"

"뭐, 뭐?"

비록 이름을 몰라 이렇게밖에 부르지 못했지만 손가락질까지 동원한 내 말에 즉각 자기 이야기임을 알아챈 녀석의 얼굴이 자신의 재킷만큼이나 빨개졌다.

"아까부터 말해주고 싶었는데, 그 재킷, 너한테 무지 안 어울려. 색이 그게 뭐냐?"

"뭣이라? 천한 녀석이 감히!"

다홍색 재킷 녀석이 당장에라도 나에게 달려들 듯이 흥분하자 아까 예쉬에게 천한 피 운운하던 녀석이 말리고 나섰다.

"진정하시지요. 전하께서 직접 손을 쓰시다니요. 전하의 손이 더럽혀질 뿐입니다."

"그럼요. 게다가 천한 녀석이 이 재킷이 어떤 재킷인지나 알아볼 수 있겠습니까?"

짙은 녹색 재킷 녀석은 때는 이때다 싶었는지 나를 깔아뭉갰다.

"흥, 하긴 너같이 천한 게 이런 걸 본 적이나 있을까?"

그 말이 효과가 있는지 다홍색 재킷을 입은 녀석이 흥분을 가라앉히고는 날 비웃으며 말했다.

'쬐끄만 게 감히 누구한테 도발을 걸어?'

그래서 나도 코웃음을 쳐주며 입을 열었다.

"놀고 있네. 많은 해물에 엄청 매운 조미료를 넣어 칼칼하고 시원하게 끓인 국물에 굵직한 면발 넣은 음식 같은 놈!"

원래는 해물 짬뽕 같은 녀석이라고 말하고 싶었는데 여기에 해물 짬뽕이라는 음식이 있는지 몰라 이렇게 말했다.

나중에 내가 크면 한번 만들어보리라 결심하며 외쳐줬더니 주변 사람들이 벙찐 얼굴이다.

"네 재킷 엄청 구려! 해물에 엄청 매운 조미료를 넣어 칼칼하고 시원하게 끓인 국물에 굵직한 면발 넣은 음식의 국물 색보다 열 배는 더 구리다!"

칼칼하다니, 생각만 해도 정말 그리운 맛이 물씬 풍기는 단어다.

내 저택에 있는 사람들은 절대로 나한테 자극적인 맛의 음식을 안 해줬기에 나는 이 세상에는 매운 음식이 없는 줄로만 알았다.

예쉬랑 대화하던 중 우연치 않게 맛에 대한 이야기가 나와서 알게 되지 않았더라면 아마 몇 년이 지나도 계속 몰랐으리라.

'아, 그것도 예쉬에게 고맙다고 해야 하나?'

"저 하찮은 것이 감히~!"

다홍색 재킷 녀석이 펄펄 뛰자 잠시 뒤로 물러나 있던, 이곳에서 몇 안 되는 성인이 슬그머니 앞으로 나섰다. 명이 떨어지면 날 잡을 생각인 모양이었다.

그러자 내 옆에 있던 예쉬 또한 그걸 알아차린 모양인지 황급히 나를 뒤로 끌었다.

한데 그때,

"전하, 저에게 갑자기 괜찮은 생각이 떠올랐습니다만."

짙은 녹색 재킷이 나섰다.

뭐, 그렇다고 나에게 좋을 것 같지는 않았다. 녀석이 날 향해 비릿하게 웃고 있었으니까.

"그렇지 않아도 우리는 인원이 많아 활쏘기 게임할 때 과녁이 너무 적은 듯했는데, 과녁이 하나 더 늘어나면 좋지 않겠습니까? 거기다 훨씬 작은 과녁이라면 더 재미있을 것 같습니다."

"호오, 그거참 괜찮은 생각이군."

"도망가. 어서. 여긴 내가 알아서 처리할게."

예쉬가 다급하게 속삭였지만 그럴 거면 애초에 난입하지도 않았다.

"됐구. 저 녀석들 역시 네 형제들인 거지? 저 다홍색 재 킷이랑 짙은 녹색 재킷은 확실한데 다른 애들은 잘 모르겠다."

"뭐? 넌 지금 이 상황에 그딴 게 궁금하냐?"

내 태평한 말에 예쉬가 황당하다는 시선으로 날 돌아보며 물었다.

"너 말이야……."

그런 예쉬에게 나는 다시금 내가 아무 생각 없이 뛰어든 게 아니라는 걸 말해주려고 했는데, 다홍색 재킷 녀석 때문에 기회를 잃어버렸다.

"자, 그럼 과녁을 어디에다 둘까?"

"뭐, 지금 저 자리에 두는 것도 나쁘지 않을 거 같습니다만."

"아, 게임을 한 번에 끝내면 아쉬우니까 큰 과녁으로 한 번 하고 작은 과녁으로 한 번 더 하는 게 어떻겠습니까?"

"그거 괜찮군요."

저희들끼리 북 치고 장구 치고 춤까지 춘 녀석들은 기다렸다는 듯이 활을 우리에게 겨눴다.

"그럼… 작은 과녁은 저쪽으로 치워 버려야겠군."

"놀고들 있네!"

날 꽉 붙들고 있는 예쉬의 손을 뿌리치고 녀석들을 향해 주먹을 들어 올리며 외쳤지만 돌아오는 건 녀석들의 비웃음뿐이었다.

내가 되게 같잖게 보이는 모양이다.

그러고는 곧바로 다홍색 재킷 녀석의 손짓에 의해 성인 남자 둘이 나에게 다가왔다.

"끌어내!"

"안 됩니다!"

예쉬가 다시금 내 앞을 막아섰지만 누구도 예쉬의 말을 들으려 하지 않았다.

오히려 다홍색 재킷의 명을 들은 또 다른 성인 남자 둘이 예쉬를 붙잡으려고 다가와 예쉬의 옆을 지키고 있던 루비오까지 나서게 만들었다.

'글쎄, 놀고들 있다니까.'

나는 혀를 끌끌 차며 내 앞으로 다가온 녀석들을 향해 손을 들려고 했는데, 그보다도 먼저 갑자기 들려온 목소리가 그들을 제지했다.

"황태자 전하를 뵙습니다."

이곳에 있는 모든 이의 이목을 단번에 집중시킬 정도로 우렁차면서도 절도 있는 목소리였다. 시선을 돌리니 언제 도착했는지 프레스턴 경을 위시한 저택의 경호원 아저씨들이 한 무더기 모여 있었다.

한 무더기라고 하지만 종대 횡대로 열을 딱딱 맞추고 있는 데다 동작 하나하나가 얼마나 절도가 있는지 아까 인사하는 자세도 칼 같았다. 게다가 차림새 또한 평소와 달랐다.

난 처음 보는 비까번쩍한 갑옷에 투구까지 쓴 데다 뒤에 있는 사람들은 방패에 창을 들고 있었고 앞 열에 있는 이들은 검은 망토에 검까지 들고 있었다.

'으잉?'

저택에서는 간단한 제복 차림에 50센티미터가 좀 넘는 몽둥이 하나 정도만 허리에 차고 다니던 사람들이었으니 내가 놀라는 것도 당연했다.

한데 그보다도 내 비상 호출을 받자마자 정신없이 달려왔을 텐데 언제 이렇게 차려입었는지 그게 더 신기했다.

평소라면 달려가서 그들의 차림새를 만져보며 이것저것 물어봤을 테지만 어째 사람들이 평소와는 달리 다들 무게를 잡고 있는 터라 나도 덩달아 함부로 움직이지 못하고 조용히 상황만 지켜보고 있었다.

다른 애들도 경호원 아저씨들의 분위기에 압도되어 가만히 있었건만 단 한 사람만은 예외였다.

"그대들은 뭔가?"

다홍색 재킷이었다.

역시 대장답다고 해야 하나?

녀석도 내 저택 경호원 아저씨들의 등장에 처음에는 다른 이들과 마찬가지로 주눅이 들었지만 곧 어깨를 펴고 당당하게 물었다.

그러자 경호원 아저씨들을 대표해서 프레스턴 경이 앞으로 나섰다.

"저희는 황명을 받들어 이 숲을 지키고 있는 이들입니다. 지금 황명을 어긴 이들을 연행하라는 명을 듣고 왔습니다."

황명을 어긴 이들을 잡으러 왔다는 프레스턴 경의 말에 반응하듯 열을 맞춰 서 있던 경비원 아저씨들이 척척척 움직여 눈앞에 있는 녀석들을 빙 둘러쌌다.

아무리 눈치가 없는 이들이라도 자신들을 잡으려 한다는 걸 모를 리가 없는 노골적인 태도였다.

"뭔가 오해가 있는 것 같군. 우리는 폐하의 명을 어긴 사람을 잡으려다 보니 여기까지 왔을 뿐이다."

짙은 녹색 재킷이 미소를 띠며 당당하게 나섰다.

"저 녀석이 바로 그 범인이지."

프레스턴 경은 짙은 녹색 재킷이 가리킨 예쉬를 힐끗 보긴 했지만 물러나지 않았다.

"저는 이 숲에 들어온 모든 자를 연행해 오라는 명을 받았을 뿐입니다. 죄송하지만 저에게는 시시비비를 가릴 권한이 없으므로 일단 같이 가주셔야겠습니다. 그전에 들고 계신 모든 무기는 내려주시길 요청드리겠습니다."

바늘 하나 들어갈 것 같지 않은 딱딱한 태도에 애들의 얼굴에 당혹감이 드리워지며 하나같이 다홍색 재킷을 바라보았다. 마치 믿을 건 그밖에 없다는 것처럼 말이다.

그리고 다홍색 재킷은 그들의 시선을 외면하지 않았다.

"지금 이게 무슨 무례한 짓이냐? 감히 네놈들이 황태자인 나를 끌고 가겠다고? 네놈들이 내 몸에 손가락 하나 까딱할 수 있을 것 같아?"

뭐, 그냥 자기가 화가 나서 나선 건지도 모르겠지만 말이다.

'그냥 황자도 아니고 황태자씩이나 되는 놈이었냐?'

다홍색 재킷이 붉어진 얼굴로 고래고래 소리치자 그동안 뭔 일이 있던 뒤에서 상황을 지켜보기만 했던, 무리 중 제일 나이가 많아 보이는 남자 둘이 앞으로 나섰다.

애들 때문에 미처 신경 쓰지 못해 몰랐는데 그들도 프레스턴 경처럼 허리에 검을 차고 있었다.

"우리는 황실 기사들이오. 우리가 직접 이분들을 모실 테니 그대들은 물러나시오."

그들 중 더 나이가 많아 보이는 사람이 앞으로 나서더니 허리에 찬 검을 천천히 드러내 보이며 입을 열었다.

하지만 프레스턴 경을 포함한 저택 경호원 아저씨들도 물러서지 않았다.

"저희는 오직 폐하의 명을 받들 뿐입니다. 그리고 제가 받은 명은 여기 있는 모든 이를 무장 해제시켜 데리고 오라는 것이었습니다. 거기에는 당신들도 포함됩니다."

프레스턴 경의 말에 앞으로 나섰던 황실 기사가 눈을 찡그렸다.

"우리 황실 기사들도 말이오? 그대가 황궁기사단 소속이라면 우리에게 면죄권이 있다는 것을 알 텐데?"

"물론 압니다. 그리고 그 면죄권은 반역에 준하는 일과 황명에는 해당되지 않는다는 것도 압니다."

프레스턴 경의 말에 황실 기사가 멈칫거리자 다홍색 재킷이 다시 나섰다.

"날 능멸하는 것이 폐하의 명이란 말이냐? 너, 이름이 뭐야? 내 절대 네놈을 가만두지 않겠다."

"이 숲은 폐하의 허락 없이는 누구도 들어올 수 없는 곳입니다. 황태자 전하, 이곳에 들어오실 때 폐하의 허락을 받으셨습니까?"

"이익, 아까 쟤가 한 말 못 들었어? 난 황명을 어긴 자를 잡으러 온 거라니까. 게다가 내가 누군지 몰라? 난 황태자란 말이다!"

"죄송하오나 아무리 황태자 전하라 하셔도, 또한 어떤 이유가 있다 하더라도 이곳은 폐하의 허락이 없는 한 들어오실 수 없습니다."

"네놈이 감히! 여봐라, 뭣들 하느냐? 당장 저놈을 내 앞에 무릎 꿇려라!"

"이미 여러 차례 말씀드렸듯이 저희는 황명을 수행하고 있습니다. 제 앞을 가로막는 행동이 황명을 거역하는 행동으로 오해될 수 있음을 경고드립니다."

프레스턴 경의 이번 말은 무서운 말이었던지 주변에 있던 다른 꼬맹이들의 얼굴은 파랗게 질렸고 다홍색 재킷 녀석은 얼굴을 일그러뜨렸다.

"뭐, 뭣이라?"

"부디 제가 오해하지 않도록 협조 부탁드리겠습니다, 황태자 전하."

프레스턴 경이 마지막에 부탁조로 말하며 정중하게 고개를 숙여 보였지만 황태자는 전혀 기분이 나아 보이지 않았다.

하기야 말만 정중할 뿐 결국은 입 다물고 얌전히 따르라는 말이니 나 같아도 기분이 풀리지는 않을 것 같다.

그래도 프레스턴 경의 말이 그들에게 먹힌 듯 두 황실 기사는 순순히 검에서 손을 떼었고 황태자도 얼굴이 있는 대로 일그러졌으나 아까처럼 펄펄 뛰지는 않았다.

뭐, 그래도 뒤끝 있다는 건 노골적으로 보여줬지만 말이다.

"내 이 일을 잊지 않고 꼭 아바마마께 고하겠다."

어쨌거나 황태자가 얌전해지자 처음부터 숨죽이고 있던 다른 애들이야 말할 것도 없이 얌전하게 경호원들이 인도하는 대로 소지하고 있던 모든 무기를 내려놓고 발걸음을 옮겼다.

그리고 그렇게 경호원 아저씨들이 데리고 가는 애들 중에는 당연하겠지만 예쉬와 그의 수하인 루비오도 포함되어 있었다.

지금까지 내가 사는 저택을 잘도 들락거리던 애들까지 끌려가는 모습에 좀 놀랐지만 지금은 정식 공무(?)를 수행하는 중이라서 그런 건 줄 알았다.

더불어 나도 같이 끌려갈 줄 알고 마음의 준비까지 했다.

기실 내 주위에도 몇몇의 경호원이 둘러싸고 있었으니 말이다.

한데 앞서 움직이기 시작한 무리가 저 멀리까지 갔는데도 내 주위 사람들은 발을 뗄 생각을 안 하는 것이다.

그래, 내가 먼저 알아서 움직여야 하나 보다 생각하고 한 발을 떼려 하는데 누군가 슬며시 내 앞을 가로막았다.

고개를 들어보니 프레스턴 경 다음으로 그나마 좀 친해진 경호원이었다.

'어라라? 아방카에게 마음이 있는 한센이잖아?'

내 곁에 가까이 있는 아방카의 주변에서 자주 얼쩡거리는 덕분에 안면을 진하게 익히다 못해 이제는 인사까지 나눌 정도가 되어 있었다.

뭐, 다른 사람들도 다들 한 번씩은 본 얼굴들이었지만 한센의 얼굴을 보자 나는 훨씬 마음이 편해졌다.

'나에게 잘못하기만 해봐라. 아방카에게 다 꼰질러 주겠어.'

그런데 이런 내 결심이 무색하게도 사람들의 모습이 숲 저쪽으로 모두 사라지자 내가 움직이지 못하게 앞을 막고 있던 한센이 그대로 내 쪽으로 등을 대며 쭈그리고 앉는 거였다.

"자, 아기씨, 업히세요."

"으응?"

방금 전까지만 해도 공무를 수행하는 경찰처럼 무게를 잡고 있던 사람이 순식간에 평소의 모습으로 돌아와 등을 들이 대니 나는 갑작스런 상황 변화에 적응을 못 해 잠시 동안 어안이 벙벙해했다.

"집에 가셔야죠. 프레스턴 경은 좀 늦을 테니 제가 모셔다 드릴게요."

숲하고 저택하고는 거리가 꽤 멀기 때문에 경호원 아저씨들이 날 집에 데리고 갈 때는 차마 쪼그만 애가 걷는 걸 못 보겠던지 항상 업어줬었다.

지금도 그럴 모양인지 옆에서 얼른 업히라고 종용하는 다른 경호원 아저씨의 말에 나는 얼른 정신을 차리고 한센의 등에 매달렸다.

그러자 그는 나를 업고 일어나며 평소 틈만 나면 항상 하던 부탁을 잊지 않았다.

"아기씨, 제가요, 내일은 점심 이후부터 동쪽 문 경비를 서거든요? 잘 좀 부탁드리겠습니다."

아니, 뭐, 오늘 업어준 대가로 내일 그쪽으로 아방카를 데리고 놀러 가는 것쯤이야 해줄 수는 있는데…….

"근무 시간인데 아방카한테 말이나 제대로 건넬 수 있겠어?"

"아하하, 물론 그렇긴 하지만 아무래도 제가 근무를 성실하게 서는 멋진 모습을 보여주면……."

'가만히 서 있기만 할 텐데 그거에 매력을 느낄라나? 게다가 경비를 설 때는 아까처럼 분위기를 잡고 있는 것도 아니더만.'

차라리 쉬는 날 아방카한테 데이트를 신청하는 게 좋을 거 같은데 말이다.

'아니, 다짜고짜 데이트 신청하는 것도 안 좋지. 일단 기초

공사를 한 다음에…….'

이 연애에는 숙맥인 경호원 아저씨에게 연애의 단계에 대해 충고해 주려던 나는 순간적으로 떠오른 생각에 신음을 흘렸다.

'아서라, 나도 연애 한 번 해본 적 없으면서. 그런 주제에 충고는 무슨…….'

게다가 우연히 내 충고가 잘 먹혀들어 둘의 사이가 발전하기라도 하면 분명 내 눈앞에서 알콩달콩거릴 텐데 그걸 보는 것도 눈꼴 시릴 거 같다.

'그냥… 열심히 고생 좀 해봐. 대신 내일 근무하는 데 가주기는 할게. 캬캬캬!'

뭐, 그건 그거고, 궁금한 게 있었다.

"근데… 저 애들은 다 어디로 가는 거야?"

다른 애들은 몰라도 예쉬가 걱정되어 물었더니,

옆에서 같이 따라오던 다른 경호원 아저씨가 싱긋 웃으며 대답해 줬다.

"걱정 마세요. 다들 저분들 집으로 보내드릴 겁니다."

"아, 그래? 그건 다행이네."

애들을 각자의 집으로 보낸다고 하는 걸 보니 별일은 없을 것 같아 안심했다.

'근데 무조건 안심할 건 아닌 거 같은데?'

다른 애들은 몰라도 황태자라는 그 녀석은 이대로 모든 걸 잊기는커녕 두고두고 되씹고 있다가 나중에 기회 봐서 더 많은 패거리를 이끌고 다시 쳐들어올 게 뻔했다.

아니, 차라리 그렇게 대놓고 달려드는 게 오히려 낫다.

괜히 머리 굴린답시고 비열하게 다른 방법으로 뒤통수를 쳐오면 그것도 나름 곤란하니까.

분명 후환거리가 될 녀석들을 어떻게 상대해야 할지 고민하는 사이 어느새 나를 업고 있던 경호원 일행이 저택에 도착했다.

그러자 기다리고 있던 듯 유모를 비롯한 조앤과 아방카가 달려왔다.

"아기씨!(X3)"

마치 연습이라도 한 것 같은 삼중창이 웃겼다.

"나 왔어."

그래도 날 엄청 걱정한 얼굴들 앞에서 파안대소할 수는 없어서 그냥 배시시 웃으며 손을 흔들어줬더니 유모가 내 몸 이곳저곳을 살피며 물었다.

"괜찮으세요? 어디 다치신 데는 없으시구요?"

어째 다들 내가 날다가 부딪쳐서 떨어졌다는 소식을 들었을 때보다 더 걱정스러워했다.

"응? 내가 뭘 했다고 다치겠어."

진짜 내가 한 일은 없었다.

그냥 나무 위에서 구경하다가 떨어져 내린 뒤 되바라진 애들이랑 몇 마디 주고받은 것 정도?

하지만 내 태평한 대답에도 유모를 비롯한 아가씨들의 표정은 펴질 줄을 몰랐다.

"뭘 생각한 거야? 내가 뭘 하기도 전에 프레스틴 경이 부하들을 이끌고 도착하는 바람에 난 아무것도 하지 못하고 돌아와야 했다고. 아오, 이럴 줄 알았으면 그냥 두고 보는 대신 한 방 날리고 볼 걸 그랬어."

뭘 상상한 건지 너무 심각한 그녀들의 모습에 내가 별일 아니라는 듯 폼 잡으며 투덜거리자 아가씨들이 '과연 우리 아기씨~' 하는 표정으로 길게 한숨을 내쉬었다.

"왜? 내가 뭘 어쨌다고 표정들이 그러는 거야?"

"아니에요. 참, 그보다는 시장하지 않으세요?"

유모의 말에 나는 기다렸다는 듯 냉큼 고개를 끄덕였다.

"응응, 배고파."

그러자 아방카가 웃으며 말을 받았다.

"지금까지 식사도 못 하고 계셨으니 그러시겠지요. 식사 준비할 테니 얼른 씻고 오세요."

당연하겠지만 거의 매일 저택을 방문해 나와 같이 점심을 먹던 예쉬는 그날 결국 저택에 오지 못했기에 나는 오랜만에 혼자 점심을 먹게 되었다.

혼자 먹는다고 입맛을 잃어버릴 정도로 섬세한 신경의 소유자가 아닌 나는 아무렇지도 않았지만 다른 사람들은 그렇지 못했나 보다.

아니면 내가 태연하게 굴어도 속으로는 많이 놀랐을 거라 생각했던가.

평소에는 내가 아무리 떼를 써도 살짝 냄새만 풍기는 수준으로만 간을 하던 매운맛 수준도 약간 칼칼할 정도로 만들어 준 데다 항상 한 종류만 나오던 후식이랑 간식도 다른 때와는 달리 세 종류가 나왔던 것이다.

게다가 내가 어떤 것이든 두 조각 먹으면 그 이후에는 절대로 먹지 못하게 했던 유모도 오늘은 세 가지 종류의 파이를 한 조각씩 먹은 데다 케이크도 두 조각 먹고 거기에다 어른 손바닥만 한 크기의 쿠키도 열 조각이 넘게 먹었는데 뭐라고 하지 않았기에 나는 때는 이때다 싶어 가능한 한 실컷 먹어 댔다.

배만 안 불렀다면 제공된 파이랑 케이크를 모조리 끝장낼 수 있었는데 정말 아쉬울 정도였다.

'에구, 이런 기회가 쉽게 오는 게 아닌데……'

배가 부른데도 흔치 않은 기회를 놓치기 싫어 쿠키를 슬그머니 하나 더 집자 눈썹을 꿈틀거리면서도 차마 제지하지 못하던 유모가 결국 입을 열었다.

"아기씨!"

그러나 유모의 부름에도 쿠키를 놓지 않자 결국 유모가 척척 다가와 내 손에서 쿠키를 빼앗았다.

"나중에 배탈 나시면 어쩌시려고요."

"딱 하나만."

"안 돼요. 지금도 과식하셨어요."

"체엣."

"나중에 혹시라도 배가 조금이라도 아프거나 이상하시면 즉시 말씀해 주세요."

"내 소화력은 튼튼해. 강철도 아작아작 씹어서 소화시킬 수 있을걸?"

미련이 잔뜩 남은 시선으로 쿠키 바구니를 바라보자 유모가 얼른 바구니를 조앤에게 들려 밖으로 내보내며 말했다.

"그 말은 또 어느 책에서 배우신 거예요?"

혹시나 지금 내가 들고 있는 책에 있는 거라면 얼른 빼앗으려는 듯 그녀는 날카로운 시선으로 책을 노려봤다.

"어제 읽은 책에서. 못된 영주가 벌을 받아서 계속 음식을 먹지 않으면 허기져서 견딜 수 없는 몸이 되었대. 그래서 계속 먹으면서 살다가 죽었대."

"그, 그렇습니까?"

"계속 먹을 수 있었으면 소화력은 정말 좋았을 거 같아."

"그, 글쎄요. 그 이야기의 의미는 그런 게 아니었을 거 같은데요."

동화책에 나온 그 영주의 성은 영주의 식욕을 감당 못 해 망해 버렸고 영주는 가난해져서 굶어 죽은 거였다.

하지만 어쨌든 소화불량이나 배가 터져 죽은 건 아니지 않는가?

물론 그 스토리의 교훈은 '노블리스 오블리주'에 대한 거였지만 난 그런 건 싹 무시해 버렸다.

"그런데 어머니가 그러는데 나는 정말 조금 먹는 거래. 어쩌면 그래서 내가 다른 날개 달린 애들보다 작은 건지도 몰라."

뭐, 그녀는 지나가는 말로 내가 다른 조인족에 비해 몸집이 작으니까 조금 먹나 보다고 말한 거지 많이 먹으라는 충고나 당부 같은 건 전혀 없었다.

하나 내 말을 오해한 유모는 엄격한 어투로 고개를 저었다.

"억지로 많이 드시는 건 오히려 몸을 안 좋게 합니다. 적당한 게 제일 좋은 거예요."

"그래도 가끔은 먹고 싶은 대로 먹는 것도 좋을 거 같아. 나는 초콜릿이랑 파이랑 이만큼 쌓아놓고 마구마구 먹고 싶은걸."

이 몸이 되고 나서 가장 좋은 점이 무엇이냐고 묻는다면 난 조금의 고민도 없이 이렇게 대답할 것이다.

'다이어트를 안 해도 되는 거요!'

이 얼마나 축복 받은 몸이란 말인가.

물론 나중에 크면 어찌 될지는 모르지만 지금 당장은 내 위장이 작아서 못 먹는 거지 살찔까 봐 못 먹는 게 아니기에 나는 그게 제일 좋았다.

아무리 늦은 시간이라 해도 진한 초코 브라우니를 칼로리 걱정 없이 먹을 수 있다는 거.

그런데 그 덕분에 먹는 것에 너무 욕심을 부렸던 모양이다.

"아기씨는 가끔이 아니라 매일 그러려고 하시니 걱정인 거죠."

유모의 말에 나는 입술을 삐쭉거리며 들고 있던 책을 내려놓고 탁자에서 메모지와 펜을 집어 들었다.

"곧 돌아오는 생일에는 선물로 이걸 요구해야겠어. 내가 아무리 많이 먹어도 잔소리 안 하기. 아, 늦은 시간에도 먹고 싶은 걸 먹을 수 있게 해주기도 포함시켜야지~"

그렇지 않아도 곧 생일이 돌아온다고 아버지가 가지고 싶은 목록 다 적으라고 해서 생각날 때마다 메모를 해두고 있는 참이다.

내가 메모지에다 정말 그렇게 적으려고 하자 유모가 가볍게 훗 하고 웃어 보였다.

"폐하께서 정말 들어주실 거라고 생각하는 건 아니시겠죠? 아기씨 건강에 관한 거라면 저희보다 폐하께서 더 철저하게 막으실 걸요?"

"무슨 소리. 나도 아무 생각 없이 떼쓰지는 않는다고. 협상을 해야지, 협상. 유모는 내가 키도 컸으니까 더 먹어도 될 거라고 생각하지 않아?"

"글쎄요~"

회의적인 유모의 말투에 나는 혀를 찼지만 그래도 목록에서 지우지는 않았다.

"음, 말은 어째 오늘 일로 당분간 또 안 될 거 같고. 아, 커다란 사냥개라도 사달라고 할까?"

"위험하다고 하시지 않을까요? 차라리 작은 강아지 어떠세요?"

유모가 진지한 표정으로 응수하자 옆에서 지켜보던 아방카와 밖에 나갔다가 돌아온 조앤도 슬그머니 끼어들었다.

"아, 그럴 거면 차라리 길만 잘 들이면 엄청 충성스러운 동물로 해달라고 하세요. 나중에 엄청 커지는 걸로요. 실버 울프라는 동물이 그렇게 멋지고 한번 길들이면 엄청 충성스럽다고 하던데.”

“어머, 그거보다는 블랙 타이거가 더 멋지지 않을까요?”

“그러고 보니 아기씨는 강아지처럼 생긴 게 좋으세요, 고양이처럼 생긴 게 좋으세요?”

유모를 비롯한 두 아가씨가 평소보다 괜히 더 활달하게 떠드는 느낌이다.

아무래도 예쉬가 못 온 걸 괜히 신경 쓰는 모양인데, 덕분에 나는 아버지가 저녁 먹으러 올 때까지 생일 목록에 몇 가지를 더 추가할 수 있었다.

어린 나이라 가질 수 있는 게 많이 제한이 되는 데다 정작 보통의 어린아이가 원하는 것들은 흥미가 없어서 선물을 요구하라고 해도 몇 가지 못 쓰고 있는 차였기에 나는 제법 기분 좋은 시간을 보낼 수 있었다.

‘흠, 그래도 이런 게 바로 행복한 고민이지.’

그래서 그날 저녁 아버지가 왔을 때 나는 활짝 웃으며 외칠 수 있었다.

“아빠, 아빠, 나 갖고 싶은 게 생겼어!”

내 말에 아버지는 나를 안아 들며 예의 그 헤벌쭉한 얼굴로 말했다.

“뭔데 그러니, 사랑하는 우리 아가? 네가 원하는 거면 하늘의 별이라도 따다 주마.”

너무 자신만만하게 말하니 정말 확 별을 따달라고 하고 싶었다.

그래서 나중에 별 모양의 금이나 보석 액세서리를 가지고 오면 기꺼이 비웃어주게 말이다.

하지만 일단 받는 입장인지라 그런 생각은 안으로 집어넣었다.

"그런 말은 어머니한테나 하시고."

한데 내 말에 자신만만하게 웃고 있던 아버지의 어깨가 추욱 늘어지며 허탈한 웃음을 흘렸다.

"내가 엄마한테 말해봤자 엄마는 이렇게 말할걸? 필요하면 내가 따 오겠어."

어머니의 성격이라면 정말 그렇게 대답할 거 같다.

"음, 왠지 아빠 연애할 때 참 힘들었을 거 같아."

차갑고 건조한 어머니와 알콩달콩하면서 밀고 당기는 연애라니 이건 정말 상상이 안 된다.

내 말에 아버지가 그동안 고생한 것들이 떠오르기라도 하는지 급격히 우울해진 표정으로 슬그머니 시선을 돌려 창밖 먼 곳을 응시했다.

"정말로… 이루 말할 수 없이 힘들었지."

한숨까지 길게 내쉰 아버지는 다시 표정을 바꿔 나를 바라봤다.

"그래서 우리 아사가 원하는 건 뭐든 다 해주고 싶단다. 그러니까 말해보렴. 뭐가 가지고 싶은 거니?"

뭐든지 다 해주겠다며 눈을 빛내는 아버지였지만 그래 봤자 유모의 말대로 위험하다 싶은 거면 절대 허락 안 해줄 거다.

'하지만 이 나이에 내 또래(?) 아버지한테 질 수는 없지.'

속으로 회심의 미소를 지으며 입을 열었다.

"팔찌랑 목걸이를 가지고 싶어. 근데 아빠가 선물해 주는 건 너무 커서 날아다닐 때 불편하니까 간편한 걸로 가지고 싶은데, 내가 직접 모양을 주문하면 안 돼?"

"팔찌랑 목걸이?"

"응, 응, 예쁜 걸로. 아, 거기다 마법까지 있는 걸로!"

이게 포인트였다. 내가 원하는 건 바로 마법 액세서리.

아버지는 내가 팔찌랑 목걸이를 거론하자 적잖이 안심하는 표정이었다.

'그렇겠지. 설마 내가 전처럼 대놓고 은장도를 가지겠다고 할 리도 없고.'

예쉬와의 첫 만남(?) 이후 휴대하기 편한 단도가 하나 있었으면 좋겠다고 생각하던 중 마침 뭐가 가지고 싶으냐고 물어오기에 장식품으로도 사용할 수 있는 은장도를 가지고 싶다고 했었다.

나는 가벼운 마음으로 언급한 건데, 그 후 열렬한 반대에 부딪치는 건 물론이거니와 황당하게도 한동안 엄중한 감시까지 받으며 지내야만 했다.

내가 비록 원하는 건 웬만하면 어떻게 해서든 받아내는 편이긴 했지만 설사 그렇다 해도 주방의 부엌칼이나 경호원 아저씨들 단도를 몰래 훔치기야 하겠는가.

'아니, 뭐, 필요하면 그랬을 수도 있겠지만. 쳇, 은장도가 위험하면 얼마나 위험하다고 절대로 못 가지게 하는

거야?'

내가 맥가이버 칼이나 칼날 길이가 20센티미터가 넘는 커다란 단검을 가지겠다고 한 것도 아니고 그냥 커터 칼 정도를 원한 건데 말이다.

하여간 사람들의 반응이 얼마나 열화와 같던지(?) 그 뒤로는 단검을 비롯한 무기 이름은 입에 담지도 못했다.

그런 경험이 있는데 설마 내가 곧이곧대로 무기를 갖겠다고 할 리가 있겠는가.

'그럼, 그럼, 내가 원하는 건 단순한 마법 액세서리라니까.'

속으로 그렇게 중얼거리며 생글생글 웃자 아버지도 나를 마주 보며 싱글싱글 웃어 보였다.

"우리 공주님이 원한다면 당연히 원하는 걸로 대령해야지. 그래, 내 당장 수도 최고의 세공 장인을 불러올 테니 어떤 걸 원하는지 뭐든 다 이야기하렴. 여러 개라도 상관없으니까."

하지만 아마 아버지가 불러줄 그 장인은 내가 이야기한 걸 모조리 아버지에게 보고할 거고 아버지의 허락하에 만들어서 나에게 가져다줄 게 뻔했다.

그런고로 내가 진짜로 원하는 액세서리를 받기 위해서는 아버지를 통하지 않고 곧바로 만들도록 장인과 담판을 한 번 더 지어야 했지만 일단 그런 시도를 할 수 있다는 것에 의의를 두고 나는 고개를 끄덕였다.

"응, 응, 내가 원하는 거 이야기할게."

왠지 날 만날 장인이 고생을 좀 많이 할 것 같아 미안한 감이 없지 않아 있었지만 아무렴 어떤가.

　'나만 좋으면 되는 거지. 캬캬～'

　게다가 난 고생한 걸 감안해서 충분히 보상해 주라고 할 거니 그 장인도 고생한 뒤의 보람이 있을 거고.

　이런 걸 바로 윈 윈 전략이라고 하는 것이다.

제 11 화

그때에 무슨 일이?

화창한 오후였다.

웅장함이 느껴지는 회랑뿐만 아니라 회랑 밖으로 보이는
정원도 화창한 오후의 빛을 받아 눈부시게 빛났지만 그 모습
이 전혀 감흥이 없는 듯 회랑을 걸어가고 있는 남자의 눈은
차갑게 가라앉아 있었다.

그는 장식이 거의 없는 단순하고 깔끔한 재킷과 바지 차림
이라 만약 그의 뒤를 따르고 있는 십여 명의 사람이 없었다
면 아마도 이곳에서 일하는 시종 정도로 여겨졌을 거다.

이런 그와는 상반되게 엄청 화려한 드레스에 커다란 황금
관을 쓴 여인이 뒤에 이삼십 명쯤 되는 사람을 달고 맞은편
에서 빠른 속도로 걸어오고 있었다.

얼마 지나지 않아 화려한 차림의 여인은 마주 오고 있는 남자를 발견한 듯 잠시 걸음을 멈췄다가 이번에는 천천히 우아한 걸음으로 남자의 앞으로 다가섰다.

"폐하를 뵙습니다."

그녀가 양손으로 드레스 자락을 잡으며 무릎을 굽히자 그녀의 뒤를 따라오던 모든 사람이 일제히 무릎과 허리를 숙였다.

감탄이 나올 정도로 일사불란한 행동이었지만 황제의 표정은 무심하기만 했다. 아니, 차가운 은보랏빛 눈동자에는 살짝 짜증까지 어려 있었다.

만약 아사가 봤다면 '정말 아버지 맞아?' 할 정도로 아사와 있을 때와는 천지 차이인 표정이었다.

"일어나시오."

"황송하옵니다."

필립의 말에 여성이 무릎을 더 굽혔다가 바로 세웠다.

"그래, 황후께서 여기까지 어쩐 일이시오?"

"폐하, 아뢰옵기 황공하오나 이제 그만 태자를 용서해 주심이 어떠실는지요? 태자도 반성 많이 하였습니다."

화려한 차림의 여성, 지금은 황후의 자리를 꿰차고 있는 이의 말에 필립은 짜증이 머리끝까지 솟구치는 기분이었다.

"지금… 황명불복종을 용서하라고 했소?"

한 톤 낮아진 음성에 황후는 몸을 움찔거렸지만 그것도 잠시, 곧 당당하게 입을 열었다.

"폐하, 그 무슨 송구한 말씀이십니까. 황명불복종이라니요. 천부당만부당하신 말씀이십니다. 태자가 폐하를 얼마나 경외하는지 잘 아시지 않습니까? 태자는 단지 황명을 어긴 자를 잡기 위해 쫓아가다 실수로 그곳까지 들어간 것입니다. 이제 겨우 열세 살인 아이가 너무 공명심이 앞서 실수한 것이니 너그러이 생각해 주시는 게 어떠실는지요?"

황후의 말에 필립은 아주 부드러운 표정으로 미소를 지어 보였다.

"물론 이해하오. 그러니 황명을 어겼음에도 불구하고 가벼운 금족령만 내린 것 아니겠소? 만약 어린아이가 아니었다면 그 즉시……."

거기서 잠시 말을 끊은 필립은 얼음장처럼 차가운 시선으로 황후의 눈을 똑바로 바라보며 또박또박 말을 이었다.

"처형을 시켰겠지만."

필립의 기세가 얼마나 무서웠던지 황후가 움찔거리며 뒤로 물러났을 정도였다.

"다른 아이들도 똑같은 처벌을 내렸는데 황명을 제일 앞서서 지켜야 할 황후가 이 무슨 추태요? 그만 물러가시오."

하지만 두려움도 잠시, 필립의 이어진 말에 황후가 퍼뜩 고개를 들었다.

"폐하, 어찌 태자를 다른 아이들과 똑같이 대하신단 말씀이시옵니까? 태자가 누구이옵니까? 바로 폐하의 황통을 이어받을 존재이옵니다."

파르르 떨며 부당함을 외치는 황후를 물끄러미 바라보고 있던 필립이 잠시 후 천천히 고개를 끄덕였다.

"그렇군. 짐의 생각이 짧았어. 황태자를 다른 아이들과 똑같이 대한다는 건 말이 안 되지."

"그렇사옵니다, 폐하."

자신의 말에 반색하는 황후에게서 고개를 돌린 필립은 자신의 오른쪽 뒤에서 따라오던 시종장 카버에게 명을 내렸다.

"황태자궁에 명을 내리겠다."

"명을 받드옵니다."

카버가 고개를 숙이며 대답하자 필립은 기대 어린 시선으로 자신을 주시하는 황후를 힐끔 바라본 후 말을 이었다.

"황태자의 금족 기간을 두 배로 늘린다고 전하라."

"폐하!"

필립의 말에 기겁한 황후가 외쳤지만 필립은 눈 하나 깜짝하지 않았다.

"모든 사람의 모범이 되어야 할 황태자가 다른 이들과 똑같은 대우를 받을 수는 없는 법. 황후의 간청을 받아들여 황태자의 금족 기간을 사 개월로 늘리겠다."

"폐하, 어찌… 어찌 이러실 수 있단 말입니까?"

"왜, 짐이 또 뭘 실수했소?"

"이러실 수는 없습니다. 저의 가문을 보셔서라도 이러실 수는 없습니다."

"황명을 어겨 벌을 받는 것에 왜 황후의 친정 이야기까지 나오는지 이해할 수가 없구려. 그리고 황후의 친정에 대한 이야기는 황후가 아니라 차이슨 공작이 와서 해야 하는 것이 아니오."

"폐하……."

"그가 와서 이야기한다면 기꺼이 들어주겠다 전하시오."

필립은 그렇게 말을 끝내고는 경악하여 서 있는 황후를 지나쳐 가버렸다.

겉으로는 한 치의 흐트러짐도 없었지만 속은 부글부글 끓고 있었다.

'감히… 금족령을 내린 게 언제라고……'

그날로부터 아직 채 일주일도 되지 않았다.

자신이 얼마나 참아주었는지도 모르고 저렇게 나서다니, 생각 같아서는 아사에게 활을 겨누었다는 그놈들을 당장에라도 몽땅 끌어다 놓고 목을 비틀어 버리고 싶었다.

혹시라도 그 일로 인해 아사가 충격을 받았을까 봐 얼마나 조마조마했던지.

만약 아사가 조금이라도 잘못되었다면 자신의 상황이고 뭐고 그 즉시 직접 검을 빼 들고 황태자궁으로 쳐들어갔을지도 몰랐다.

그러나 뭔 일이 있었냐는 듯 멀쩡해 보이는 조그마한 딸의 모습에 내심 잔뜩 긴장한 가슴을 쓸어내릴 수 있었다.

'과연… 나와 하레츠의 딸다웠지.'

아사의 또랑또랑한 모습을 떠올리자 그날 저녁 자그마한 꼬마 아가씨가 눈을 빛내며 액세서리 운운하던 모습이 자동으로 연상되었다.

분명 무슨 다른 꿍꿍이가 있는 것 같은데 전혀 그런 게 없다는 양 씨익 웃던 모습이 얼마나 깨물어주고 싶던지.

"훗."

뚜벅뚜벅 걸어가다 갑자기 멈춰 서서 웃음을 흘리는 필립의 모습에 뒤따르던 사람들이 놀라 걸음을 멈췄다.

뒤에 있는 사람들의 당황하는 기색에 필립은 얼른 감정을 진정시키고 다시 걸음을 옮겼지만 한번 떠오른 딸의 귀여운 모습이 계속해서 머릿속을 맴돌자 입꼬리가 자꾸만 벌어졌다.

덕분에 머리 꼭대기까지 치솟았던 분노는 어디로 갔는지 흔적도 없이 사라져 버렸다.

'아아, 응접실에다 마법 영상 저장 아티팩트를 설치해 두길 정말 잘했지. 덕분에 아주 좋은 컬렉션이 하나 더 생겼어.'

아마 아사가 자신의 모습을 저장하는 마법 물품이 그 저택 곳곳에 숨겨져 있다는 걸 알면 크게 화를 내며 펄펄 뛰겠지만 이런 귀중한 컬렉션들을 얻을 수 있으니 도저히 포기할 수가 없었다.

'그리고 보니 슬슬 마법 영상 저장 아티팩트를 점검할 때가 되었지? 나이젤을 보내서 아티팩트도 점검할 겸 겸사겸사 아사를 만나서 뭘 원하는지도 알아보라고 해야겠군. 어디 보자. 저번에 들어온 탄지나이트석 공물을 이번 생일에 줄까? 딱히 성년식까지 기다릴 필요가 뭐 있어?'

얼마 전 라펠라 왕국에서 공물로 바친 탄지나이트석은 그 투명도와 푸른색이 정말 아름다운 특등급 원석으로, 보자마자 딱 아사의 초롱초롱한 눈과 정말 잘 어울릴 것 같아 점찍어 놓았다.

아사의 성년식 때 씌워줄 티아라에 박을 생각으로 챙겨놨었는데, 그때는 더 좋은 걸로 하고 그 탄지나이트석은 이번 생일 선물로 주는 게 좋을 것 같았다.

목걸이가 좋을지 티아라가 좋을지 고민하다 보니 문득 귀여운 딸이 보고 싶어졌다.

그러나 지금은 시간이 시간인지라 차마 북궁까지는 갈 수 없고 잠시 자신만의 컬렉션 방으로 가서 사랑스러운 딸내미의 얼굴을 감상하기로 했다.

그가 자신의 컬렉션 방에서 아사의 동영상(?)을 감상하고 있는 바로 그 시간, 본궁 못지않게 크고 화려한 황태자궁에서 요란한 소리가 들렸다.

와장창~ 쨍그랑~ 쿠당탕~

"다 나가앗~!"

이제 겨우 열댓 살(한국식으로)이 되었을까 싶은 소년이 빼액 소리를 지르자 구석에서 조마조마한 심정으로 상황을 지켜보고 있던 사람들이 우르르 방을 빠져나갔다.

"태자, 진정하세요."

그들과는 달리 안타까운 시선으로 아이를 바라보고 있던 황후가 다가와 그를 달래려 했지만 태자라는 녀석은 오히려 그녀에게 바락바락 대들었다.

"어마마마, 이게 어찌 된 일입니까? 다 해결해 주겠다고 하지 않으셨습니까?"

"태자, 그게……."

아들에게 해결하겠다고 자신 있게 큰소리치고 황제에게

갔다가 오히려 금족 기간을 늘리게 되어버린 황후는 입이 열 개라도 할 말이 없었다.

"사 개월이라니요? 사 개월 동안 어찌 여기에만 있으란 말입니까? 게다가 다른 애들이 밖으로 나갈 수 있을 때도 저는 여기에 있어야 한단 말입니다. 이걸 다른 이들이 알면 다들 저를 비웃을 것입니다."

"태자⋯⋯."

"더구나 다른 건 몰라도 제가 이러고 있는데 그 비천한 놈이 밖을 돌아다닌다는 건 정말 참지 못하겠습니다."

예전에는 자신이 괴롭히면 괴롭히는 대로 질질 짜면서 당했던 주제에 요 근래 와서는 머리가 굵어졌다고 요리조리 피하고 대들고 해서 언젠가 한번 크게 밟아주려고 벼르고 있던 차였다.

일주일 전에는 크게 밟아주기 전 우선 맛보기로 가볍게 손 좀 봐주려고 친히 활과 화살까지 준비해 갔건만 제대로 손도 봐주지 못한 채 끌려와 감금 상태가 되어버렸다.

그것도 3황자와 4황자를 비롯하여 대귀족의 자녀들이 보고 있는 데서 말이다.

'이게 다 그 자식 때문이야. 비천한 핏줄이라고 해도 일단 황족이라서 적당히 하려고 했건만⋯ 절대 가만두지 않겠다. 그리고 그 노예 계집도.'

숲에서 본 조인족 어린 계집. 그 계집이 갑자기 나타나는 바람에 일이 이상하게 꼬여 버렸다.

'그 계집, 노예 주제에 감히 나에게 입을 함부로 놀렸겠다.

반드시 대가를 치르게 하겠어.'

다시 생각해도 분노가 치밀어 이를 바득바득 갈아댔다.

그 모습이 참으로 안타까웠던지(?) 황후가 뭐라 위로의 말을 꺼내려 할 때였다.

밖에서 대기하고 있던 황후의 시녀장이 슬그머니 들어와 허리를 숙여 보였다.

"무슨 일이지?"

그렇지 않아도 가여운 아들의 모습에 신경이 잔뜩 곤두서 있던 터라 황후의 목소리는 날카롭기 그지없었다.

하지만 시녀장은 기다렸다는 듯 조심스레 대답했다.

"마마, 지금 3황비가 두 분 마마를 뵙고자 방문했다고 합니다. 어찌할까요?"

"3황비가?"

3황비는 황태자 다음으로 황위 계승권을 가지고 있는 1황자의 친모다.

황태자에게 가장 위협이 되는 인물 중 하나였지만 자신의 분수를 잘 알고 처신하는 여자였기에 그럭저럭 교류를 하고 있는 편이었다.

그러니 이번 일로 위로 차 방문했다 해도 크게 이상하게 여길 일이 아니었기에 허락의 의미로 고개를 끄덕인 황후는 곧 고개를 갸웃거렸다.

"잠깐, 저번에 4황자도 같이 있었다고 하지 않았더냐? 그래서 4황자도 지금 외출 금지를 당했다고 들었는데 어떻게 3황비가 방문한 거지?"

태자가 황명 불복으로 외출 금지당했다는 것에 너무 큰 충격을 받은 터라 그 외의 것들은 제대로 기억하지 못한 황후가 시녀장을 향해 물었는데, 대답은 다른 곳에서 들려왔다.

"태자 전하를 어찌 황자와 같이 생각할 수 있겠습니까?"

짙은 붉은 머리를 우아하게 틀어 올린 고상해 보이는 여성이 문 앞에 서 있었다.

그녀는 황후와 황태자의 시선이 자신에게로 쏠리자 우아한 태도로 드레스 자락을 잡고 무릎을 굽혀 보였다.

"두 분께 인사 올립니다. 그간 강녕하셨습니까, 황후 마마, 황태자 전하."

1황자와 4황자의 친모인 3황비였다.

"어서 오게."

"많이 황망하실까 걱정되어 찾아뵈었습니다. 그런데 생각보다 괜찮으신 것 같아 안심입니다."

황후가 권하는 자리에 앉으며 3황비가 말을 꺼냈다.

"별말씀을. 그렇지 않아도 3황비 또한 4황자 때문에 걱정일 텐데 와줘서 고맙네."

황후 또한 3황비 못지않게 우아하게 미소 지으며 대답했다.

"무슨 말씀을요. 4황자야 태자 전하를 제대로 모시지 못한 것이니 벌을 받아 마땅하지요. 그나마 폐하께서 선처를 해주셔서 오히려 감사하게 생각할 따름입니다."

"호오, 그리 생각하시는가? 역시 3황비시네."

고개를 끄덕이는 황후의 눈치를 슬쩍 살피던 3황비가 더 진한 미소를 지으며 말을 이었다.

"무슨 말씀을요. 저야 황후 마마께 비하면 정말 보잘것없지요."

"이 사람, 겸손은……."

"아닙니다. 제가 이야기를 듣고 과연 이 나라의 황후 마마시라고 얼마나 감탄했는지 모릅니다. 이 나라의 태자께선 다른 이들과 달라야 한다고 하시며 더욱더 엄히 다스리시길 청하셨다면서요?"

그녀의 말에 황후는 미소를 잃지 않았으나 눈가와 입가가 파르르 떨렸다.

그걸 아는지 모르는지 황비는 연신 감탄을 늘어놓았다.

"역시 황태자의 모후 되시는 분은 남달라도 크게 남다르십니다. 이런 게 바로 만백성의 귀감이 아니고 무엇이겠습니까?"

진심이라는 듯 두 손을 가슴에 얹으며 하는 말에 황후는 바들바들 떨리는 입술 끝을 올려 억지로 미소를 만들어냈다. 자신을 칭찬하는데 거기다 대고 뭔 말을 할 수 있겠는가.

"호.호.호. 별것도 아닌 일에 너무 과분한 칭찬이로군."

"과분하다니요. 어쩜… 이렇게 겸손하시기까지……."

"황비가 내 얼굴에 금칠을 하시는군."

그렇게 겉으로는 화기애애한 분위기 속에서 황후와 황비는 주거니 받거니 했다.

옆에서 듣고 있던 황태자가 지루함을 참지 못해 몸을 배배 꼴 지경이 되었을즈음, 황비가 조심스레 황후의 눈치를 살피며 화제를 바꿨다.

"한데… 빈말이 아니옵고 정말 괜찮으신지요? 저는 이야

기를 전해 듣는 것만으로도 너무 놀라 심장이 두근두근했사
옵니다.”

지금도 그렇다는 듯이 한 손으로 지그시 가슴을 누르며 말
하는 폼이 무슨 엄청 대단한 소식이라도 들은 모양새다.

당연하겠지만 그런 황비의 태도에 황후가 의문을 표했다.

“이번 일을 새삼스레 다시 언급하는 건 아닐 테고. 무슨 이
야기인가?”

“아니, 이번에 황태자 전하께서 북궁의 숲에서 큰일을 당
하셨다면서요? 4황자가 정말 놀라더군요. 그러고 보니 그 무
례하고 무도하기 그지없던 노예는 어떻게 하셨습니까? 감히
하늘 같으신 태자 전하께 무례도 그런 크나큰 무례를 저질렀
으니 곱게 살려두지는 않으셨겠지요?”

황비의 말에 황후의 눈이 커졌다.

“그게 무슨 소리인가? 태자가 큰일을 당했다니? 노예가 뭘
어찌했다고?”

황후의 말에 이번에는 3황비가 눈을 동그랗게 떴다.

“어머, 혹시… 못 들으셨습니까? 이거… 제가 큰 실례를
한 듯합니다.”

그와 함께 옆에서 낭패라는 듯 인상을 구긴 황태자의 눈치
를 살피며 3황비가 어찌할 바를 몰라 했다.

“무슨 소리를 하는 거냐고 묻질 않소?”

“황후 마마, 그게… 그러니까…….”

몸 둘 바를 몰라 하며 주저하는 3황비의 모습이 답답했던
지 황후가 3황비를 다그쳤다.

"황비, 제대로 말씀해 보세요!"

"마마, 그러니까… 그게……."

"황비, 정말 이러실 게요? 아니면 나에게는 말해주지 못하시겠다 이거요?"

"아니옵니다. 제가 어찌 감히 황후 마마께……. 단지… 괜히 황후 마마의 심기를 불편하게 해드릴까 두려워……."

"그러니까 그게 도대체 뭐냔 말이오."

"그게… 북궁에 조인족 노예가 있다는 건 아시지요?"

3황비의 말에 황후의 얼굴이 불쾌감으로 물들었다.

"그걸 모르는 사람이 황궁에 또 있을까."

"그러니까… 이번에 북궁의 숲에서 황태자 전하와 황자들이 있을 때 조인족 노예의 자식이 모습을 드러냈다 합니다."

"조인족 노예의 자식?"

"대여섯 살 정도 되어 보이는 조인족이라고 했으니 뻔한 거 아니겠습니까?"

3황비의 말에 황후가 생각하기도 싫다는 듯 손을 내저었다.

"알겠소. 그래서? 그 조인족 노예 계집이 뭘 어쨌다고?"

황후의 재촉에 3황비가 무척 난감하다는 표정으로 입술을 움찔거리더니 결국 어쩔 수 없다는 듯 포옥 한숨을 내쉬고는 입을 열었다.

"저도 4황자에게 전해 들은 거라서 정확하지는 않겠지만… 그 조인족 노예 계집이 감히 황태자 전하를 알아보지도 못하고 막말을 내뱉었다고 하더군요."

"막… 말?"

내가 제대로 들은 게 맞느냐는 듯한 시선을 보내며 되묻는 황후의 말에 3황비가 고개를 끄덕였다.

"믿기질 않으시지요? 저도 그랬사옵니다. 노예 주제에 어찌 감히……. 황태자 전하 앞에서 무릎을 꿇지도 않은 데다 고개까지 꼿꼿이 들고… 어머, 그러고 보니……."

말하던 중 또 뭔가 생각났다는 듯 고개를 갸웃거리는 3황비의 태도에 황후가 눈에 불을 켜고 물었다.

물론 그 불은 황비를 향한 건 아니었다.

"무, 무어요? 감히 그 노예 계집이 또 뭔 짓을 한 것이오?"

"그게… 정확한 건 아닌데… 그 계집이 처음 황태자 전하를 뵈었을 때 인사도 안 했다더군요. 거기다 반말지거리까지……."

"뭐, 뭣이라? 반말? 반말이라고? 가, 감히… 누가 누구에게?"

엄청 분노했다는 듯 황후가 주먹 쥔 손을 부들부들 떨더니 자리를 박차고 일어났다.

"내 급한 볼일이 생각나서 그러니 황비는 이만 돌아가 줬으면 좋겠소."

"어머, 황후 마마께서 그러시다면야……."

갑작스러운 축객령이었지만 3황비는 충분히 이해한다는 양 부드럽게 웃으며 자리에서 일어났다.

"오늘 와줘서 고맙소."

황후의 말에 3황비가 우아한 태도로 드레스 자락을 잡고 허리를 숙여 보였다.

"그럼 이만 물러가겠습니다."

황비가 시녀의 안내를 받아 문밖으로 사라지자마자 황후가 황태자를 돌아보았다.

"태자, 이게 무슨 소리입니까? 황비의 말이 사실입니까?"

그러자 황태자는 귀찮다는 표정으로 시선을 돌려 버렸다.

"어마마마께서 신경 쓰실 정도의 일은 아닙니다. 제가 나중에 알아서 처리하려고 말씀드리지 않았습니다."

"신경 쓸 일이 아니라니요. 태자의 일인데 어찌 신경을 쓰지 않겠습니까? 그러니까… 황비의 말이 사실이라는 거군요. 감히 천한 것이 어디서……."

황후는 생각만 해도 화가 치솟는 듯 부들부들 떨더니 결국 자리를 박차고 밖으로 나가 버렸다. 누가 만류할 새도 없이 벌어진 일이었다.

허겁지겁 자신의 뒤를 따르는 시녀들과 경호 기사들을 이끌고 황태자궁을 나온 황후는 자신의 궁으로 돌아가는 대신 곧바로 자신을 태운 마차를 북궁으로 몰도록 지시했다.

황제의 엄명으로 출입이 금지된 북궁이었으니 가봤자 뒤탈이 있을 게 뻔해 황후의 수하들이 필사적으로 만류했지만, 황후는 고집을 꺾지 않았다.

그리하여 결국 황후의 마차는 북궁으로 출발했지만 안타깝게도 목적지에 도착하기도 전에 북궁의 숲 입구에서 멈춰서야 했다.

얼마 전 황태자를 비롯한 몇몇 아이가 북궁의 숲에 들어갔던 사건 이후 북궁의 경계가 더욱더 철저해졌기 때문이다. 아무리 황후가 '감히!'를 외치며 눈을 부라려도 북궁의 숲 입구를 막고 있는 기사와 병사들은 꿈쩍도 하지 않았다.

심지어는 크게 노한 황후가 물러나지 않고 코앞에서 버티고 있어도 그들은 난감해하는 기색조차 없었다. 마치 뭔가 믿는 구석이라도 있는 것처럼 말이다.

과연 끝까지 버티는 기사와 병사들의 태도에 화가 머리끝까지 치솟은 황후가 궁에 있는 기사와 병사들을 몽땅 데려와 무력을 사용하려 마음먹은 찰나 두두두두 말 달리는 소리와 함께 일단의 무리가 나타났다.

황금 그리폰 문양이 새겨진 은빛 갑옷을 차려입은 한 무리의 기사였다. 그들의 가슴에 새겨진 문양을 확인한 황후 측 사람들의 얼굴이 납덩이처럼 굳어졌다.

아카제브 황궁 내에서 제국의 상징인 황금 그리폰 문양을 온전히 사용할 수 있는 기사단은 딱 한 곳, 제국에서 엘리트 중의 엘리트라고 불리는 황실기사단에서도 제1기사단뿐으로 일명 황금 그리폰 기사단이라고 불리기도 했다.

황제의 직속 기사단으로 황제의 신변 경호를 담당함과 동시에 황제의 명령에만 움직이며 어느 누구에게도 고개를 숙이지 않는 기사단이었다.

그러니 저들은 분명 황제의 명을 받고 달려오는 것일 텐데 여기서 황제의 명을 어기려고 하는 사람—아직 북궁의 영역 안으로 들어가지 않았으니 어긴 건 아니었다—은 황후뿐이었으니 말이다.

아무리 제국의 실세인 차이슨 공작가를 배경으로 두고 있어 무서울 것이 없는 황후라고 해도 황금 그리폰 기사들은 무시할 수 없었다. 그들을 무시하는 건 곧 황제를 무시한다는 소리였으니까.

그리하여 결국 황후는 어쩔 수 없이 황금 그리폰 기사의 안내(?)를 받아 황후궁으로 향해야 했고 직후 황후궁에는 한 달간의 근신 명령이 내려졌다.

이건 황태자를 비롯한 황자들이 받은 것보다 한층 엄한 명이었다. 근신 기간 동안 황후는 밖으로 나가지 못하는 건 물론이거니와 아무도 만날 수가 없었다. 그녀가 그렇게도 사랑하는 황태자까지도 말이다.

그리고 이런 황후의 근신령은 그녀뿐만이 아니라 그녀의 든든한 언덕인 차이슨 공작가와 황태자파에게까지 큰 영향을 끼치고 말았다.

"황후 마마, 차이슨 공작께서 오셨습니다."

한 달간의 근신령이 내려 있는 동안 굳게 닫혀 있던 황후궁의 정문이 근신이 풀리자마자 활짝 열렸고 이때만을 기다리고 있던 차이슨 공작은 득달같이 황후궁에 들이닥쳤다.

"뫼시어라."

황후의 허락이 떨어지자마자 응접실의 문이 열리고 40대 초반으로 보이는 키가 크고 풍채 좋은 남성이 모습을 드러냈다.

"황후 마마를 뵙습니다. 그간 강녕하셨습니까?"

남성이 먼저 고개를 가볍게 숙여 인사하자 황후도 마주 고개를 끄덕여 답했다.

"어서 오세요, 오라버니."

그는 황후의 친오빠이자 현 차이슨 공작가의 가주인 차이슨 공작이었다.

평소라면 첫 인사 후에 얼굴빛이 좋아 보인다느니 아름다워졌다느니 하는 의례적인 인사치레가 몇 번이나 오갔을 테지만 들어올 때부터 굳은 얼굴이던 차이슨 공작은 그럴 기분이 아니었는지 곧바로 본론으로 들어갔다.

"재무부 대신 자리에 타우젠드 후작 쪽 인물이 앉았습니다. 행정부 대신 자리는 그나마 사수할 수 있었지만 타격이 큽니다."

심각한 어조로 말을 꺼냈지만 그게 무색하게도 황후의 표정은 '그래서 그게 뭐?'라고 말하고 있었다.

황후의 표정에 공작은 뒷골이 땅기는 기분이었다.

'미련한 것 같으니라고.'

한 달 전, 북궁의 숲에 들어간 황태자를 황궁기사단이 데리고 나왔다는 소식을 들었을 때도 머리가 띵해지는 기분이었다.

대대적인 개각을 앞두고 있는 시기라 황제에게 뭐 하나 꼬투리라도 잡히지 않게 조심하고 있던 차에 황태자의 일이 터진 것이었다.

그 황명이 별거든, 별게 아니든 그건 상관이 없었다. 중요한 건 '황태자가 황명을 어겼다!'라는 사실이었다.

게다가 그 자리에 3황자, 4황자, 5황자가 같이 있었다는 것도 문제였다.

황자들을 잘 다스려야 할 황태자가 오히려 그들을 선동하여 황명을 어기게 만든 꼴이었으니 황제가 마음만 먹으면 충분히 꼬투리를 잡을 수 있는 일이었다.

거기다 그동안 귀족들의 반대 때문에 하지 못했던 몇 가지 문제를 가지고 황제와 거래하려고 하려는 찰나 황후가 후속타를 터뜨려 준 것이었다.

덕분에 호시탐탐 세력을 넓히려 혈안이 되어 있던 제1황자파에게 재무 대신 자리를 내줘야만 했다.

그것도 자신이 원래 생각하고 있던 것보다 더 많은 것을 황제에게 양보하면서 말이다.

재무 대신 자리를 1황자파에게 빼앗긴 것은 황태자파에게 여러모로 타격이 컸다.

재무 대신의 영향력을 잃은 것도 잃은 거지만 그동안 상대도 안 된다고 여겨지던 1황자파에게 빼앗겼다는 심리적인 타격도 컸다. 그건 이제 1황자파를 무시할 수 없게 되었다는 걸 뜻했으니까.

덕분에 황태자파 안에 있던 쭉정이 같은 귀족들이 들썩이고 있어서 공작이 잔뜩 신경을 곤두세우고 있는 판인데 황후가 더 신경을 긁어버렸다.

"흥, 그깟 재무 대신 자리 하나 가지고 무얼 그러십니까? 그래 봤자……."

덕분에 차이슨 공작은 황후의 말을 자르는 무례를 저지르고 말았다.

"제가 이번 개각이 얼마나 중요한지 누차 말씀드리지 않았습니까? 이번 개각에서 우리 황태자파가 많은 자리를 차지하지 못한다는 건 태자 전하의 힘이 그만큼 줄어든다는 뜻입니다. 재무 대신 자리가 어디로 갔습니까? 제1황자파 쪽입니다. 제1황자파 쪽의 힘이 커지면 황태자 전하의 앞길이 어떻겠습니까?"

"흥, 우리 차이슨 공작가가 어떤 가문인데요. 대신 자리 하나 받았다고 감히 타우젠드 후작가가 우리와 맞먹을 수 있을까요?"

여전히 상황 파악을 못 하고 있는 황후의 태평한 말에 공작은 다시 한 번 흘러나오는 한숨을 막을 수 없었다.

자신에게 공작의 자리를 물려준 후 모든 일에서 은퇴하고 영지에서 노후를 보내는 아버지가 황후 이야기를 할 때마다 항상 하는 말이 있었다.

'내가 그때 그 애를 황후로 보내지 말았어야 했는데…….'

지금 자신 또한 다시 한 번 그 생각을 하고 있었다.

'왜 하필 이 어리석은 녀석이 황후가 되어가지고서는…….'

원래 20년 전 차이슨 공작가에서 현 황제와 밀약을 맺으며 결혼시키려 한 딸은 얼굴만 반반하고 허영심 덩어리인 주제에 머리는 텅 빈 눈앞의 이 녀석이 아니었다.

그때 현 황제와의 결속을 축하하는 파티에서 황제 놈이 지금의 황후에게 청혼만 하지 않았더라면 차이슨 공작들이 2대에 걸쳐 속이 썩는 일은 없었을 것이다.

어쩌면 자신의 뒤를 이을 아들 또한 나중에 현재의 자신처럼 속이 이렇게 푹푹 썩을지도.

'혹시 황제가 그걸 알고 이 녀석을 선택한 게 아닐까?'

"하아~ 마마, 5년 전에 외무부 대신 자리를 제1황자파 쪽에서 가지고 간 후 태자 전하의 힘이 많이 줄었다는 걸 왜 모르십니까? 그때 당시 마마께서 북궁의 일로 폐하의 심기만 어지럽히지 않았어도……."

5년 전, 오랫동안 텅 빈 채 방치되다시피 버려졌던 북궁이 누군가에게 하사되었다는 소문이 돌고 그 뒤로 그 북궁에 조인족이 들락거린다는 이야기가 퍼지자 황후가 내궁의 일은 자신의 소관이라며 가만있을 수 없다고 난리를 쳤었다.

그건 그동안 대신급의 요직을 하나도 차지하지 못해 호시탐탐 기회만 노리고 있던 1황자파에게 커다란 선물 보따리를 던져준 격이었다. 황제에게 잘 보여도 모자랄 판에 황제의 신경을 팍팍 긁어놨으니 말이다.

물론 단지 그 일만 가지고 외무부 대신 자리가 1황자파로 넘어간 건 아니었지만 타이밍 좋게 써먹을 수 있는 '명분'으로 이용되었다는 건 부정할 수 없었다.

그렇지 않아도 황제는 독주하고 있는 황태자파를 견제하기 위해 은근히 뒤에서 1황자파에 힘을 실어주고 있었다.

덕분에 야금야금 힘을 키워온 1황자파가 슬슬 노골적으로 야망을 보이고 있는 이때, 파벌을 다독이며 힘을 보태주지는 못할망정 오히려 철없는 모습을 보여 꼬투리나 잡히니 답답하지 않을 수가 없었다.

"어머머, 아니 그럼 이 황궁의 안주인인 내가 못 가는 곳이 있는데 그걸 가만히 보고만 있어야 했다는 건가요? 그것도 감히 후궁으로 들어오지도 못하는 천한 조인족 노예가 있는 곳인데요?"

"마마!"

"지금도 그래요. 그 천한 핏줄인 5황자는 물론이고 황태자에게 무례를 범한 그 천한 조인족 노예 계집조차 제가 맘대로 손을 대지 못한다는 게 말이나 됩니까? 오라버니는 어찌 황태자의 외숙 되시는 분으로서 이런 사태를 그냥 두고만 보시는 겁니까? 저한테 뭐라고 하실 게 아니라 폐하께 가셔서 그 노예 계집을 찢어 죽여야 한다고 주장하셔야지요!"

황후는 그 조인족 노예 계집에게 손도 못 대고 있는 지금 상황이 분한지 이를 바득바득 갈아댔다.

하지만 공작은 기가 막힐 뿐이었다.

"그것 때문에 저희 쪽이 힘을 잃어도 말입니까? 자꾸 이렇게 상황 파악 못 하고 있다 자칫 큰 실수라도 하는 날에는 1황자파의 힘이 저희 쪽보다 커질 수도 있단 말입니다! 지금은 그깟 5황자나 조인족이 문제가 아니라 1황자 쪽 일이 더욱더 크고 중요한 일이란 말입니다!"

너무 답답했던지 공작의 입에서는 거의 고함에 가까운 큰 소리가 터져 나왔다.

하지만 황후는 외려 그런 공작의 답답함이 이해가 안 간다는 표정이었다.

"아니, 왜 1황자가 문제인가요? 1황자가 아무리 날고 기어 봤자 우리 태자가 황위를 이어받으면 모든 게 끝인데. 그때는 우리 태자의 한마디에 1황자의 목숨이 왔다 갔다 할 테니 그쪽이 지금부터 우리에게 잘 보여야죠."

'그거야 황태자가 황위에 앉았을 때의 이야기지! 막말로 황제가 1황자에게 황위를 물려주려고 하면 어쩔 거냔 말이다!'

공작은 그렇게 외치고 싶었지만 할 말, 못할 말을 구분하지 못하는 사람이 아니었기에 그냥 입을 다물었다.

그는 길게 한숨을 내쉬어 감정을 가라앉힌 후 다시 입을 열었다.

"태자께서 황위를 물려받으신다 해도 1황자가 큰 세력을 가지고 있으면 태자께서 그들에게 함부로 손을 댈 수 없을 것입니다. 그렇게 되면 그들은 고개를 뻣뻣하게 들고 황궁을 마음대로 휘젓고 다닐 텐데 마마께서는 그렇게 되었으면 좋겠습니까? 지금 우리가 차근차근 확실하게 세력을 다져 놓으려고 하는 것도 태자께서 나중에 황제가 되시면 어느 누구도 우리에게 찍소리 못하고 고개를 숙이고 있게끔 만들기 위함입니다."

그렇게까지 말하자 황후는 입술을 삐죽이면서도 입을 다물었다.

"아마 지금쯤 타우젠드 후작은 좋아서 춤이라도 추고 있을 겁니다. 이때의 여세를 몰아 더욱더 폐하께 아양을 떨며 공작을 펼치려고 할 겁니다. 그러니 더 이상 폐하의 심기를 어지럽히지 마시고 가만히 계셔주십시오."

그때 잠자코 있던 황태자가 불만을 터뜨렸다.

"아바마마도 너무하시지. 그깟 숲이 뭐가 그리 대단하다고. 그리고 외조부님도 서운합니다. 제가 이러고 있는 동안 어찌 아무 연락도 없이 가만 계신단 말입니까?"

이를 바득바득 갈아대는 황태자의 모습에 공작은 이마를 짚고 싶은 심정이었다.

그동안 개각 때문에 바빠 미처 황태자에게 크게 신경을 쓰지 못한 탓일까?

시간이 어느 정도 흘렀으니 그사이 황태자가 머리를 식히고 이성을 되찾았을 거라 생각했건만 이건 반대로 어리석은 분노만 잔뜩 키워놓고 있었다.

그나마 예전에는 제법 영특해 보이는 것 같더니만 황후가 매번 감싸고 모든 어리광을 다 받아주며 오냐오냐 키우다 보니 이제는 제 어미 못지않게 멍청하고 이기적인 아이가 되어 버렸다.

"그래서 어찌하실 생각이십니까? 설마 폐하의 금족령을 어기시려는 건 아니겠지요? 만약 그리되었다간 단순히 금족령이 늘어나는 것으로 끝나지 않을 겝니다."

너도 함부로 행동하지 말라는 뜻이 담긴 공작의 말에 황태자가 '자기를 무시하냐?'라는 표정으로 입을 열었다.

"저도 이 상황에서 아바마마의 명을 거스를 생각은 없습니다. 이미 아바마마의 심기를 한번 건드렸는데 또 한 번 더 그랬다간 아무리 저라도 아바마마께서 가만두지 않으시리라는 것 정도는 알고 있습니다. 이왕 금족령 기간이 늘어난 것, 그 기간 내내 더 열심히 공부하는 모습을 보일 생각입니다. 그러면 아바마마의 기분도 좀 풀리시겠지요."

'그나마 생각이 아예 없는 건 아니군.'

황태자의 말에 공작이 속으로 안도의 한숨을 내쉬며 고개를 끄덕이는 그때, 황태자의 말이 이어졌다.

"하나… 제가 이대로 넘어가기에는 너무 원통해서 못 견디겠으니 최소한 제 분은 풀어야겠습니다."

"분을 푸신다고요? 어떻게요?"

"그… 5황자와 조인족 계집을 이대로 놔두기는 싫습니다."

이를 바득바득 가는 황태자의 모습에 공작은 어쩌면 그들에게라도 분을 푸는 게 나을지도 모르겠다는 생각이 들었다.

'5황자나 조인족 계집이라면 가벼운 분풀이쯤이야……'

그동안 황태자가 5황자를 괴롭혀 온 건 알 만한 사람은 다 알고 있는 사실, 거기에 뭔가를 더했다고 해서 큰일이 날 거라고는 생각지 않았다.

어차피 황제는 5황자에게 무심했고 5황자의 외가 정도는 차이슨 공작 가문의 힘으로 얼마든지 처리할 수 있었다.

조인족 계집의 자식도 비록 황제가 꽤 아끼고 있는 것 같지만 자신과 대놓고 척을 지으면서까지 싸고돌 정도는 아닐 거다.

'뭐, 들키지만 않으면 되겠지. 그럼 심증은 있어도 어찌하지는 못할 터.'

어차피 황제와의 사이는 자신의 눈을 피해 1황자파를 지원해 주기 시작했을 때부터 벌어지기 시작했다.

지금은 황태자가 무사히 황위에 오를 때까지 현재의 세력 판도를 유지하느냐 잃어버리느냐의 싸움.

'흠, 오히려 황제에게 가벼운 경고가 될 수 있겠군. 요즘

들어 너무 막가고 있어서 슬슬 뭔가 조치를 취하려고 했는데 아끼던 걸 잃어버리게 되는 것 정도면 괜찮겠지.'

이번 개각뿐만이 아니라 그전부터도 황제에게 야금야금 당한 게 벌써 여러 번 덕분에 황제에 대한 감정의 골이 꽤 깊어져 있던 공작은 그렇게 계산하고는 고개를 끄덕였다.

그와 함께 황태자의 청을 들어주는 대가로 그에게 자신이 시키는 공부는 다 하겠다는 약속을 받아낼 생각이었다.

황태자는 자신의 가문을 위해서도 아주 중요한 존재니 저리 막가게 둘 수는 없는 일. 이제부터라도 제대로, 그리고 확실하게 교육시킬 생각이었다.

하나의 일로 두 가지 일을 해결할 수 있게 되자 공작은 조금은 기분이 풀려 한층 부드러운 어조로 입을 열었다.

"알겠습니다. 대신 이후로는 확실히 공부에 전념하겠다고 약속해 주셔야 합니다."

"물론입니다."

자신의 기분을 풀 수 있게 되어서 그런가, 황태자도 기분 좋게 고개를 끄덕였다.

우선은 황태자 교육 담당 선생을 황후에게 휘둘리지 않는 엄한 사람으로 바꿔서 정신 차리게 만들어야겠다고 결심하며 공작은 황태자궁을 나섰다.

차이슨 공작의 예상대로 제3황비궁에서 웃음소리가 흘러나오고 있었다.

"오호호호. 내가 그 멍청한 황후를 구경하는 재미로 산다니까요, 글쎄. 게다가 이번에 이렇게 크게 도와주기까지 하다니."

3황비는 화려한 초록색 비단 부채로 입가를 가리며 기분 좋게 웃었다.

그녀와 마주 앉아 있던 60대 중반쯤으로 보이는 남자도 웃으며 3황비의 말에 맞장구를 쳤다.

"하하하. 그러게 말입니다. 이번 개각 때 황후 마마께 아주 큰 도움을 얻었습니다."

그는 3황비의 친부이자 1황자파의 주축인 타우젠드 후작이었다.

"참으로 고마운 일이지요."

"나중에 감사의 뜻으로 황후궁에 선물을 보낼까 생각 중입니다. 허허허."

"오호호호~ 그럴까요?"

그렇게 신 나게 웃어대던 3황비는 문득 정색을 하며 입을 열었다.

"이제 어느 정도 때가 무르익은 것 같으니 슬슬 본격적인 준비에 들어가야겠습니다, 아버님."

"당연히 그러셔야지요, 마마. 이때만을 기다렸습니다. 황태자궁의 주인이 바뀌는 건 이제 시간문제입니다."

타우젠드 후작의 말에 3황비의 눈이 곱게 휘어졌지만 그사이로 보이는 초록색 눈은 차가운 빛을 번뜩이고 있었다.

"그건 지금 저쪽에서도 잘 알고 한층 더 벼르고 있겠지요. 그러니 좋은 기회를 잡았다고 너무 서두르시면 안 됩니다.

이럴 때일수록 신중하셔야 한다는 걸 잘 알고 계시겠지요?"

"물론입니다. 그렇지 않아도 황태자파 측에서 어떻게 움직이는지 철저하게 감시하고 있습니다."

"잘하셨습니다. 그런데 아버님, 제가 말하고 싶은 건 황태자파뿐만이 아닙니다. 앞으로는 폐하를 대함에 있어서도 더욱더 주의하셔야 합니다."

3황비의 말이 뜻밖인 듯 후작의 눈에 당혹감이 깃들었다.

"폐하… 말씀이십니까?"

"예, 아버님도 잘 알고 계시겠지만 그동안 폐하께서 우리를 도와준 이유는 황태자파의 독주를 막기 위함이었습니다."

"물론 잘 알고 있습니다. 그리고 또한 저희도 황태자파의 독주를 원치 않았기에 폐하의 뜻대로 움직이지 않았습니까? 앞으로도 그럴 것이고요. 그러니 딱히 폐하를 경계할 필요는 없다고 봅니다만……."

"아버님 말씀도 옳습니다. 하나 그건 저희가 폐하께 위협거리도 되지 않았을 때의 이야기지요. 이제 저희 1황자파도 제법 세력이 커지지 않았습니까. 그러니 폐하께선 혹시라도 우리가 딴마음을 먹지는 않을까 전보다 더더욱 주시하고 계실 겁니다."

"아……."

"이럴 때일수록 몸을 낮추고 폐하의 눈 밖에 나지 않는 것이 중요합니다. 만약 지금 같은 때에 우리가 너무 욕심을 부리며 함부로 움직였다간 그 즉시 폐하는 우리를 내치실 것입니다."

3황비의 말에 타우젠드 후작이 고개를 끄덕였다.

"알겠습니다. 주의하도록 하겠습니다."

그러나 황비는 그 정도로도 안심이 되지 않는지 재차 다짐을 시켰다.

"단순하게 주의하시는 걸로는 안 됩니다. 명심에 또 명심을 하셔야 합니다. 아버님도 아시다시피 폐하는 무서운 분이십니다. 폐하께서 황제의 자리에 등극하실 때 그분의 세력이 어떠했는지, 우리의 세력 또한 어떠했는지 아버님도 잘 아시지요? 두 세력이 합해 봤자 차이슨 공작가 단 한 가문의 세력에도 미치지 못했습니다."

"그걸 제가 왜 모르겠습니까? 저희 가문에서 밀어주던 황자가 황위 다툼에서 패하는 바람에 거의 멸문 직전까지 몰렸던 때의 가주가 바로 저인데요."

옛 생각이(?) 떠올랐던지 타우젠드 후작은 씁쓰름한 표정으로 대답했다.

그에 3황비도 굳은 얼굴로 고개를 끄덕였다.

"그랬지요. 그랬으니 더욱더 잘 아실 겁니다. 한데 그랬던 판도를 지금의 상황으로 바꾼 분입니다. 아직까지 우리는 절대 폐하의 눈 밖에 나서는 안 된다는 걸 꼭 명심하셔야 합니다. 아직까지는요."

"잘 알고 있으니 너무 걱정 마십시오. 그러나 아무래도 황태자파와의 결전은 언제고 피할 수 없는 일 아니겠습니까? 게다가 지금처럼 좋은 기회는 언제 다시 올지 알 수 없으니 이 기회를 살려야 한다고 봅니다. 아직 저희는 전적으로 폐하의 편이니 어느 정도까지는 눈감아주실 겁니다."

"그건 그렇지요."

그래도 걱정이 되는 건 어쩔 수 없는지 3황비의 얼굴에서 그늘이 벗어지지 않자 타우젠드 후작이 짐짓 밝은 목소리로 말했다.

"너무 무리하게 움직이진 않을 테니 염려 놓으십시오. 사실 제가 애를 쓰지 않아도 저희 1황자님의 모습을 본 귀족들은 다들 저희 쪽에 줄을 대려 하고 있습니다. 눈이 있으면 저희 1황자님과 황태자를 볼 때 누구를 선택하려 하겠습니까?"

살짝 아부가 섞인 타우젠드 후작의 말이 싫지는 않은지 3황비의 얼굴에 미소가 걸렸다.

"호호호, 그런가요?"

"그렇다마다요. 그리고 이왕 말이 나와서 드리는 말씀인데, 솔직히 폐하께서도 그렇지 않으시겠습니까? 폐하께서도 언젠가는 후사를 생각하셔야 할 테니까요. 황태자가 계속 이렇게 멍청하게 굴어준다면야 아무리 차이슨 공작가가 뒤를 받쳐 준다고 해도 폐하께서 누구의 손을 들어주시겠습니까?"

"호호호, 그건 그렇지요."

이제 황비의 얼굴에는 자랑스러운 자식을 둔 어머니의 뿌듯함까지 어려 있었다.

타우젠드 후작의 말은 계속 이어졌다.

"게다가 폐하와 차이슨 공작가의 사이가 냉랭하다는 건 알 만한 사람들은 다 알고 있습니다. 즉 우리 쪽이 세력이 좀 약하다 뿐이지 다른 면들은 훨씬 유리하다는 소리지요. 그리고 시간만 더 흐른다면 우리가 모든 면에서 월등히 유리해질 테고요."

후작의 말에 황비가 기분 좋게 고개를 끄덕였다.

"그렇게 되기 위해 우리가 얼마나 노력을 했는데요. 당연히 그래야지요."

"그나저나 예상치 못하게 5황자의 덕을 좀 봤습니다. 아무래도 황태자 측에서 가만두지 않을 거 같은데 5황비에게 손을 좀 내밀어보시지 그러십니까? 크레스포 백작 정도의 재력이라면 저희 쪽에 제법 도움이 될 텐데요."

슬쩍 화제를 전환한 타우젠드 후작의 말에 부채를 접어 입가를 톡톡 두들기며 곰곰이 생각해 보던 3황비는 고개를 저어 보였다.

"일단은 가만두세요. 그쪽은 뻣뻣해서 좀 별로거든요. 사람이 좀 사근사근한 맛이 있어야지 잘난 것도 없으면서 너무 자존심을 세우면 윗사람으로서도 불편하죠. 지금도 보세요. 속으로는 불안할 텐데도 여전히 자존심 세우고 다니잖아요?"

"허허허, 5황비가 좀⋯ 그런 면이 있지요. 백작은 사람이 괜찮은데. 5황비도 아비를 본받아 좀 더 유연해지면 좋을 텐데 말이죠."

"나중에 차이슨 공작에게든 황후에게든 한번 크게 당해봐야 정신 차릴 테니 그때까지는 그냥 두세요. 원래 엉엉 울 때 손을 내밀면 더 감격하는 법이니까요. 크레스포 백작도 한 방 먹었다고 완전히 망하지는 않겠죠. 망가져 버리면 그 정도밖에 안 되는 사람이니 필요 없고요."

"알겠습니다. 그리고 보니 4황자께선 좀 어떠십니까? 처음에는 너무 풀죽어 계셔서 안쓰럽기까지 하던데… 좀 더 다정히 대해주시지 그러십니까?"

대충 외부의 중요한 이야기는 끝냈다 싶었는지 타우젠드 후작이 4황자 이야기를 꺼내자 황비도 기분 좋은 표정으로 말을 받았다.

"그렇지 않아도 큰애가 매일 들러서 위로한 덕분인지 지금은 훨씬 나아졌답니다. 게다가 손자들을 매일 보내주신 덕에 공부도 전보다 더 열심히 하게 되었어요. 역시 제국 아카데미의 우등생들을 옆에 붙여놓았더니 자극을 받은 것 같아요. 아카데미 이야기에도 흥미 있어 하고요."

"허허허, 그렇습니까?"

타우젠드 후작 또한 보통 사람과 다름없는지 친손자들의 칭찬이 흘러나오자 얼굴에 은근히 자부심이 흘렀다.

"그런 거 보면 저는 차라리 금족령을 받은 게 잘됐다 싶어요. 그동안 황태자만 졸졸 쫓아다니는 게 못마땅했는데… 이번 기회에 단단히 교육 좀 시킬 생각입니다."

"허허허, 현명하신 생각입니다. 저도 이왕 온 김에 황자님들 좀 뵙고 가야겠군요."

"아, 마침 손자들도 와 있으니 같이 저녁이나 하고 가시지 그러세요? 같이 식사를 한 지도 정말 오래되었지 않습니까?"

"잘됐군요. 초대 감사합니다, 마마. 기꺼이 그러겠습니다."

시간을 뒤로 돌려 한 달 전, 그러니까 황후가 북궁으로 쳐

들어가려 하다가 황금 그리폰 기사들에게 인도되어 황후궁으로 되돌아가는 사건이 일어나기 전, 5황비의 궁에서도 모자 면담이 있었다.

우아하게 틀어 올린 머리를 고정시킨 황금 머리 장식만큼이나 밝게 빛나는 금발을 가진 20대 후반으로 보이는 여성이 눈앞의 아이를 바라보며 조용히 한숨을 내쉬었다.

아들은 짐짓 아무렇지도 않다는 표정이었지만 눈빛이 어둡고 어깨가 축 처져 있었다.

이렇게 의기소침해 있는 모습은 오랜만이라 그래서 더 마음이 아팠다.

"황자, 두 달 금족령은 큰 벌이 아니에요. 그리고 황자뿐만이 아니라 다른 사람들도 모두 똑같은 벌을 받지 않았습니까."

밝은 금발 여성의 앞에 앉아 있는 소년은 바로 제5황자인 예쉬였다.

즉 그의 앞에 있는 밝은 금발의 우아한 여성은 제5황비였던 것이다.

"잘 알고 있습니다."

"한데 왜 이렇게 풀이 죽어 있습니까? 물론 폐하께 처음으로 징계를 받았으니 우울해하는 것도 이해는 하지만 일주일이 넘게 계속 기운이 없다니 황자답지 않아요."

황태자를 위시한 몇몇 황자가 괴롭혀도 씩씩하던 아이다.

어렸을 때는 매번 괴롭힘을 당할 때마다 울고 힘들어하더니 어느 순간부터 그런 일이 점점 줄어들었고 이제는 제법 어른스럽게 대처하기도 해서 내심 뿌듯했는데 폐하의 징계에 이렇게 의기소침해할 줄은 몰랐다.

"제가… 제가 그들을 숲으로 이끌었으니까요. 공평성 때문에 다른 황자들과 비슷한 처벌이 내려진 거겠지만 아마 폐하께서는 제게 제일 분노하셨을 겁니다."

현 황실 족보에는 예쉬가 막내로 등재되어 있으니 다른 황자들을 형님이라 불러야 하는 게 마땅했지만 부르는 예쉬나 듣는 5황비나 다른 황자들을 남처럼 부르는 게 자연스러워 보였다.

"아니에요. 그렇지 않아요. 분명 폐하께서는 황자의 여의치 않는 사정을 다 알고 계실 테니 황자를 이해해 주실 겁니다."

황비의 달래는 말에도 이제는 대놓고 우울해진 예쉬가 고개를 가로저었다.

"어마마마도 듣지 않으셨습니까? 저에게 내려진 황명은 두 달 동안 궁에만 머물 것이며 이후 숲에는 절대 들어가지 말라는 것이었지요. 그게 북궁 출입을 금한다는 말과 뭐가 다릅니까?"

예쉬의 말에 애써 미소 짓고 있던 황비의 얼굴까지 흐려지고 말았다.

작년 겨울, 예쉬가 북궁에서 하루 머물게 되었다는 소리를 들었을 때는 심장이 내려앉는 줄 알았다.

분명 황태자를 비롯한 황자들에게 끌려 금지 구역에 들어간 거였을 테지만 그곳에서 예쉬와 예쉬의 시종이 발견된 이상 황명을 어긴 죄로 처벌될 거라 여겼던 것이다.

황제는 북궁에서 발견된 이들은 어느 누구도 예외 없이 모두 엄벌에 처해왔고 만에 하나 황제가 넘어 가주려 해도 그 소식을 들은 황태자와 황자들이 가만있지 않을 테니 말이다.

한데 놀랍게도 황제가 직접 그 일을 숨겼다.

황제가 직접 나서서 없던 일로 하겠다고 선언한 게 아니라, 어디에서도 예쉬가 북궁의 숲에서 발견되었다는 말이 나오지 않았다.

즉, 예쉬가 금지 구역에 들어갔다가 발견된 일 자체가 아예 '발생하지 않은 일'이 된 것이었다.

덕분에 단단히 벼르고 있었을 황태자와 황자들도 꿀 먹은 벙어리가 되었고 말이다.

그것만으로도 놀라운 일인데, 거기다 더해 예쉬에게 북궁의 출입이 허락되었을 때에는 믿겨지지가 않아 황제의 사자 앞에서 표정 관리를 하지 못했을 정도였다.

그동안 황성 안에서는 금지 구역으로 선포된 북궁에 대해 여러 소문이 난무했었다.

아무리 황제가 숨기려 해도 황성에는 벽에도 땅에도 눈과 귀가 있는 법. 다들 쉬쉬하고 있을 뿐 북궁에 누군가가 살고 있다는 건 알 만한 사람은 다 알고 있었다.

게다가 그 존재를 황제가 엄청 귀애한다는 것도.

그건 여러 가지 소문에 근거한 추측이기도 했지만 예쉬에게 들은 말들과 황제의 반응으로 보아 최소한 북궁에 있는 그 조인족 소녀는 황제가 엄청 아끼는 존재인 건 확실했다.

중요한 자리에 앉혀놓긴 했으나, 단지 그것뿐. 조금의 애정이나 관심도 주지 않는 다른 이들과는 달리 말이다.

그래서 예쉬가 북궁에 출입하게 되자 자신의 친부는 무척 기꺼워했다. 황제가 아끼는 존재와 친해진다면 예쉬가 그만큼 황제의 눈에 들 확률이 높아질 테니까.

물론 자신도 그런 생각이 없지 않아 있었지만 그보다도 예쉬가 마음을 주는 존재가 생긴 듯해서 진심으로 기뻤다.

그동안 황태자와 다른 황자들의 괴롭힘으로 인해 친구 하나 없이 홀로 외롭게 지내던 아이였다.

자신과 백작이 애써서 또래 아이를 곁에 둬도 다른 황자들의 괴롭힘을 견디지 못해 예쉬를 떠나는 일이 반복되는 바람에 나중에는 예쉬 스스로가 외톨이로 있으려 했다.

그게 너무나 가슴 아팠지만 자신이 해줄 수 있는 게 없어 애만 태우고 있던 차에 북궁의 그 조인족 소녀와 만나게 된 것이었다.

예쉬는 북궁을 출입하게 된 후 다른 사람에 대한 이야기를 신이 나서 하기 시작했다.

대부분은 그 아이에 대한 투덜거림이었지만 자신이 보기에는 투덜거림을 가장한 동생 자랑이었다.

단지 그 아이가 예쉬보다 일곱 살이나 어린 여자아이라는 게 아쉬웠지만—얼마나 친구가 없으면 코흘리개 여자아이와 친하게 지낸단 말인가—차라리 미래에 혹여 황위 쟁탈의 경쟁자가 될 남자아이보다는 든든한 후원자가 될 수 있는 여자아이가 더 나을지도 몰랐다.

그런데 오랫동안 쭈욱 이어질 줄 알았던 그 관계가 예쉬의 실수(?)로 인해 완전히 단절되게 생겼으니 예쉬가 우울해하는 만큼 황비도 아쉬움이 컸다.

"게다가 그 녀석이 괜히 쓸데없이 거기서 나서는 바람에 녀석도 벌 받게 된 걸 생각하면……. 누가 제 녀석이 없으면 그 상황 하나 해결 못 할까 봐서……."

예쉬의 말에 황비가 이번에는 길게 한숨을 내쉬었다.

황태자를 비롯한 황자들이 다들 벌을 받고 있으니 북궁의 주인 또한 징계를 받고 있을 게 뻔했다.

아무리 황제의 총애를 받는 조인족의 핏줄이라 해도 황태 자에게 정면으로 맞대응했다고 하니 말이다.

어떻게 자신이라도 나서서 그 소녀에게 내린 징계를 줄이든지 없애달라고 황제에게 청해볼까 고민하고 있는 그때, 밖에서 시녀의 목소리가 들려왔다.

"마마, 크레스포 백작께서 알현을 청하십니다."

귀족원의 일원 중 한 명이자 내무 대신인 차이슨 공작이나 그와 비슷한 직급을 가진 타우젠드 후작이야 매일 황궁으로 출퇴근을 하니 황후궁이나 황비 궁을 쉽게 방문할 수 있었지만 크레스포 백작은 아니었다.

그가 비록 황제의 외척 중 한 명이라 해도 말이다.

중앙 정계에 아무런 관직도 가지고 있지 않았기에 한번 들어오려면 황궁에 알현 신청을 해야 함은 물론 방문할 때마다 다른 외척 귀족들의 눈치를 봐야 하는 신세였다.

그나마 이번에는 멀리 상행을 갔다 막 돌아온 차였기에 타이밍 좋게 황비를 찾아올 수 있었다.

"모시세요."

황비의 명에 문이 활짝 열리고 키는 작지만 제법 다부져 보이는 체구를 가진 중년 남자가 들어왔다.

부드러운 인상은 황비와 비슷했지만 한껏 휘어진 눈 사이로 살짝 보이는 눈빛은 날카로웠다.

"그동안 강녕하셨습니까?"

"어서 오세요, 아버님. 건강하신 모습을 뵈니 기쁘네요."

"상행 잘 다녀오셨습니까, 외조부님."

황비에 이어 예쉬도 자리에서 일어나 그를 맞이하자 백작의 날카롭던 눈빛이 부드러워졌다.

"두 분께서 염려해 주신 덕분에 무사히 잘 다녀왔습니다. 제가 다이즌 공국에서 유명한 물건을 좀 가지고 왔는데 두 분 마음에 드시려나 모르겠습니다."

"신경 써주셔서 감사합니다."

황비가 부드럽게 웃으며 대답한 후 자리를 권했고 세 사람은 소파에 자리를 잡고 앉았다.

"그런데 수도로 오는 사이 놀라운 소식이 들리더군요. 이게 어찌 된 일입니까?"

백작의 질문에 외할아버지의 등장으로 좀 밝아지나 했던 예쉬가 다시 풀이 죽었고 그런 모습을 안타깝게 바라보며 황비가 입을 열었다.

"그게 그러니까……."

그렇게 시작한 황비의 설명에 백작의 눈빛이 가라앉았다.

"흠, 그랬군요."

이랬어야지 저랬어야지 하는 충고의 말이 목구멍까지 올라왔지만 풀죽은 황자의 모습에 차마 입이 떨어지지 않았다.

게다가 이미 지난 사건이다. 그릇이 깨져 물은 쏟아졌고 땅도 흥건하게 젖은 지 오래인데 이렇게 했으면 좋았을걸 저렇게 했으면 좋았을걸 하며 자책하고 있어 봐야 시간만 낭비하는 꼴.

지금은 깨진 그릇을 치우고 젖어버린 땅을 어떻게 해야 할지 궁리할 때였다. 젖은 땅을 말려 더 단단하게 만들어 연무장으로 사용하든지 젖은 땅을 뒤집어엎어 밭을 일구든지 말이다.

백작은 자신이 수도로 오면서 들었던 정보와 황비의 말을 다시 한 번 차분하게 되새기더니 입을 열었다.

"폐하께서… 황자님의 북궁 출입을 금하셨다고요."

백작의 질문에 기대 어린 시선으로 외조부를 바라보고 있던 황자가 다시금 시무룩하니 고개를 끄덕였다.

"한데… 제가 좀 궁금한 것이 정확하게 금지한 것이 단순히 출입만입니까, 아니면 북궁과의 모든 교류를 금지하신 것입니까?"

"예?"

"그러니까… 편지나 선물을 보내는 것도 금하셨는지 물어본 겁니다."

백작의 말에 예쉬가 뭔가 깨닫는 게 있었는지 반색하며 자리에서 벌떡 일어났다.

"북궁에 가지 말라고만 하셨습니다. 어마마마, 지금도 제가 궁에서 외출하는 건 금하셨지만 편지를 보내는 것은 아무런 언급 안 하셨죠?"

궁 밖으로 나가는 것만 금지되었을 뿐 지금도 외부 사람인 외할아버지를 만나고 있지 않은가. 그런 마당에 편지를 보내는 걸 금지할 리가.

황비가 긍정의 의미로 기꺼이 고개를 끄덕이자 예쉬가 환해진 얼굴로 둘을 바라봤다.

"어마마마, 외조부님, 제가 갑자기 할 일이 생겨서요. 먼저 자리를 뜨는 걸 용서해 주세요. 그럼 두 분 이야기 나누……."

예쉬의 급하게 쏟아지는 인사에 백작이 손을 들어 말을 막았다.

황자의 말을 끊는 건 분명 무례한 일이지만 인사가 끝나면 백작이 잡을 새도 없이 뛰쳐나갈 태세였던 것이다.

"황자님, 제가 이번에 공국에 다녀오면서 소녀들이 좋아할 만할 물품도 좀 골라 왔는데 말입니다. 괜찮으시면 살펴보시고 몇 개 골라 같이 보내시는 게 어떻겠습니까? 이번 일로 좀 놀라셨을 테고 그분도 뭔가 징계를 받으시는 건 아닌지 걱정되니 미안하다는 의미로 말입니다."

"그거 좋은 생각입니다."

펄쩍 뛸 것처럼 좋아하던 예쉬는 자신의 어머니의 모습을 보고는 멈칫거렸다.

외할아버지가 가지고 온 선물을 제일 먼저 봐야 하는 건 어머니였기 때문이다.

그러나 예쉬가 주춤거리는 이유를 금세 알아챈 황비는 인자하게 웃으며 기꺼이 허락해 줬다.

"괜찮으니 먼저 살펴보세요."

그리고 백작도 싱글벙글 웃으며 거들었다.

"찾는 건 크게 어렵지 않으실 겁니다. 황비님께 드릴 선물과 황자님께 드릴 선물을 나눠서 가지고 왔거든요. 소녀들이 좋아할 만한 물건은 황자님께 드릴 꾸러미 안에 있습니다."

"어디 우리 황자님 센스 좀 볼까요? 괜찮은 걸 한번 골라와보세요."

"허허허, 그거 좋으신 생각입니다. 제가 얼추 괜찮은 걸로 고르기는 했지만 그래도 이것저것 마구잡이로 가지고 온 감이 없지 않아 있어서 그대로 선물하기가 난감했는데, 황자님께서 골라주신다니 다행입니다. 그리고 황자님께서 어떤 걸 선택하실지도 궁금하군요."

"호호호~ 이제 황자도 슬슬 그런 센스를 익힐 때가 되긴 했지요."

"아무렴요."

우울해하는 예쉬 덕분에 잔뜩 가라앉아 있던 분위기가 백작 덕분에 환해졌다.

역시 자신의 아버지라고 생각하며 황비는 더욱더 활짝 웃었다.

예쉬의 기분이 완전히 풀려서 다행인 것도 있지만 예쉬가 그 아이와 계속 교류할 수 있게 된 것에 대한 기쁨도 있었다.

이런 황비와는 반대로 예쉬가 밖으로 나가는 걸 확인한 백작은 표정을 심각하게 바꿨다.

"이번에… 황자님께서 큰 실수를 하셨군요."

"아……."

생각 같아서는 어린아이의 실수라고 반박하고 싶었지만 그 실수가 황제의 심기를 정면으로 거스르고 말았으니 어린아이의 실수라고 너그러이 여길 수 없었다.

"그나마 폐하께서 크게 진노하지 않으셔서 다행입니다. 속마음은 어떠실지 모르지만……."

백작의 말에 황비의 어깨가 살짝 처졌다.

"아버님의 말씀이 옳습니다. 황자에게 큰 처벌이 내려지지는 않았지만 단단히 화가 나셨을 겁니다."

"그래서 말입니다, 황비님."

"말씀하세요."

"제가 편지를 말씀드리긴 했습니다만 혹시나 그것도 폐하의 심기를 거스를 수 있습니다."

그럴지도 몰랐다.

처음 황명을 받았을 때 자신도 황자와 마찬가지로 이제 북궁과의 교류를 완전히 끊어야 한다고 생각했으니까.

"그러니 혹 이것마저도 폐하께서 막으실지 모르니 미리 다른 방법을 찾아보도록 하십시오. 황자님을 위해서도 북궁과의 교류를 이대로 끊게 해서는 절대로 안 됩니다. 정식으로 편지를 보내는 게 어렵다면 북궁에 사람을 심든지 매수하든지 해서 쪽지라도 전할 수 있도록 하셔야 합니다."

꼬맹이가 살고 있는 저택에 이 무슨 스파이전 같은 소리인가 싶지만 북궁은 그럴 만했다.

지금까지 소문만 무성했던 북궁에 대해 알고 싶어 하는 사람이 어디 한둘이었을까?

투기가 심한 황후는 몇 년 전 북궁이 누군가에게 하사되었다는 소리를 듣자마자 그 주인을 직접 보겠다고 난리를 쳤다가 황제의 질책까지 받았다.

그 후로 모든 이가 잠잠하기는 했지만 아마 많은 곳에서 적은 정보라도 얻기 위하여 북궁에 사람을 최소 수십은 침투시켜 봤을 것이다.

북궁을 차지한 이가 어떻게 생긴 여인인지, 얼마나 황제의 사랑을 받고 있는 건지 등등, 그 모든 것이 궁금했을 테니까.

그런데 그게 한 번도 성공을 못 했다. 소문이야 어쩔 수 없었다 해도 말이다.

이건 그만큼 황제가 철저하게 북궁을 보호하고 있다는 소리요, 그만큼 북궁의 주인을 황제가 각별히 아낀다는 소리였다.

북궁의 주인이 다른 황자나 황녀와 다름없었다면 궁을 하사하기는커녕 황비 중 하나에게 맡겨 버리고 관심을 끊었을 테니 말이다.

물론 5황비도 북궁과의 인연을 어떻게든 이어갈 생각이었다. 북궁의 주인이라는 존재가 황제에게 특별하고 아니고를 떠나서 예쉬에게 소중한 존재이기에 어떻게든 해주고 싶었던 것이다.

백작과는 관점이 달랐지만 어쨌든 두 부녀는 의기투합해서 대화를 이어갔다.

"제가 해드릴 수 있는 지원은 아끼지 않겠습니다. 다만 이일은 최대한 조심스럽게 진행되어야 한다는 건 잘 알고 계시겠지요?"

"네, 잘 알고 있습니다."

황비의 의지가 깃든 말에 백작은 따스한 눈으로 그녀를 바라봤다.

현명한 딸이다.

황성에서 지내기에는 마음이 너무 약한 것 같아 걱정했는데, 자신의 걱정이 기우라는 듯 지금까지 꿋꿋하게 잘 지내고 있었다.

이번 일도 자신의 딸과 외손자라면 무사히 넘길 수 있을 거라 생각하며 백작은 다른 이야기를 꺼내기 시작했다.

『날개 달린 황녀님』 1권 끝